Kapitel 1

Ich bin im Paradies. Der Sand unter meinen Füßen fühlt sich wie Zuckerwatte an. Ich gehe in die Knie und berühre ihn. Er ist warm. Ganz fein. Schneeweiß. Ich schaue mich um. Überall Kokospalmen. Drei Schritte entfernt ein Stamm, der fast parallel zum Boden verläuft. Ich streiche mit der Hand über die glatte Oberfläche.

Vor mir am Boden eine Kokosnussschale. Sie ist hellbraun, dünn und lederartig, mit einer faserigen Unterschicht. Mit dem rechten Fuß kicke ich sie zur Seite. Sie ist erstaunlich leicht. Dahinter läuft eine Strandkrabbe vorbei.

Es ist windstill. Die Luft riecht nach Salz und ein wenig nach Fisch. Mein trägerloser, goldener Bikini glitzert in der Sonne. Ich stehe auf und laufe ein paar Schritte nach vor in die glasklare Lagune. Das Meer schimmert in meinen Lieblingsfarben. Türkis. Azurblau. Smaragdgrün. Ein Papageifisch schwimmt in meine Richtung. Er leuchtet in Blau, Grün und hellem Rot. Ich fühle mich leicht und frei. Atme tief ein.

Plötzlich ist da ein Floß. Ich setze mich drauf und schaukle auf den Wellen dahin. Leise Musik von irgendwoher. »Be what you wanna be, taking things the way they come«, beginnt der Song. Das ist er. Der Bacardi-Song. Der Song, der mein ideales Lebensgefühl verkörpert. Das Bacardi-Feeling. Karibische Lebensfreude. Blauer Karibikhimmel und weißer Sand. Freiheit. Sorglosigkeit. Sein, wer ich sein will. Ich werfe meine langen Haare in den Nacken und tauche ganz in die Musik ein.

Ein größeres Boot taucht auf. Ich warte, bis das Floß ganz nahe ist. Dann stehe ich auf und mache einen Kopfsprung ins Meer. Tauche direkt neben dem Boot wieder auf. Klettere die Leiter hinauf. Stehe plötzlich an Deck mit einem Glas in der Hand. Um mich herum tanzende Frauen und Männer. Jemand prostet mir zu. Ich hebe mein Glas und mache einen Schluck.

Der Drink schmeckt köstlich und kühl. Es ist, als würde ich den Song trinken. Mein Körper bewegt sich automatisch im Takt der Musik. Ich fühle mich großartig. Das Leben könnte nicht schöner sein. Hier bleibe ich. Für immer. Und ewig. Nichts und niemand bringt mich von hier weg. Jetzt kommen noch Trommeln dazu. Die Trommeln werden immer lauter. Ich höre eine Stimme.

» ... Reich, … hab ... gefragt …«, dringen unzusammenhängende Worte an mein Ohr. Die Stimme klingt wie eine Kreissäge. Gänsehaut.

Ich riss die Augen auf. Neben mir stand meine Chefin. Die Gant. Ihre dürren Spinnenfinger klopften stakkatoartig auf meinen Schreibtisch. Mit ihrem Aussehen passte sie perfekt in die triste Umgebung der Silberstreif-Versicherung. Das Gesicht blass und verkniffen. Kleine, stechende Augen. Eine Hakennase wie die Hexe aus dem Märchen. Dunkelgrauer Hosenanzug im Männerschnitt, hellgraue Bluse, natürlich hochgeschlossen. Bei fast dreißig Grad Außentemperatur. Die Haare mausgrau, zu einem straffen Knoten aufgesteckt. Kein Make-up, kein Schmuck. Minimalistisch gestylt, dafür maximal bösartig. Wegen ihrer chronisch schlechten Laune nannten wir sie heimlich Dr. Grant. Schluss mit Paradies, willkommen zurück in der Hölle!

Dr. Gant war die Leiterin der Rechtsabteilung. Juristin wie ich. Als ich vor fünfzehn Jahren nach meinem Studium in der Silberstreif-Versicherung angeheuert hatte, war der damalige, nette Chef mit ein Grund gewesen, warum ich mich für diesen Job entschieden hatte. Als der vor einem Jahr in den Ruhestand getreten war, hatte die Gant das Rennen um seine Nachfolge gewonnen. Ich hatte diese Entscheidung nie verstanden. Es gab viel geeignetere Kandidaten. Die Gant hatte keine Führungsqualitäten. Und keine herausragenden fachlichen Qualitäten. Eigentlich überhaupt keine Qualitäten. Sie war die unangenehmste Person, die mir je untergekommen war. Narzisstisch und dominant. Zynisch. Herablassend. Keiner konnte es ihr recht machen. Mit erst dreiundfünfzig Jahren sah sie aus wie eine alte Frau. Alles an ihr war grau und düster. Plötzlich war mir schlecht.

»Hallooo, Frau Reich, hören Sie mich nicht? Was ist denn los mit Ihnen?«, schrie sie mir ins Ohr. »Ich brauche sofort den Akt Anna Lehner. In fünf Minuten sind sie damit bei mir! Fürs Tagträumen werden Sie hier nicht bezahlt.«

Gleich darauf war sie bei der Tür meines Büros und knallte sie hinter sich zu.

Zur Hölle mit der Gant. Ich wollte zurück in meinen Bacardi-Spot. Ich wühlte in den Akten auf meinem Schreibtisch. Wo war dieser verdammte Lehner-Akt? Ich riss die Schubladen auf. Nichts. In der untersten Schublade konnte er nicht sein, da waren nur meine Notizblöcke. Ich öffnete sie trotzdem und erstarrte. Da war er. Zweiter Mai stand als Bearbeitungsfrist darauf. Heute war der sechzehnte Mai. Ich nahm den Akt in die Hand und sah ihn fassungslos an. Ich hatte ihn noch nicht bearbeitet. Die Frist übersehen. Zwei Wochen zu spät. Das konnte meine Entlassung bedeuten. Ich stand auf und stolperte über den Papierkorb. Zum Glück konnte ich mich an der Wand abfangen und einen Sturz vermeiden. Ich trat auf den Gang, der so trostlos aussah wie der Rest der Silberstreif-Versicherung.

Weiter vorne ging eine Tür auf. Luise Kunert eilte heraus. Die Streberin. Genauso boshaft wie die Hexe. Eiskalt und verbissen schaute sie drein. Auch optisch war sie ein Zwilling der Gant. Gleicher straffer Haarknoten. Lange schwarze Hose. Strenger Langarm-Blazer, schwarz. Beige Bluse mit Stehkragen. Schwarze Oberlehrer-Brille.

Die Kunert war seit einigen Monaten Stellvertreterin von Dr. Gant und arbeitete die meisten Wochenenden durch. Deshalb war sie auch fast so wichtig wie die Chefin höchstpersönlich. Und genauso blass. Mit beiden Händen hielt sie ein Tablett umklammert und schritt steif wie eine Marionette über den Gang.

Ach ja, Frühstück für die Hexe. Wie jeden Tag. Eine große Tasse Schwarztee. Zwei Scheiben Toastbrot und eine Schale mit Sauerkirsch-Marmelade. Ihre Lieblingssorte. Sollte sie doch ersticken an ihren Sauerkirschen. Langsam ging ich hinter der Kunert her. Ich überragte sie mit meinen eins achtzig und den hohen Schuhen um mehr als zwanzig Zentimeter. Dabei fühlte ich mich innerlich um zwei Köpfe kleiner als die Kunert. Ich überlegte, was ich der Hexe sagen sollte. Ob sie mich jetzt kündigen würde? Schon sah ich die Tür mit dem Messingschild. Dr. Elvira Gant. Leiterin der Rechtsabteilung.

Luise Kunert hatte ihr Ziel erreicht. Sie stellte das Tablett auf dem kleinen Messingtischchen am Gang ab, klopfte kurz an und öffnete die Tür. Die Hexe saß hinter ihrem Schreibtisch. Davor ein hässlicher, brauner Teppich. Luise Kunert griff nach dem Tablett und trug es Richtung Schreibtisch. Ich ging hinter ihr her.

»Bitte sehr, Frau Doktor, ihr Frühstück«, säuselte die Kunert und schickte sich an, das Tablett auf den Schreibtisch der Gant zu stellen. In diesem Moment passierte es. Der linke Absatz meiner hohen Schuhe verfing sich in einer Teppichfalte. Wie ein gefällter Baum fiel ich gegen den Rücken der Kunert, der Akt segelte davon. Gepolter und Schreie.

Ich lag auf dem Boden. In meinem Kopf drehte sich alles. Aufgeregte Stimmen.

» … darf doch nicht wahr sein! Holen Sie … und feuchte Tücher! Viele Tücher. Jetzt gleich.«

Ich setzte mich vorsichtig auf und sah eine schwarze Vogelscheuche davonhinken. Die Kunert. Ich betastete meine Füße. Es schien nichts gebrochen zu sein. Meine Schuhe hatte ich bei dem Sturz verloren. Beim zweiten Versuch schaffte ich es und kam hoch. Die Gant bot ein jämmerliches Bild. Gesicht, Haare, Bluse und der Hosenanzug waren voller Kirschmarmelade und Teeflecken. Der Schwarztee troff aus ihren Haaren. Tropfte vom Schreibtisch.

»Frau Reich, das wird Folgen haben«, zischte sie mich an.

Ich wollte etwas sagen, aber kein Ton kam aus meiner Kehle. Wie festgefroren stand ich da und starrte meine Chefin an. Sie musterte mich mit verächtlichem Gesichtsausdruck. Mein farbenfrohes, geblümtes Sommerkleid. Mein gewagtes Dekolletee, das jetzt etwas verrutscht war. Meine Muschelkette. Meinen korallenroten Lippenstift. Meine langen, brünetten Haare, die mir in großen Locken über die Schultern fielen.

Die Vogelscheuche hinkte herein. Sie hatte mehrere Handtücher und eine Kleenex-Box mitgebracht. Die Gant riss ihr ein Tuch aus der Hand und wischte sich das Gesicht ab.

»Frau Doktor, lassen Sie mich ihren Blazer reinigen«, flötete die Kunert.

Sie nahm den grauen Blazer mit einer devoten Geste entgegen und wischte mit einem feuchten Lappen darauf herum. Die Hexe schimpfte vor sich hin. Endlich erwachte ich aus meiner Starre.

»Es tut mir leid«, flüsterte ich heiser.

Ich bückte mich rasch nach meinen Schuhen und stolperte hinaus auf den Gang. In meinem Zimmer sank ich auf den Stuhl. Alles drehte sich. Ich atmete tief ein und aus. Erst nach einigen Minuten fühlte ich mich besser.

War das gerade tatsächlich passiert? Die Gant hatte zu komisch ausgesehen. Ich kicherte. Gestatten, Madame Elvira Sauerkirsch. Die Marmeladehexe. Das Kichern wuchs sich zu einem Lachen aus. Madame von und zu Sauertopf. Sauer war sie ohnehin chronisch. Dauersauer, sozusagen. Ich konnte gar nicht mehr aufhören zu lachen.

Als ich mich wieder beruhigt und mein zerronnenes Make-up aufgefrischt hatte, wurde ich nachdenklich. Tatsache war: Ich war neununddreißig und schon am Ende. Gestrandet. Leider nicht in der Bacardi-Werbung, sondern in der Silberstreif-Versicherung. Ein Leben ohne Bacardi und Bikini. So konnte es nicht weitergehen. Ich brauchte dringend Aufmunterung. Ich seufzte, nahm mein Smartphone und wählte Sophies Nummer. Nach mehrmaligem Läuten hob meine Freundin ab.

»Willkommen bei Sophies Psycho-Hotline. Wenn sie Zwänge haben, drücken Sie mehrmals die Eins. Wenn Sie co-abhängig sind, bitten Sie jemanden, die Zwei zu drücken. Multiple Persönlichkeiten drücken drei, vier, fünf und sechs.«

»Guten Tag, wir alle hatten gerade einen multiplen Schock und vier meiner acht Persönlichkeiten wollen den Job kündigen. Die anderen vier wollen die Chefin umbringen. Was raten Sie uns?«

»Oh je. Die Gant. Schon wieder Ärger mit der Hexe«, sagte Sophie.

»Bingo. Bleibt es bei unserem heutigen Treffen? Dann erzähle ich dir alles später.«

»Ja, hier die gute Nachricht: Ich konnte meine Asperger-Selbsthilfegruppe Adlersicht-mit-Tunnelblick auf morgen verschieben. Um fünf vor dem Eingang zum Kaufhaus Steffl. Ich brauche ein schickes Outfit für mein nächstes Rendezvous. Du musst mich beraten. In der Hinsicht hab ich den Tunnelblick und du die Adlersicht. Ich brauche etwas, das mich attraktiv wirken lässt. Zehn Jahre jünger und fünfzehn Kilo leichter. Und das die Männer nicht abschreckt.«

»Mach dir keine Sorgen, Sophie. Das bekommen wir hin.«

»Da bin ich aber beruhigt. Und für danach habe ich im Café Gloriette in Schönbrunn reserviert. Ein Prosecco mit der herrlichen Aussicht, und du denkst gar nicht mehr an die Gant. Ach ja, ich habe gerade mit Klara telefoniert. Sie kommt dieses Mal hoffentlich pünktlich. Voriges Mal hat sie uns ja drei Stunden in der Loos-Bar warten lassen. Ich habe sie für die Selbsthilfegruppe Muss-noch-Arbeiten vorgemerkt.«

»Merk mich doch bitte für die nächste Selbsthilfegruppe zum Thema Aussteigen-in-die-Karibik vor, Sophie.«

»Klar doch. Du, es kommt gerade ein Anruf herein, ich muss aufhören. Bis später, Yvonne.«

Schon hatte sie aufgelegt. Jetzt war ich gleich besser drauf. Ihre unbekümmerte Art holte mich aus jedem Tief heraus. Deshalb war sie auch als Psychotherapeutin so gefragt. Bei Sophie gab es Therapie mit Humor. Lachen statt Grübeln und Schwarzmalen war ihr Motto. Sie war jemand, der immer Beifall spendete, statt zu entmutigen. Der neue Routen erforschte, statt auf ausgefahrenen Autobahnen zu düsen.

Mag. Sophie Graf, Psychotherapeutin und Begleiterin in ein bunteres Leben, stand auf ihrer Visitenkarte. Was den Nagel auf den Kopf traf. Ihre Ideen waren so kunterbunt wie ihre Kleidung. Meine Freundin war ein modischer Rorschach-Test. Man sah sie an und war verwirrt. Weder Stoffe noch Farben und Muster passten zusammen, alles an ihr schien wahllos zusammengewürfelt. Neo-Hippie-Style à la Sophie nannte ich ihren Look. Ich musste also ganze Arbeit leisten und ein vernünftiges Outfit finden. Und dafür sorgen, dass sie es auch anzog. Dann würden sie die Männer endlich als die attraktive Frau wahrnehmen, die sie unter all den geschmacklosen Kleidungsstücken war.

Der restliche Arbeitstag verging ohne weitere Vorfälle, und schon stand ich vor dem Kaufhaus Steffl auf der Kärntnerstraße. Hier im pulsierenden Stadtzentrum Wiens, in einer Kulisse von historischen Gebäuden und modernen, stylischen Flagship Stores, fühlte ich mich immer beflügelt. Meine Heimatstadt war für mich eine der schönsten Städte der Welt, obwohl ich gerne und so oft wie möglich reiste.

In der Auslage sah ich einen schicken Stufenrock in Lila-Tönen. Das wäre doch etwas für Sophie. Lila war ihre Lieblingsfarbe, da konnte ein cooler Edel-Hippie-Look herauskommen, wenn man alles elegant kombinierte.

Ich sah meine Freundin schon von der Ferne. Farbenfroh wie immer. Pink, Grün, Gelb, Blau, Hose mit Kleid darüber, mehrere Lagen übereinander. Die roten Haare an den Spitzen lila gefärbt. Sie grinste mich breit an und küsste mich auf beide Wangen.

»Hi Yvo, bereit, aus mir eine Diva zu machen? Ich habe morgen ein Date mit einem wirklich coolen Typen aus dem Internet und muss unbedingt gut aussehen. Wir gehen zum Mexikaner essen und Salsa tanzen.

»Mehr als bereit, Sophie. Dein Date wird Augen machen. Lass uns in den zweiten Stock fahren.«

Ich wählte für Sophie ein dezent gemustertes Schlauchkleid in Blau-Grün und den lila Stufenrock aus. Dazu noch einen eleganten schwarzen Blazer und ein schlichtes, schwarzes T-Shirt.

»Okay, sieht ja nett aus, aber ist das nicht zu elegant für mich?«, fragte Sophie.

»Sicher nicht, probier doch bitte alles an«, bat ich sie.

»Na gut, wie meine Stylistin befiehlt«, sagte sie und verschwand in der Umkleidekabine.

»Sophie, bist du noch da?«, rief ich, als meine Freundin nach einiger Zeit noch immer nicht aus der Kabine gekommen war.

»Gibt es das Kleid auch für Leute, die regelmäßig feste Nahrung zu sich nehmen? Ich komme in das Kleid weder ganz hinein noch wieder heraus«, ächzte sie.

»Warte, ich komme rein und helfe dir.«

Sophie steckte tatsächlich in dem Kleid fest. Ich zog und zerrte an dem Stoff, und es dauerte eine Weile, bis ich meine Freundin endlich aus dem Ding befreit hatte.

»Jetzt muss ich an einer Selbsthilfegruppe Trauma-durch-Shopping teilnehmen«, stöhnte sie.

»Alles halb so schlimm, so was ist mir auch schon passiert. Zieh einfach den Rock an. Der war sowieso mein Favorit.«

»Na gut, eine Chance gebe ich dir noch. Wenn ich aus dem Rock auch nicht mehr herauskomme, nehme ich mir Klara als Anwältin und klage den Designer.«

Der lila Stufenrock erwies sich tatsächlich als der Knaller. Kombiniert mit einem engen schwarzen Shirt und einem schwarzen Blazer war das Outfit atemberaubend. Es war, als stünde eine völlig andere Frau vor mir.

»Wow, das ist ja der Hammer. Der Rock ist wie gemacht zum Salsa-Tanzen.«

Sophie drehte sich staunend vor dem Spiegel und betastete den leichten Stoff des Stufenrocks.

»Ganz genau. Du siehst toll aus. Und mit deinen Ein-Meter-sechsundsiebzig kannst du einen längeren Rock tragen. Lass das neue Outfit doch gleich an und entsorge das alte«, flehte ich Sophie an.

Zu meiner Verwunderung ließ sich Sophie erweichen und trat wenig später in ihrem neuen Outfit auf die Straße. Die alten Sachen wollten wir am Weg ins Café Gloriette in einen Altkleidercontainer werfen.

»Vielen Dank, Yvy«, sagte Sophie und legte den Arm um mich. »Dieses Outfit ist mega-schick. Du hast einfach einen guten Geschmack und ein Gefühl für Mode.«

Ich sah meine beste Freundin von der Seite an. Sie war mir so vertraut, als wäre sie ein Teil von mir. Seit ich sie auf einer Studentenparty vor mehr als zwanzig Jahren kennengelernt hatte, waren wir unzertrennlich.

»Yvonne, du bist wie ich, nur anders«, hatte sie schon nach kurzer Bekanntschaft gesagt.

Eine typische Sophie-Aussage, die für mich total stimmig war. Regelmäßig tauschten wir Gedanken, Wünsche und Träume aus und Sophie hatte immer ein offenes Ohr und einen Chai Latte für mich. Sie hatte den gleichen Humor wie ich und bevorzugte die gleiche Prosecco-Marke. Sie war witzig. Tiefsinnig. Eine liebenswerte Menschenkennerin. Ich zog sie an mich und umarmte sie.

»Immer wieder gerne, Sophie. Ich hoffe so sehr, dass du ein gutes Date haben wirst.«

Wir nahmen den Abgang zur U-Bahn und zwanzig Minuten später betraten wir das Café Gloriette mit Blick auf Wien und das wunderschöne Barockschloss Schönbrunn. Hier logierten einst Hoheiten wie Kaiserin Maria Theresia, Kaiser Franz Joseph und seine Gemahlin Sisi.

Ich sah Klara bereits an einem der Tische am weit geöffneten Fenster sitzen. Sie trug ein smaragdgrünes Sommerkleid und sah großartig aus. Es betonte ihre hellgrünen Augen und passte perfekt zu ihrem blonden Longbob, der bis zu den Schultern reichte. Die langen, glitzernden Ohrringe verliehen ihr einen mädchenhaften Touch.

Dabei war Dr. Klara Roth als Scheidungsanwältin bekannt und gefürchtet. „Ich sehe Roth“, war ein geflügelter Ausspruch, den sowohl Richter als auch Mandanten verwendeten, um Klaras Wirkung zu beschreiben. So pragmatisch und gelassen sie normalerweise auch war, vor Gericht spuckte sie Lava und schwang metaphorisch das Flammenschwert für ihre Klienten, wenn sie irgendwo Unrecht witterte. Ein Richter hatte sie sogar einmal als Erinnye des Scheidungsrechts bezeichnet, was bei uns noch heute manchmal für große Heiterkeit sorgte.

Klara hatte ich in einem Café neben der Uni kennengelernt. Sie saß am Tisch neben mir und ihr eleganter Tweed-Blazer mit Glanzeffekt fiel mir sofort auf. Ich fragte sie, wo sie das schicke Teil gekauft hatte, und wir kamen ins Plaudern. Erstaunt stellten wir fest, dass wir beide Jus studierten. Ich stellte ihr Sophie vor, und die Chemie passte sofort. Seitdem war sie die Dritte im Bunde.

Sie war eine kritische Realistin, die überall Grenzen, aber auch Lücken sah. Was sie zu einer Meisterin ihres Faches machte. Sie holte Sophie und mich immer wieder auf den Boden der Tatsachen zurück und stand uns mit ihrem enormen Wissen und pragmatischen Tipps zur Seite.

»Hallo Klara«, rief Sophie und drehte sich einmal im Kreis. »Erkennst du mich noch?«

Klara musterte sie von Kopf bis Fuß.

»Wow, dein Outfit sieht ja super aus. Ich nehme an, das hat Yvonne ausgesucht.«

Sophie nickte und strich stolz ihren neuen Rock glatt. Dann nahmen wir auf den hübschen Polsterstühlen Platz.

»Ich habe schon Prosecco für uns bestellt«, sagte Klara. »Und Lachsbrötchen und Schinkencroissants. Ich hoffe, das passt.«

»Perfekt«, sagte ich und leckte mir die Lippen. Die Lachsbrötchen im Café Gloriette waren legendär.

Klara lehnte sich in ihrem Stuhl zurück.

»Habt ihr das neue Outfit für einen bestimmten Anlass gekauft?«

»Sophie geht damit morgen zu einem Blind Date«, sprudelte es aus mir heraus.

Klara zog die Augenbrauen hoch.

»Sind irgendwelche Eckdaten zu dem Typen bekannt und soll ich ihn auf Vorstrafen überprüfen?«

»Nein, danke, das ist nicht nötig«, sagte Sophie. »Er ist Informatiker und heißt Martin. Ein Meter neunzig groß, blaue Augen, sehr witzig, und er tanzt gerne Salsa.«

Sie lachte und strich sich eine widerspenstige Haarsträhne aus dem Gesicht.

»Wir gehen mexikanisch essen und danach tanzen. Er hat so nett geschrieben, und sein Foto sieht toll aus. Nur dumm, dass ich bei Männern eine Neigung zu Pannen aller Art habe.«

»Irgendwann klappt es sicher, Sophie«, sagte ich, »wer schwarzsieht, der sieht selten bunt. Und Buntes ist doch deine Spezialität!«

»Das stimmt, aber bei meinen eigenen Beziehungen versagt mein Fachwissen leider. Die meisten Leute glauben, dass Psychologen selbst irgendeinen Knacks haben. Vielleicht haben sie ja recht.«

Sie zog ihre Mundwinkel nach unten und stützte das Gesicht in die Hände.

»Die Leute glauben auch, dass Anwälte Blutsauger und Juristinnen generell langweilige Blaustrümpfe sind«, sagte Klara. »Und dass ihre Beziehungen für immer halten werden.«

»Apropos Beziehungen«, entgegnete ich. »Hast du für mich vielleicht auch einen passenden Mann im Internet gesehen, Sophie?«

»Na sowas, was ist denn mit deinem Primar passiert, Yvonne?« fragte Klara sofort. »Hast du den schon wieder angebaut?«

»Gut kombiniert, Frau Anwältin. Der Primar ist seit drei Tagen Geschichte. Eine Freundin seiner Frau hat sein Auto vor meiner Haustür gesehen und natürlich gleich Alarm geschlagen. Daraufhin hat ihn seine Angetraute vor die Wahl gestellt: Die Affäre beenden oder streitige Scheidung, und sie bekommt das Haus und sehr viel Geld. Du kannst dir vorstellen, wofür er sich entschieden hat. Er hat schließlich vier Kinder.«

»Oh nein«, rief Sophie, »er hat so gut zu dir gepasst.«

»Ja, wenn er Single gewesen wäre. Er hat mir vorgeschwindelt, dass er von seiner Frau getrennt ist, und jeder macht, was er will. Das war aber nicht der Fall. Nur bin ich ziemlich spät draufgekommen. Andererseits vermisse ich ihn schon sehr. Irgendwie hoffe ich ständig, dass er wieder vor meiner Tür steht.«

»Sei froh, dass du den Typen los bist«, sagte Klara. »Das hatte keine Zukunft. Was willst du von einem Mann mit vier Kindern?«

Sie verdrehte die Augen.

»Ich schätze, ich bin auch sehr bald wieder Single«, fuhr sie fort. »Die Sache mit mir und Gerald läuft nicht gut. Er ist ein Besserwisser. Er streitet nicht, er hat von vornherein recht. Typisch Anwalt.«

»Besserwisserei ist ein Ausdruck von übergroßer Strebsamkeit und Ehrgeiz«, sagte Sophie. »Er will dich sicher nicht absichtlich verletzen.«

»Alles klar, Miss Freud«, stöhnte Klara. »Er kann dann bei einer anderen strebern und sie belehren.«

Der Kellner erschien mit einem Tablett mit Klaras Bestellung.

»Prost und lasst es euch schmecken«, sagte Klara und hob ihr Glas.

Wir stießen mit dem Prosecco an.

»Auf uns und auf die Liebe«, sagte ich und machte einen kleinen Schluck.

Klara presste die Lippen aufeinander und sah drein, als hätte sie auf eine Zitrone gebissen.

»Liebe, dass ich nicht lache. Ich muss euch ehrlich sagen: Ich glaube nicht mehr daran. Ich bin über vierzig und keine meiner Beziehungen hat bisher gehalten. Und ich sehe in meiner Kanzlei jeden Tag die negative Seite von Beziehungen. Streit, Tränen, Wut, Enttäuschung, Verzweiflung, gescheiterte Existenzen.«

Sophie wehrte eine Wespe ab und griff nach einem Schinkencroissant.

»Ich seh das anders«, sagte sie. »Die Liebe existiert. Wir haben sie nur noch nicht gefunden. Außerdem geht es mir auch ohne Mann gut.«

Klara trank den letzten Schluck Prosecco und orderte per Handzeichen gleich ein neues Glas. Dann lud sie sich ein Lachsbrötchen auf ihren Teller.

»Dir geht es gut, weil du keinen Mann hast«, sagte sie. »Betrachte es einmal von der Warte. Kein Mann. Kein Ärger. Keine Scheidung.«

Ich blickte auf das Schloß Schönbrunn hinunter, in dem auch Kaiser Franz Joseph und seine Sisi in einer unglücklichen Ehe gefangen gewesen waren.

»Ihr könnt sagen, was ihr wollt«, seufzte ich, »ich werde den Traum von der großen Liebe nie aufgeben. Auch wenn es bei mir momentan weder privat noch beruflich läuft. Heute hatte ich wieder einen unerfreulichen Zusammenstoß mit der Gant, und es könnte sein, dass ich in den nächsten Tagen die Kündigung erhalte.«

Ich schilderte meinen Freundinnen meinen heutigen Auftritt im Büro der Gant.

»Oh nein, das ist ja wirklich dumm gelaufen«, kicherte Sophie. »Ich kann mir deine Chefin so gut vorstellen mit der Marmelade in den Haaren. Aber es geht nicht darum, was dir im Leben passiert, sondern wie du darauf reagierst.«

»Wie soll Yvonne denn deiner Meinung nach auf diese Verrückte reagieren?«, sagte Klara mit der für sie typischen, schroffen Art.

Sie sah mich finster an.

»Dein Job in der Silberstreif-Versicherung mit der Gant als Chefin hat keine Zukunft. Du musst unbedingt von dort weg. Was würdest du denn gerne machen?«

»Das ist ja das Problem«, sagte ich. »Ich weiß es einfach nicht.«

Für den Rest unseres Treffens konnte ich den Gesprächen meiner Freundinnen nicht mehr so recht folgen. Meine Gedanken kreisten um einen neuen Job. Was war mit einem Job als Richterin? Juristin in der Privatwirtschaft? Oder sollte ich mich bei einer Bank bewerben? Nichts davon interessierte mich.

Als wir uns verabschiedet hatten, und ich auf dem blauen Sofa in meiner Wohnung saß, war ich noch immer nicht schlauer. Schließlich spielte ich den Bacardi-Song ab und träumte mich in meinen Bacardi-Spot hinein. Ich wußte nicht, was der ideale Job für mich war. Aber ich wusste, wie mein ideales Lebensgefühl aussah. Der Bacardi-Song spielte weiter und ich schlief zufrieden ein.

Kapitel 2

Endlich Freitag, neun Uhr morgens. Das Wochenende rief schon meinen Namen. Yvonne! Ich saß im Büro und trank den zweiten Espresso. Die vergangenen Tage waren wider Erwarten völlig ruhig gewesen. Die Gant hatte sich krankgemeldet. Und die Kunert ging mir aus dem Weg. Ein Aufschub. Der Primar war wie vom Erdboden verschluckt. Vermutlich auf Dauer. Ich hatte also Zeit zum Nachdenken. Wobei sich meine Gedanken immer nur im Kreis drehten.

Mit einem Schluck leerte ich die Kaffeetasse. Auf meinem Bürocomputer klickte ich mich durch die schönsten Strände der Welt. Seychellen. Karibik. Malediven. Mauritius. Südsee. Ein Strand beeindruckender als der andere.

Und dann erst die Strandhäuser auf den Immobilienseiten. Wie cool wäre es, in so einem luxuriösen Bungalow am Meer zu leben. Ohne Geldsorgen natürlich. Etwas zu tun, was wirklich Spaß machte. Eine Beziehung zu haben, die wirklich passte. Ich seufzte und stand auf, um mir einen dritten Espresso zu machen. In dem Moment klopfte es an meiner Tür.

»Ja bitte«, rief ich, nicht besonders erfreut über die Störung.

Die Tür ging langsam auf. Die Kunert. Gleiches Outfit wie bei meinem Glanzauftritt vor vier Tagen. Wahrscheinlich schlief sie darin. Sie war noch blasser. Wie Fensterkitt. Und ich sah Tränenspuren auf ihren Wangen. War die Gant gestorben?

»Sie sollen zur Chefin kommen«, brachte sie gerade noch mit schwacher Stimme heraus.

Diese Hoffnung konnte ich also begraben. Die Hexe war wieder da. Und offenbar in Killerlaune, der Verfassung der Kunert nach zu schließen. Ich stellte die Kaffeetasse ab. Die Strafe folgte wohl schneller, als ich gerechnet hatte.

Ich blickte in den großen Spiegel an der Wand. Hellgrauer, enger Bleistiftrock mit langem Schlitz auf der Seite, dazu eine transparente, türkise Bluse mit V-Ausschnitt und kurzen Flügelärmeln, hohe Schuhe, knallroter Lippenstift, große Kreolen in den Ohren. Die Haare wie immer lang und lockig, auf einer Seite mit einer Spange zurückgehalten. Ein guter Look, um gekündigt zu werden.

Ich trat auf den Gang und marschierte in Richtung Büro der Hexe. Ein Ende mit Schrecken passte in dem Fall. Am besten, ich kam der Gant mit der Kündigung zuvor. Ich klopfte an die Tür der Hexe und betrat das Zimmer.

Sie trank gerade ihren Frühstückstee. Das Toastbrot und die Sauerkirschmarmelade hatte sie noch nicht angerührt. Das Schreckensszenario meiner letzten Begegnung mit ihr war sofort wieder präsent. Ich schob es gedanklich weit weg.

»Guten Morgen«, sagte ich emotionslos, »ich wollte ohnehin einen Termin bei Ihnen.«

Sie winkte mich zu sich und deutete auf den Sessel vor ihrem Schreibtisch. Wozu sollte ich mich setzen? Meine Chefin wiederholte ihre Geste. Sie wollte die Sache offenbar hinauszögern. Ich setzte mich auf den unbequemen Stuhl und betrachtete die Maserung des Schreibtisches. Ihre Nähe war mir körperlich unangenehm, und ich wäre am liebsten auf der Stelle geflüchtet. Es roch nach Tee, Sauerkirsch-Marmelade und Desinfektionsmittel. Mein Magen schlug einen Salto.

»Frau Mag. Reich, ich habe hier etwas für sie«, krähte die Gant. Sie schwenkte eine Art Broschüre in ihrer linken Hand.

»Was ist das?«

»Das« – sie machte eine dramatische Pause – »ist ihr Ticket für das nächste Survival-Camp, das die Silberstreif-Versicherung ausgewählten Mitarbeitern finanziert.«

Wovon redete die Hexe eigentlich? Ich wollte nicht in irgendein Camp, ich wollte weg. Ein neues Leben.

»Nächste Woche Mittwoch fliegen Sie für zehn Tage in die Schweiz. Ich hoffe, Sie lernen dort zu gehorchen. Respekt gegenüber Führungspersonen. Sich zu konzentrieren. Ihre Aufgaben besser zu erfüllen. Das ist Ihre letzte Chance. Danach werde ich entscheiden, was mit Ihnen passiert.«

Sie knallte mir die Broschüre mit einem boshaften Grinsen hin. Ich starrte darauf. Die Buchstaben verschwammen mir vor den Augen.

»Nehmen Sie die Broschüre mit den Informationen und tragen Sie das Seminar in den Abteilungskalender ein«, fuhr sie mich an. »Und bis Mittwoch sind alle Ihre Akten aufgearbeitet, haben Sie das verstanden? Inklusive dem Lehner-Akt.«

Sie schob mir den Akt hin.

»Frau Dr. Gant … ich … ich künd...-«

Meine Stimme war immer leiser geworden.

»Sind Sie schwer von Begriff, Frau Mag. Reich?«, schrie die Hexe. »Sie nehmen an diesem Camp teil. Sie sind dorthin dienstzugeteilt. Und jetzt verschwinden Sie.«

Ich nahm die Broschüre und den Lehner-Akt an mich und stürzte aus dem Zimmer. Die Gant schaffte es immer, dass ich mich extrem schlecht fühlte. Ich hielt es kaum aus, mit ihr gemeinsam in einem Raum zu sein. Vielleicht sollte ich ihr die Kündigung schriftlich übermitteln.

Am Rückweg zu meinem Zimmer sah ich die Tür zur Teeküche offen stehen. Ich warf einen Blick hinein. Die Kunert stand mit hängenden Schultern und Trauermiene vor dem Teekocher. Was die Streberin für ein Problem hatte? Sicher bereitete sie eine weitere Kanne Schwarztee für die Hexe zu.

Ich zögerte kurz und und ging dann in ihre Richtung. Mit roten Augen sah sie zu mir auf. Ich hielt ihr die Broschüre unter die Nase.

»Frau Mag. Kunert, wissen Sie etwas über dieses Survival-Camp? Was ist das, und wieso muss ich dort hin?«

Sie betrachtete ihre Fingernägel, und für einen Moment hatte es den Anschein, als würde sie gleich weinen. Dann hatte sie sich gefangen.

»Das ist das Seminar für künftige Führungskräfte in der Versicherung«, sagte sie mit brüchiger Stimme. »Die Frau Doktor Gant hat es mir schon lange versprochen.«

Sie rang nach Luft. Plötzlich tat sie mir ein wenig leid. Die ganze Sache war mir unbegreiflich.

»In diesem Survival-Camp werden die Anlagen und Qualitäten jedes Kandidaten geprüft«, führte die Kunert aus. »Wissen Sie, der Camp-Leiter erstellt ein Psychogramm jedes Teilnehmers. Früher war das ein gewisser Herr Wegner, ein bekannter Survival-Trainer. Er war es, der unserer Frau Chefin zu ihrer Führungsposition verholfen hat. Und der Direktor der Silberstreif-Versicherung, der Herr Doktor Landkron, war früher auch einmal in diesem Camp, bevor er seinen Posten bekommen hat.«

»Aber – was hat das alles mit mir zu tun?«, warf ich ein. »Warum sollte die Gant mir so etwas zukommen lassen? Sie hasst mich. Ich brauche kein Führungskräfte-Seminar, ich brauche einen neuen Job.«

Die Kunert ignorierte meinen Einwand.

»Herr Wegner – der langjährige Leiter des Survival-Camps – wurde vor Kurzem entlassen«, sagte sie und senkte die Stimme verschwörerisch. »Bei seinem letzten Survival-Camp ist nämlich ein Kandidat tödlich verunglückt.«

Sie machte eine technische Pause, um das Gesagte noch dramatischer wirken zu lassen. In dem Moment kam ein älterer Kollege vorbei, grüßte und nahm sich ein Glas Leitungswasser. Luise Kunert beschäftigte sich wieder geflissentlich mit der Teezubereitung. Ich blieb abwartend stehen.

»Ein jüngerer Mann ist bei einer Übung abgestürzt«, fuhr sie leise fort, als der Kollege gegangen war. »In eine tiefe Schlucht ist er gefallen. Stellen Sie sich das vor: Sein Körper war völlig zerschmettert.«

Mit feuchten Augen starrte sie auf den Boden und knetete ihre Hände.

»Das klingt ja furchtbar«, sagte ich, jetzt doch etwas verunsichert. »Und wer war an dem Unglück schuld? Ich bin sicher, bei so einem Survival-Camp gibt es doch höchste Sicherheitsstandards.«

»Also, Frau Magister, was Sie alles wissen wollen«, sagte die Kunert. »Auf jeden Fall hat es den Herrn Wegner den Job gekostet. Bestimmt hat er irgendeine Sorgfaltspflicht verletzt. Das vermute ich. Man muss immer Recht und Unrecht auseinanderhalten, das ist ganz wichtig, nicht wahr. Jetzt gibt es eine neue Leiterin. Eine ganz außergewöhnliche Person soll das dem Vernehmen nach sein.«

Sie rückte sich die Brille zurecht.

»Man erzählt sich einiges über diese Dame. Wirklich allerhand, was man da so hört.«

Sie nestelte nervös am Teebeutel.

»Und was erzählt man sich genau?«, fragte ich ungeduldig.

Am liebsten hätte ich die Vogelscheuche gepackt und geschüttelt. Ich hasste ihre Art zu sprechen. So wichtigtuerisch. Betulich. So Kunert, eben.

»Also es ist so, Frau Magister. Ich habe gehört, dass sie eine Elite-Ausbildung hat. Mehrere Studien von Top-Universitäten. Dazu ist sie eine Kampfsport-Amazone mit allen Auszeichnungen, die es gibt. Beinhart soll sie sein. Ja, man munkelt, dass sie hauptberuflich ein hochkarätiger Coach ist, für Unternehmen und auch für Privatpersonen. Eine erkleckliche Zahl Prominente darunter. Ein ganz großes Kaliber, wie man so sagt. Der Herr Doktor Landkron schwört auf sie. Was sie sagt, hat Gewicht. Wenn sie jemanden für geeignet hält, ich meine, dann …«

Luise Kunert versagte die Stimme. Eine Träne rann über ihre Wangen. Ich sah sie ungläubig an.

»Aber das macht doch alles keinen Sinn«, sagte ich. »Warum sollte gerade ich so eine Chance erhalten?«

»Offenbar sieht die Gant in Ihnen mehr als in mir«, murmelte sie. »Ich habe versagt. Ich habe schon vor dem Survival-Camp versagt …«

Sie rang eine Weile um ihre Fassung, atmete tief ein und aus. Dann setzte sie ihre Brille wieder auf und goss den neuen Tee für die Hexe auf. Vorsichtig stellte sie die Kanne auf ein Tablett und eilte davon. Ich sah ihr nach. Ich und eine Führungsposition? Unsinn. Die Gant wollte mir nur etwas Zufleiß machen. Ihre einzige Absicht war es, mich scheitern zu sehen. Sie wollte mich nicht nur kündigen, sie wollte mich vernichten.

Ich kehrte in mein Büro zurück und warf einen Blick auf die Broschüre. *Swiss Survival-Camp in Gstaad – das Abenteuer ihres Lebens,* stand da. *Transformieren Sie Körper und Geist. Erschaffen Sie sich selbst neu wie der Phönix aus der Asche.* Auf Seite zwei dann Fotos von Wald und Wiese, Zelten und einer Gruppe Menschen, die am Lagerfeuer saßen. Das sah beruhigend harmlos aus. *Schwerpunkte: Survival-Psychologie, Verhalten in Notsituationen und persönliches Erfolgs-Coaching,* stand darunter.

Was zum Teufel führte die Gant im Schilde? Wozu sollte ich etwas über Survival in Notsituationen lernen? Jede Begegnung mit der Hexe war eine Notsituation. Und wieso hatte die Gant meine Kündigung geflissentlich überhört? Mir wurde immer heißer. Mit einem Akt fächerte ich mir Luft zu.

Ich brauchte wieder einmal den Rat meiner Freundinnen, so viel stand fest. Wir hatten für Samstag ein Treffen ausgemacht, aber noch nichts Konkretes vereinbart. Ich rief Klara an. Sie hob nicht ab, war wohl gerade bei Gericht oder im Gespräch mit Klienten. Nach kurzem Überlegen rief ich Sophie an. Sie hatte heute zwar alle möglichen Termine, aber vielleicht hatte ich ja Glück.

»Sophies Selbsthilfegruppe für Leute, die ihren Job nicht mögen«, meldete sie sich.

»Ehrlich gesagt, ich weiß nicht, was ich von meinem Job halten soll. Die Gant hat mich gerade in ein Survival-Camp in der Schweiz geschickt und meinen Kündigungsversuch ignoriert. Es beginnt schon nächsten Mittwoch.«

»Du und Camping? Das ist ja der Witz des Tages, haha.«

»Survival-Camp. Das, was ich jeden Tag in der Versicherung mache. Überleben. Von einem Tag zum nächsten. Bei der letzten Veranstaltung ist ein Teilnehmer gestorben.«

»Wie bitte? Tot? Um Gottes Willen. Wozu soll so ein Survival-Camp überhaupt gut sein? Was führt die Hexe jetzt wieder im Schilde?«

»Da frage ich mich auch. Ich wollte kündigen, aber sie hat mir nicht zugehört.«

»Schräg. Und was hast du jetzt vor? Du brauchst einen Plan.«

»Ich habe einen Plan. Wenn alle Stricke reißen, werde ich Strand-Testerin.«

»Guter Plan, Yvy. Ich habe gleich einen Termin. Treffen wir uns morgen zu Mittag im Krapfenwaldlbad? Lass uns dann alles besprechen.«

»Du willst ins Bad? Ich dachte an Kino, diesen neuen Film, über den wir unlängst gesprochen haben.«

»Ach was, vergiss das Kino. Das Wetter ist herrlich. Hochsommer im Mai. Sonne, Bikini, Flipflops, Sonnenbrille, Blumenwiese, Eis essen, braun werden. Das ist doch fast dein geliebtes Mojito-Feeling, nur mit Pool und Wiese statt Meer und Strand. Und Aperol-Spritzer statt Mojitos.«

Da musste ich Sophie Recht geben. Ich hatte das Bacardi-Feeling aus der Werbung für mich in Mojito-Feeling umbenannt, weil der köstliche Cocktail aus hellem, kubanischen Rum, Limettensaft, Minze, Rohrzucker und

Sodawasser mein absoluter Lieblingscocktail war. Ein Lebensgefühl wie im Urlaub in tropischen Gefilden. Sommersonne und Lebensfreude. Sinnlich in jeder Hinsicht. Barfuß im weichen, weißen Sand spazieren. Das Meer riechen. In türkisfarbenen Lagunen mit den Fischen um die Wette schwimmen. Das Gefühl, zur richtigen Zeit am richtigen Ort zu sein. Mit den richtigen Menschen um mich herum. Tun, was ich liebe. Mit Mister Right an meiner Seite. Mich rundum großartig zu fühlen. Wie im Paradies eben. Im Gegensatz zur täglichen Hölle der Silberstreif-Versicherung.

»Yvonne, ich muss gleich los«, insistierte Sophie. »Gehen wir jetzt morgen baden? Ich frage Klara, ob sie auch Zeit hat.«

»Ist okay, wenn du nicht diesen Badeanzug mit dem psychedelischen Muster anziehst. Davon bekomme ich Kopfweh.«

»Na ja, dann muss ich aber nackt schwimmen. Oder ich schaffe es morgen vor unserem Treffen noch in ein Geschäft.«

»Tu mir einen Gefallen und kauf dir einen schlichten, einfarbigen Bikini oder Badeanzug, Sophie. Elegant. In einer dezenten Farbe.«

»Wie du befiehlst, Yvy. Ich schaue, was sich machen lässt. Also morgen um zwölf im Bad? Gleicher Liegeplatz wie immer? Im überfüllten Schwimmbecken kannst du dann gleich survival üben.«

»Ja, bis dann. Ich freu mich.«

Der Samstag war tatsächlich ein herrlicher Frühsommertag. So einen warmen Mai hatte es schon lange nicht gegeben. Ich frühstückte gemütlich auf dem kleinen Balkon meiner Wohnung, packte meine Badesachen zusammen und ging gutgelaunt um zwölf Uhr mittags in Richtung große Liegewiese im Krapfenwaldlbad.

Das gemütliche Freibad im Nordwesten Wiens am Rande des Wienerwaldes, kurz Krawa genannt, war eines der beliebtesten Schwimmbäder der Stadt. Was sicherlich zu einem erheblichen Teil seiner Lage zu danken war, nämlich mitten in einem Föhrenwald mit Panoramablick über ganz Wien. Sogar vom Schwimmbecken aus hatte man eine herrliche Fernsicht. Für den Hunger und Durst, den Sonne und Schwimmen mit sich bringen, gab es zwei Imbissbuden und eine kleine Bar. Für mich der beste Platz, um alle Probleme zu vergessen.

Das Bad war heute erst halb voll. Schon aus der Ferne sah ich Sophie in einem quietschbunten Bikini auf einem rosa Handtuch mit gelben Herzen sitzen. Sie sah aus wie ein Papagei aus dem Amazonas.

»Überraschung«, rief sie, als ich vor ihr stand. »Wie findest du ihn?«

Ich betrachtete das gute Stück und versuchte, die Farben darin zu zählen.

»Ich weiß, ich weiß«, sagte Sophie. »Schlicht und elegant, hast du gesagt. Aber das bin nicht ich. Der hier hat einfach nach mir gerufen. Ganz laut. Noch dazu war er fünfzig Prozent ermäßigt. Abverkauf.«

»Wirklich? Das merkt man gar nicht.«

»Nächstes Mal kaufe ich etwas ganz Schlichtes, versprochen«, sagte Sophie schuldbewusst. »Ich weiß, dass meine Haare schon bunt genug sind.«

»Das glaube ich erst, wenn ich es sehe. Lass uns ins Wasser gehen, mir ist heiß. Kannst du mir noch schnell den Rücken eincremen?«

Ich breitete mein Handtuch aus und setzte mich neben meine Freundin. Dann reichte ich ihr mein Sonnenspray und drehte ihr den Rücken zu.

»Dein Bikini ist wirklich raffiniert geschnitten«, sagte Sophie. »Passt dir super. Ich hätte gerne deinen Schick.«

»Ein einfarbiges oder sehr dezent gemustertes Modell würde schon reichen«, seufzte ich. »Ganz viel Creme auf die Schultern, bitte. Ich will am Abend nicht aussehen wie ein Krebs.«

Wir steuerten das Schwimmbecken an. Auf einer Decke saßen mehrere Jugendliche und starrten uns an.

»Habt ihr die Frau gesehen?«, hörte ich einen Burschen rufen. »Ein Blick und du bist im Delirium.« Die Gruppe lachte.

Ich musste ein Kichern unterdrücken. Er hatte recht. Der Bikini war wie ein Ausnahmezustand. Vielleicht konnte ich ihn mir von Sophie für das Survival-Camp ausborgen. Man konnte damit sicher jeden erschrecken, von den Camp-Teilnehmern bis zu wilden Tieren. Sophie hatte nichts mitbekommen und tauchte vorsichtig einen Fuß ins Schwimmbecken.

»Kalt«, sagte sie und schüttelte sich. »Du zuerst.«

Der Aufforderung kam ich gerne nach. Ich war eine Wasserratte und liebte es, stundenlang zu schwimmen. Egal, wie kalt das Wasser gerade war. Ich kletterte über die Leiter in das fast leere Becken und sah Sophie auffordernd an. Sie tastete sich Stufe um Stufe langsam vor. Neben ihr sprang ein baumlanger Jugendlicher mit einer orangen Badehose ins Wasser und spritzte ihr eine volle Ladung Wasser ins Gesicht.

»Hallo!?«, rief sie, »Hast du denn keine Augen im Kopf?«

Der Typ reagierte gar nicht, er war schon wieder untergetaucht.

»Wenn man drinnen ist, ist es ganz angenehm«, sagte Sophie, als sie neben mir schwamm. »Klara kommt übrigens nach. Sie muss wie üblich Akten abarbeiten.«

Eine ältere Dame mit grellgelber Badehaube mit grünen Plastikblumen darauf kam uns entgegen. Das wäre die optimale Ergänzung zu Sophies neuer Beachwear, dachte ich.

»Du musst mir noch von diesem Camp erzählen, auf das dich die Gant schicken will«, sagte Sophie.

Plötzlich wurde unsere Unterhaltung von ohrenbetäubendem Lärm gestört. Neben uns schwammen drei junge Mädchen mit Zahnspangen. Sie bespritzten sich, kreischten und drückten sich gegenseitig unter Wasser.

»Später. Ist mir zu laut hier!«, rief ich.

Zwei Halbwüchsige sprangen knapp neben den Mädchen ins Becken. Noch mehr Gekreische.

»Ich geh mich jetzt sonnen«, sagte Sophie. »Kommst du mit?«

Sie steuerte die Leiter an. Langsam kletterte sie aus dem Becken. Ich dachte an einen eiskalten Aperol-Spritzer und folgte ihr zurück zu unserem Liegeplatz. Dort erwartete uns Klara.

»Hi Klara«, rief Sophie, »wie schön, dass du schon da bist.«

Unsere Freundin lag auf einer durchsichtigen Luftmatratze in der Sonne und blickte von ihrem Buch auf. Wie eine Diva sah sie aus. Eleganter, olivfarbener Badeanzug, Sonnenbrille und großer Sonnenhut. Ich blieb knapp vor ihr stehen und hielt mir den Arm als Sonnenschutz vors Gesicht.

»Hallo Frau Anwältin, was machst du denn hier? Ist deine Kanzlei abgebrannt?«

Sie verzog das Gesicht zu einem Grinsen.

»Nicht, dass ich wüsste.«

Ihr Blick blieb an Sophies Bikini hängen.

»Wenn dein Leben nicht kunterbunt ist, hast du die falsche Freundin«, sagte sie. »Schick siehst du aus, Yvonne. Du bist unsere Modequeen.«

»Danke. Du siehst auch toll aus, Klara. Ich fasse es nicht, dass du einmal Zeit hast, ins Bad zu gehen.«

»Zeit habe ich nie«, entgegnete sie. »Aber ich brauche dringend einen freien Tag. Amoklauf-Prävention. Was haltet ihr von einem kühlen Drink?«

»Sehr viel«, sagte Sophie, »ich verdurste gleich. Und Appetit habe ich auch schon. Ich ziehe nur meine nassen Sachen aus.«

Mein eiskaltes Getränk rückte in greifbare Nähe. Sophie eilte zur Umkleidekabine. Ich wickelte mich in mein Badetuch ein und wechselte darunter schnell den Bikini. Darüber zog ich ein weißes Strandkleid an. Kurz darauf kam Papagei Sophie in ihrem alten Badeanzug über die Wiese gelaufen und griff nach einem knallroten Pareo mit schwarzen Punkten, der den Look nicht besser machte. Klara sah mich an und verdrehte die Augen. Dann schlüpfte sie in einen hübschen, olivfarbenen Rock.

Wir steuerten die kleine Imbissbude am höchsten Punkt des Bades an. Es roch verlockend nach Pommes Frites und Gegrilltem.

»Einmal Salat mit Schafskäse und einen Aperol-Spritzer«, bestellte ich. »Das Getränk sehr kalt, bitte.«

»Für mich dasselbe«, rief Klara.

»Gute Idee, das nehme ich auch«, sagte Sophie. »Und eine große Portion Pommes mit Grillwürstel dazu. Mit Senf und Ketchup.«

Mit unseren beladenen Tabletts steuerten wir die große Terrasse an und ergatterten gerade noch den vorletzten Tisch.

»Prost«, sagte ich und nahm einen großen Schluck von meinem Aperol-Spritzer. Er schmeckte himmlisch. Richtig kalt und sehr fruchtig, genau so, wie ich es mochte.

»Erzähl schon, Sophie, wie war denn jetzt dein Date mit Mister Bombastic aus dem Internet?«, bat Klara.

»Also: Der Typ ist attraktiv und er kann gut tanzen. Aber er war irgendwie komisch.«

»Definiere komisch«, fiel ihr Klara ins Wort.

»Na ja, er war aufdringlich. Hat ständig Körperkontakt gesucht. Hat erklärt, dass ich seine Traumfrau bin. Und das beim ersten Treffen. Ich frag ihn, was er diese Woche noch so vorhat. Sagt er: Ich stell dich meiner Mutter vor und suche ein Haus für uns, in dem wir leben können. Mit meiner Mutter zusammen.«

Sophie schob ein Pommes in ihren Mund und kaute darauf herum.

»Zuerst habe ich das noch amüsant gefunden. Ich dachte, er hat einen guten Humor.«

»Und dann?«, fragte ich.

»Dann hat er mir Fotos von einer Kanaren-Reise mit seiner Mutter im Winter gezeigt«, fuhr sie fort. »Er hat gesagt, dass wir nächstes Jahr zu dritt fahren können. Er wollte sofort eine Insel festlegen. Und er hat mich ersucht, nicht über Politik zu sprechen. Das schätzen er und seine Mutter nicht. Seinem feuchten Gutenachtkuss bin ich zu spät ausgewichen. Seitdem schickt er mir täglich SMS.«

Sie kräuselte ihre Lippen auf typische Sophie-Art, wenn sie etwas nicht so gut fand.

»Was schreibt er in den SMS?« fragte ich.

»Dass seine Mutter endlich Enkelkinder möchte und dass er nicht mehr warten kann.«

Klara verzog angewidert das Gesicht und schüttelte den Kopf.

»Du Arme, das klingt wirklich schlimm«, sagte ich.

»Ich sage ja, ich ziehe immer nur Chaos an«, jammerte Sophie.

»Wenn er dich weiter belästigt, zeigen wir ihn wegen Stalking an«, sagte Klara.

»Das wird nicht nötig sein. Ich habe heute in der Früh seine Mutter angerufen und ihr erklärt, dass ich weder ihren Sohn noch Kinder von ihm will. Sie hat versprochen, sich darum zu kümmern, dass er seine Tabletten regelmäßig nimmt und mich nicht mehr kontaktiert.«

Klara und ich sahen Sophie entsetzt an.

»Das tut mir so leid für dich, Sophie«, sagte ich nach einer Weile. »Der Kerl war eine Mogelpackung.«

»Schon gut, Yvy«, erwiderte Sophie. »Das Erlebnis zeigt mir, dass ich noch an mir arbeiten muss. Richtig verlieben kann ich mich eben nur in farbenfrohe Bademode. Ich pfeife auf alle Männer und lege erst mal eine Beziehungspause ein.«

Sie runzelte die Stirn.

»Da bin ich ganz bei dir«, schnaubte Klara. »Gerald ist gestern aus der Wohnung ausgezogen, und ich bin ab sofort auch wieder offiziell Single. Mein Kodex Strafrecht steht mir sowieso näher als er.«

Sie stach mit der Gabel auf eine Olive in ihrem Salat ein, als wollte sie sie ermorden. Den fünf Schülern am Nebentisch, die grölend lachten, warf sie ihren vernichtenden Anwältinnenblick zu. Mit Erfolg. Die Jugendlichen verschwanden Richtung Liegewiese.

»Er war noch narzisstischer als seine Vorgänger«, fuhr sie fort. »Mit Anwälten und Richtern bin ich durch, das sage ich euch. Alles Angeber und Zwangsneurotiker. Und mit Mandanten auch. Alles Jammerlappen. Ich bleibe allein mit meinen Gesetzbüchern.«

Sie leerte ihr Glas mit einem langen Zug und knallte es dann auf den Tisch. Ich legte meine Hand auf ihren Arm, um sie zu beruhigen.

»Der Punkt ist: Wir haben zu lange gewartet. Sophie und ich sind schon zweiundvierzig. Und Du, Yvonne, feierst bald deinen Vierziger. Alle guten Männer sind besetzt.«

Sie rieb ihr Ohrläppchen, wie immer, wenn sie sich aufregte.

»Ach was, ich werde die Hoffnung nie aufgeben«, warf ich ein. »Ich schulde meinen romantischen Träumen ein Happy End.«

»Ja ja, die Hoffnung stirbt zuletzt«, spottete Klara.

»Drei Gläser Rotwein. Den Zweigelt, bitte«, rief Sophie dem Kellner zu. »Bevor wir total ins Negative kippen, trinken wir lieber was. Lasst uns heute nicht mehr über Männer reden.«

»Gute Idee, der Zweigelt hier hat so ein köstliches Kirscharoma«, seufzte Klara.

Das war mein Stichwort.

»Apropos Kirscharoma … «, legte ich los.

»Die Sache hat sicher einen Haken«, sagte Klara, nachdem ich meinen Freundinnen die Geschichte mit dem Survival-Camp berichtet hatte. »Die Gant würde ihrem Liebling Luise Kunert doch nichts wegnehmen, wenn sie nicht triftige Gründe hätte. Ich glaube, die Hexe möchte dich scheitern sehen. Dann hat sie deine psychologische Bewertung schwarz auf weiß und kann dir auch noch ein schlechtes Arbeitszeugnis schreiben.«

»Genau das vermute ich auch«, gab ich zurück. »Und wenn ich nicht am Camp teilnehme, wird sie mir das auch ankreiden. Also ist es sowieso egal, was ich mache.«

»Warte doch erst mal ab, Yvy«, sagte Sophie, vielleicht macht dir das Survival-Camp ja Spaß, und die neue Leiterin ist nicht so übel. Immerhin scheint sie keine Bekannte der Gant zu sein, und die Silberstreif-Versicherung zahlt alles. Nicht zu vergessen: Die Kunert will es unbedingt. Also solltest du hinfahren und ihr auf keinen Fall das Feld überlassen.«

»Aber Sophie«, jammerte ich, »ich bin völlig unsportlich und Disziplin ist auch nicht gerade meine größte Tugend. Ich könnte dort volle Länge scheitern. Ganz zu schweigen von dem Todesfall.«

»Yvonne«, sagte Sophie und lächelte mich milde an, »bleib cool. Wie die Protagonisten in deinem Bacardi-Spot.«

»Aber ich habe überhaupt keine Orientierung. Ich finde Adressen nicht einmal mit dem Navigator. Und ich bin so ungeschickt. Feuer machen oder eine Unterkunft bauen schaffe ich nie. Ich komme ja nicht einmal mit meinem automatischen Regenschirm klar.«

Sophie lachte.

»Weißt du«, sagte sie, »ich bin Psychologin und beobachte täglich viele Menschen. Ich kann dir sagen: Du bist etwas Besonderes. Wie soll ich es formulieren – du hast einen gewissen Esprit, der dich einzigartig macht. Du bist ausgesprochen kreativ, witzig, scharfsinnig, schlagfertig, sensitiv und charmant. Du hast so eine Art inneren Kompass, der den Weg kennt.«

»Aber ich bin so tollpatschig, denk doch an meinen Sturz im Zimmer der Hexe«, sagte ich.

»Manchmal. Wenn die Angst überwiegt. Aber wenn du auf deine Ressourcen vertraust, wirst du Erfolg haben. Du löst Probleme auf deine eigene, kreative Art, auf die kein Mensch außer dir kommen könnte.«

»Ja, ich bin ein kreativer Tollpatsch«, lachte ich. »Die Pippi Langstrumpf der Versicherungsbranche. Dein Vertrauen rührt mich, Miss Freud. Wenn ich bloß nicht zerschmettert in der Schlucht liege.«

»Ach was«, erwiderte Sophie. »Wer andere zu mobben sucht, liegt bald selbst zerschmettert in der Schlucht.«

Sie zwinkerte mir zu.

»Hast du einen Kurs für coole Reime besucht?« fragte ich.

»Nein, aber ich weiß über das Karmagesetz Bescheid. Jede Ursache zieht eine Wirkung nach sich. Wer andern eine Grube gräbt, fällt selbst hinein. Und das dürfte in dem Fall die Gant sein.«

»Schön wär's«, seufzte ich. »Aber ich habe da nicht allzu viel Hoffnung. Außer, sie kommt zum Survival-Camp nach und seilt sich über die Todesschlucht ab.«

»Was redet ihr da für Unsinn«, sagte Klara. »Karmagesetze? Alles Quatsch. Es gibt reale Gesetze gegen Mobbing. Wir verklagen die Gant auf Mobbing, und du kündigst am Montag ganz offiziell. Du kannst bei mir in der Kanzlei arbeiten, bis du einen neuen Job gefunden hast.«

Sie strich sich energisch die blonden Haare aus dem Gesicht. Jetzt war sie ganz in ihrem Element.

»Glaub mir: Wenn ich mit der Gant fertig bin, wird nichts mehr von ihr übrig sein.«

»Danke, Klara, das ist lieb von dir. Ich schätze deine Bemühungen und deine Freundschaft sehr. Aber ich möchte weder Zeit noch Energie an die Gant verschwenden.«

Ich lehnte mich zurück und sah meine Freundinnen an.

»Klara, Sophie, ich habe mich soeben entschieden«, sagte ich feierlich.

Die beiden sahen mich gespannt an.

»Ich werde am Survival-Camp teilnehmen.«

Kapitel 3

Ich schaute auf meine Armbanduhr. Erst fünfzig Minuten vergangen. Volle drei Stunden dauerte die Fahrt von Zürich Hauptbahnhof bis Gstaad. Ich gähnte und streckte mich im Sitz. Hoffentlich konnte ich die nächsten zwei Wochen endlich einmal ausschlafen. Man musste ja nicht schon am frühen Morgen Survival spielen. Ich nahm einen großen Schluck aus meiner Wasserflasche. Draußen zogen Wiesen und Wälder vorbei. Der Himmel war wolkenlos, und die Sonne schien ins Zugabteil.

Die vergangenen Tage hatte ich wie in Trance verbracht. Über meine spontane Entscheidung, am Survival Camp teilzunehmen, war ich selbst überrascht gewesen. Aber da musste ich jetzt durch. Egal, was mich dort erwartete. Gestern hatte ich der Gant die aufgearbeiteten Akten gebracht und mich verabschiedet.

»Sie haben sich also entschlossen, am Camp teilzunehmen«, hatte sie mit einem grausamen Zug um den Mund gesagt. »Dann wünsche ich Ihnen viel Glück.«

Die guten Wünsche waren sicher nicht ehrlich gemeint. Wahrscheinlich sah sie mich schon zerschmettert in der Schlucht liegen wie den Teilnehmer des letzten Camps. Aber da irrte sich die Hexe. Den Gefallen würde ich ihr nicht tun.

Meine Wohnungsschlüssel hatte ich Klara überlassen. Sie war gerade auf der Suche nach einer Unterkunft für eine gute Freundin aus Deutschland, die überlegte, nach ihrer Scheidung ganz nach Wien zu ziehen.

»Ich hätte da einen Vorschlag, Yvonne«, hatte sie gesagt. »Ich quartiere Anita bei dir ein, solange du weg bist. Dann muss sie nicht bei mir oder im Hotel wohnen, während sie überlegt, wie es bei ihr weitergehen soll. Ich übernehme dafür deine Fixkosten und lasse die Wohnung putzen, bevor du wiederkommst. Wenn du noch einen Urlaub in diesem schönen Hotel anhängen willst, kein Problem.«

Das war mir mehr als recht gewesen, auf Klara konnte ich mich immer verlassen. Unter dem Sitz ertastete ich meine Lieblingshandtasche von Louis Vuitton. Ich zog einen Taschenspiegel heraus und betrachtete meine neue Frisur. Blonde Strähnchen hellten meine brünetten Locken auf. Richtig strahlend sah ich damit aus. Mein Leben war nicht perfekt, aber meine Frisur war es. Ich verstaute den Spiegel in einem Seitenfach der Tasche und kramte die Unterlagen heraus. *Swiss Survival Camp – das Abenteuer ihres Lebens. Treffpunkt der*

Gruppe: Grandhotel The Alpina Gstaad, dreizehn Uhr, stand da, dick unterstrichen. Immerhin das beste Fünf-Sterne-Hotel weit und breit, wie mir Doktor Google mitgeteilt hatte.

Ich zog den Internet-Ausdruck hervor und las ihn noch einmal durch: *Als Inbegriff von Luxus und alpiner Eleganz setzt das 5-Sterne-Luxushotel The Alpina Gstaad neue Maßstäbe. Authentischer Alpenstil und Schweizer Chic verbinden sich zu einem unvergleichlichen Erlebnis. The Alpina Gstaad – Beyond the expected.*

Beyond the expected? Ich fragte mich, was damit gemeint war. Goldplättchen im Whirlpool? Marmorfliesen und Nagellacktrockner im Badezimmer? Immerhin hatte mich die Silberstreif-Versicherung offenbar im besten Haus in Gstaad untergebracht. Ich hatte es mir auch redlich verdient. Eine kleine Vergütung für die Qualen, die mir die Hexe das ganze Jahr über zufügte. Von diesem Luxusschuppen aus konnte ich mir gut vorstellen, ein wenig Survival zu spielen. Ein geprellter Knöchel, und ich könnte mich gleich wieder ins Hotel zurückziehen, das Spa erkunden und Cocktails schlürfen. Guter Plan.

Beyond the Expected. Genauso wollte ich auch aussehen. Man konnte nie wissen, wen man hier treffen würde. Vielleicht einen attraktiven Schweizer Geschäftsmann? Wäre doch möglich. Aus diesem Grund trug ich meinen schwarzen Bleistiftrock, sündhaft hoch geschlitzt, dazu eine schwarz-weiße Seidenbluse und die neuen Louboutins, auf die ich so stolz war. In Metallic-Rot mit der markentypischen, rot lackierten Sohle. Dreizehn Zentimeter Absatz. Erst vor zwei Wochen hatte ich sie im Internet bei einem Special Sale erstanden und noch kein einziges Mal getragen.

So schön. So teuer. So unbequem. Ich schlüpfte aus den Schuhen und rieb mir die schmerzenden Zehen. Ich hatte sie in Größe einundvierzig bestellt, zweiundvierzig oder dreiundvierzig gab es bei dieser Marke leider nicht. Warum musste ich auch so riesige Füße haben? Egal. Louboutins waren ein Statement. Was machte es da schon aus, wenn sie rieben und drückten.

Ein schickes Dirndl von einer österreichischen Designerin hatte ich auch in meinen Koffer gepackt, nachdem ich das mit dem authentischen Alpenstil in der Hotelbeschreibung gelesen hatte. Es war hellgrün mit Rosenprint und abgerundetem Ausschnitt mit Bortenverzierung, und es hatte eine altrosa Seidenschürze und eine weiße Spitzenbluse. Außerdem hatte ich altrosa Seidenblumen für die Haare eingepackt, um den Look zu verfeinern.

»Findest du das Dirndl nicht zu gewagt?«, hatte Klara gesagt, als sie mich das erste Mal darin gesehen hatte.

Nein, ich fand es nicht zu gewagt. Es stand mir und war genau richtig. Na gut, es endete über dem Knie. Eine Hand breit. Und der Ausschnitt war ziemlich tief. Und es war etwas zu eng. Das Dirndl schnürte mir die Luft ab, aber es war nun mal im Black-Friday-Sale das schönste Modell gewesen. Also: Luft anhalten. Was für meinen Geschmack schon genug Survival war.

Dafür hatte ich nach kurzem Überlegen die zweite Wanderhose wieder ausgepackt. Wer brauchte zwei Wanderhosen? Ich nicht. Bei so einem Dirndl. Und jetzt brauchte ich ein wenig Schönheitsschlaf. Ich verstaute die Unterlagen wieder in meiner Tasche. Dann schloss ich die Augen.

»Bahnhof Gstaad«, hörte ich eine Stimme rufen.

Ich setzte mich auf und warf einen Blick aus dem Fenster. *Gstaad Hauptbahnhof,* stand da. Ich hatte es tatsächlich geschafft. Langsam stand ich auf, zwängte mich in meine Louboutins und zog meinen beigen Blazer über. Vorsichtig hob ich meinen Porsche-Roadster-Koffer in Graumetallic von der Ablage. Der Koffer war der sportliche Anteil von mir. Ich stieg aus dem Zug und machte mich auf die Suche nach einem Taxi.

»Guten Tag, ins Hotel Alpina Gstaad, bitte«, sagte ich zu dem Taxifahrer und musterte ihn durchs Autofenster. »Und könnten Sie vorher noch eine kurze Stadtrundfahrt mit mir machen?«

»Grüeziwohl in Gstaad, gerne.«

Der blondgelockte Jüngling sprang aus dem Auto und öffnete mir die Hintertür. Dann verstaute er meinen Koffer und fuhr los.

Ich war beeindruckt, als ich aus dem Fenster sah. Wiesen mit Wildblumen, einige Kühe und jede Menge imposante Häuser mit blumengeschmückten Balkonen. Hier konnte man sich wohlfühlen.

»Gstaad liegt auf eintausendfünfzig Metern über Meer im Berner Oberland«, erklärte der Taxifahrer. »Zermatt hat das Matterhorn. Gstaad hat den Eggli. Den Schafberg. Die Wispile. Und die größte Milliardärsdichte in der Schweiz. Die wenigsten davon sind echte Berner, meistens sind es Zuzügler, die die teuersten Chalets besitzen. Viele Prominente sind und waren hier schon zu Gast wie Madonna, Bono von U2, Roger Moore und Bernie Ecclestone.«

Ein Ferrari überholte uns. Soweit ich es erkennen konnte, sah der Mann darin gut aus. Die Gegend hier gefiel mir gleich noch besser. Und erst die schicken Geschäfte und die schönen Holzhäuser.

»Das sind landestypische Chalets mit aufwändigen Schnitzereien und bunten Malereien«, führte mein Chauffeur aus. »Hier im Zentrum gibt es vor allem Banken und Luxusshops von Cartier, Ralph Lauren, Prada, Chanel. Wenn Sie wollen, halte ich hier und Sie können eine Runde drehen.«

»Nein, danke«, sagte ich, »ich schaue lieber nicht in die Auslagen der Geschäfte, sonst komme ich nie bei meinem Seminar an. Und ich habe keinen Platz mehr in meinem Trolley.«

Das Hotel Alpina Gstaad sah aus wie ein Schloss. Ein lang gezogener Gebäudekomplex mit wunderschönen Holzbalkonen und vier Türmchen an den Außenseiten. Vor dem Eingang wartete ein Bediensteter, der mir die Autotür öffnete.

»Guten Tag, Madame«, begrüßte er mich und holte meinen Trolley aus dem Kofferraum.

Ich bezahlte und folgte dem Bediensteten in die riesige, blumengeschmückte Empfangshalle mit eleganter Holztäfelung. Ganz nach meinem Geschmack. An der Rezeption fragte ich nach einem Zimmer auf meinen Namen.

»Es tut mit leid, Madame, wir haben keine Reservierung unter Yvonne Reich«, sagte der Rezeptionist.

»Dann vielleicht unter Silberstreif-Versicherung oder Swiss Survival Camp?«

Nichts. Nun gut, die Sache würde sich sicher aufklären. Es war erst zwanzig Minuten vor eins, also würde ich erst einmal in der Lobby warten. Ich sah mich in der Halle um und entdeckte eine Hinweistafel. Cocktailbar im ersten Stock. Genau das brauchte ich jetzt. Mit dem Lift fuhr ich samt Gepäck hinauf, platzierte mich an der Bar und bestellte bei dem dunkelblonden Barkeeper einen XL-Mojito. Kurz darauf stellte er mit charmantem Lacheln ein riesiges Cocktailglas vor mir ab.

»Bitte schön, sagte er, sehr zum Wohl, Madame. Genießen Sie Ihren Cocktail.«

Ein biegsamer, gedrehter XL-Strohhalm in Neongelb mit aufgesteckter Palme gab dem Drink den gewissen Extra-Kick. Passte zum exquisiten Hotel und den grünen Minzeblättern.

»Wow, der Strohhalm ist ja der Hit«, schwärmte ich, als der Barkeeper wieder in meine Richtung sah.

»Ja, das sind unsere neuen, ultralangen Metallstrohhalme. Man kann sie zusammenfalten.«

Er öffnete eine Lade hinter dem Tresen und holte etwas heraus.

»Hier, für Sie, Lady«, sagte er gönnerhaft und überreichte mir ein Säckchen, auf dem *Turtleneck Straw* stand. »Ein Andenken an unser Hotel.«

Ich sah hinein. Der neongelbe Strohhalm, klein zusammengelegt. Daneben steckte die Palme, ebenfalls zusammengeklappt. Turtleneck. Ein Schildkrötenhals-Strohhalm. Wie cool war das denn?

»Vielen Dank«, sagte ich und strahlte ihn an. »Ich werde das Hotel sicher nie vergessen.«

Der Cocktail war genauso lecker, wie er aussah. Nachdem ich einige Selfies von mir und dem Mojito geschossen hatte, schickte ich die besten an Klara und Sophie.

Prost und viel Spaß, du Überlebenskünstlerin, schrieb Klara sofort zurück.

Den werde ich sicher haben, antwortete ich.

Grüße von meiner Borderline-Selbsthilfegruppe Übermut-tut-selten-gut, schrieb Sophie kurz darauf. *Hab gerade Pause und bräuchte auch so einen Drink. Dringend.*

Ich checke hier auch meine Borderline, schrieb ich zurück. *Aber Übermut tut manchmal gut.*

Ich nahm noch einen großen Schluck. Der Mojito war erstklassig. Und stark. Ich merkte, wie ich immer beschwingter wurde. Und beschwipster – das mussten die Minzeblätter sein. Hoffentlich gab es bald Mittagessen. Ich suchte den Bacardi-Song am Handy, spielte ihn leise ab und sang mit. Das Survival-Camp fing gut an.

Plötzlich sah ich aus dem Augenwinkel, wie mich ein unsympathischer Riese mit Glatze musterte. Er trug eine Art Army-Jumpsuit im angesagten Bundesheer-Flecktarn-Muster und dazu schwarze Schnürstiefel. Nein, danke. Nicht mein Typ. Da war mir ein netter Schweizer Geschäftsmann mit Anzug und Krawatte lieber. Ich trank aus und bezahlte. Meinen Turtleneck-Strohhalm verstaute ich sorgfältig in meiner Louis-Vuitton-Tasche.

Jetzt ab ins Restaurant, dort würde ich sicher den Rest der Gruppe treffen. Torkelnd machte ich ein paar Schritte Richtung Lift. Plötzlich stand der Glatzkopf vor mir und versperrte mir den Weg.

»Frau Reich?«, knurrte er. Er blickte auf einen Zettel. »Yvonne Reich?«

Der Typ sah aus wie Conan der Barbar. Muskulös und gute Ein-Meter-neunzig groß, tätowiert.

»Ja, die bin ich«, entgegnete ich und unterdrückte ein Kichern. »Und mit wem habe ich das Vergnügen?«

»Ich bin Kevin, der stellvertretende Leiter des Swiss Survival Camps«, sagte er und drückte meine Hand so fest, dass eine Welle von Schmerz durch meinen Körper fuhr.

»Hallo«, ächzte ich. »Ich wollte gerade ins Restaurant gehen. Gibt es ein gemeinsames Mittagessen?«

Kevin musterte mich, als täte ich ihm leid.

»Es gibt hier kein Mittagessen. Der Treffpunkt der Gruppe war vor dem Hotel, neben der Bushaltestelle. Dort parkt mein Jeep. Würdest du dich bitte beeilen? Die Gruppe wartet schon seit zwanzig Minuten auf dich.«

Ich war geschockt. Kein Aufenthalt im Alpina Gstaad Hotel? Das konnte doch nicht wahr sein. Kevin lief mit langen Schritten zum Lift. Ich stöckelte mit meinem Trolley hinterher.

Im Jeep saßen mehrere Leute, Männer und Frauen in Trekking-Kleidung. Ich murmelte einen unverständlichen Gruß und quetschte mich auf den letzten freien Platz, während Kevin meinen Koffer einlud. Niemand grüßte zurück, außer dem blonden Mann mit Fönwelle neben mir.

»Hallo, ich bin der Frank«, sagte er und hielt mir seine perfekt manikürte Hand hin.

Leise murmelte ich meinen Namen. Zwei Frauen musterten mich neugierig. Schnell schaute ich weg und konzentrierte mich auf mein Handy. Dabei drehte sich irgendwie alles um mich.

Wohne doch nicht im Alpina Gstaad, mir schwant Böses, schrieb ich Klara und Sophie.

Ob es hier in den Bergen außerhalb des Hotels überhaupt eine Verbindung gab? Wir verließen die Stadt und fuhren auf einer Forststraße durch einen Wald. Der Schotterweg wurde immer enger. Plötzlich hielt der Jeep. Oje, jetzt bekam ich Angst.

»So, liebe Teilnehmer des Swiss Survival Camps, wir sind schon so gut wie im Camp. Nur noch eine Dreiviertelstunde den Berg hinauf. Folgt einfach diesem Pfad. Wir treffen uns dort«, hörte ich Kevins donnernde Stimme.

Ich betrachtete den steilen Weg über Steine und Baumwurzeln. Das war jetzt nicht sein Ernst. Ich musste mich dringend umziehen, aber wo? Und was sollte ich mit meinem Trolley anfangen?

Der Rest der Gruppe sprang aus dem Auto, alle schnappten ihre Rucksäcke und machten sich hurtig auf den Weg, als wäre das Ganze ein Wettlauf. Ich wollte Kevin gerade fragen, ob ich mit ihm mitfahren oder mich zumindest im Auto umziehen könnte, als er schon wieder davonbrauste. Mein Koffer stand einsam am Weg. Genau wie ich. Na gut, dann eben hier.

Ich werkte am Schloss herum. Das verdammte Ding schien zu klemmen. Das hatte mir gerade noch gefehlt. Mein Handy hatte auch keinen Empfang. Also machte ich ein paar vorsichtige Schritte mit meinen Stöckelschuhen, den Trolley mühsam hinter mir herziehend. Meine Louis-Vuitton-Tasche mit dem extralangen Lederriemen hatte ich mir umgehängt.

Nach ein paar Schritten blieb ich mit dem linken Stöckel stecken. Verdammt. Ich schlüpfte aus dem Schuh und zog ihn vorsichtig aus der Erde. Oh nein, meine kostbaren Louboutins. Wie es aussah, musste ich schon hier kapitulieren. Ich setzte mich mitten am Weg auf meinen Koffer und machte ein paar tiefe Atemzüge. Links sind Bäume, rechts sind Bäume und dazwischen Zwischenräume, fiel mir zu der Landschaft spontan ein. Und ein paar Steine und Wurzeln. Das war jetzt aber sowas von beyond the expected.

Was waren meine Optionen? Warten. Irgendwann würde man feststellen, dass ich nicht im Camp eingetroffen war, und Kevin würde nach mir suchen. Und mich mit dem Auto nach oben mitnehmen. Aber so wirklich überzeugt war ich von dieser Theorie nicht. In den Ort war es zu Fuß viel zu weit, das stand fest. Und hier im Freien wollte ich keinesfalls übernachten.

Mitten in einem Anfall von Verzweiflung hörte ich eine Stimme. Ich drehte mich um und erkannte den blonden Fönwelle-Typ aus dem Auto. Einen halben Kopf größer als ich, blendend weiße Zähne, perfekt gepflegt. Er trug ein rosa Poloshirt von Ralph Lauren und eine schicke, beige Wanderhose. Wie hieß der noch gleich? Gemeinsam mit einem athlethisch gebauten, dunkelhaarigen Mann kam er auf mich zugelaufen.

»Yvonne, da bist du ja«, rief er und ruderte mit den Armen. »Ich habe meinem Matteo schon gesagt, dass wir dich suchen müssen. Du hast ja die völlig falsche Kleidung an für diese Wanderung.«

»Frank hat mir keine Ruhe gelassen, bis wir zurückgegangen sind«, sagte Matteo. »Er hat sich Sorgen gemacht um dich.«

Er bedachte seinen Partner mit einem liebevollen Blick.

Ich starrte die beiden an wie eine Fata Morgana. Ein schwules Pärchen auf Abenteuerurlaub. Die hatte mir der Himmel geschickt.

»Hallo ihr beiden, wie nett von euch, dass ihr nach mir seht. Ich dachte, wir wohnen im Hotel Alpina Gstaad. Und mein Koffer klemmt«, fasste ich die Lage zusammen. »Ich wollte Kevin noch fragen, ob ich mich im Auto umziehen kann, aber er war so schnell weg.«

Frank schnappte sich meinen Trolley und arbeitete daran herum.

»Eine Frau packt im Durchschnitt sechsundzwanzig Gegenstände in ihren Koffer, die sie nicht braucht«, sagte Matteo.

»Das kommt in etwa hin«, entgegnete ich.

»Das Schloss scheint kaputt zu sein«, seufzte Frank. Wir werden es oben aufbrechen müssen.«

Er kramte in seinem Rucksack.

»Hier, ich kann dir meine alten Trekkingschuhe borgen, Liebes«, sagte er und hielt sie mir hin.«

Größe dreiundvierzig, las ich auf der Sohle. Super, endlich bequeme Schuhe, die würden sicher passen. Jetzt war es ein Glück, dass ich so große Füße hatte. Er zog eine dunkelblaue Wanderhose aus Matteos Rucksack. Dann noch ein paar Socken und ein weißes T-Shirt.«

»Das müsste dir auch passen«, meinte er, »du bist genauso groß wie mein Schatz. Er schwitzt immer so, deshalb habe ich ihm die Sachen zum Wechseln mitgenommen.«

Ich betrachtete die Hose. Vielleicht ein wenig zu kurz für meine XL-Beine. Ich nestelte an meiner Kleidung und zog mich aus.

»Was für eine schöne Wäsche du anhast«, sagte Frank. »So eine zarte Spitze.« Die beiden sahen mich mehr mit dem Blick eines Victoria's Secret-Vertreters an als mit einem schlicht männlichen.

»Na ja, falsches Outfit«, sagte ich.

Und das falsche Publikum, dachte ich. Ich schlüpfte in die Hose. Ging so halbwegs, wenn ich den Gürtel ganz eng schnallte. Und sie könnte eine Spur länger sein. Dann zog ich Matteos T-Shirt an: Etwas übergroß, aber das war ja modern. Socken und Wanderschuhe. Treffer. Die passten immerhin. Um die Wahl der Miss Gstaad ging es hier sowieso nicht.

»Ihr habt mich soeben gerettet«, sagte ich und strahlte die beiden an. »Und die Schuhe sind perfekt für meine großen Füße. Vielen Dank.«

»Nichts zu danken, haben wir gern getan«, sagte Matteo.

Frank nahm meine Sachen und packte sie schön gefaltet in seinen Rucksack. Die Louboutins streichelte er, bevor er sie sorgsam in ein Stoff-Säckchen steckte.

»So hübsche Schuhe«, flüsterte er und zwinkerte mir zu.

Ich lächelte ihn an. Ein Mann mit Geschmack. Und so sympathisch. Wie schade, dass er nur auf Männer stand.

»Die Freiheitsstatue hat Schuhgröße eintausendzweihundert«, sagte Matteo. »Also mach dir keinen Kopf wegen deiner großen Füße. Wusstest du, dass es vor dem Jahr 1800 keine unterschiedlichen Schuhe für rechts und links gab?«

Interessant, was Matteo alles wusste. Er schnappte meinen Koffer und zog ihn hinter sich her. Ich schwankte ein wenig, der Mojito war stark gewesen.

»Komm schon, Schätzchen, wir sind spät dran«, sagte Frank. »Ich mag übrigens deine Handtasche. Louis Vuitton. Ganz mein Geschmack.«

Matteo blieb stehen und betrachtete das gute Stück.

»Apropos Louis Vuitton«, sagte er. »Ich habe da unlängst einen interessanten Artikel gelesen. Nicht verkaufte Taschen werden verbrannt. Ein Abverkauf würde nicht zum Image des Luxus-Labels passen.«

»Das habe ich gar nicht gewusst«, staunte ich. »Louis Vuitton sollte sie lieber mir schenken, ich bin nämlich ein Fan dieser Marke. Nur ist der Preis so verdammt hoch. Auf diese hier habe ich einige Monate gespart.«

»Frauen und Handtaschen, das ist eine besondere Beziehung«, sagte Matteo. »Frauen geben im Laufe ihres Lebens durchschnittlich elftausend Euro dafür aus«, fuhr er fort. Sie besitzen im Schnitt zwanzig Stück. Italienerinnen noch mehr – bei denen sind es etwa sechzig.«

Frank seufzte und sah seinen Partner mit schief gelegtem Kopf an. Der war noch nicht fertig mit seinen Ausführungen.

»Frauen tragen im Schnitt fünfunddreißig Objekte mit sich herum, Männer nur circa vier. Der Ursprung der Handtasche liegt aber bei den Männern, die im Mittelalter kleine Säckchen um die Hüften trugen, in denen sie ihre Taler aufbewahrten.«

»Wow, sagte ich, ist ja interessant. Ich trage im Schnitt sicher mehr als fünfunddreißig Objekte mit mir herum. Wenn ich da nur an meine Schminksachen denke.«

»Wer sich täglich die Lippen schminkt, verzehrt jährlich einen Lippenstift.«

Ich lächelte Matteo an und hängte mir die Tasche um.

»Lippenstifte sind meine Lieblingsspeise«, sagte ich.

Dann ergriff ich Franks dargebotene Hand und stolperte neben ihm her. Nach fünfzehn Minuten war ich schweißgebadet und der Weg schien immer steiler zu werden.

»Nichts als Bäume hier«, stöhnte ich, als wir kurz Rast machten.

»Bäume sind faszinierend«, sagte Matteo.

Er reichte mir eine Wasserflasche, die ich dankbar annahm.

»Es gibt circa drei Billionen Bäume auf der Welt«, fuhr er fort. »Und Bäume können miteinander sprechen. Sie kommunizieren mithilfe von Ultraschallsignalen und Duftstoffen, und zwar nicht nur untereinander, sondern auch mit anderen Pflanzen und sogar Tieren. Worüber sie sich genau unterhalten, weiß man nicht. Wissenschaftler gehen davon aus, dass zwischen den Wipfeln das Wetter und vor allem in jüngster Zeit die Klimaerwärmung beliebte Themen sein dürften.«

»Klingt sehr glaubwürdig. Und sie reden sicher über uns«, sagte ich. »Ich wette, sie amüsieren sich prächtig.«

Frank fuhr sich mit den Fingern durch seine Fönwelle.

»Mein Matteo ist ein wandelndes Wikipedia-Lexikon«, sagte er. »Niemand sonst hat so viel Detailwissen zu allen möglichen Fragen des Lebens. Er verbringt ganze Tage damit, gewisse Dinge im Internet zu recherchieren. Aber manchmal ist er nicht zu stoppen.«

Er tätschelte seinem Partner liebevoll die Wange.

»Es reicht jetzt, mein Schatz, sonst wird es Yvonne noch zu viel.«

Dann kramte er in seinem Rucksack und hielt mir ein Päckchen in Silberfolie hin.

»Magst du ein Schinkenbrot, Liebes?«

Das wollte ich liebend gern. Und dazu auch noch den Apfel und als Nachspeise zwei Schoko-Müsliriegel. Schließlich machten wir uns wieder auf den

Weg. Matteo zog meinen Trolley hinter sich her, während Frank mich an steilen Stellen an der Hand nahm.

Endlich hatten wir es geschafft und erreichten eine Waldlichtung mit ein paar kleinen Blockhütten. Den Mittelpunkt bildete ein etwa zwölf mal fünfzehn Meter großes Militärzelt. Auf der Wiese davor lagen Matten und Pölster in einem Kreis. Sieben Personen saßen schon dort. Kevin kam auf uns zu.

»Na sowas, unsere Prinzessin hat es heute noch bis ins Camp geschafft«, sagte er. »Ich bin beeindruckt. Ich dachte, ich sehe dich nie wieder.«

»Ihnen auch einen schönen Nachmittag. Und vielen Dank für die freundliche Hilfe vorhin«, entgegnete ich und wandte mich demonstrativ von Kevin ab.

»Wir sind hier im Camp per du. Wenn dir das nicht recht ist, brauchst du mich gar nicht mehr ansprechen.«

Das war mir sowieso am liebsten.

»Setzt euch hin, wir sind jetzt vollzählig und machen eine kurze Vorstellungsrunde«, befahl Kevin.

Matteo stellte meinen Trolley vor das Zelt. Ich setzte mich im Schneidersitz auf eine Matte, direkt neben Frank. Matteo gesellte sich dazu. Kevin stellte sich breitbeinig neben mich, ließ seine Muskeln spielen und verzog den Mund zu einem inhaltslosen Lächeln.

»Ich möchte euch hier im Swiss Survival Camp in Gstaad begrüßen. Ich bin der Kevin aus Zürich, sechsunddreißig Jahre jung. Früher war ich Unteroffizier bei der Schweizer Armee. Seit vier Jahren leite ich eine Kampfsportschule. Ich bin Gewinner mehrerer Europa- und Weltmeisterschaften im Kickboxen. Schwarzer Gürtel in Karate. Martial-Arts-Trainer. Ausgebildeter Outdoor- und Survival-Trainer. Und ich verstehe keinen Spaß, wie ihr sicher schon gemerkt habt. Ach ja, bevor ich es vergesse: Rauchen und Alkoholkonsum sind im Camp strengstens verboten, fuhr Kevin fort. Diese beiden Dinge können hier lebensgefährlich sein.«

Unangenehme Stille breitete sich aus.

»Jetzt zu euch«, sagte er. Sein Blick wanderte über die Teilnehmer und blieb an mir hängen.

»Fangen wir doch gleich mit dir an.«

Er stach mit dem Zeigefinger nach mir.

»Stell dich bitte vor. Wie alt bist du, wo arbeitest du. Und wieso bist ausgerechnet du hier gelandet? Was willst du lernen?«

Als ob von Wollen die Rede sein könnte.

»Hallo, ich bin die Yvonne aus Wien, neununddreißig und Juristin«, sagte ich.

Ein Teilnehmer gähnte herzhaft.

»Ich arbeite in der Silberstreif-Versicherung, als Schadensreferentin in der Rechtsabteilung. Meine Chefin hat mich für das Survival-Camp angemeldet.«

Ich machte eine taktische Pause.

»Was ich lernen möchte? Überleben.«

»Aha. Mit Stöckelschuhen, unpassender Kleidung und Schminke. Dann schauen wir mal, wie lange du hier durchhältst«, sagte Kevin. »Auf Prinzessinnen wird keine Rücksicht genommen. Hier musst du dich selbst retten.«

Er blickte forsch in die Runde.

»Wer möchte der Nächste sein?«

Matteo reckte das Kinn in die Höhe und hob die Hand.

»Ich bin der Matteo aus Luzern. Achtunddreißig Jahre alt. Ich habe ein Start-up gegründet. Es heißt Matterhorn Air. Ich verkaufe frische Bergluft vom Matterhorn für umgerechnet rund zwanzig Euro pro Fünf-Liter-Dose.«

Kevin trat gelangweilt von einem Fuß auf den anderen.

»Bergluft vom Matterhorn also, wie originell.«

Was für ein Schwachsinn, sagten sein Tonfall und seine Mimik. Matteo ließ sich nicht beirren.

»Mein Zielpublikum sind vor allem Chinesen. Bei der schlechten Luft in den chinesischen Großstädten sind sie gute Kunden. Das Geschäft läuft bestens, danke der Nachfrage. In sieben Jahren möchte ich mich zur Ruhe setzen. Auf Tahiti.«

Kevin blinzelte ungläubig.

»Na dann – viel Glück mit deiner Bergluft vom Matterhorn. Ich hoffe, sie rettet dir hier das Leben.«

Sein Blick fiel auf Frank.

»Bitte sehr, du bist dran.«

»Ich bin der Frank aus Luzern, fünfunddreißig und habe bis vor Kurzem in einer Bank gearbeitet. Seit einem halben Jahr arbeite ich mit Matteo zusammen. Matterhorn Air hat großes Potenzial.«

»Du bist also der Co-Dosenfabrikant für Luft vom Matterhorn«, lachte Kevin. »Grandios. Ich bin beeindruckt.«

Dann wanderte sein Blick zu der zaundürren, sehnigen Size-Zero-Frau rechts neben mir. Sie hatte eine braune Kurzharfrisur mit grauen Strähnen. Ihre spitze Nase dominierte das schmale Gesicht mit den kleinen, tiefliegenden Augen.

»Und wen haben wir hier?«

»Ich bin Martha aus Bonn, sechsundvierzig, Unfall-Chirurgin. Privat mache ich viel Sport. Den Berlin-Marathon im vorigen September bin ich mit zwei Stunden dreißig gelaufen. Heuer will ich mich steigern.«

Sie sah sich um. Keiner sagte etwas.

»Und warum bist du bei uns?«, fragte Kevin.

»Ich verbringe hier meinen Urlaub.«

Alle Köpfe drehten sich zu Martha. Kevin begann zu lachen. Martha sah ihn empört an. Das Lachen wurde heftiger.

»Na dann, schönen Urlaub, Martha«, sagte er schließlich. »Genieße ihn und erhol dich gut.«

Er wandte sich dem nächsten Teilnehmer zu. Ein Beamter mit Brille und leiser Stimme. Ich gähnte. Eine blasse Steuerberaterin. Ein schielender Wirtschaftsprüfer. Meine Gedanken schweiften zu meinen Freundinnen ab. Die hatten keine Ahnung, wo ich hier gelandet war. Offenbar in einem ziemlich schrägen Bootcamp.

Wie Sophie und Klara auf die versammelte Runde reagieren würden? Sophie würde einigen Teilnehmern Selbsthilfegruppen für alle möglichen Probleme empfehlen. Und Klara hätte diesem ätzenden Kevin sofort mit rechtlichen Folgen gedroht. Ich musste lächeln, als ich mir das Wortduell vorstellte, das die beiden führen wüden.

»Was gibt es da zu grinsen?«, fuhr mich Kevin an.

Ich erschrak und sah mich um. Offenbar war die Vorstellungsrunde zu Ende. Kevin musterte die ganze Gruppe mit seinem abschätzigen Blick.

»Ich muss euch warnen«, sagte er. »Das hier ist kein Standard-Kurs für Naturromantiker und Wohnzimmerabenteurer. Ihr habt es offenbar noch nicht gecheckt: Ihr befindet euch im härtesten Survival-Camp der Schweiz. Voraussetzungen sind körperliche Fitness und äußerste psychische Belastbarkeit. Jedem von euch sollte bewusst sein, dass das Training körperlich und psychisch extrem anspruchsvoll ist.«

Ich warf Frank einen fragenden Seitenblick zu. Er lächelte mich beruhigend an, ergriff meine Hand und drückte sie. Ich drückte zurück.

»Hey, ihr Turteltäubchen«, zischte Kevin. »Was soll das werden? Wir sind hier nicht bei der Partnerbörse.«

»Wieso ist die Camp-Leiterin nicht hier?«, beschwerte sich die Chirurgin. »Wann bekommen wir sie endlich zu sehen?«

Kevin stellte sich direkt hinter mich. Ich fühlte mich unwohl und verletzlich.

»Ihr werdet Gloria morgen kennenlernen«, sagte er. »Man nennt sie in Fachkreisen auch die Amazone.«

Er beobachtete die Reaktion der Gruppe auf seine Aussage.

»Der Schwerpunkt unseres Kurses liegt bei der Survival-Psychologie«, fuhr er fort. »Es geht um Reaktionsmuster in Notsituationen. Stressbewältigung.

Willens- und Motivationsschulung. Entwicklung von Führungsstärke und Teamwork. Psychohygiene. Deshalb finanzieren bei vielen von euch die Arbeitgeber das Survival-Camp. Nur wer bereit ist, alles und noch mehr zu geben, wird das hier schaffen. Wer Urlaub machen will, ist hier fehl am Platz und sollte lieber gleich gehen.«

Er deutete in Richtung Waldweg.

»Das mit der Amazone finde ich interessant«, sagte Matteo. »Amazonen werden übrigens immer falsch dargestellt. Sie waren nicht nur Kämpferinnen. Sie hatten auch Liebesbeziehungen. Die Amazonenkönigin Antiope zum Beispiel mit dem griechischen Helden Theseus. Achilles mit der Amazone Penthesilea …«

Kevin hob die Augenbrauen.

»Stimmt irgendwas nicht mit dir?«

»Können wir jetzt endlich anfangen?«, murrte ein Teilnehmer. »Immer dieses Geschwafel. Was steht denn heute noch am Programm?«

»Was gibt es zu essen? Ich habe Hunger«, meldete sich der schielende Wirtschaftsprüfer.

Ich zog die Schultern hoch und verschränkte die Arme.

»Ja, jetzt fangen wir an«, sagte Kevin. »Das Essen könnt ihr selber suchen. Ihr seid doch alle Survival-Experten. Einer schlauer als der andere. Ich sage nur: Alles, was ihr braucht, ist hier.«

Er deutete auf Wald und Wiesen rundum.

»Eure erste Aufgabe lautet: Findet Wasser und etwas Essbares. Ich muss heute noch einmal in die Stadt. Morgen um sieben Uhr ist hier Weckruf. Um sieben Uhr dreißig treffen wir uns vor dem Zelt. Dann lernt ihr Gloria kennen. Und dann geht es richtig los, das kann ich euch sagen.«

Ich hörte einen Motor starten. Dann entfernte sich das Geräusch.

Kapitel 4

Wir waren auf uns gestellt. Alle redeten durcheinander.

»Halloooo, Ruhe bitte!«, schrie ein großer, stark übergewichtiger Mann mit rotem Kopf. »Keine Angst, ich übernehme jetzt das Kommando. Ich bin es gewohnt, mit Krisensituationen umzugehen.«

Er fuchtelte mit den Armen, um seine Wichtigkeit zu unterstreichen. Ich starrte ihn an. Der Ärmste schwitzte fürchterlich, und die wenigen, blonden Haare klebten an seinem Kopf.

»Wer ist der Typ?«, fragte ich Frank leise.

»Das ist Hendrik, Schlafmütze.«

Er zwinkerte mir amüsiert zu und beugte sich nahe zu mir.

»Angeblich Topmanager bei VW«, raunte er mir ins Ohr. »Er denkt, er ist Superman.«

Der Rotkopf richtete sich im Sitzen auf und blickte alle Teilnehmer der Reihe nach mit seinen kleinen Schweinsäuglein an.

»Ich werde eine Mindmap erstellen. Für die, die das nicht kennen: Das ist eine Technik, die man zur visuellen Darstellung eines Themengebietes nutzen kann.«

Er betonte jedes Wort. Wieder der hypnotische Rundum-Blick.

»Dann werde ich einteilen, wer welche Aufgaben übernimmt. Ich würde sagen, die Männer gehen auf Nahrungssuche, und die Frauen kochen. Hahaha. Ganz traditionell. Hat jemand Papier und einen Stift?«

Keiner hörte ihm zu. Die Chirurgin kramte konzentriert in ihrem Rucksack, ein Mann mit Mütze mampfte genüsslich ein riesiges Speckbrot, das er mit Cola hinunterspülte und die anderen Camp-Teilnehmer tratschten miteinander.

»Seid gefälligst still«, rief Hendrik und klatschte in die Hände. »Sonst versteht ihr meine Anweisungen nicht. Ohne mich habt ihr hier keine Chance. Ich weiß, was in einer Situation wie dieser zu tun ist.«

Er suchte seine Hosentaschen nach einem Tuch ab und wischte sich damit den Schweiß von der Stirn.

»Oh mein Gott«, stöhnte Matteo. »Der Kerl ist ja nicht auszuhalten.«

»Lass uns gehen«, flüsterte mir Frank zu.

Er erhob sich gleichzeitig mit Matteo und ich folgte ihnen zu meinem Trolley.

»He, bleibt gefälligst hier«, schrie uns der Manager nach. »Ich habe euch noch nicht eure Aufgaben mitgeteilt.«

Auch die anderen Teilnehmer machten sich in alle Richtungen davon. Ich folgte Frank und Matteo. Die Schimpftiraden des Managers begleiteten unseren Weg. Frank öffnete die Tür zu einer Hütte.

Ich sah mich um. Helles Holz. In der einen Ecke stand ein Tisch mit einer gemütlich aussehenden Eckbank. Daneben ein Bett mit zwei Matratzen mit je einem Polster und einer Decke. Die Bettwäsche mit Blumenmotiv schien sauber zu sein. Eine Toilette und ein Waschbecken gab es auch. Schlicht, aber okay.

»Nimmst du gleich diese hier, Schätzchen?«, fragte er.

»Warum nicht?«, sagte ich und hievte meinen Trolley hinein.

Ich setzte mich auf einen der Stühle und checkte mein Handy. Eine neue Nachricht auf WhatsApp von Sophie. Offenbar hatte ich im Umkreis des Hotels doch noch Empfang gehabt.

Stay strong, Yvy. You will survive. Apropos Überleben: Hab gerade gelesen, dass Kartoffelchips ideale Feueranzünder sind. Muss gleich ein paar Packungen einkaufen, für alle Fälle. Smiley.

Na toll, jetzt hatte ich Appetit auf Kartoffelchips. Um auf andere Gedanken zu kommen, stand ich auf und öffnete das kleine Fenster. Frank kam gerade mit meiner Kleidung und dem Säckchen mit den Louboutins aus der Hütte gegenüber.

»Yvonne«, rief er, »ich habe hier deine Sachen und eine Sicherheitsnadel. Damit bekommen wir den Koffer sicher auf.«

Ich hielt ihm die Türe meiner Blockhütte auf und nahm meine Sachen entgegen. Wie gut, dass es Frank gab. Nach einigen Minuten Gemeinschaftsarbeit hatten wir es endlich geschafft. Der Trolley war offen.

»Warte einen Moment, ich gebe dir sofort eure Sachen zurück«, sagte ich.

Rasch zog ich Kleidung, Socken und Schuhe aus und reichte sie Frank.

»Vielen, vielen Dank. Ich weiß gar nicht, was ich ohne euch gemacht hätte.«

Da war sie ja, meine eigene Wanderhose. Dazu ein T-Shirt, Socken und meine Wanderschuhe.

»Wie schick ist das denn, Yvonne«, sagte Frank und zog mein Dirndl aus dem Trolley. »I love it! Das steht dir sicher großartig. Ich hoffe, du ziehst es bald an.«

Er befühlte den Seidenstoff der Schürze und hängte das gute Stück dann an den einzigen Haken in der Hütte.

Typisch Frank. Er war ein empathischer Mann mit Geschmack und Verantwortungsggefühl. Ein lieber und zuverlässiger Freund, auch wenn ich ihn erst vor Kurzem kennengelernt hatte. Leider waren die restlichen Teilnehmer auf den ersten Blick nicht so mein Fall.

Franks Stimme riss mich aus meinen Gedanken.

»Ruh dich erst einmal aus, Yvonne. Matteo und ich gehen jetzt Wasser und Beeren suchen. Wir bringen dir etwas mit. Bis später, meine Liebe.«

Schon hatte er die Hütte verlassen.

»Gute Idee, bis bald!«, rief ich ihm nach.

Ich verstaute meine Kleidung von der Anreise in meinen Koffer. Es gab hier drinnen keinen Kasten. Ich musste improvisieren. Und zwar in jeder Hinsicht.

Das ganze Drama im Camp erinnerte mich verdächtig an die Silberstreif-Versicherung. Da hatte ich mich zu früh auf eine Auszeit von Gant und Kunert gefreut. Am liebsten hätte ich mich sofort auf den Rückweg ins Tal gemacht und eine geruhsame Woche im Luxushotel verbracht. Am liebsten am Pool mit vielen Mojitos. Und attraktiven Geschäftsmännern.

Warum eigentlich nicht? Ich griff nach meinem Trolley. Gleich darauf legte ich ihn wieder ab. Nein. Ich konnte nicht feige flüchten und der Gant das Vergnügen bereiten, mich scheitern zu sehen. Ich musste mich dem Abenteuer stellen.

Ich holte meinen Rucksack aus dem Trolley und befüllte ihn mit stategisch wichtigen Dingen. Meine beiden Schminktäschchen, meine Haarbürste, mein Manikürzeug, mein nagelneuer, tannengrüner Designer-Poncho. Außerdem steckte ich noch Taschentücher und die mittlerweile leere Wasserflasche ein, die mir Frank gegeben hatte. Dann öffnete ich schwungvoll die Tür und verließ die Hütte ohne genauen Plan.

Vor dem Militärzelt standen einige Camp-Teilnehmer herum und unterhielten sich. Ich schlug daher die andere Richtung ein und marschierte auf den Wald zu. Ein bunter Schmetterling setzte sich auf meinen Arm. Gleich darauf flog er weiter. Fasziniert folgte ich ihm tiefer in den Wald.

Schön war es hier, wie im Zauberwald. Ich roch an einer violetten Blume, die süß duftete. Neben einem Laubbaum mit riesigen Wurzeln blieb ich stehen. Die Sonne drang durch die Baumkronen und tauchte alles in ein geheimnisvolles Licht.

Plötzlich merkte ich, dass ich im Wasser stand. Verdutzt schaute ich auf meine nassen Wanderschuhe hinunter. Unter einem moosbedeckten Stein sickerte ein dünnes Rinnsal hervor. Wie cool war das denn? Ich hatte eine kleine Quelle gefunden. Die musste ich Frank und Matteo zeigen. Schnell füllte ich meine Flasche voll und markierte die Quelle mit zwei großen Ästen. Dann setzte ich mich unter einen großen Baum in der Nähe. Ein bisschen ausruhen konnte nicht schaden. Ich lehnte den Rücken an den Stamm und schloss die Augen.

Meine Gedanken wanderten zur Silberstreif-Versicherung und zur Hexe, mit ihrer ewigen Kritik. Genau wie mein Vater, fiel mir ein. Mit mehreren

Studien, die er allesamt summa cum laude abgeschlossen hatte, war er schließlich ein erfolgreicher Notar geworden. Ich hingegen war nie gut genug.

Schon als Kleinkind hatte ich das Gefühl gehabt, besser sein zu müssen als die anderen. In einer meiner frühesten Erinnerungen war ich mit meinen Eltern in Italien. Wir waren am Strand, und ich spielte mit dem kleinen Buben von der Familie unter dem Sonnenschirm neben uns – wie ich ein Krabbelkind – friedlich im Sand, als unsere Väter eine Idee hatten. Ein Wettkrabbeln. Ich gegen den Buben. Die Väter zogen eine Startlinie und eine Ziellinie in den Sand und setzten uns an die Startlinie.

»Auf die Plätze, fertig, los!«, rief mein Vater.

Schon bevor er das Startsignal gegeben hatte, war ich hektisch losgekrabbelt und hechtete auf das Ziel zu. Ich wusste, für mich gab es nur den Sieg. Ich musste die Beste sein. Das wurde von mir erwartet. Der kleine Bub startete ganz langsam und gemächlich und bog noch vor die Ziellinie ab. Lachend setzten uns die Eltern ein zweites Mal auf die Startlinie. Wieder krabbelte ich zu früh los und war wie der Blitz über der Ziellinie.

»Das war schon wieder ein Fehlstart, Yvonne«, sagte mein Vater zu mir. »Du musst besser zuhören und erst bei ›los‹ krabbeln.«

Kein Wort des Lobes für meinen Einsatz. Dabei wollte ihm zeigen, dass ich eine Gewinnerin war. Dass ich überall die Erste sein konnte. Dass ich besser und schneller krabbeln konnte als jedes andere Kind. Aber es hatte offensichtlich nicht geklappt. Auch später überschüttete er mich oft mit Hohn, wenn meine Leistungen nicht seinen Vorstellungen entsprachen. Obwohl ich in der Volksschule und in den ersten Jahren im Gymnasium die Klassenbeste war. Mit der Pubertät wurden meine Noten allmählich etwas schlechter und mein Vater immer ärgerlicher.

»Was, das weißt du nicht? Du verstehst es ja doch nicht«, sagte er. »Du kannst Kindergärtnerin werden. Kinder mögen es, wenn man langsam ist.«

An anderen Tagen malte er mir eine Karriere als Straßenkehrerin oder als Klofrau aus.

»So schlecht bin ich doch gar nicht!«, protestierte ich, wenn ich einmal ein Gut oder, Gott bewahre, ein Befriedigend statt einem Sehr Gut ausgefasst hatte.

»Fräulein Tochter, so weltfremd wie du bist, glaubst du das offenbar wirklich«, pflegte er dann zu sagen. »Aber da bist du am völlig falschen Dampfer. Heute sind Spitzenleistungen gefragt. Mehrere Fremdsprachen. Umfassende humanistische Bildung mit perfekten Lateinkenntnissen. Hebt einen von der Masse der Halbgebildeten ab. Sehr gutes Wissen über Wirtschaft und politische Zusammenhänge. Mehrere Studien sowieso, eines reicht heute nicht mehr aus. Fleiß und ein freundliches Wesen. Gutes Aussehen. Guter Geschmack. Das

Mittelmaß bleibt auf der Strecke. Sozialhilfeempfängerin kannst du werden, da wirst du dann Augen machen. Nichts mehr mit Luxus wie bei uns daheim, du verwöhnte Göre.«

Ich konnte machen, was ich wollte: Ich war einfach nicht gut genug. Ständig fühlte ich mich klein trotz meiner Ein-Meter-achtzig. Niemals konnte ich an meinen allwissenden Vater auch nur herankommen.

»Betrachten wir es nüchtern, hatte mein Vater nach der Matura gesagt. Du hast keine besonderen Begabungen. Deine angeblichen Interessen, Psychologie, Philosophie, Literatur und Kunst, sind etwas für geschwätzige Mädchen. Studien für Bekloppte. Damit kann man sich seinen Lebensunterhalt nicht verdienen. Und Kunst ist und war sowieso immer brotlos. Du kannst nur Jus und Sprachen studieren, in Englisch und Französisch bist du ja einigermaßen gut. Dank der Sprachkurse in England und Frankreich, für die ich viel Geld bezahlt habe. Hoffen wir, dass du dann einen Versorgungsposten bekommst. In meine Notariatskanzlei willst du ja nicht einsteigen. Naja, dazu hast du sowieso nicht das notwendige Format.«

Da hatte er allerdings recht gehabt, das war das Letzte, was ich wollte. Sein hochnäsiger Partner mit dem gepflegten Schönbrunner-Deutsch war mir ein Gräuel. Er war ein Rechthaber wie mein Vater. Und auch die anderen Mitarbeiter waren so gar nicht nach meinem Geschmack. Ich hätte mich dort völlig fehl am Platz gefühlt. Das tat ich aber auch in der Versicherung.

Meine Mutter, die ehemals strahlende Familienschönheit und Ex-Model, interessierte meine Ausbildung kaum. Sie kritisierte mich nicht einmal, für sie war ich eher Luft. Sie wollte ein angepasstes, vorzeigbares Kind und ansonsten ihre Ruhe. Sie selbst wurde von meinem Vater nicht denselben Kriterien unterzogen wie ich. Bei ihr reichte die Schönheit. Sie hatte die Matura in einer Hauswirtschaftsschule gemacht und war dann von einer Model-Agentur entdeckt worden. Zahlreiche Hochglanzalben von ihr als Couture-Model und ein Schrank voller Couture-Mode, in die sie nicht mehr hineinpasste, zeugten von ihrer grandiosen Vergangenheit.

Als sie meinen Vater geheiratet hatte, passte der Job natürlich nicht ins Bild. Schon vor meiner Geburt war sie daher zu Hause geblieben und hatte die schöne Notarsgattin und Hausfrau gegeben. Was offenbar nicht die ideale Lösung gewesen war. Trotz des hohen Lebensstandards, den ihr mein Vater bieten konnte, wirkte sie ständig frustriert und gereizt. Und die Schönheit hatte auch schon vor langer Zeit zu bröckeln begonnen. Aber mein Vater maß sie mit anderen Maßstäben und ging auf sie ein, so weit er das schaffte. Sie war und blieb für ihn etwas Besonderes. Ich war die von beiden ungewollte Zugabe, eine Falschlieferung ohne Rückgaberecht. Nicht gut genug. Und das würde ich auch niemals sein.

»Zu dumm, dass ich aussehe wie mein Vater und den IQ meiner Mutter geerbt habe und nicht umgekehrt«, sagte ich oft scherzhaft zu Sophie.

»So ein Unsinn«, schimpfte sie dann immer. »Mach dich doch nicht selbst klein. Du hast genügend Ressourcen, das kannst du mir glauben. Du hast doch auch zwei Studien und siehst super aus. Und du hast so viele andere Interessen und Begabungen, das kann dein Vater gar nicht beurteilen.«

Aber wie man es auch drehte und wendete: An meine schöne, elegante Mutter und an meinen superklugen Vater kam ich einfach nicht heran. Da half leider alles nichts. Weder herausragend klug noch herausragend schön, bloß schnöder Durchschnitt – das war mein Schicksal.

Dazu kam, dass ich keine besoners gute Juristin war. Das Recht hatte mich nie interessiert. Das hatte offenbar auch die Gant erkannt. Und mit den Männern klappte es sowieso nicht, die fanden mich wahrscheinlich auch nicht gut genug. Wenn ich da an meine früheren Beziehungen dachte …

Plötzlich wurde ich in meinen Gedanken jäh unterbrochen. Etwas Pelziges streifte meinen Arm. Ich fuhr hoch. Da, ein Eichhörnchen. Schon war es ganz oben im Baum. Ich stand auf und setzte meinen Weg fort. Bei einem Busch mit Hagebutten blieb ich stehen, pflückte einige und wickelte sie in ein Taschentuch. Dann schlenderte ich weiter. Friedlich war es hier im Wald.

»Hilfe!!«, brüllte eine männliche Stimme. »Hau ab, du Mistvieh!«

Ich lief ich in die Richtung, aus der die Geräusche kamen. Plötzlich stand ich vor einem eingezäunten Areal mit einem eineinhalb Meter hohen Holzzaun, hinter dem sich ein großer Laubbaum befand. Ein übergewichtiger Mann hing darauf bäuchlings über einem Ast und zappelte mit den Beinen. Unter dem Baum lief ein riesiger, grau-weißer Hund auf und ab und knurrte bedrohlich. Er stellte sich auf die Hinterbeine und schnappte nach den Füßen des Mannes. Ich eilte den Zaun entlang und suchte nach einem Eingang, konnte aber keinen entdecken.

»Hilfe, ein Wolf«, schrie er, als er mich bemerkte. »Hol sofort Verstärkung, ich kann mich nicht mehr lange halten.«

Na sowas, das war ja der wichtigtuerische Manager von vorhin. Jetzt fehlte ihm offenbar völlig der Plan. Ich starrte das Tier an, das tatsächlich wie ein Wolf aussah. Es fletschte die Zähne, und rührte sich nicht von dem Baum weg.

»Einen Moment bitte«, rief ich zurück, »ich erstelle erst eine Mindmap. Dann sehe ich sicher klarer.«

Ein wütender Schrei war die Antwort. Der Wolf schnappte wieder nach ihm.

»Wie bist du denn auf die andere Seite des Zaunes gekommen?«, fragte ich.

»Vier Meter links von dir ist ein Tor. Es ist hinter mir zugefallen und klemmt«, jammerte er.

Als ich in die angegebene Richtung ging, fand ich tatsächlich ein Tor. Ich rüttelte an der rostigen Klinke. Nichts bewegte sich. Hilfe zu holen würde zu lange dauern. Ich musste etwas unternehmen. Ich öffnete meinen Rucksack und schüttete den Inhalt auf die Erde. Eine Idee entstand in meinem Kopf. Meine Finger strichen über meinen schönen Poncho aus Seidengarn. Ich hatte ihn erst einmal getragen. An den Preis wollte ich gar nicht denken. Ich holte tief Luft, schnitt mit der Nagelschere einen Faden durch und trennte ihn ein Stück auf. Als ich eine längere Schnur produziert hatte, nahm ich einen starken Zweig und band ihn an das eine Ende der Schnur.

Dann kramte ich in meiner prallen Schminktasche. Ich zog einen Parfümflakon heraus. *Surrender* von Lancester. Ein tolles Sommerparfüm, das nach Magnolien und Frangipani duftete. Passte nur vom Namen her nicht so ganz zur Situation. Ich suchte weiter, und ein violett glänzender Flakon kam zum Vorschein. Na bitte. *Happy Ending Intense* von Givenchy. Jasmin, Rose, Veilchen, Sandelholz, Moschus. Ein starkes Parfum, das empfindliche Nasen schon einmal verstören konnte. Perfekt.

Ich band das Parfümfläschchen an das andere Ende der Schnur. Das Ende mit dem Ast nahm ich in die Hand und visierte den Ast an, auf dem der Manager hing. Der Wolf stand noch immer unter dem Baum und bewachte den Manager.

»Hallo, ich bin's wieder!«, rief ich. »Ich werfe dir jetzt etwas zu.«

Ich hielt den Flakon in der einen Hand, mit der anderen holte ich aus und warf den Zweig in den Baum. Er blieb am Ast direkt neben ihm hängen. Geschafft. Zufrieden rieb ich mir die Hände.

»He, was soll das? Hol Hilfe, wie ich es dir gesagt habe!«, keuchte er.

»Das dauert zu lange«, sagte ich. »Nimm den Zweig und zieh die Schnur vorsichtig zu dir hoch, am anderen Ende hängt eine Waffe.«

Ich warf das Parfümfläschchen über den Zaun und er zog das Garn ungeschickt hinauf.

»Was zum Teufel ist das?«, schrie er, als er es in der Hand hielt.

»*Happy Ending*, mein Lieblingsparfum. Teuflisch stark.«

»Spinnst du? Wozu soll das gut sein?«, brüllte er.

Der Wolf stellte sich auf die Hinterpfoten und schnappte weiter nach seinen Füßen. Der Manager schrie auf und machte Anstalten, das Parfüm nach dem Wolf zu werfen.

»Nicht werfen, sprüh es dem Wolf in die Augen!«, rief ich.

Der Manager machte sich am Flakon zu schaffen.

»Wie funktioniert das?«, fragte er.

»Drücken und sprühen«, schlug ich ihm vor.

»Verdammt«, brüllte er gleich darauf, »das brennt wie verrückt!«

»Du sollst es dem Wolf in die Augen sprühen, nicht dir.«

Der Manager fluchte vor sich hin und hantierte wieder mit dem Flakon herum. Dann hörte ich den Wolf winseln. Er machte einen Satz nach hinten und verschwand im Dickicht. Ich lief wieder zum Tor und rüttelte daran. Nichts. Erst als ich mit dem Fuß dagegentrat, ging es einen Spalt auf. Ich sah mich um. Kein Wolf weit und breit. Ich lief auf den Manager zu und hielt ihm die Hand hin.

»Alles bestens, du kannst herunterkommen.«

Er schüttelte den Kopf und klammerte sich mit geschlossenen Augen an den Baum.

»Der Wolf ist nirgends zu sehen«, sagte ich. »Aber wenn du hier übernachten und auf seine Rückkehr warten möchtest, wünsche ich dir viel Spaß.«

Ich wandte mich ab und ging zurück zum Tor. Hinter mir hörte ich einen Schrei und etwas Schweres vom Baum fallen. Rasch drehte ich mich um und sah den Manager am Waldboden liegen.

»Oh mein Gott, ich hätte es keine Sekunde länger ausgehalten«, stöhnte er, als ich neben ihm stand.

Mühsam rappelte er sich auf.

»Mir tun alle Knochen weh. Wie gut, dass mein Plan funktioniert hat.«

»Welchen Plan meinst du?«, fragte ich.

Aber er hörte mir schon nicht mehr zu und humpelte ohne ein Wort des Dankes davon. Ich hob mein Parfüm auf, sprühte mir ein wenig davon hinter die Ohren und rollte das Garn auf. Dann steckte ich beides in meinen Rucksack. Der teure Poncho war hinüber, so viel war sicher. Ich war not amused. Der Rotkopf hatte überhaupt keine Hilfe verdient.

Ich schloss das Tor hinter mir und machte mich auf den Rückweg zu den Hütten. Einige Teilnehmer standen vor dem Zelt und unterhielten sich. Ich grüßte sie, aber sie ignorierten mich. Frank und Matteo saßen auf einer Decke vor ihrer Hütte und aßen etwas.

»Hallo Yvonne«, rief Frank, »wir haben dir Himbeeren und Walderdbeeren mitgebracht! Und wir haben Wasser gefunden. Die Quelle war mit zwei Ästen markiert.«

»Ihr werdet es nicht glauben«, kicherte ich, »die Markierung war von mir.«

Ich setzte mich zu ihnen und holte meine Wasserflasche und die Hagebutten heraus.

»Ich muss euch eine lustige Geschichte erzählen … «

Ich schilderte mein Erlebnis mit dem Besserwisser-Manager.

»Oh nein, er hat sich nicht einmal bedankt?«, empörte sich Matteo.

»Und er hat so getan, als ob deine tolle Idee von ihm gekommen wäre«, fugte Frank hinzu. »Das ist ja unglaublich.«

Die Sonne war inzwischen untergegangen und die meisten Camp-Teilnehmer waren in ihren Hütten verschwunden. Frank gähnte.

»Ich glaube, ich gehe jetzt schlafen«, sagte er. »Wer weiß, was uns morgen erwartet.«

»Ich bin auch müde«, stimmte ich ihm zu und erhob mich. »Gute Nacht, ihr beiden. Schlaft gut.«

»Du auch, Schätzchen«, riefen Frank und Matteo.

Ich legte mich ins Bett und dachte über den Tag nach. Herzlich willkommen im falschen Film, fiel mir dazu spontan ein. Auf jeden Fall vermisste ich meine Freundinnen. Mir fiel Sophies Lieblingsspruch ein, wenn wieder einmal alles schiefgegangen war.

»Es ist nicht unbedingt schlecht, wenn dein Leben mal Kopf steht«, sagte sie immer. »Das ist wie bei Shampoo-Flaschen: Manchmal kommt dann mehr raus.«

Wer weiß, was das Survival-Camp noch so alles bringt, war der letzte Gedanke, der mir noch durch den Kopf ging. Dann versenkte ich mich in mein Mojito-Feeling. Schon bald tauchte ich in Gedanken im türkisfarbenen, glasklaren Meer ab und fühlte mich wie eine Meerjungfrau.

Kapitel 5

Ich saß in meinem Dirndl auf einer Schaukel, die an einer Palme befestigt war und flog immer höher und höher in die Luft. Plötzlich konnte ich mich nicht mehr auf der Schaukel halten. Ich hob ab und flog übers Meer. Dann schaute ich auf die Wellen hinunter und wunderte mich, wieso es hier so laut war. Da war es wieder, das schrille Pfeifen.

»Aufstehen! Raus aus den Hütten!«, hörte ich Kevin rufen.

Dann wieder das Pfeifen. Jetzt war ich endgültig wach.

Schlaftrunken streckte ich mich erst einmal. Dann setzte ich mich auf. Ich fühlte mich gerädert. Ein Blick auf die Armbanduhr ergab: sieben Uhr morgens.

Wieder die Trillerpfeife. Dann wurde die Tür meiner Hütte aufgerissen.

»Seid ihr alle taub!?«, rief Kevin, »Ihr sollt vor die Türe kommen!«

Mühsam rappelte ich mich auf und trat vor die Hütte. Dort stand ein Wassereimer. Ich sah mich um. Auch vor Franks und Matteos Hütte standen zwei Eimer mit Wasser. Was für ein Luxus. Am liebsten hätte ich mich hineingesetzt und ausführlich gebadet, aber dafür war er zu klein.

»Der Wasserstrahl im Waschbecken in euren Hütten ist ziemlich schwach. Daher bekommt jeder von euch zusätzlich einen Wassereimer. In zwanzig Minuten gibt es Frühstück im Zelt.«

»Was gibt es zum Frühstück?«, fragte Frank. »Ich hoffe ja, ehrlich gesagt, auf Lachsbrötchen.«

Kevin antwortete nicht. Rasch trug ich den Eimer in meine Hütte, zog mich aus und wusch mich, so gut es ging. Als Handtuch nahm ich ein T-Shirt. Meine Haare band ich zu einem Pferdeschwanz zusammen.

Mein Traum mit der Schaukel fiel mir ein und ich zog kurz entschlossen mein Dirndl und dazu flache Sandalen an. Es dauerte eine Weile, bis ich mich in das enge Oberteil gezwängt hatte. Dann trug ich noch ein dazu passendes Lipgloss auf und eilte aus der Hütte. Für Make-up oder Parfüm war keine Zeit. Hier hieß es: Leben am Limit. Als ich das Zelt betrat, waren schon alle da und saßen auf Pölstern am Boden.

»Sehr fesch, Yvonne«, sagte Frank, als er mich sah.

Ich setzte mich neben ihn. Kevin baute sich am Eingang auf.

»Joe«, rief er einem zerknautscht aussehenden Typen mit längeren, wirren Haaren und Vollbart zu, »komm her, du wirst das Frühstück servieren.«

»Wer ist das?«, fragte ich Frank. »Ich fürchte, den hab ich auch verschlafen.«

»Ein pseudo-cooler Journalist mit Alkoholproblem«, raunte Frank. »Ich hab mehrmals gesehen, wie er aus einem Flachmann getrunken hat, und er hat ständig eine Fahne. Außerdem hat er trotz Rauchverbot gestern Abend eine Zigarette nach der anderen geraucht. Und er legt sich ständig mit diesem wichtigtuerischen Manager an.«

Joe verschwand mit ärgerlichem Blick nach draußen und kam bald darauf mit einer Schüssel mit Bananen und einer Schüssel mit Äpfeln wieder. Er stellte beides in der Mitte des Zeltes so schwungvoll auf den Boden, dass einige Äpfel herauskullerten. Dann lief er wieder hinaus.

»Hendrik«, rief Kevin dem Manager zu, »du machst den Küchenjungen Nummer zwei. Komm und hilf mit. Wenn ihr mit dem Frühstück fertig seid, räumt ihr beiden alles in die Taschen am Eingang. Dann wartet ihr im Zelt auf Gloria. Um etwa acht Uhr wird sie hier erscheinen. Keiner geht weg, bis sie da ist, verstanden?«

Der Manager schnaubte.

»Das ist Frauenarbeit«, sagte er.

»Nein, das ist deine Arbeit«, konterte Kevin. »Du bist doch der Alleschecker hier. Also. Bitte.«

Hendrik erhob sich im Zeitlupentempo. Er sah wütend aus. Aber das war bei ihm ohnehin Dauerzustand. Bald darauf erschien der Journalist mit Plastikbechern, Plastikschüsseln und Plastikbesteck sowie einem Behälter mit Müsli. Hinter ihm trottete der Manager mit mehreren Flaschen Wasser und Milchpackungen herein.

»Für mich bitte Sojamilch«, rief die Chirurgin. »Ich bin Veganerin.«

Ohne sie anzusehen, knallte ihr der Manager eine Milchpackung hin und machte sich wieder auf den Weg nach draußen.

»Aber das ist Kuhmilch, die vertrage ich nicht«, rief sie.

Joe kam mit zwei Kannen herein. Tee stand auf der einen, Kaffee auf der anderen. Meine Lebensgeister erwachten beim bloßen Gedanken an Kaffee. Ich goss ihn in meinen Plastikbecher, schüttete etwas Milch dazu und inhalierte den köstlichen Geruch. Dann machte ich einen großen Schluck. Der Tag fing gut an.

Das Müsli schmeckte ausgezeichnet und ich schnitt mir eine halbe Banane und einen halben Apfel hinein. Alle kauten mit vollen Backen. Ich schenkte mir die dritte Tasse Kaffee ein. Nur der Journalist saß zusammengesunken vor seinem Tee und rührte sonst nichts an.

»Was ist dir denn auf den Magen geschlagen?«, fragte Frank. »Bist du etwa verkatert?«

»Nüchtern betrachtet, war es besoffen besser«, zischte der Journalist.

»Es ist wissenschaftlich erwiesen, dass ein Specksandwich hervorragend gegen einen Kater hilft«, merkte Matteo an.

»Dann bestell mir doch eins beim Lieferservice, du Klugscheißer. Und eine Schachtel Lachsbrötchen für deinen kleinen Freund gleich dazu.«

Wir aßen schweigend.

»Sagt mal, diese Gloria war doch für acht Uhr angekündigt. Jetzt ist es aber schon nach neun Uhr«, sagte Frank plötzlich.

Alle sahen auf die Uhr.

»Na toll. Ich hau mich noch einmal aufs Ohr«, sagte der Journalist und stand auf. »Und dann überlege ich, ob ich das hier abbreche.«

»Gute Idee. Aber du sollst erst hier aufräumen«, rief der Manager.

»Das machst schön mal du«, sagte der Journalist und eilte aus dem Zelt.

»Also mir reicht es, ich geh mich beschweren«, schimpfte die Chirurgin und verließ ebenfalls das Zelt.

»Ich hab mein Taschenmesser vergessen, ich muss noch einmal in die Hütte«, sagte Matteo nach einer Weile und sprang auf.

Frank erhob sich ebenfalls. »Warte, ich komme mit.«

Plötzlich war ich alleine. Ich sah mich um. Das Zelt war rechteckig und maß etwa zwölf mal fünfzehn Meter. Das Tageslicht kam durch zwei Fenster auf jeder Seite herein. Auf den Breitseiten gab es je zwei Türplanen, die etwa zwei Meter breit und knapp über zwei Meter hoch waren.

Mein Blick blieb an einem Objekt an der Decke hängen, das mit einer Plastikplane verdeckt war. Ich entfernte sie und ein Monitor kam zum Vorschein. Als ich an den Knöpfen herumdrückte, begann plötzlich ein Film zu laufen. *Wie man in der Natur überlebt,* war der Titel. Ein Experte berichtete über häufige Fehler, die in Notsituationen gemacht wurden und gab Survival-Tipps. Aufmerksam verfolgte ich die Dokumentation.

Nach Ende des Films entdeckte ich einen Plastikbehälter in der rechten hinteren Zeltecke. Er war verschlossen. Ich werkte herum und schaffte es schließlich, ihn zu öffnen. Er war voller Skripten. Ich schlug eines auf. *Überleben in der Widnis – Tipps und Tricks*, stand da. Ich setzte mich auf den Boden des Zeltes und begann zu lesen. Nachdem ich den Inhalt zweimal durchgegangen war, fühlte ich mich wie die Survival-Queen. Ich legte das Skriptum zurück in den Behälter und stand auf.

Plötzlich bewegte sich etwas an der Längsseite des Zeltes. Erschrocken wich ich zurück. Und dann trat eine Frau aus einer Doppelwand durch einen verborgenen Schlitz heraus. Nein, keine Frau, eine Göttin. Jedenfalls war sie mit Abstand die schönste Frau, die ich je gesehen hatte. Eine Haut wie Milchkaffee.

Ein schönes Gesicht, perfekt geschminkt. Ebenmäßige, weiße Zähne. Glänzende, schwarze Haare, die ihr locker über die Schultern fielen. Dichte, schwarze Wimpern. Schicke Diamantohrringe. Sie mußte etwa in meinem Alter sein. Ihre klugen, bernsteinfarbenen Augen musterten mich belustigt.

Ich starrte sie an. Sie war gut einen Meter fünfundachzig groß und ihr sensationeller Körper steckte in einem engen, knallroten Kleid, das ihr auf den Körper geschneidert schien. Ihr Lippenstift hatte die Farbe des Kleides, ebenso ihre hübschen Sandalen. Sie hatte eine atemberaubende Ausstrahlung. Es kam mir vor, als würde sie von innen her glühen, was durch die Farbe Rot noch verstärkt wurde.

Die Feuergöttin. Stark, selbstsicher, präsent. Alles an dieser Frau war überwältigend intensiv.

»Hallo«, sagte sie mit einer wohlklingenden Stimme und streckte mir die Hand hin. »Ich bin Gloria, die Leiterin des Camps.«

Ich schüttelte ihre perfekt manikürte Hand mit rotem Nagellack und einem Diamantring am Mittelfinger und schluckte. Ihre bloße Gegenwart schüchterte mich ein. Neben ihr fühlte ich mich wie ein hässliches Entlein.

»Yvonne. Wir … äh … haben schon auf dich gewartet«, stotterte ich.

Gloria lächelte mich an.

»Ich weiß«, sagte sie.

Dann legte sie den Kopf schief und musterte mich.

»Schönes Dirndl, Yvonne. Ich habe ein ähnliches Modell.«

»Danke«, sagte ich, »dein Outfit ist auch ganz toll. Aber ich habe eine Frage: Was hast du in der Zeltwand gemacht?«

Gloria schaute mich prüfend an.

»Ich habe euch beobachtet.«

»Uns beobachtet?«, wiederholte ich ungläubig. »Seit wann?«

»Heute seit kurz vor acht Uhr. Ansonsten schon, seit ihr hier angekommen seid.«

Jetzt war ich völlig verdattert. Wie konnte sie uns beobachten?

Kevin kam ins Zelt geeilt.

»Ist es so weit? Soll ich alle zusammentrommeln?«

»Ja, bitte«, sagte Gloria.

Gleich darauf hörte ich seine Trillerpfeife und seine laute Stimme.

Gloria trat näher zu mir. Ich hatte das Gefühl, dass die Flammen ihrer unbeschreiblichen Aura schon an mir züngelten. Nervös verknotete ich meine Finger ineinander. Was sollte ich bloß sagen?

»Wie geht es dir, Yvonne?«, fragte sie und musterte mich wieder so eindringlich, als würde sie auf den Grund meiner Seele schauen.

Ich vergaß fast zu atmen. Wie es mir ging? Ich war völlig perplex, seit ich Gloria gesehen hatte.

»Danke. Läuft bei mir. Zwar rückwärts und bergab. Aber es läuft«, sprudelte es aus mir heraus.

Was redete ich da für Unsinn? Nun würde sie mich auch für unterbelichtet halten, genau wie die Gant.

»Ich glaube, da unterschätzt du dich«, sagte Gloria sanft.

Schlagartig wurde mir heiß, mein Gesicht brannte. Lob von dieser beeindruckenden Frau? Ich musste mich verhört haben.

In dem Moment kamen Frank und Matteo ins Zelt, gefolgt von den anderen. Alle starrten Gloria an wie ein Alien. Keiner sagte ein Wort. Es schien also all meinen Mitstreitern zu gehen wie mir.

»Herzlich willkommen im Swiss Survival Camp«, sagte sie. »Ich bin Gloria Duval, die Campleiterin. Ich bin in New Orleans geboren, aber ich lebe schon seit fünfzehn Jahren in der Schweiz.«

Sie pausierte kurz und blickte in die Runde. Joe und Hendrik starrten sie mit offenem Mund an.

»Meinen Stellvertreter Kevin habt ihr ja schon kennengelernt«, fuhr sie fort.

Sie wies auf Kevin, der mit verschränkten Armen und grimmiger Miene vor dem Zeltausgang stand.

»Nehmt doch bitte alle im Halbkreis am Boden Platz. Die Pölster liegen hier in der Ecke.«

Dann ließ sie sich anmutig an der Stirnseite des Zeltes nieder. Langsam kam wieder ein wenig Leben in die Gruppe. Alle holten sich einen Polster, setzten sich im Halbkreis vor Gloria und betrachteten die charismatische Campleiterin neugierig. Keiner schien sich an seine Beschwerden oder Einwände zu erinnern.

»Wie ihr wisst, geht es bei diesem Camp um Survival-Psychologie, das Verhalten in Notsituationen«, sagte Gloria.

»Stellt euch einmal vor, ihr stürzt gemeinsam im Amazonasgebiet ab. Was würdet ihr tun, um zu überleben?«

Schweigen.

»Nun, ich werde es euch verraten«, seufzte Gloria. »In einer Gemeinschaft ist Teamwork am wichtigsten. Jeder kann etwas, jeder weiß etwas! Gemeinsam gehen die Arbeiten rascher und effektiver. Zumindest zu Beginn, also die ersten beiden Tage kann es bisweilen ganz gut laufen. Je länger die Extremsituation andauert, desto mehr und größere Probleme werden auftreten.«

Ich beobachtete die anderen. Der Journalist beschäftigte sich eingehend mit seinen schmutzigen Fingernägeln, der Manager schaute in eine andere Richtung, und die Chirurgin spielte mit ihrem Gürtel. Die restlichen Teilnehmer betrachteten den Boden des Zeltes. Gloria strich sich eine Haarsträhne hinter das Ohr.

»Jede Person muss die Möglichkeit haben, sich zu äußern«, fuhr sie fort. Alle Bedürfnisse müssen beachtet werden. Es ist wichtig, dass auch für die Schwachen gesorgt wird, um die Moral der Gruppe aufrecht zu erhalten.«

Gloria blickte in die Runde.

»Merkt euch: Jede Person ist etwas wert und kann etwas besonders gut. Vielleicht sieht man das auf den ersten Blick nicht. Es ist aber so. Seht immer das Verbindende. Survival. Das ist euer gemeinsames Ding. Sprecht Probleme in einer wertschätzenden Art und Weise an. Bleibt immer positiv, so schwer es auch fällt.«

Sie straffte ihren Rücken und hob das Kinn.

»Kevin hat euch gestern bewusst alleine gelassen. Wir wollten euer Verhalten testen und haben euch beobachtet. Was denkt ihr, wie ihr abgeschnitten habt?«

»Wie beobachtet?« fragte der Manager erschrocken. »Wie habt ihr das gemacht?«

Gloria lächelte. »Kameras. Wir haben das Camp und die nähere Umgebung mit versteckten Kameras ausgestattet. Es gibt eine abgelegene Hütte im Wald, dort ist unser Hauptquartier.«

»Ist das überhaupt erlaubt?«, knurrte der Journalist gereizt.

»Natürlich«, entgegnete Gloria. »Es ist nur zu eurem Schutz.«

Ihr Blick schwenkte von einem Camp-Teilnehmer zum anderen.

»Nun, wie schätzt ihr euch ein? Ich sehe, ihr ahnt es schon. Ihr habt es vermasselt. Statt euch zusammenzutun und an einem Strang zu ziehen, habt ihr bei der ersten Gruppenaufgabe total versagt.«

Sie hat völlig recht, dachte ich. Wir hatten es nicht geschafft, auch nur im Entferntesten ein Gemeinschaftsgefühl zu schaffen.

»Eine Person möchte ich erwähnen, die mir aufgefallen ist.«

Sie schaute mir lange in die Augen. Ich spürte, wie meine Wangen immer heißer wurden.

»Yvonne. Du hast als einzige Camp-Teilnehmerin erkannt, dass es im Zelt Skripten und einen Monitor gibt. Du hast dir den Survival-Film angesehen und die Unterlagen durchgelesen. Das wird dir bei den weiteren Aufgaben zugutekommen.«

Ich spürte, wie alle Augen auf mich gerichtet waren und strich mir verlegen die Haare hinter die Ohren.

»Aber das war noch lange nicht alles«, fuhr Gloria fort. »Du und der Wolf. Was für ein Schauspiel. Ich muss sagen, du hast vorbildlich reagiert.

Verantwortung übernommen. Du warst so herrlich kreativ. Ein Parfümflakon als Waffe.«

Sie lachte.

»Jedenfalls hast du mit deiner Idee den Wolf in die Flucht geschlagen und Hendrik gerettet, der sich als ausgesprochen undankbar erwiesen hat.«

Das hatte ich jetzt nicht erwartet. Meine Bemühungen, den Manager zu retten, waren Gloria nicht entgangen.

»Apropos Wolf, dazu muss ich euch etwas erklären. Der Wolf heißt Lupo und ist ein für Filme trainierter Wolfshund. Ein vierbeiniger Stuntman, sozusagen. Normalerweise ein freundlicher, verspielter Kerl. Nur für Hendrik hat er heute den Bösewicht gegeben. In seinem für euch nicht sichtbaren Halsband waren kleine, kabellose Lautsprecher versteckt, über die er Befehle erhalten hat. Hendrik war also keine Sekunde in Gefahr.«

Ein Raunen ging durch die Gruppe.

»D... das … ist ja unerhört«, stammelte der Manager. »Ich hatte Todesangst.«

»Wie ich vorhin gesagt habe, ging es darum, euer Verhalten zu testen. Was glaubst du, wie du abgeschnitten hast, Hendrik?«

Der Manager sah Gloria mit säuerlicher Miene an. Wer bist du, dass du mich beurteilen willst?, schien sein Blick zu sagen.

»Ich brauche dir sicher nicht zu sagen, dass du bisher versagt hast. Du warst narzisstisch und aggressiv. Mit den anderen Camp-Teilnehmern gehst du weder empathisch noch wertschätzend um. Bei Yvonne hast du dich mit keinem Wort bedankt.«

»Soll ich der verrückten Tussi auch noch dankbar sein, dass sie mich zum Narren gemacht hat mit ihrer Schnapsidee?«, brummte Hendrik.

»Zynismus ist die letzte Phase der Enttäuschung. Wer oder was hat dich so enttäuscht?«, sagte Gloria.

Er starrte auf den Boden. Sein Atem beschleunigte sich.

»Es ist in Ordnung, wenn du es mir jetzt nicht sagen willst. Wir sprechen noch darüber«, sagte Gloria schließlich.

Sie sah mich wieder an.

»Also, wie gesagt: Bei der ersten Prüfung hast du zweifellos am Besten abgeschnitten, Yvonne.«

Ich spürte, dass ich errötete wie ein Teenager. Ich mochte die Art, wie sie meinen Namen sagte. Ihr Lob bedeutete mir alles. Irgendetwas in mir, das lange verloren geglaubt war, erhob sich wieder. Ich bekam es nur noch nicht zu fassen.

»Gratuliere, du Streberin«, zischte mir der Manager verächtlich zu.

»Dann möchte ich noch Matteo und Frank erwähnen. Auch ihr habt euch für andere eingesetzt und Teamgeist bewiesen. Ihr habt Yvonne gleich zu Beginn geholfen, als sie in einer schwierigen Situation war. Ihr seid den Weg wieder zurückgegangen und habt ihr geeignete Kleidung geborgt. Das war sehr freundlich von euch.«

»Das war doch selbstverständlich«, sagte Frank.

»Und ihr habt die Wasserquelle gefunden, genau wie Yvonne.«

Matteo lächelte mich an und machte das Victory-Zeichen.

»Und zuletzt noch meine Beobachtungen zu Joe: Du hast im Camp unerlaubterweise Alkohol konsumiert und geraucht. Du provozierst gerne. Und du bist genauso zynisch wie Hendrik. Es gibt also viele Punkte, an denen du arbeiten kannst.«

Joe verzog keine Miene. Gloria stand vom Boden auf und schaute zu Kevin.

»Jetzt ist es an der Zeit, euch die nächste Aufgabe zu stellen. Es ist eine Geschicklichkeitsaufgabe zum Thema Nahrungfinden in der Natur. In der Nähe dieses Camps gibt es einen Bach. Kevin wird euch hinführen. Versucht, einen Fisch zu fangen. Ihr dürft nichts mitnehmen außer dem, was ihr jetzt gerade am Körper tragt.«

Gemurmel. Alle erhoben sich und verließen das Zelt. Ich warf einen letzten Blick auf Gloria. Sie nickte mir zu. Ich nickte zurück und folgte der Gruppe.

Kevin tauchte neben dem Journalisten auf.

»He, Kevin, hast du eine Kippe für mich?«, rief Joe. »Mit einem Drink wäre ich aber auch zufrieden.«

»Pass lieber auf, mein Freund«, sagte Kevin. »Es könnte sein, dass du in den Bach stürzt und ertrinkst.«

Inzwischen waren wir am Bach angekommen. Er war einige Meter breit, einen halben Meter tief, und das Wasser floß rasch dahin.

»Bitte sehr«, sagte Kevin, »hier wären wir. Bedient euch.«

Matteo und Frank steuerten sofort den nächsten Baum an. Matteo zückte das kleine Schweizermesser, das er in der Hosentasche verstaut hatte.

Dann schnitt er ein paar dünne Äste ab. Frank entfernte die Schnur aus seinen Wanderschuhen und band sie um den Ast. Matteo kramte noch eine Büroklammer aus seiner Hemdtasche, aus der er einen Angelhaken formte. Mit der selbstgebastelten Angel marschierten die beiden zum Bach.

Der Rest der Gruppe sah sich suchend um. Der Journalist hob einen großen Stein auf und eilte damit zum Bach. Ob er die Fische damit erschlagen wollte? Die Chirurgin stand unschlüssig am Ufer.

»Ich esse und töte keine Tiere, das hier ist Tierquälerei«, sagte sie, »ich sammle lieber Pilze und Beeren.«

Damit verschwand sie in den Büschen.

Ich lief den Bachlauf ein Stück hinauf. Das Wasser war trüb, ich konnte die Fische also nur erahnen. Bei einer Verengung des Bachlaufes blieb ich stehen. Dann nahm ich meine Dirndlschürze ab und hielt sie wie ein Fangnetz ins Wasser. Längere Zeit tat sich gar nichts, aber plötzlich spürte ich, wie etwas in meiner Schürze zappelte. Wahnsinn, ich hatte einen Fisch gefangen!

Ich packte den Fisch in der Schürze und kletterte aus dem Wasser. Der Fisch wand sich heftig, und ich bekam ein schlechtes Gewissen. Die Chirurgin würde es nicht gutheißen, wenn ich das arme Tier tötete. In der Tasche meines Dirndls hatte ich mein Handy dabei, fiel mir ein. Der Akku müsste noch aufgeladen sein. Schnell zog ich es heraus und machte ein Foto vom Fisch. Dann warf ihn wieder in den Bach.

Als ich zurück zu den anderen kam, standen die Männer frustriert am Ufer. Die Frauen saßen in der Wiese und unterhielten sich. Kevin lehnte an einem Baum und beobachtete die Gruppe.

»Ich habe einen Fisch gefangen«, sagte ich, als ich vor ihm stand.

»Ach ja, und auch schon gegessen, oder wo ist er?«, höhnte er.

Die anderen umringten uns neugierig.

»In meinem Handy«, sagte ich und hielt ihm das Foto unter die Nase.

Dann zeigte ich es meinen Mitstreitern.

»Ich habe ihn mit meiner Schürze gefangen.«

Ich wies auf die nasse Dirndlschürze in meiner Hand.

»Dann habe ich ihn wieder freigelassen. Die Aufgabe ist somit erfüllt.«

Kevin schien schockiert zu sein. Damit hatte er offenbar nicht gerechnet. Gleich darauf hatte er sich wieder gefangen.

»Gratuliere. Du bist der Forrest Gump unter den Camp-Teilnehmern. Auf so eine dumme Idee muss man erst mal kommen«, sagte er.

»Toll gemacht, Yvonne«, rief Frank, »du bist der Hammer!«

Matteo klopfte mir anerkennend auf den Rücken.

»Gut, dass du den Fisch nicht umgebracht hast«, sagte die Chirurgin. »Man kann auch Pflanzen essen statt tote Tiere.«

»Gehen wir jetzt etwa schon?«, fragte der Journalist, der als letzter dazugekommen war. »Ich bin noch nicht fertig mit meinem Fangnetz für fliegende Fische.«

»Was für fliegende Fische?«, sagte Kevin.

»Weißt du das denn nicht, Cowboy? Es gibt immer mehr fliegende Fische. Wahrscheinlich wegen der Verschmutzung der Gewässer.«

»Ich habe einen Rollmops gefangen«, meldete sich der Manager. »Er hat sich aber verrollt. Ich kann ihn euch aufzeichnen. Ist fast so gut wie ein Foto.«

»Okay. Ab mit euch ins Lager, ihr Spaßvögel«, brüllte Kevin. »Euch wird schon noch das Lachen vergehen bei den nächsten Aufgaben.«

Gloria erwartete uns vor dem Zelt.

»Wie ist es gelaufen?«, fragte sie. »Hat jemand einen Fisch gefangen?«

»Yvonne hat einen mit ihrer Schürze gefangen und ihn dann ins Wasser zurückgeworfen«, rief Frank. »Sie hat ein Foto mit dem Handy gemacht.«

Ich zeigte ihr mein Foto.

Gloria warf den Kopf zurück und lachte. Sie hatte ein sehr charmantes Lachen.

»Mit der Dirndl-Schürze, wie originell«, sagte sie.

Sie sah sich nach den anderen Camp-Teilnehmern um und klatschte in die Hände.

»Stellt euch bitte alle hier im Kreis auf«, rief sie. »Ich werde euch jetzt mitteilen, wie es weitergeht. Jetzt gibt es Mittagessen, danach habt ihr zwei Stunden Pause. Der Plan für den Nachmittag: Feuer machen, Unterkunft bauen und Orientierung im Gelände.«

Sie nickte zu Kevin hinüber.

»In den nächsten Tagen gibt es Vorträge und Workshops zu den Themen: essbare Pflanzen, Giftpflanzen, Fallen stellen, nützliche Knoten, Wasser finden und reinigen, Wetterkunde, Karten lesen und Navigieren nach der Natur. Was ihr dabei gelernt habt, könnt ihr dann bei den Aufgaben ausprobieren, die wir euch noch stellen werden. Und am letzten Tag haben wir einen besonderen Höhepunkt geplant, aber das wird jetzt noch nicht verraten. Das Survival-Camp soll für euch unvergesslich bleiben.«

Sie lächelte freundlich in die Runde.

»Ich wünsche euch viel Spaß und einen schönen Nachmittag.«

Unvergesslich war das Survival-Camp schon jetzt für mich. So viel Lob wie von Gloria hatte ich noch nie bekommen. Ob ich weiter reüssieren konnte? Die Geschichte von der Kunert über den Tod eines Teilnehmers beim letzten Survival-Camp kam mir in den Sinn und ich bekam eine Gänsehaut.

Abends lag ich im Bett und überlegte, was Sophie und Klara zu meinen bisherigen Erlebnissen sagen würden. Ein passender Spruch von Sophie fiel mir ein. Du hast drei Möglichkeiten: aufgeben, nachgeben oder alles geben.

Gloria spornte mich an. Ich fühlte mich gesehen. Angenommen. Wertgeschätzt. Ich würde versuchen, alles zu geben. Alles und mehr. Mit diesem Gedanken fiel ich in einen tiefen, traumlosen Schlaf.

Kapitel 6

Mir schlotterten die Knie und mir wurde schwindlig, als ich nach unten sah. Den anderen Camp-Teilnehmern schien es nicht besser zu gehen.

»Das sieht schlimmer aus, als es ist«, sagte Kevin. »Ihr springt ganz gerade hinunter, acht Meter sind es, und ihr landet da unten im Wasserbecken. Dann schwimmt ihr zum Eingang der Höhle hinter dem Wasserfall. Dort treffen wir uns.«

»Ich hätte besser nichts essen sollen«, raunte der schielende Wirtschaftsprüfer. »Mir wird schon beim Blick da hinunter übel.«

Dem konnte ich nur zustimmen, auch mein Magen fühlte sich ausgesprochen flau an. Schon nach dem Frühstück hatten wir die Ausrüstung für den heutigen Tag erhalten. Gloria erläuterte uns das heutige Programm. Eine Höhlenwanderung der besonderen Art erwartete uns. Der Eingang in die Grotte war nur über einen Sprung in das Becken des idyllischen Wasserfalles erreichbar. Dann würden wir gemeinsam die Höhle bis zum Ausgang im Wald durchwandern.

Wie die anderen trug ich eine Art Neoprenanzug und wasserabweisende Schuhe. Mein Rucksack steckte in einer wasserdichten Hülle, darin befand sich unter anderem ein Helm mit LED-Lampe und eine starke Taschenlampe. Zum Glück hatte ich heute Morgen in weiser Voraussicht wasserfeste Wimperntusche aufgetragen.

Gloria hatte erklärt, dass sie nachkommen würde und Kevin hatte uns mit dem Kleinbus hierher geführt. Er sah sich um.

»Wer von euch will als Erstes springen? Du vielleicht, Hendrik? Du bist ja der Superman unserer Gruppe.«

»Er muss vor dem Sprung erst eine Mindmap erstellen und überlegen, welche Ausreden er benutzen könnte«, feixte Joe.

Der Manager starrte Joe böse an.

»Wie sieht es aus … wirst du heute noch springen, Hendrik?«, fragte Kevin.

»Die Sonne geht auf, die Sonne geht unter, Hendrik steht oben und traut sich nicht runter«, sang der Journalist.

»Du Pressefritze hast das Gehirn eines Dreijährigen«, schrie Hendrik. »Ich wette, der Knabe ist froh, dass er es los ist.«

Kevin lachte amüsiert auf.

»Ihr habt kabarettistisches Talent. Das wird wohl heute nichts mehr mit deinem Sprung, Hendrik. Ich habe nichts anderes von dir erwartet«, spottete er.

Der Manager wischte sich mit einem Taschentuch den Schweiß von der Stirn.

»Wie sieht es dann mit dir aus, Joe? Soll ich dir die Schwimmflügel aufblasen?«

»Warum nicht, ich hab damit kein Problem.«

»Mit Schwimmflügel-Aufblasen oder mit Springen?«, fragte Kevin. »Komm her und stell dich an den Rand des Felsens.«

Joe ging nach vorne und stellte sich an die von Kevin markierte Stelle.

»Auf los geht's los«, sagte Kevin. »Und nicht vergessen: Du wartest am Eingang. Dass mir ja keiner alleine in die Höhle marschiert. Sie ist sehr weitläufig und birgt viele Gefahren.«

Joe lehnte sich nach vorne, und nach kurzem Zögern sprang er zu meiner Verwunderung tatsächlich in den Abgrund. Er tauchte ins Wasser ein und kam gleich darauf wieder hoch. Dann schaute er zu uns nach oben und hob den Daumen, bevor er in Richtung Wasserfall schwamm.

Kevin sah hinunter und schnalzte mit der Zunge.

»Einen Überlebenden hätten wir bereits. Nächster Held, bitte vortreten.«

Die Chirurgin ging nach vorne und sprang ohne Zögern. Hinter ihr wartete schon die blasse Steuerberaterin.

»Ich möchte die Nächste sein«, lispelte sie. »Dann habe ich es hinter mir.«

Jetzt kam Bewegung in die Gruppe. Alle stellten sich aufgeregt schnatternd an, und schon waren nur mehr Hendrik, Matteo, Frank und ich da.

»Spring du als Nächste, Yvonne«, sagte Frank und schob mich nach vorne.

Ich stellte mich an die Absprungstelle und sah hinunter. Es sah so hoch aus von hier oben. Ich dachte an die Gant und ihre Stimme, die wie eine Kreissäge klang. Schon hob ich ab und tauchte ins Wasser ein. Ganz schön kalt. Als ich wieder hochkam, schwamm ich zur Grotte. Hier saßen die restlichen Gruppenmitglieder und unterhielten sich.

»Hallo, wie geht's euch?«, fragte ich in die Runde und setzte mich dazu. »Auf dem Felsen zu stehen und hinunter zu schauen, war ganz schön beängstigend.«

»Ja. Jetzt geht's mir gut. Aber vorher hatte ich schon mit meinem Leben abgeschlossen«, sagte der schielende Wirtschaftsprüfer. »Ich bin richtig in Panik geraten da oben.«

»Ich auch, meine Füße zittern jetzt noch«, meldete sich der Beamte. »Aber momentan fühle ich mich richtig glücklich. So als würde ich auf Wolken schweben. Ich könnte Bäume ausreißen, falls es hier welche gäbe.«

»Das sind die Endorphine nach dem Adrenalinkick«, sagte ich. »Wie allgemein bekannt, werden Endorphine bei gefährlichen Situationen ausgeschüttet. Man gelangt in einen Zustand der Euphorie und fühlt sich rundum happy. Deshalb sind Models meist Adrenalinjunkies, weil die Endorphine ihnen das Hungergefühl nehmen.«

Der Beamte nahm seine Brille aus dem Rucksack, hauchte sie an und putzte sie mit einem Tuch.

»Das stand in der letzten *Elle*«, fuhr ich fort. Und in der *Vogue* war voriges Jahr ein ähnlicher Artikel.«

»Das kann ich nur bestätigen«, sagte die zaundürre Chirurgin. »Dasselbe habe ich Irene gesagt, als sie mich nach Abnehmtipps gefragt hat. Sorge dafür, dass dein Körper Adrenalin produziert.«

»Wer ist Irene?«, fragte ich.

»Unsere Steuerberaterin aus Mainz«, sagte die Chirurgin. »Blasse Hautfarbe, hellblonde Haare, mittlere Statur.«

Ach ja, die blasse Steuerberaterin. Ich sah mich um. Keine Spur von der Dame.

»Wo ist sie übrigens?«, fragte ich.

»Sie ist mit diesem Journalisten in die Höhle gegangen«, meldete sich eine rothaarige Frau mit Sommersprossen, deren Namen ich auch nicht wusste. »Die beiden wollten sich nur kurz umschauen. Obwohl Kevin Alleingänge verboten hat. Na ja, die Endorphine vermutlich.«

Sie zuckte mit den Schultern.

»Und wie lange sind die beiden schon in der Höhle?«, fragte ich.

»Ich glaube, ungefähr fünfzehn Minuten«, antwortete die Rothaarige.

In mir machte sich plötzlich ein mulmiges Gefühl breit. Ich schaute hinauf zum Felsvorsprung. Dort stand Hendrik und schien mit Kevin zu argumentieren. Von Frank und Matteo keine Spur. Es war nicht absehbar, wie lange wir noch auf den Rest der Gruppe warten mussten.

»Sollten wir nicht nachsehen?«, schlug ich vor. »Vielleicht ist ihnen etwas passiert.«

»Wir können doch nicht alle in diese Höhle rennen. Kevin hat es verboten«, sagte der schielende Wirtschaftsprüfer. »Außerdem stören wir die zwei höchstens. Hab gesehen, dass der Typ scharf auf die Kleine ist. Vielleicht ist sie ja nachher nicht mehr so blass. Du willst ihm doch nicht die Tour vermasseln, oder?«

Ein Warnlämpchen leuchtete in meinem Kopf auf. Geh hinein, sagte eine Stimme in meinem Kopf. Sofort.

»Ich werde das Gefühl nicht los, dass da irgendetwas nicht stimmt«, sagte ich. »Begleitet mich jemand von euch?«

Alle schüttelten den Kopf oder sahen unbeteiligt drein. Ich nahm meinen Rucksack und setzte meinen Helm mit der Stirnlampe auf. Dann betrat ich die Höhle und leuchtete mit der großen Taschenlampe umher. Hier fühlte man sich wie in einer anderen, unbekannten Dimension. Gespenstische Stille, kühle Temperaturen, schroffe Felswände, tiefe Dunkelheit. Der Höhlenboden war uneben und etwas glitschig.

Hier könnte man *Dungeons and Dragons* spielen, fiel mir ein. Sofort hatte ich eine Vision von mir als Drachenbraut in einem langen, weißen Kleid mit großem Dekolletee und silbernen Schnüren in der Taille. Meine blonden Haare reichten mir bis zur Taille und auf meinem Kopf saß ein Kranz aus stark duftenden, weißen Blüten. Ich war an die kalte Höhlenwand gekettet und wartete ängstlich auf den Drachen. Ich war barfuß und die Kälte fraß sich in meinen Körper.

»Hilfe!«, kreischte ich. »Der Drache wird mich gleich fressen!«

Ich hörte in der Ferne Pferdehufe und Stimmen. Mein Prinz war gekommen, um mich zu retten.

»Hallo«, rief der Prinz, »hier sind wir. Helft uns!«

Moment, wieso rief der Prinz um Hilfe? Ich tauchte aus meiner Fantasiewelt auf und leuchtete mit der Taschenlampe weiter voraus. Da vorne war eine Weggabelung, aber ich wollte mich hier nicht verirren. Ich drehte mich schon um, als ich abermals die Stimme vernahm. Es klang, als würde sie von links kommen und um Hilfe rufen.

Ich zögerte. Hier war Strategie gefragt. Um wieder zurückzufinden, musste ich meinen Weg markieren. Unschlüssig kramte ich in meinem Rucksack. In meinem Schminktäschchen fand ich drei Neon-Glitzer-Nagellacke in Gold und Silber. Ich öffnete eines der Fläschchen und hinterließ jeden Meter einen Tropfen Glitzerlack am Boden. Nach einer Weile hörte ich die Stimme wieder.

»Hilfe, wir sind hier unten!«, rief sie.

Nach vielen weiteren Abzweigungen, die ich mit meinen Leucht-Nagellacken markierte, tat sich vor mir plötzlich eine Art unterirdische Kammer auf.

Darin befand sich mitten am Weg ein etwa drei Meter breites und sechs Meter tiefes Loch, aus dem die Stimme und ein Plätschern kam. Ich leuchtete die Höhlenwände entlang. Hinter dem Loch ging der Weg einfach weiter.

»Irene, Joe, seid ihr das?«, rief ich in die Dunkelheit.

»Hier unten im Loch«, krächzte eine Männerstimme.

Ich leuchtete hinunter und erschrak. In dem Loch konnte ich eine Person erkennen, die im Wasser paddelte und offensichtlich versuchte, eine zweite Person über Wasser zu halten. Keine Chance, die beiden irgendwie heraufzuziehen. Es war viel zu tief.

»Was ist passiert?«, schrie ich.

»Diese Steuertussi ist abgestürzt und hat mich mitgerissen«, keuchte er. »Sie hat sich den Kopf gestossen und ist ohnmächtig. Das Wasser hier drin ist zu tief. Ich kann gerade nicht mehr stehen.«

Er machte erschöpfte Schwimmbewegungen.

»Kevin … Gloria … du musst sie holen.«

»Kevin ist noch oben am Felsen. Hendrik traut sich nicht zu springen. Gloria habe ich nicht gesehen.«

»Verdammt, ich kann sie nicht mehr halten«, stieß Joe hervor. »Ich habe keine Kraft mehr. Ich habe schon zu viel Wasser geschluckt. Ich … ich lasse jetzt los.«

Oh mein Gott. Ich musste mir etwas einfallen lassen. Sofort. Was zum Teufel …

»Warte!«, rief ich, »ich habe gerade eine Idee.«

Ich suchte in meinem Rucksack herum. Da war er. Der neongelbe, leuchtende Strohhalm aus der Bar des Alpina Gstaad. Länger und breiter als gewöhnliche Strohhalme. Wenn man ihn seiner vollen Länge aufrichtete, müsste mein Plan funktionieren.

»Joe, ich werf dir einen Strohhalm hinunter. Achtung, jetzt. Ich ziele auf Irenes Körper.«

Ich wartete.

»Hast du ihn?«

»Was soll ich haben?«, vernahm ich von unten.

»Den Strohhalm. Verwende ihn wie einen Schnorchel. Du kannst damit unter Wasser atmen und die Frau hochhalten.«

Joe stöhnte.

»Ich versteh dich so schlecht. Was soll ich mit diesem Leuchtdings hier?«

»Mach ihn ganz lang. Du musst dich auf den Grund stellen und durch den Strohhalm atmen«, schrie ich. Dabei hältst du Irene hoch.«

Der Schweiß tropfte mir von der Stirn, als ich mich vornüber beugte und mit der Taschenlampe ins Loch leuchtete. Joe verschwand unter Wasser. Ich hielt nach dem Strohhalm Ausschau, aber ich konnte nichts erkennen. Das Gesicht der Frau war noch über Wasser, wie ich mit Erleichterung feststellte.

Ich sprang auf und lief ein Stück zurück. Ich musste Kevin auf uns aufmerksam machen.

»Hallo, Kevin!!«, brüllte ich, »Wir brauchen Hilfe!«

Keine Antwort. Ich rief noch ein paar Mal um Hilfe und lief wieder zu der unterirdischen Kammer. Schwer atmend leuchtete ich in das Loch. Nichts. Eine eiskalte Hand legte sich um mein Herz.

»Joe, Irene!«, kreischte ich. »Wo seid ihr? Bitte, meldet euch!«

Keine Antwort. Ich rief noch einmal. Nichts. Weinend sank ich am Boden zusammen. Ich hatte die beiden nicht mehr retten können.

»Yvonne!«, hörte ich eine Stimme rufen.

Sie kam von der anderen Seite vom Loch. Im Lichtkegel einer Taschenlampe sah ich eine Gestalt. Gloria. Ich starrte sie an wie eine Erscheinung. Sie trug eine hautenge Hose und ein schickes Hemd in olivgrün. Ihre Haare waren zu einem eleganten Knoten geschlungen. Wie immer schien sie einem Modemagazin entsprungen zu sein.

»Alles ist gut, meine Liebe. Joe und Irene sind in Sicherheit. Sie sitzen auf einem Felsblock um die Ecke und erholen sich gerade.«

Ich seufzte erleichtert auf.

»Woher bist du gekommen?«, fragte ich mit belegter Stimme.

»Ich habe den Bus abgeholt und mich damit auf den Weg zum Höhlenausgang im Wald gemacht. Unterwegs wurde ich aufgehalten. Dann wollte ich der Gruppe entgegenkommen und habe eure Schreie gehört. Ich habe Irene und Joe mit einem Spezialseil heraufgezogen, als du nicht da warst.«

»Gott sei Dank. Wie geht es den beiden?«, wollte ich wissen.

»Gut. Irene ist wieder wach und ansprechbar, und Joe hat gar nichts abgekriegt. Er hat mir von dem Strohhalm berichtet. Das war genial.«

Kaum zu glauben, meine Idee hatte offenbar funktioniert.

»Wo sind die anderen?«, fragte sie.

»Eine Teil der Gruppe sitzt vor dem Eingang. Der andere Teil war mit Kevin noch oben am Felsen, als ich in die Höhle gekommen bin.«

»Du musst alle informieren, was passiert ist«, sagte Gloria. »Findest du zurück zum Höhleneingang?«

»Ja, das ist kein Problem. Ich habe die Wege mit Neon-Glitzerlack markiert.«

Gloria lachte.

»Glitzerlack, wie originell. Hör zu, Yvonne. Ich nehme mit den beiden den direkten Weg zum Ausgang, wir treffen uns dann alle dort.«

»In Ordung. Bis dann, Gloria.«

Ich machte mich auf den Rückweg, immer dem Neon-Nagellack nach. Schließlich hatte ich es geschafft und stand vor meiner allerersten Markierung, einem goldenen Pfeil. Schon aus der Ferne hörte ich die Stimmen der anderen.

»Nein, ihr bleibt gefälligst hier!«, schrie Kevin. »Ich werde gehen.«

»Aber wir sind doch zu zweit, hörte ich Frank sagen. »Wir finden Yvonne und die anderen, ganz sicher.«

»Was musste diese Yvonne den beiden auch hinterherlaufen?«, sagte der schielende Wirtschaftsprüfer. »Ich hab ihr doch gesagt, dass sie hierbleiben soll.«

Ich trat aus der Höhle.

»Schätzchen, da bist du ja«, jubelte Frank und umarmte mich.

»Ich habe eine Nachricht für dich von Gloria«, sagte ich zu Kevin.

Dann gab ich einen kurzen Lagebericht ab.

»Aufgepasst, ihr Heldentrupp«, rief er. »Wir gehen jetzt los. Ihr bleibt dicht hinter mir. Haltet die Augen offen und bewegt euch vorsichtig. Noch ein Unfall ist das Letzte, was wir brauchen.«

Er sah mich an und zögerte kurz.

»Yvonne«, sagte er dann, »du gehst als Letzte und passt auf, dass uns niemand abhanden kommt. Du hast ja mittlerweile schon Höhlenerfahrung, haha.«

»Unsinn, das mache ich«, sagte der Wirtschaftsprüfer. »Ein Mann ist für sowas besser geeignet.«

Kevin sah ihn scharf an.

»Du gehst hinter mir, mein Freund, gleich nach unserem heldenhaften Hendrik, der sich erst nach einer dreiviertel Stunde getraut hat, vom Felsen zu springen. Ihr beide braucht einen Aufpasser, damit euch nichts passiert.«

Der Wirtschaftsprüfer sonderte einen Protestlaut ab und Hendriks Kopf war schon wieder purpurrot.

»Auf geht's«, sagte Kevin und setzte sich in Bewegung.

Wir marschierten im Gänsemarsch durch die Höhle. Nach zwanzig Minuten erreichten wir den Ausgang ohne weitere Zwischenfälle. Endlich wieder Tageslicht. Joe und Irene saßen schon im Bus, Irene mit einem Verband am Kopf. Gloria kam uns entgegen.

»Alles in Ordnung bei euch?«, fragte sie.

»Ja, alles im grünen Bereich«, sagte Kevin, ich habe es geschafft, die Kindergartentruppe ohne weitere Verluste durch die Höhle zu lotsen.«

Alle stiegen in den Bus, und nach einer halben Stunde Fahrt erreichten wir die Blockhütten. Kevin machte sich mit Irene auf den Weg in die Stadt, um einen Arzt aufzusuchen.

Gloria rief uns zum Essen ins Zelt. Es gab heute Nudeln mit Sauce Bolognese oder Grünkernpesto für die Vegetarier, dazu Salat und Weißbrot. Ein Festessen bei den sonstigen Eintopfgerichten. Ich saß neben Frank und Matteo, und wir ließen es uns schmecken.

»Schätzchen, du bist der Hammer«, sagte Frank, als ich ihm und Matteo mein Erlebnis in der Höhle geschildert hatte. »Auf so eine Idee muss man erst mal kommen.«

»Ja, typisch einer meiner bizarren Einfälle«, entgegnete ich.

»Bizarr war das nicht«, widersprach Matteo. »Du bist eine höchst kreative Person, Yvonne. Die Ideen kreativer Menschen sind neuartig, originell, manchmal auch scheinbar ausgefallen oder verrückt. Diese Personen denken und handeln unkonventionell. Genau dadurch haben sie die entscheidenden, innovativen Lösungsvorschläge. So wie dein Konzept mit dem Strohhalm für Joe und der Parfümflasche als Waffe gegen den Wolf.«

Ich bemerkte, dass sich Gloria zu uns gesetzt hatte. Sie sah nachdenklich aus.

»Ausgesprochen kreativ bist du wirklich, Yvonne«, sagte sie. »Diese Markierungen mit Glitzerlack … warst du einmal bei den Pfadfindern, oder hast du schon irgendeine Survival-Ausbildung gemacht?«

Sie studierte mein Gesicht. Ihr intensiver Blick war mir unangenehm.

»Nein, nichts dergleichen«, winkte ich ab. »Ich habe nur eine rege Fantasie. Ich bin eine verrückte Tagträumerin, der manchmal schräge Dinge einfallen.«

Gloria lächelte mich an.

»Du bist nicht verrückt«, sagte sie. »Und Träumen eröffnet neue Realitäten.«

Diese Nacht träumte ich, dass ich mich in einer dunklen Höhle verirrt hatte und vor zwei Abzweigungen stand. Ich überlegte, welche ich nehmen sollte. Plötzlich sah ich ein Schild an der Höhlenwand: *This way to happiness.* Der Pfeil darunter zeigte nach links. Ich ging den linken Gang entlang, und dann sah ich ein Licht in der Ferne. Ich lief darauf zu und konnte die Konturen einer Gestalt sehen, die in mir ein sonderbar vertrautes Gefühl auslöste. Bevor ich etwas Genaueres erkennen konnte, war der Traum zu Ende.

Kapitel 7

Vor dem Zelt wartete bereits Gloria, heute in einem schwarzen, hautengen Overall, in dem sie wie Batwoman aussah. Kevin stand in seinen Militärklamotten neben ihr.

Es war acht Uhr abends, aber noch hell wie am Nachmittag. Langsam ging ich auf Gloria zu. Frank und Matteo saßen auf dem Boden und winkten mir zu.

»Hallo Yvonne«, sagte Gloria und schenkte mir ein warmes Lächeln. »Nimm dir doch bitte einen Ausrüstungsrucksack und setz dich schon mal hin.«

Ich folgte ihrer Anweisung und setzte mich neben Frank. Mir war ausgesprochen mulmig zumute.

»Keine Sorge«, flüsterte mir Frank zu, »wir schaffen das.«

Dankbar lächelte ich ihn an.

Nach fünf Minuten waren alle da und saßen mit ihren Rucksäcken am Boden. Auch Irene, die blasse Steuerberaterin war wieder mit von der Partie. Sie hatte sich durch den Sturz eine Gehirnerschütterung zugezogen, trotzdem fühlte sie sich fit.

»Hallo, liebe Campteilnehmer«, sagte Gloria, »wie ihr wisst, machen wir heute unsere Nachtwanderung. Im Rucksack findet ihr ein Survival-Messer, eine Taschenlampe, drei Wasserflaschen, Proviant, eine Plane, Schlafsack und Isomatte, ein Erste-Hilfe-Set und einen verschlüsselten Plan. Nehmt ihn bitte heraus und seht ihn euch an. Die nächste Unterkunft ist etwa zehn Stunden von hier entfernt und liegt in nördlicher Richtung. Ihr solltet sie morgen gegen Mittag erreichen. Macht immer wieder eine kleine Rast, wenn ihr nicht mehr könnt.«

Alle begannen wie auf Kommando in ihren Rucksäcken zu kramen. Gloria schaute in die Runde.

»Es läuft folgendemaßen ab«, fuhr sie fort. »Alle fünfzehn Minuten wird einer von euch mit Kevin in den Wald gehen, und ihr startet von dem euch zugewiesenen Ort. Jeder von euch soll sich allein durchschlagen. Wendet alles an, was ihr bisher gelernt habt.«

Ich fischte den Plan aus dem Rucksack. Ein Wirrwarr aus Punkten, Kreisen und Linien in verschiedenen Farben. Ich hatte absolut keine Ahnung, wo ich war und wo ich hinmusste. Und was hatten wir jetzt noch gleich gelernt?

»Yvonne, du bist dran«, sagte Gloria.

Ich sah mich um. Außer mir waren tatsächlich nur mehr Frank und Matteo übrig. Kevin stand da und schaute mich mürrisch an. Rasch stand ich auf und folgte ihm in Richtung Wald.

»Warte, Kevin, darf ich mir schnell noch meinen Schal holen?«, fragte ich, als wir bei meiner Blockhütte vorbeigingen.

»Aber sicher«, sagte er. »Und vergiss bloß nicht dein Ballkleid und deine Krone.«

Ich durchwühlte den Trolley nach meinem Schal, steckte auch noch eine schwarze Strickweste ein, falls es kalt werden sollte. Plötzlich hatte ich einen meiner Louboutins in der Hand. Spontan wickelte ich ihn in ein Säckchen und steckte ihn in den Rucksack. Der rote Schuh sollte mein Glücksbringer bei dieser Challenge sein. Mein iPod musste auch noch mit. Meine Lieblingsmusik würde mich in der Nacht bei Laune halten. Schon war ich wieder an Kevins Seite, und wir liefen in großen Schritten durch den Wald. Bei einer großen Gruppe von Föhren blieb er stehen.

»Viel Spaß, Prinzessin«, sagte er. »Wenn du dich verirrst, mach dir nichts draus. Irgendwann wirst du schon gefunden. Fragt sich nur, in welchem Zustand, hahaha.«

»Tschüss, Kevin«, erwiderte ich. »Ich werde dich vermissen.«

Er warf mir einen schwer zu deutenden Blick zu und war gleich darauf verschwunden. Ich sah mich um. Weit und breit kein Weg in Sicht. Dann betrachtete ich wieder den Plan. Ich hatte keine Idee, wo ich war und wo ich hin wollte. Gloria hatte etwas von einem weiteren Camp, zehn Stunden entfernt in nördlicher Richtung, gesagt. Und dass es am Weg dorthin mehrere markierte Bäume geben würde. Wo war noch gleich Norden?

Ich holte meinen roten Designerschuh aus dem Rucksack und streichelte zärtlich über die glatte Oberfläche. Eine Idee schoss durch meinen Kopf. Das magische Louboutin-Orakel. Genau, das war's. Ich warf den Schuh mit Effet hoch in die Luft und beobachtete, wie er sich drehte und auf dem Boden landete. Der Stöckel gab eindeutig die Richtung vor. Und zwar mitten durch die Baumreihe. Ich packte meinen Orakel-Schuh wieder ein und machte mich auf den Weg. Immer dem Stöckel nach.

Bald fiel ich in einen automatischen Schritt. Einsam war es hier im Wald. Wie in meinem Leben, dachte ich. Dafür hatte ich einen Haufen skurriler Beziehungen vorzuweisen, die alle gescheitert waren. Und es war mir nicht klar, woran das lag. Ich schien einfach immer die falschen Männer anzuziehen.

»Wie stellst du dir deinen Mister Right vor, Yvonne?«, hatte mich Sophie erst vor Kurzem gefragt.

»Empathisch«, hatte ich geantwortet. »Und männlich. A little bit of macho turns on. Und irgendwie … anders. Nicht so oberflächlich. Ein besonderer Mann.«

»Okay. Ein empathischer Macho mit Tiefgang, besonders und anders. Ist doch ganz leicht zu finden«, hatte Sophie gesagt und die Augen verdreht.

Inzwischen dämmerte es. Ich hatte keine Ahnung, wie lange ich schon gegangen war oder wo ich war. Bald musste ich mir überlegen, wo ich mein Lager aufschlagen würde. Da, eine Baumreihe. Die kam mir irgendwie bekannt vor. War das die gleiche wie am Anfang? Nein, das konnte nicht sein. Nach einer weiteren halben Stunde reichte es mir. Wieder warf ich meinen Orakel-Schuh, der auf einen großen Laubbaum in der Nähe zeigte. Das war mein Lagerplatz.

Ich packte meinen Rucksack aus. Den Schlafsack legte ich auf die Isomatte, und in den Ästen befestigte ich die Plane als Regenschutz. Die Taschenlampe und das Survival-Messer legte ich griffbereit neben den Schlafsack. Dann holte ich eine Wasserflasche und den Proviant aus dem Rucksack. Zwei große Käsebrote, eine Banane, ein Apfel und drei Müsliriegel. Na ja, nicht gerade ein Haubenmenü. Aber verhungern würde ich nicht.

Ich saß auf meinem Schlafsack und aß mein Käsebrot.

»Cheese«, sagte ich zu mir selbst und zog meine Mundwinkel nach oben.

Leider munterte mich das auch nicht auf. Inzwischen war es finster geworden. Überall knackte und raschelte es. Momentan hätte ich alles dafür gegeben, sicher und kuschelig daheim in meinem Bett zu liegen. Ich nahm einen großen Schluck Wasser. Wieder drangen seltsame Töne an mein Ohr. Es klang wie ein Schnauben. Ich nahm das Messer und die Taschelampe und erhob mich vorsichtig. Langsam schlich ich um den Baum. Nichts. Ein Schatten huschte an mir vorbei. Ich zuckte zusammen, und die Taschenlampe fiel mir aus der Hand. Als ich mich danach bückte, stieß ich gegen etwas Hartes. Ich schrie laut auf.

»Pssst, Yvonne, ich bin's«, vernahm ich eine mir bekannte Stimme.

Ein Licht ging an. Frank stand vor mir und grinste über das ganze Gesicht.

»Frank, du hast mich vielleicht erschreckt«, rief ich.

»Du mich auch, Yvonne«, sagte Frank. »Ganz schön unheimlich hier in der Finsternis. Warte, ich hole meinen Rucksack.«

Gleich darauf kam er zu meinem kleinen Baumlager und setzte sich neben mich.

»Glaubst du, wir sind hier auf dem richtigen Weg?«, fragte ich.

»Kann schon sein«, entgegnete Frank, »ich war noch nie ein guter Pfadfinder. Aber ich habe vor Kurzem einen markierten Baum gesehen. *SC* stand in großen roten Buchstaben darauf. Das heißt sicher Swiss Survival Camp.«

»Na ja, oder Swiss Cheese. Vielleicht auch Stay cool.«

Wir lachten und stießen mit unseren Wasserflaschen an. Dann legten wir uns nebeneinander in unsere Schlafsäcke.

»Ich hoffe, wir finden dieses zweite Camp morgen«, seufzte ich. »Ich kann den Plan einfach nicht lesen.«

»Ich bin auch nach meinem Gefühl gegangen. Aber mach dir keine Sorgen, das schaffen wir schon irgendwie«, beruhigte mich Frank. »Lass uns ein wenig schlafen. Wenn wir aufwachen, gehen wir weiter. Wir sollen uns zwar alleine durchschlagen, aber zu zweit macht es eindeutig mehr Spaß.«

»Okay, du hast recht. Wir brauchen eine kleine Ruhepause. Schlaf gut, Frank.«

»Du auch, Yvonne.«

Ich schloss die Augen und döste vor mich hin. Ein Schrei ließ mich hochfahren. Auch Frank war sofort wieder wach und leuchtete mit der Taschenlampe ins Dunkel.

»Ich geh nachschauen«, sagte er und schälte sich aus dem Schlafsack.

Ich packte meine Taschenlampe und lief ihm hinterher.

»Hallo, ist da jemand?«, rief er in den Wald hinein.

Ich hielt den Atem an.

»Hilfe«, hörte ich eine schwache Stimme. »Hier bin ich.«

Dann ein Stöhnen. Wir liefen in die Richtung, aus der die Stimme kam. Im Lichtkegel von Franks Taschenlampe sahen wir einen Mann, der auf dem Boden lag und sich den rechten Arm hielt.

»Das ist der Manager!«, rief Frank. »Was hast du, Hendrik?«

»Eine Schlange«, keuchte er. »Ich wollte mir gerade den Schuh zubinden, da hat sie mich gebissen. Hier in den rechten Unterarm. Es tut so höllisch weh.«

Er stöhnte wieder.

»Weißt du, wie die Schlange ausgesehen hat?«, fragte ich.

»Weiß nicht, ging alles so schnell«, sagte er. »Ich glaube, sie war schwarz und sehr groß.«

»Komm, lehn dich an den Baum dort«, sagte Frank.

Er half ihm, ein Stück nach hinten zu rutschen. Besorgt betrachtete ich ihn. Innerhalb weniger Minuten waren Arm und Hand bereits stark angeschwollen.

»Das könnte eine Kreuzotter gewesen sein«, sagte ich. »Es gibt auch schwarze Exemplare.«

»Oh mein Gott, eine Giftschlange«, stöhnte Frank.

»Wir wissen es nicht genau, aber wir müssen vom Schlimmsten ausgehen«, sagte ich. »Das kam nämlich in dem Video vor, das ich mir im Zelt angesehen habe, als ihr alle weggegangen seid. Beim Biss einer Kreuzotter spürt man einen heftigen Schmerz. Falls die Schlange ihr Gift abgegeben hat, schwillt der Arm in der Umgebung der Bissstelle an. Die Schwellung wandert allmählich den Arm entlang Richtung Schulter.«

Der Manager lehnte mit geschlossenen Augen am Baum. Er war leichenblass und zitterte.

»Was machen wir jetzt?«, flüsterte Frank. »Wird er sterben?«

Ich versuchte, mich an die Details aus dem Video erinnern.

»Der Arm muss mit einer Schiene oder Schlinge ruhig gestellt und hochgelagert werden«, fiel mir schließlich ein. »Ich habe einen Schal in meinem Rucksack. Aus dem könnten wir eine Schlinge basteln. Und Gloria hat etwas von einem Erste-Hilfe-Set gesagt.«

Frank suchte den Boden nach dem Rucksack des Managers ab. Dann öffnete er ihn und holte das Erste-Hilfe-Set heraus.

»Ibuprofen«, rief Frank und hielt die Packung hoch.

»Okay, wir versuchen es«, sagte ich. Wir flößten ihm Wasser ein und schoben ihm die Schmerztablette zwischen die Lippen.

»Bleib du bei Hendrik, ich hole unsere Rucksäcke«, sagte Frank.

Mit der Taschenlampe in der Hand lief er zu unserem Lager. Ich betrachtete Hendriks Arm. Die Bissstelle hatte sich blau-rot verfärbt.

»Schmerzen … Ich sterbe … «, ächzte er mit schwacher Stimme.

»Ach was, Sterben ist was für Amateure«, sagte ich.

Dabei war mir gar nicht nach Scherzen zumute. Frank kam mit unseren Rucksäcken zurück. Aus dem Schal machten wir eine Schlinge. Dann hievte er seinen auf Hendriks Rucksack und legte den verletzten Arm darauf. Er schob einen Schlafsack unter Hendrik und legte eine Decke um ihn. Schließlich befestigte er noch die Regenplane im Baum. Ich betrachtete den Manager und überlegte, was ich noch für ihn tun könnte.

»Hilf mir, Yvonne«, sagte Hendrik plötzlich und hielt mit der gesunden Hand meinen Arm fest. »Ich kann noch nicht sterben.«

»Du wirst nicht sterben«, sagte ich.

»Nein, du verstehst nicht«, keuchte er. »Mein Leben ist ein einziges Chaos. Ich muss das erst in Ordnung bringen.«

Er stöhnte und schloss die Augen.

»Schmerzen. So viele Schmerzen. Alles dreht sich um mich herum«, flüsterte er dann. »Schlecht … mir ist so schlecht.«

Das war gar nicht gut. Diese Symptome wiesen möglicherweise auf eine allergische Reaktion hin. Ich durchsuchte meinen Rucksack. In der Weste, die ich noch in letzter Minute eingepackt hatte, spürte ich etwas Hartes. Ach ja, ein Anti-Allergikum, das ich vorsichtshalber zum letzten Muscheldinner bei Sophie mitgenommen hatte. Ich nahm die kleine Packung heraus.

»Frank«, flüsterte ich, »die Symptome deuten auf eine Allergie gegen das Schlangengift hin. Gib Hendrik zwei von diesen Antihistamintabletten und dann alle zwei, drei Stunden noch eine. Ich gehe Hilfe holen.«

»Nein, Yvonne«, sagte Frank, »das ist zu gefährlich. Warte doch, bis es hell wird.«

In dem Moment begann es auch noch zu regnen. Ich holte den Regenschutz aus meinem Rucksack und legte ihn an.

»Frank«, sagte ich, »hör mir zu. Du bleibst bei Hendrik. Ich gehe zum nächsten Camp und hole Hilfe. Gloria oder Kevin sind sicher schon dort. Sie müssen die Flugambulanz verständigen. Hendrik muss dringend ins Krankenhaus.«

»Aber Yvonne, du weißt doch gar nicht, in welche Richtung du gehen musst.«

Ich nahm den Plan heraus.

»Was denkst du, wo wir sind, Frank?«

Er markierte den Punkt.

»Ich glaube, wir sind hier. Mitten im Wald. Du musst nach Norden, wie Gloria gesagt hat. Hier wird es steil, und am Schluss musst du über eine große Wiese. Da ist aber irgendein Hindernis eingezeichnet, also sei vorsichtig.«

Ich nahm den Plan und steckte ihn in meinen Rucksack. Dann holte ich meinen roten Designerschuh heraus und warf ihn wieder in die Luft. Die Richtung stand fest.

»Warte, Yvonne. Lass mich gehen«, rief Frank.

»Nein«, sagte ich und umarmte ihn. »Vertrau mir, ich schaffe das schon.«

»Hendrik, du kannst dir schon überlegen, wie du dein Leben wieder in Ordnung bringst«, rief ich ihm über die Schulter zu, dann ging ich in den Regen hinaus.

Nach einer Weile war ich ziemlich durchnässt. Das war ja wieder typisch, dachte ich. Wer sonst läuft bei starkem Regen durch einen finsteren Wald und hat keine Ahnung, wo er hin muss? Ich überlegte, was ich noch im Zelt gelesen oder am Monitor gesehen hatte. Ach ja, genau. Auf Bäumen wachsen Moospolster nordseitig und Pflanzen richten sich immer nach Süden oder Südwesten aus, also Richtung Sonne. Oder war es umgekehrt gewesen? Vorsichtig tastete ich nach Moospolstern, konnte aber keine finden. Beim nächsten Baum das gleiche.

Ich ging weiter und blieb vor einem Ameisenhaufen stehen. Der Regen war inzwischen schwächer geworden. Ameisen und Käfer krabbeln von Norden nach Süden, hatte es im Film geheißen. Hatte irgendwas mit der Magnetenergie der Erde zu tun. Ich nahm die Taschenlampe zu Hilfe. Tatsächlich, die Tiere krabbelten vorwiegend in eine Richtung. Also war dort Süden. Oder zumindest hoffte ich es.

Es mussten Stunden vergangen sein. Ich hatte jegliches Zeitgefühl verloren. Der Weg war immer steiler geworden. Meine Füße schmerzten gewaltig, und ich war sehr müde. Ich setzte mich auf einen Stein und packte die Reste meiner Vorräte aus. Als ich gegessen und getrunken hatte, stand ich wieder auf und streckte mich. Wie gerne hätte ich jetzt wenigstens eine Stunde geschlafen. Aber ich musste weiter.

Überrascht stellte ich fest, dass es bereits hell wurde. Als ich eine weitere Stunde gegangen war, lichtete sich der Wald. Ich hatte die große Wiese gefunden, von der Frank gesprochen hatte. Das war laut Plan der direkte Weg zum nächsten Camp. An einer großen Föhre fiel mir etwas auf. Ich ging näher heran und konnte die Buchstaben *SC* in roter Farbe erkennen.

Stay cool, Yvonne, sagte ich mir und lief weiter.

Etwas weiter vorne entdeckte ich eine riesige Kuhherde. Sicher war es besser, sie zu umgehen. Ich holte den Plan heraus. Der Umweg erschien mir zu groß. Ich dachte an Hendriks Symptome. Jede Minute zählte. Das hieß: Ich musste durch die Herde durch.

Ein Stier hatte mich ins Visier genommen und bewegte sich auf mich zu. Das war jetzt weniger gut. Ich nahm meinen Rucksack ab und holte den iPod heraus. Kühe reagieren positiv auf klassische Musik, hatte ich irgendwo gelesen. Ich suchte auf meiner Playlist nach einer passenden Nummer. Gleich darauf erklangen die Akkorde von Enyas sphärischer Musik. Etwas Klassischeres hatte ich den Kühen nicht zu bieten.

Der Stier blieb stehen und sah mich verwundert an. Langsam bewegte ich mich durch die Herde. Ich traute mich kaum zu atmen. Die Kühe sahen auf und schienen der Musik zu lauschen. Aber sie ließen mich passieren. Einige folgten mir, das schienen die Enya-Fans zu sein. Nach einer halben Stunde entdeckte ich etwas in der Ferne. Es sah wie eine große Blockhütte aus. Das musste das zweite Camp sein.

Als ich bei der Hütte angekommen war, öffnete ich die Tür und schaute hinein. Zehn Matratzen mit je einer Decke darauf lagen auf dem Boden. In der anderen Ecke ein großer, rechteckiger Tisch mit Stühlen. Alles war ausgestorben.

Ich lief zur Rückseite des Hauses. Keine Menschenseele weit und breit zu sehen.

»Hallo! Gloria! Kevin!« Ich rief, so laut ich konnte. »Seid ihr da?«

Keine Antwort. Ob das womöglich das falsche Camp war? Ich war todmüde und beschloss, mich erst einmal auszuruhen. Mit meinem Schlafsack legte ich mich in eine Ecke. Sofort fielen mir die Augen zu.

Ich schreckte aus beunruhigenden Träumen hoch. Da war jemand in der Hütte. Ich rieb mir die Augen. Ein japanischer Schwertkämpfer. Er sah aus wie

Darth Vader, der Bösewicht aus *Krieg der Sterne*. Schwarzes Kampfgewand, eine Art Helm mit Gitter vor dem Gesicht. In der Hand hielt er ein Bambusschwert. Das konnte nur ein Albtraum sein. Ich brachte kein Wort heraus und starrte die Gestalt mit offenem Mund an. Hatte jetzt meine letzte Stunde geschlagen? Wach werden, aber sofort, befahl ich mir selbst.

Ich schloss die Augen und öffnete sie gleich darauf wieder. Leider war der Schwertkämpfer noch immer da. Er nestelte am Helm und zum Vorschein kamen schwarze Locken und ein attraktives Gesicht. Unsere schöne Campleiterin.

»Yvonne«, sagte sie erstaunt, »du bist ja besonders früh hier. Hast du denn keine Pause gemacht?«

Endlich fand ich meine Stimme wieder.

»Gloria, ich habe dich gar nicht erkannt«, presste ich hervor. »Was ist das?« Ich deutete auf ihr Outfit.

»Das ist ein Kendō-Kampfanzug«, sagte sie und strich über ihr Schwert. »Kendō ist eine moderne Art des japanischen Schwertkampfs Kenjutsu, den die Samurai praktiziert haben. Es umfasst nicht nur die Kampftechniken, sondern auch die geistige Ausbildung. Der Schwertkampf fördert Charakterfestigkeit, Entschlossenheit und moralische Stärke.«

»Wow«, sagte ich, »das klingt ja toll. Davon habe ich noch nie gehört.«

Gloria sah mich aufmerksam an.

»Was ist passiert, Yvonne? Du wirkst so nervös.«

»Der Manager, Hendrik, er … er ist von einer Schlange gebissen worden. Ich glaube, es war eine Kreuzotter.«

Ich schilderte Gloria unser Erlebnis im Wald und Hendriks Symptome und zeigte ihr, wo Frank und der Manager sich laut Plan befanden.

»Ich rufe die Bergrettung«, sagte Gloria. »Zum Glück haben wir hier Empfang.«

Sie nahm ein Handy aus der Schublade und verließ die Hütte. Ich stand auf und folgte ihr. Draußen stand Kevin in einem ebenso extravaganten Kampfanzug und nickte mir ganz leicht zu. Diese Outfits sahen jedenfalls ultracool aus.

»Yvonne«, sagte Gloria und riss mich aus meinen Gedanken, »gleich kommt der Rettungshubschrauber und holt mich ab. Du bleibst mit Kevin hier und ruhst dich aus. Die anderen werden erst in einigen Stunden da sein.«

»Bitte nimm mich mit«, rief ich, »vielleicht bin ich bei der Suche nützlich.«

»In Ordnung«, entgegnete sie und zog ihre Kampfkleidung aus. Darunter kam wieder ihr schwarzer, enganliegender Overall zu Vorschein. »Dann begleitest du mich.«

Nach wenigen Minuten hörten wir den Helikopter. Er landete hinter der Hütte. Gloria wechselte noch ein paar Worte mit Kevin, dann stiegen wir ein. Außer dem

Piloten waren noch zwei Notärzte an Bord, die uns mit einem Nicken begrüßten. Gloria reichte mir Kopfhörer mit Mikrofon. Gleich darauf hoben wir ab.

Gloria hielt den Plan auf den Knien und diskutierte über ihren Kopfhörer mit dem Piloten. Ich war so müde, dass ich augenblicklich einschlief. Ich wachte auf, als wir über dem Wald kreisten.

»Hier in der Nähe müssen sie sein«, sagte Gloria.

Sie reichte mir ein Fernglas herüber. Ich suchte den Wald ab. Überall nur Bäume, aber keine Spur von Frank und Hendrik. Nach zehn Minuten kreisten wir immer noch über der Stelle. Plötzlich sah ich es. Ein gelber Fleck, etwas außerhalb unseres Radius. Das musste Frank sein. Gloria suchte auch gerade mit dem Fernglas die Gegend ab. Sie schien den gelben Fleck fast zeitgleich mit mir zu bemerken. Sofort rief sie dem Piloten Anweisungen zu.

»Dort hinten ist eine kleine Waldlichtung, auf der wir landen können«, sagte sie.

Der Pilot setzte zum Sinkflug an. Jetzt konnte ich Frank erkennen, der sein gelbes Poloshirt wie eine Fahne auf einem langen Ast hin- und herschwenkte. Hendrik konnte ich in dem Gewirr von Bäumen und Sträuchern nicht erkennen. Ich hoffte, dass er noch am Leben war.

Sofort nach der Landung sprangen die Ärzte aus dem Hubschrauber und sprinteten mit ihrer Ausrüstung zu. Gloria und ich liefen hinterher. Als wir ankamen, war ich völlig außer Atem. Frank erklärte den Notärzten gerade die Lage. Dann umarmte er mich.

»Yvonne, du hast es geschafft«, sagte er. »Leider geht es Hendrik sehr schlecht. Es sieht gar nicht gut aus.«

Die Ärzte und Gloria standen um Hendrik herum. Ich erschrak, als ich einen Blick auf sein völlig verschwollenes, kalkweißes Gesicht erhaschte. Die Augen hatte er geschlossen. Alle redeten durcheinander. Ich schnappte Begriffe wie Lymphangitis, Kreislaufschock, allergische Reaktion und angioneurotisches Ödem auf.

Auch Frank beobachtete die Szene mit sorgenvoller Miene. Die Ärzte arbeiteten gut aufeinander abgestimmt. Gloria hielt eine Infusionsflasche hoch.

»Ich hoffe so sehr, dass er es schafft«, sagte ich zu Frank und lehnte mich an ihn.

Hendrik wurde auf einer Bahre zum Helikopter transportiert.

»Wer hat ihm das Antiallergikum verabreicht?«, fragte einer der Ärzte, als wir wieder abhoben.

»Äh … das war ich«, meldete ich mich kleinlaut.

»Sie haben ihm damit möglicherweise das Leben gerettet«, sagte der Arzt. »Sonst wäre jede Hilfe zu spät gekommen.«

»Wird er denn überleben?«, fragte ich leise.

»Ich hoffe es«, erwiderte er. »Aber ein allergischer Schock ist immer sehr gefährlich. Da zählt jede Minute.«

Frank tätschelte meinen Arm, und Gloria sah mich von der Seite an.

»Gut gemacht, Yvonne«, sagte sie. »Und du hast die Strecke in weniger als der Mindestzeit bewältigt. Wie hast du das geschafft?«

»Na ja, mein Louboutin-Orakel hat mir den Weg gewiesen. Ich habe nur ganz kurze Pausen gemacht und am Schluss den direkten Weg durch die Rinderherde genommen.«

Jetzt sahen mich Gloria und Frank erstaunt an.

»Was für ein Louboutin-Orakel?«, fragte Gloria.

»Na ja, mein roter Orakel-Schuh. Ich werfe ihn und gehe in die Richtung, in die der Stöckel zeigt.«

»Ich verstehe«, sagte sie etwas perplex. »Zu den Rindern: Es waren einige Stiere dabei. Auf dem Plan war extra ein anderer Weg eingezeichnet, der die Herde in großem Bogen umgehen sollte. Das war schon sehr leichtsinnig von dir.«

»Na ja, ich habe ihnen Musik vorgespielt«, gestand ich. »Enyas letztes Album. Sie schienen es zu mögen.«

Frank lachte. »Du bist ein Hit, Yvonne.«

Ich sah zu Gloria hinüber. Sie schmunzelte.

»Wir sind da«, meldete der Pilot.

Kurz darauf setzten wir auch schon auf einem der Landeplätze auf und Hendrik wurde abtransportiert. Gloria begleitete den Transport und wies mich und Frank an, vor dem Krankenhaus zu warten. Völlig geschafft setzten wir uns auf eine Bank im Schatten.

»So eine Nacht möchte ich nie wieder erleben«, seufzte Frank nach einer Weile. »Ich hatte solche Angst um dich und Hendrik.«

»Meine Nacht war auch nicht gerade gemütlich, das kannst du mir glauben«, entgegnete ich. »Ich könnte jetzt schlafen. Ungefähr drei Tage durchgehend.«

»Ich habe uns einen Hubschrauber zurück ins Camp bestellt«, sagte Gloria, die unbemerkt hinter uns getreten war. »Folgt mir bitte.«

»Wie geht es Hendrik?«, fragte Frank gähnend, als wir wieder abhoben.

»Den Umständen entsprechend, aber ich bin sicher, er wird wieder. Ihr beide habt ganze Arbeit geleistet«, sagte Gloria. »Ich bin stolz auf euch. Ihr seid übrigens vom heutigen Unterricht befreit«, fügte sie hinzu.

Wie schön, dachte ich noch, bevor mir die Augen zufielen und ich in einen tiefen, traumlosen Schlaf fiel.

Kapitel 8

»Wo ist Joe?«, fragte Kevin.

»Er ist vorhin im Wald verschwunden«, sagte die Chirurgin.

Ich saß neben Frank am Boden vor der Hütte. Wir beide hatte den Tag nach Hendriks Rettung völlig verschlafen und waren erst am Nachmittag aufgewacht. Während die anderen mit Kevin ein Spezialtraining absolvieren mussten, hatten wir mit Gloria Tee getrunken und noch lange geplaudert.

Sie hatte uns erzählt, dass sie in New Orleans geboren wurde, viele Jahre in Japan gelebt hatte und dieser Kultur sehr zugetan war. Das erklärte natürlich auch das Samurai-Outfit für das Kendō-Training. Und ich wusste nun, dass sie mehrere Studien absolviert hatte, Firmen und auch Privatpersonen coachte, ein Chalet in Gstaad besaß, sehr viel reiste und eine Art Jet-Set-Leben führte.

Dennoch blieb sie für mich ein Rätsel. Sie war von einer mysteriösen Aura umgeben. Ich war sicher, dass sie uns nur einen Teil ihrer Persönlichkeit zeigte. Und dass sie irgendein Geheimnis hatte. Sie war jedenfalls die außergewöhnlichste Frau, die ich je getroffen hatte. Ich war fasziniert von ihr und ihrer toughen und trotzdem sensitiven Ausstrahlung. Genau so wollte ich auch sein.

Jetzt kam sie aus der Hütte. Heute trug sie einen knallroten Catsuit und sah verboten gut aus.

»Liebe Camp-Teilnehmer«, sagte sie, »ich wünsche euch einen guten Morgen. Gestern habt ihr die Nachtwanderung absolviert und konntet damit einige Erfahrungen in der Natur sammeln. Wie ihr wisst, wurde Hendrik von einer Kreuzotter gebissen und dank Yvonne und Frank gerettet. Ich habe gerade mit seinem Arzt telefoniert: Es geht ihm heute Morgen schon viel besser. Die Krise dürfte überstanden sein.«

Frank und ich sahen einander erleichtert an, dann drückte er meine Hand. Ich drückte fest zurück.

»Ich wusste es«, flüsterte er mir mit feuchten Augen zu.

»Ich bin so froh, dass er es geschafft hat«, flüsterte ich zurück und kämpfte mit den aufsteigenden Tränen der Erleichterung. Matteo nickte uns anerkennend zu. Auch Gloria nickte uns kaum merklich zu.

»Heute ist der vorletzte Tag hier im Camp«, fuhr sie fort. Daher haben wir zum Abschluss eine besondere Herausforderung für euch. Ich bin gespannt, wie ihr diese Aufgabe meistern werdet. Ich hoffe aber auch, dass ihr Spaß habt und das Swiss Survival Camp für euch ein unvergessliches Erlebnis bleiben wird, an das ihr später noch gerne zurückdenkt.«

In dem Moment kam der Journalist aus dem Wald geschlendert.

»Joe, kannst du dich erinnern, welche Zeit ausgemacht war?«, sagte Kevin mit beißender Stimme.

»Alles cool, Mann. Was veranstaltet ihr denn jetzt schon wieder?«, fragte Joe desinteressiert. »Diese Nachtwanderung hat mir echt gereicht. Sie war anstrengend, es hat geregnet, und die Verpflegung war mies. Ich kann keine Käsebrote mehr sehen.«

»Lass dich überraschen«, sagte Kevin und sein Gesicht verzog sich zu einem boshaften Grinsen. »Und dass du bei der Nachtwanderung mit Abstand der Letzte warst, hat mich nicht gewundert. Ich wollte schon einen Suchtrupp losschicken, der deine sterblichen Überreste einsammelt.«

»Na sowas, da bin ich aber gespannt«, höhnte Joe. »Und irgendeiner muss ja der Letzte sein. Man wird doch noch ausschlafen dürfen. Dieses Herumgerenne in der Nacht macht müde.«

Die beiden maßen einander mit abschätzigen Blicken.

»Los jetzt, wir sind schon spät dran«, rief Gloria. »Und vergesst eure Rucksäcke nicht, die sind heute besonders wichtig.«

Ich stand auf und schulterte den riesigen Rucksack. Er war so schwer, dass ich mich bei Frank anhalten musste, um nicht umzukippen. Kevin hatte uns verboten, ihn vor Erreichen unseres Zieles zu öffnen. Meine Louis-Vuitton-Tasche hatte ich auch mitgenommen und zu meinem heutigen Glücksbringer erklärt. Ich trug sie schräg über die Schulter. Die Louboutins waren dafür im Camp geblieben.

Gloria marschierte voraus. Ich folgte ihr mit Frank und Matteo auf dem Fuße. Richtig idyllisch war es hier in der Umgebung des zweiten Camps. Die Vögel zwitscherten und in der Wiese blühten bunte Blumen. Es roch nach Heu und Sommer. Gutgelaunt plauderte ich mit Frank und Matteo.

Nach einer halben Stunde wurde der Weg immer steiler, und ich brauchte meine Luft für den Aufstieg. Als wir schließlich auf einer Art Hochplateau angekommen waren, sagte keiner ein Wort. Alle starrten entsetzt in die tiefe Schlucht, die sich vor unseren Augen auftat. Ich konnte einen Fluss erkennen, der in der Mitte des Canyons dahinfloss.

Ein dickes Seil spannte sich von dem Fels vor uns zu dem tiefer gelegenen Plateau auf der anderen Seite der Schlucht. Das Szenario war mehr als beängstigend.

»Oh mein Gott, was sollen wir hier?«, stöhnte Joe. »Das kann doch nur ein schlechter Scherz sein.«

Gloria nahm ihren Rucksack ab und wandte sich um.

»Hört bitte alle zu«, rief sie. »Unsere letzte Übung und der Höhepunkt des diesjährigen Camps ist das Abseilen über diese Schlucht. Wie ihr seht, sind hier am Fels schon alle Vorrichtungen angebracht.«

Ich hielt die Luft an. Die Todesschlucht. Ich dachte an das hämische Grinsen der Gant. An die Geschichte der Kunert vom Toten beim letzten Survival-Camp. Diese Schlucht nur am Seil hängend zu überwinden, schien mir schier unmöglich zu sein. Auch die anderen waren blass geworden.

Kevin trat neben Joe.

»Na, wie gefällt dir die Aussicht, Großmaul?«, sagte er.

In der Zwischenzeit hatte Gloria ihren Rucksack ausgeräumt und eine Wanderhose und eine Jacke übergezogen. Vor ihr lag eine Art Klettergeschirr und ein dicker Karabiner.

»Schaut mir bitte zu, wie ich meinen Gurt anlege«, sagte sie. »Kevin wird euch dann mit eurem helfen.«

Sie hob das Ding auf und zeigte es herum.

»Das hier ist ein Ganzkörpergurt«, erklärte sie. »Er umgibt den oberen Teil des Körpers und die Oberschenkel. Dafür hat er sowohl Arm- als auch Beinschlaufen und zwei relativ hoch liegende Anseilschlaufen im Brustbereich. Er ist einfach an- und abzulegen, zum Einbinden werden die beiden Anseilschlaufen mit dem Seil verbunden.«

Ich verstand gar nichts. Das einzige, was ich wusste: Ich wollte mich gar nicht über diese Schlucht abseilen.

»Diese Beinschlaufen hier werden durch Clips an der Hüftschlaufe befestigt. Das Ende des Hüftbands wird durch die Anseilschlaufe gefädelt, um es dann an der Hüftschlaufe zu fixieren. Ihr müsst aber darauf achten, dass das Hüftband durch die Schnalle richtig festgezogen wird. Der Karabiner wird in diese Halterung mit der Rolle drauf eingehängt.«

Ich überlegte, welche Ausrede wohl am besten ankommen würde. Vielleicht könnte ich einen Ohnmachtsanfall vortäuschen. Oder erklären, dass ich gerade einen psychotischen Schub hatte und Stimmen hören würde. Zu dumm, dass ich Sophie nicht anrufen und mich diesbezüglich mit ihr beraten konnte.

»Ihr braucht keine Angst zu haben«, sagte Gloria. »Dieser Karabiner hält bombenfest. Es kann nichts passieren. Ich mache es vor und nehme euch dann drüben in Empfang. Kevin wird euch hier assistieren und überprüfen, ob eure Ausrüstung richtig sitzt. In den Rucksäcken befindet sich auch ein Fernglas. Damit könnt ihr auf die andere Seite schauen und meinen Zeichen folgen. Ihr werdet sehen, es macht Spaß. Genießt die Fahrt.«

Gloria ging zum Seil, hakte ihren Karabiner ein und ließ sich langsam vom Felsvorsprung gleiten. Ich hielt den Atem an. Schon war sie mitten über der Schlucht und schwebte in Richtung Hochplateau. Die Camp-Teilnehmer standen da und sahen ihr mit offenem Mund nach.

»Na, wie sieht es aus, Joe?«, sagte Kevin. »Du hast doch schon Survivalcamp-Erfahrung und bist der Coolste hier. Willst du gleich mal aufschließen?«

»Ich … äh … ich möchte lieber der Letzte sein«, sagte der Journalist.

»Na sowas, du hast doch nicht etwa Angst?«, höhnte Kevin.

Er musterte die Gruppe.

»Wer meldet sich freiwillig?«

Alle starrten auf den Boden. Matteo nahm sein Geschirr und trat vor. »Ich versuche es«, sagte er. »So etwas wie das hier habe ich zwar noch nie gemacht, aber ich war schon Klettern.«

»Na wer sagt's denn, dann komm mit den Gurten zu mir.«

Kevin half Matteo, den Gurt anzulegen. Ich nahm mein Fernglas aus dem Rucksack und sah hinüber. Gloria stand am Hochplateau und winkte. Kevin begleitete Matteo zum Seil. Er hakte den Karabiner ein und überprüfte nochmals den Sitz der Gurte.

»Und los geht's«, sagte er.

Matteo glitt vom Felsen. So schwer sah das gar nicht aus. Vielleicht konnte ich mich ja doch überwinden und es ihm gleichtun. Frank folgte ihm, und ich sah ihm nach, bis er drüben angekommen war. Alles in bester Ordnung. Inzwischen hatte der Wind etwas aufgefrischt. Die Blätter wirbelten durch die Luft und meine Jacke wurde hochgeblasen. Kevin winkte uns alle näher.

»Macht schon, stellt euch an!«, rief er.

Die Chirurgin stand schon wartend vor dem Seil. Kevin legte ihr die Gurte an, und sie nestelte noch an ihrer Kleidung herum.

»Joe, komm her, du bist der Nächste!«, rief Kevin.

Der Journalist schlenderte zu Kevin und wurde ebenfalls zum Überqueren der Schlucht vorbereitet. Dann hängte Kevin für ihn den Karabiner ein.

»Warte mal, ich möchte doch nicht mitmachen«, sagte Joe.

»Guten Flug, mein Freund, sagte Kevin und gab ihm einen kleinen Stoß. Joe schrie empört auf und segelte davon.

Martha sah ihm nach und hängte ihren Karabiner ein. Ein Windstoß erfasste sie von hinten. Sie verlor das Gleichgewicht und glitt vom Felsen, noch bevor Joe die Mitte der Schlucht erreicht hatte.

Auf halber Strecke flatterte plötzlich Joes Halstuch hoch und verfing sich in der Rolle oben am Seil. Seine Fahrt verlangsamte sich. Martha näherte sich

Joe mit konstanter Geschwindigkeit und krachte in ihn hinein. Die Rollen blockierten und beide schwangen bedrohlich auf und ab und schrien um Hilfe.

»Das darf doch nicht wahr sein«, hörte ich den Beamten sagen.

Er hatte die Hand vor den Mund geschlagen und schaute gebannt auf die Szene. Kevin, der die Misere beobachtet hatte, legte gerade seinen Ganzkörpergurt an. Ich sah Gloria am Hochplateau wild gestikulieren. Neben ihr standen Matteo und Frank, die ebenfalls die Szene mit dem Fernglas betrachteten. Gloria war mit Gurt adjustiert und hielt den Karabiner in der Hand. Ich fragte mich, was sie vorhatte. Offenbar wollte sie sich bergauf hanteln und das Tuch aus der Seilwinde befreien, um die Blockade zu lösen.

Ich sah mich nach Kevin um. Er rannte mit dem Handy am Ohr in Richtung Seil. Plötzlich stolperte er über einen Baumstumpf. Sein Handy flog in weitem Bogen in den Abgrund. Seltsam verdreht lag unser Survival-Trainer da und stöhnte laut. Ich lief zu ihm und ging neben ihm in die Hocke.

»Kevin, bist du verletzt?«

Er biss die Zähne zusammen und versuchte zu sprechen. Der Schweiß lief ihm von der Stirn.

»Ich … aaaah … ich glaube, ich habe mir das rechte Handgelenk gebrochen«, presste er hervor. »Ich bin da draufgeknallt.« Er zeigte auf einen großen Ast neben sich. »Mein ganzer Körper tut weh.«

Ich musste den Arm irgendwie schienen.

»Hat jemand von euch einen Pullover?«, rief ich meinen Mitstreitern zu.

Jemand reichte mir ein blaues Sweatshirt. Damit umwickelte ich vorsichtig Unterarm und Hand, wobei Kevin aufschrie. Dann befestigte ich das Ganze mit Klebeband aus dem Notfallset. Kritisch betrachtete ich mein Werk. Warum hing Chirurgin Martha bloß am Seil fest? Die hätte gewusst, was zu tun war.

»Möchtest du eine Schmerztablette?«, fragte ich.

Kevin schüttelte den Kopf. Er versuchte hochzukommen, sank aber gleich wieder kraftlos auf den Boden zurück. Ich legte ihm eine Jacke unter den Kopf und breitete eine Notfalldecke über ihm aus, die ich unter seinem Körper feststeckte. Dann versuchte ich noch, eine Isomatte unter ihn zu ziehen. Das Unterfangen musste ich allerdings wieder aufgeben, er war zu schwer und rührte sich nicht.

»Ganz ruhig, Kevin, das wird schon wieder«, sagte ich.

In Wirklichkeit war ich mir da nicht so sicher. Im Hintergrund hörte ich Schreie. Das war jetzt Survival pur. Ich schnappte mir wieder das Fernglas und traute meinen Augen nicht. Gloria hantelte sich tatsächlich mit dem Rucksack am Rücken das Seil hinauf. Eine Sturmböe ließ sie wieder das ganze Stück zurückrutschen.

Martha und Joe schaukelten nach wie vor über dem Abgrund. Ich zoomte sie näher heran. Martha war kreidebleich und schien zu hyperventilieren. Wahrscheinlich eine Panikattacke. Joe schrie um Hilfe.

Die anderen Camp-Teilnehmer kauerten am Boden und sahen schockiert aus. Zwei Frauen hielten sich die Augen zu. Der Beamte hatte sich neben Kevin auf den Boden gesetzt und redete leise auf ihn ein.

Ich öffnete meine Louis-Vuitton-Tasche. Gott sei Dank. Da war mein altbewährtes Bachblüten-Notfallspray. Ich zog es heraus und sprühte mir gleich selbst eine Ladung in den Mund. Dann steckte ich den Spray und die Plastiktüte, in der ich ihn aufbewahrt hatte, in meine Designer-Tasche und hängte sie mir quer über den Oberkörper. Es half nichts, ich musste irgendwie zu Martha gelangen.

Die Vorstellung, mich zu den beiden abzuseilen, versetzte mich in Panik. Das Video aus dem Zelt fiel mir ein. Darin war autogenes Training für Krisensituationen empfohlen worden. Ich setzte mich auf den Boden und schloss die Augen. Ruhe-Übung. Schwere-Übung. Wärme-Übung. Ich atmete tief ein und aus. Mir war inzwischen eiskalt und meine Zähne klapperten. Ich bin vollkommen ruhig. Ich bin …

»Hilfeeeee, wieso hilft mir denn keiner!«, schrie Joe.

Nein, so konnte das nichts werden. Ich brauchte etwas Stärkeres. Der Praterturm. Das war es. Ich stellte mir intensiv vor, ich würde wie schon öfter im Wiener Prater, einem bekannten Vergnügungspark in Wien, Kettenkarussell auf dem hundertsiebzehn Meter hohen Praterturm fahren.

Ich roch das Popcorn, das am Stand daneben verkauft wurde, und hörte das Lachen und die Schreie der Kinder im Prater. Ich fühlte die Sonne auf der Haut und den zunehmenden Wind, je höher man hinaufkam. Ja, das machte Spaß. Das war fast so gut wie die Visualisierung vom Bacardi-Spot, die ich ständig praktizierte. Ich legte meinen Gurt an.

»Was hast du vor?«, ächzte Kevin. »Bleib hier, du Verrückte, du hast keine Chance. Ihr werdet alle abstürzen.«

Ich ignorierte ihn. Vorsichtig hakte ich meinen Karabiner ein. Zur Beruhigung sang ich den Bacardi-Song vor mich hin. Alles bestens, ich saß im Kettenkarussell am Praterturm. Mit Sophie und Klara, die beide laut schrien.

»Hilfe, ich will wieder herunter«, kreischte Klara. »Wenn wir abstürzen, verklage ich den Betreiber.«

»Ich brauche einen Café-Vodka-Valium«, rief Sophie.

»Bleibt ganz ruhig, das macht doch Spaß. Uns passiert schon nichts«, wollte ich sagen. Aber ich brachte keinen Ton heraus.

Als ich die Augen öffnete, sah ich Martha und Joe vor mir. Ich fuhr auf die beiden auf. Wir baumelten vor und zurück. Der Mechanismus hatte sich nicht gelöst, wie ich gehofft hatte. Ich bekam Marthas Jacke zu fassen, packte sie von hinten und legte meinen rechten Arm um sie. Sie zitterte und schwitzte stark. Außerdem schnaufte sie hektisch.

»Alles in Ordnung, Martha«, raunte ich ihr ins Ohr. »Ich gebe dir Bachblüten, dann fühlst du dich besser.«

Ich holte den Bachblüten-Spray aus der Tasche und versuchte, ihr etwas davon in den Mund zu sprühen. Nach ein paar Versuchen hatte ich Erfolg. Ich genehmigte mir selbst auch gleich eine weitere Ladung. Joe hatte die Augen geschlossen und klammerte sich mit beiden Händen an den Karabiner. Er stammelte Unverständliches vor sich hin.

Ich zog die Plastiktüte heraus und hielt sie Martha so vor Mund und Nase, dass sie hineinatmen musste. Das hatte ich unlängst in einem Kinofilm gesehen. Damit sollte sich der Kohlendioxidgehalt im Blut erhöhen und die Atmung verlangsamt werden. Hoffte ich zumindest. Tatsächlich beruhigte sich Marthas Atmung nach einer Weile und sie hing schlaff in meinen Armen. Ich verpasste ihr zur Sicherheit noch eine Ladung vom Bachblütenspray und ließ sie los.

Jemand näherte sich von der anderen Seite. Gloria hantelte sich trotz der anhaltenden Windböen zu uns durch. Als sie Joe erreichte, flüsterte sie ihm etwas zu und kletterte an ihm vorbei. Sie schob sich zwischen Joe und Martha und ich sah ein Messer in ihrer Hand aufblitzen. Sie bearbeitete das in der Rolle verklemmte Tuch damit. Joe hatte die Augen geschlossen und jammerte vor sich hin. Kurz darauf schaffte es Gloria, einen großen Teil des eingeklemmten Tuches mit dem Messer zu entfernen. Sie löste den Bolzen, der den Mechanismus blockierte und Joe glitt weiter in Richtung Hochplateau.

Gloria kletterte zwischen Martha und mich und redete beruhigend auf sie ein. Dann löste sie auch Marthas Bolzen und die Chirurgin schwebte ebenfalls weiter. Nur ich hing in der Mitte des Seiles fest.

»Alles klar, Yvonne?«, fragte Gloria und begann, etwas in der Führungsschiene über mir zu bearbeiten.

»Danke, könnte besser, aber auch schlechter sein«, sagte ich. »Immerhin bin ich noch nicht abgestürzt.«

Gloria hatte einen ernsten Gesichtsausdruck aufgesetzt und arbeitete weiter.

Ich schaute hinauf und erschrak. Meine Rolle war aus der Führung gesprungen. Musste durch den Aufprall passiert sein. Joe und Martha waren inzwischen drüben angekommen und von Frank und Matteo empfangen worden. Ich sah sie am Boden sitzen.

Ich hingegen schaukelte im starken Wind auf und ab. Gut gemacht, du Möchtegern-Heldin, höhnte die Stimme in meinem Kopf. Wärst du nur am Boden geblieben. Immer musst du dich in Schwierigkeiten bringen. Du bist wieder einmal gescheitert.

Gescheitert war mein zweiter Vorname. Ein Gedanke blitzte durch meinen Kopf, Simon, meine Beziehung vor vierzehn Jahren. Er hatte nur die Handelsschule absolviert, sich aber hinaufgearbeitet und war mit fünfundzwanzig schon Geschäftsführer in einer kleinen Firma. Ich bewunderte ihn für seine Tüchtigkeit, die ich bei mir selbst vermisste. Für meine Studien hatte Simon immer nur Spott übrig gehabt. Jus und Sprachen, wer brauchte denn sowas?

»Sieh es doch, wie es ist«, hatte er gesagt: »Du bist ein Sozialfall. Schaffst keines deiner Studien in Mindestzeit und verdienst jetzt beim Gerichtsjahr so wenig, dass du dir nicht einmal deine winzige Wohnung leisten kannst. Dein Vater muss dir die Miete zahlen. Lauf doch gleich mit einem Schild herum: Mit fünfundzwanzig von den Eltern finanziert. Im Leben gescheitert.«

Ich schüttelte die Bilder ab und merkte, wie ich vor Kälte zitterte. Der Sturm war noch stärker geworden, und es hatte zu regnen begonnen. Gloria bearbeitete meine Rolle jetzt mit einer Zange. Es funktionierte nicht. Sie sah mir mit festem Blick in die Augen.

»Yvonne, alles wird gut. Vertrau mir.«

Natürlich. Wir alle würden es schaffen. Ich nickte Gloria zu. In dem Moment klinkte Gloria meinen Karabiner aus und gleich darauf ihren. Ich hörte einen Schrei, der alle bisherigen übertönte. Erst im Nachhinein stellte ich fest, dass es mein eigener gewesen war. Wir stürzten im freien Fall in die Schlucht. Ich schloss die Augen. Das war das Ende. Die Todesschlucht hatte neue Opfer gefordert, genau wie es die Gant vorgehabt hatte.

Als ich keinen Aufprall spürte, öffnete ich die Augen. Zuerst konnte ich gar nicht glauben, was ich da sah. Gloria hing an einem Fallschirm und ich an ihrem Gurt. Ich beobachtete, wie sie den Fallschirm in den Talkessel neben dem Fluss dirigierte. Gleich darauf fiel ich auf die grasbewachsene Erde, Gloria ebenso. Wir lebten.

»Alles in Ordnung, Yvonne?«, fragte sie.

Ich brachte ein schwaches Nicken zustande. Sie zog ihr Satellitentelefon heraus und tippte darauf herum.

»Der Rettungshubschrauber wird bald kommen«, sagte sie, »keine Sorge. Die Rolle war nicht zu reparieren, und eine Bergung aus der Luft ist schwierig und dauert lange. Kevin muss dringend ins Krankenhaus, wir haben keine Zeit. Ich habe mich daher für den Absprung mit dem Fallschirm entschieden.«

Gloria sah auf ihr Telefon.

»Der Helikopter ist auf dem Weg«, erklärte sie. »Ich hatte leider keine Zeit, dich über meine Entscheidung zu informieren.«

Ich starrte sie an. War das alles gerade wirklich passiert?

»Du warst unglaublich mutig, meine Liebe«, fuhr sie fort. »Ich dachte, ich traue meinen Augen nicht, als du dich zu Martha und Joe abgeseilt hast. Die Plastiktüte war das geeignete Mittel gegen Hyperventilation, aber was hast du ihr in den Mund gesprüht?«

»Bachblüten-Notfalltropfen«, murmelte ich und klopfte auf meine Louis-Vuitton-Tasche. »Die habe ich immer bei mir.«

»Das war sehr gut«, sagte sie, »ich halte viel von Bachblüten.«

Als Gloria den Fallschirm gekonnt eingepackt hatte, sah ich den Rettungshubschrauber auf uns zukommen. Er landete in ein paar Metern Entfernung. Wir stiegen ein und setzten nur wenig später neben Kevins Unfallstelle auf. Ich sah ihn warm eingepackt auf dem Boden liegen, neben ihm saß der Beamte, der sich schon vorher um ihn gekümmert hatte.

»Wo sind die anderen?«, fragte ich Gloria. »Auf dem Rückweg zum Camp«, sagte sie. »Ich habe auch Frank und Matteo erklärt, wie sie von der drüberen Seite zurückgehen müssen. Sie werden Joe und Martha ins Camp führen.«

Der Notarzt schiente Kevins Arm, und er wurde auf einer Trage in den Heli geschoben. Sein Begleiter stieg ebenfalls ein. Nach kurzem Flug setzten wir auf dem Krankenhausdach auf und Gloria begleitete Kevin zur Behandlung. Der Beamte und ich warteten inzwischen in einem anderen, für uns bereitgestellten Hubschrauber. Als Gloria zurückkam, lächelte sie uns an.

Und dann erblickte ich den Überraschungsgast, den sie mitgebracht hatte. Es war Hendrik.

Kapitel 9

Wir waren zurück im Camp, und ich hatte gerade mit Frank Holz für das Lagerfeuer am letzten Abend geholt. Als wir wieder in die Hütte kamen, erhob sich Gloria und trat hinter dem Tisch hervor. Alle schauten ernst und standen ebenfalls auf.

»Liebe Yvonne«, sagte sie feierlich, »wenn jemand während des Swiss-Survival-Camps besondere Leistungen erbringt, ist es bei uns üblich, diese Person mit einer Medaille zu belohnen. Die ganze Zeit warst du voll bei der Sache. Hendrik hast du auf ausgesprochen originelle Art vor dem vermeintlichen Wolf beschützt, dann hast du ihm nach dem Schlangenbiss das Leben gerettet. Auch Joe und Irene hast du bei der Höhlenwanderung mit einer guten Idee vor dem Schlimmsten bewahrt. Bei der Abseil-Übung warst du unglaublich mutig und hast mitgeholfen, die gefährliche Situation zu meistern.«

Gloria kam langsam auf mich zu, bis sie direkt vor mir stand. Ihre Augen wirkten riesig in ihrem aparten Gesicht. Ich hatte das Gefühl, dass sie mich auf eine Art und Weise sah, wie ich mich selber noch nie gesehen hatte.

»Ich muss sagen, du hast mich überrascht«, fuhr sie fort. »Du bist die Heldin unseres Camps. Ich habe die große Ehre, dir die Tapferkeitsmedaille zu überreichen.«

Sie hielt eine silberne Medaille an einem blauen Seidenband so hoch, dass sie alle sehen konnten. Swiss Survival Camp stand darauf. Dann hängte sie mir die Medaille um den Hals und küsste mich auf beide Wangen.

»Du hast sie wirklich verdient. Ich bin stolz auf dich.«

Ich umfasste die Medaille mit beiden Händen und spürte, wie meine Augen feucht wurden. Zum ersten Mal in meinem Leben fühlte ich mich wirklich stark. Hendrik trat auf mich zu und umarmte mich.

»Herzlichen Glückwunsch«, sagte er. »Du hast mir das Leben gerettet. Dafür möchte ich mich von ganzem Herzen bedanken. Ich werde meine zweite Chance nützen. Du hast etwas bei mir gut.«

Er reichte mir eine Visitenkarte.

»Wann immer du etwas brauchst, melde dich bitte. Ich möchte mich gerne revanchieren.«

»Danke, Hendrik«, sagte ich gerührt, »ich werde daran denken. Ich freue mich so, dass du gekommen bist. Ist bei dir wieder alles in Ordnung?«

»Der Hubschrauber holt mich später wieder ab«, sagte er. »Mindestens ein bis zwei Nächte muss ich noch zur Beobachtung im Krankenhaus bleiben. Ich habe Gloria gebeten, mich auf eigene Verantwortung mitzunehmen. Ich wollte dich unbedingt noch einmal sehen, bevor du heimfliegst.«

Er klopfte mir freundschaftlich auf den Rücken und wir kämpften beide mit den Tränen. Martha war neben ihn getreten und umarmte mich als Nächste.

»Yvonne, ich möchte mich ebenfalls für deinen mutigen Einsatz bedanken«, sagte sie. »Wegen meiner Panikattacke habe ich keine Luft mehr bekommen. Das war ein schreckliches Gefühl. Ich war dir so dankbar für die Aktion mit der Plastiktüte und dem Bachblüten-Spray.«

Irene kam auf mich zu.

»Danke für deine Hilfe, Yvonne. Die Idee mit dem Strohhalm war wirklich genial.«

Frank und Matteo kamen auf mich zu, und wir umarmten einander zu dritt.

»Gut gemacht, Schätzchen«, flüsterte mir Frank ins Ohr. »Ich bin auch stolz auf dich.«

Der letzte in der Reihe war Joe. Er hielt mir die Hand hin.

»Herzlichen Glückwunsch zur Medaille«, sagte er mit rauer Stimme. »Du hast sie verdient. Ich war so froh, als ich in diesem Loch in der Höhle deine Stimme gehört habe. Menschen wie du sind echt selten.«

Gloria hatte in der Zwischenzeit den Tisch gedeckt. Ich traute meinen Augen kaum. Mehrere kalte Platten mit Räucherlachs, geräuchertem Fisch, Shrimpssalat, Aufschnitt und köstlichem Schweizer Käse, Aufstriche, große Brotlaibe, Tomaten, Paprika und Weintrauben standen einladend da. Zu trinken gab es Weißwein, Rotwein und Wasser. Auch ein großes Blech mit Kuchen lachte mich an.

»Nehmt bitte alle Platz, ich habe ein Abschiedsessen für uns besorgt«, sagte sie. »Ich freue mich, dass wir bis auf Kevin alle vollzählig sind. Er hat eine Gipshand, eine angeknackste Schulter und gebrochene Rippen, aber das wird wieder. Wer möchte Rotwein?«

Frank und ich stießen mit dem Wein an.

»Auf dich und deine Heldentaten«, sagte er und grinste übers ganze Gesicht.

Das Essen war exzellent, ebenso gut war meine Stimmung. Alle unterhielten sich blendend, sogar Joe und Hendrik waren heute friedlich. An meine morgige Heimreise wollte ich gar nicht denken.

Als das Essen beendet war, ging ich vor die Tür und atmete tief ein. Kevin bereitete gerade das Lagerfeuer vor, und Matteo assistierte ihm dabei. Auf der

Hinterseite der Hütte entdeckte ich eine elegante Gestalt. Gloria. Mit geschlossenen Augen saß sie da und schien zu meditieren. Ich zögerte. Vielleicht wollte sie ja alleine sein. Andererseits verspürte ich den starken Drang, Gloria noch ein letztes Mal nahe zu sein. Ich ging auf sie zu. Als ich näher kam, öffnete sie die Augen.

»Hallo Gloria«, sagte ich, »darf ich mich zu dir setzen?«

»Nimm Platz, Yvonne. Wie geht es dir?«

»Mir geht es großartig«, entgegnete ich. »Ich bin so glücklich, dass alles gut ausgegangen ist.«

Ich strich mir die Haare zurück und schlug die Augen nieder.

»Ich habe noch nie jemanden wie dich kennengelernt, Gloria. Ich bewundere dich. Ich wäre so gern wie du. Perfekt. Schön. Elegant. Selbstbewusst. Stark. Mutig.«

»Wünsche dir nicht, jemand anderer zu sein«, sagte sie. »Du hast so viele Talente und positive Attribute.«

»Aber … ich bin nicht glücklich. Nichts in meinem Leben ist so, wie ich es gerne hätte. Du hingegen scheinst eine rundum glückliche Person zu sein, die genau weiß, was sie will, und es auch bekommt.«

»Wie stellst du dir ein glückliches Leben vor, Yvonne?«, fragte Gloria.

»Ich wünsche mir … Glück, Erfolg und Liebe. Ich möchte so glücklich wie nur möglich sein. Leider bin ich davon weit entfernt. Ganz schlimm ist es momentan im Job. Erfolg ist für mich ein Fremdwort. Und mit den Männern passt es sowieso nie.«

Ich schilderte Gloria kurz die Misere in der Silberstreif-Versicherung.

»Meine Chefin ist eine richtige Hexe«, klagte ich. »Sie macht mir und meinen Kolleginnen und Kollegen das Leben zur Hölle. Und ihre Stellvertreterin, Luise Kunert, ist genauso schlimm wie die Gant.«

»Ich verstehe«, sagte Gloria. »Du wünschst dir also Glück, Erfolg und Liebe. Das klassische Trio.«

»Ja«, seufzte ich. »Schon eines dieser drei Ziele zu erreichen, wäre für mich ein Traum.«

Gloria sah mich aufmerksam an. Dann nahm sie meine rechte Hand in ihre Hände. Die Geste berührte mich zutiefst.

»Du hast eine gute Intuition, Yvonne«, sagte sie. »Du bist kreativ und intelligent. Aber du musst erst erkennen, was alles in dir steckt.«

Sie machte eine Pause.

»Hättest du Lust, deinen Aufenthalt in der Schweiz um einen Tag zu verlängern?«, fragte sie dann.

Ich war überrascht. Damit hatte ich nicht gerechnet.

»Sehr gerne, aber mein Flug ist für morgen Mittag gebucht.«

»Keine Sorge, ich buche ihn dir auf Sonntag um. Ich führe euch morgen Vormittag zum Hotel Alpina Gstaad. Von dort können alle mit dem Bus oder Taxi zum Bahnhof fahren. Für uns beide könnte ich eine Nacht im Hotel reservieren.«

»Nichts lieber als das«, erwiderte ich freudig. »Ich habe es nicht eilig, nach Hause zu kommen.«

»Gut«, sagte Gloria und tippte auf ihrem Handy herum, »gib mir dein Ticket.«

Am nächsten Tag saßen wir im gleichen Minivan wie bei der Abholung und fuhren Richtung Gstaad. Wie auch bei der Herfahrt saß ich neben Frank, der nun meine Hand hielt.

»Ich hoffe, wir bleiben in Kontakt, Yvonne«, sagte er und zog eine Visitenkarte aus seiner Tasche. »Ich würde mich freuen, wenn du uns einmal besuchst. Du bist bei uns jederzeit herzlich willkommen.«

»Warte«, sagte ich und kramte in meiner Louis-Vuitton-Tasche. »Hier ist meine Karte. Ich vermisse dich jetzt schon.«

Die Verabschiedung vor dem Hotel Alpina Gstaad fiel herzlich und tränenreich aus. Nie hätte ich gedacht, dass unsere kleine Truppe so zusammenwachsen würde. Schließlich waren nur mehr Gloria und ich da. Gemeinsam machten wir uns auf den Weg zur Rezeption. Ein gutgekleideter Mann mit grauen Schläfen eilte herbei und begrüßte und umarmte Gloria überschwänglich.

»Yvonne, darf ich dir Herrn Eric Favre, den Direktor des Hotels, vorstellen?«, sagte Gloria. »Eric, das ist Yvonne Reich. Sie hat einem Teilnehmer meines Survival-Kurses das Leben gerettet und sich bei allen Aufgaben als besonders mutig erwiesen.«

Der Manager schüttelte mir die Hand und bedachte mich mit einem breiten Lächeln.

»Herzlich willkommen im Alpina Hotel, Frau Reich«, sagte er, »als Heldin des heurigen Swiss Survival Camps möchte ich Sie auf eine Behandlung ihrer Wahl im Spa einladen. Und hier sind die Zimmerschlüssel, meine Damen. Ich habe zwei besonders schöne Suiten im vierten Stock reserviert. Ich wünsche einen schönen Aufenthalt.«

Genau davon hatte ich geträumt. Eine Suite im Luxushotel. Chillen im Spa. Ich wollte die Zeit bis zur letzten Minute genießen und keinesfalls an die Rückkehr nach Wien denken.

»Genieß den Nachmittag, Yvonne«, sagte Gloria, als wir vor meiner Zimmertür standen. »Ich habe noch einige Dinge zu erledigen. Ich hole dich um sieben Uhr zum Abendessen ab. Dann können wir reden. Magst du Japanisch?«

»Ich liebe japanisches Essen«, sagte ich.

»Fein, dann bis später.« Gloria steuerte das Nebenzimmer an.

Ich öffnete die Tür zu meiner Suite. Hier drinnen war alles aus Holz, vom Boden über die Wände und Decke bis zu den Möbeln. Auf dem Parkettboden lag ein weißes Schaffell, das dem großen Wohn-Schlafraum einen urigen Touch verlieh. Mit einer weichen, roten Couch, Sesseln, vielen Kissen und Decken und traditioneller Wanddekoration aus Kuhglocken, Schleifen und getrockneten Blumen wirkte der Raum ausgesprochen gemütlich. Ich strich mit der Hand über den Holztisch mit Patina, passend zum Edel-Hüttenlook. Das riesige Holzbett mit einer roten Überdecke sah einladend aus.

Ein großer Balkon mit schicken Sitzmöbeln rundete das Gesamtbild ab. Auf dem Tisch entdeckte ich eine Flasche eisgekühlten Champagner und Pralinen. Ich rieb mir die Hände. Nichts wie hinein ins Vergnügen. Ich setzte mich auf den Balkon mit Blick auf die Berge und rief Sophie an. Nach dem dritten Läuten hob sie ab.

»Sophies Selbsthilfegruppe für Survivalcamp-Überlebende«, sagte sie mit verstellter Stimme. »Was kann ich für Sie tun?«

»Hallo Sophie«, jubelte ich, »ich hab dich ja so vermisst. Rate mal, wo ich bin.«

»Warte … mit einem neuen Lover auf dem Eiffelturm in Paris? Oder auf den Bahamas, in einem schicken Strandhotel?«

»Nein, viel besser. Stell dir vor, ich habe gerade im Hotel Alpina in Gstaad eingecheckt«, rief ich aufgekratzt. »Mit Gloria.«

»Was, du bist noch immer in Gstaad? In diesem Luxushotel?« Sophie klang enttäuscht. »Und wer ist Gloria? Hast du jetzt auf Frauen umgesattelt?«

»Ach Sophie, natürlich nicht. Gloria ist unsere Camp-Leiterin. Eine außergewöhnliche Frau. Sie ist ein großes Vorbild für mich.«

Ich schilderte Sophie meine Erlebnisse der vergangenen zehn Tage in Kurzfassung.

»Wow, Yvonne, die Heldin des Survival-Camps. Ich bin beeindruckt«, lachte sie. »Da wird ja Superwoman neidisch. Und was hast du vor, wenn du nach Wien zurückkommst? Diese Gloria wird dir doch eine gute Bewertung für die Versicherung ausstellen, nehme ich an. Da wird die Hexe Augen machen.«

»Keine Ahnung«, antwortete ich, »daran denke ich im Moment überhaupt nicht. Ich lasse alles auf mich zukommen und entscheide dann spontan. Ich melde mich bald wieder.«

Etwas später lag ich auf einer gemütlichen Liege am beheizten Außenpool mit herrlichem Blick auf Wiesen und Berge und nippte an meinem Champagner. Hier kam ich mir wie eine Königin vor. Die Massage im gediegenen

Spa-Bereich hatte meine müden Muskeln wieder erfrischt, und ich freute mich auf den Abend mit Gloria. Aber erst einmal wollte ich noch ein paar Runden schwimmen.

Ich zog den roten Lippenstift nach und warf einen kritischen Blick in den Spiegel. Ich hatte mich wieder für den schwarzen Bleistiftrock mit Seitenschlitz von der Anreise entschieden, dieses Mal aber mit einer smaragdgrünen, tief ausgeschnittenen Bluse. Dazu meine roten Louboutins, die mir im Camp Glück gebracht hatten. Silberne Swarovski-Ohrringe und einen Hauch von Chanel Chance aufsprühen. Fertig.

Ich sah auf die Uhr. Schon fünf Minuten nach sieben. Als ich gerade einen Blick in die Minibar werfen wollte, hörte ich ein Klopfen. Ich öffnete schwungvoll die Tür. Gloria stand in einem atemberaubenden, goldenen Cocktailkleid vor mir. Sie sah aus wie ein Topmodel.

»Hallo Yvonne, bereit fürs Abendessen?«, fragte sie fröhlich.

»Fürs Essen bin ich immer bereit«, erwiderte ich, als wir zum Lift gingen.

Im japanischen Restaurant wurde uns ein hübscher Tisch in der Ecke zugewiesen. Ich schaute mich um und bewunderte das elegante Interieur. Holztrennwände und zinnoberrote Farbakzente sorgten für asiatisches Flair. Überall standen große Bodenvasen mit exotischen Blumengebinden, an den Wänden hingen Bilder mit japanischen Tempeln und Landschaften und im Hintergrund lief leise Musik.

»Schön ist es hier, das Lokal sieht richtig authentisch aus«, sagte ich zu Gloria.

»Das ist mein Lieblingsrestaurant in Gstaad«, erwiderte sie. »Die Einrichtung orientiert sich an japanischen Wohnhäusern, Tempeln und antiken Kimonos, und der Küchenchef und die meisten Mitarbeiter sind Japaner.«

Gloria rief dem Kellner etwas auf Japanisch zu, der daraufhin sofort mit zwei Speisekarten auf uns zukam.

»Ich habe dir ja erzählt, dass ich viele Jahre in Japan gelebt habe und der japanischen Kultur und Lebensart sehr zugetan bin«, fuhr Gloria fort. »Hier habe ich immer das Gefühl, wieder mitten in Japan zu sein.«

Sie öffnete die Karte.

»Was möchtest du essen, Yvonne? Trinkst du Sake?«

»Ich nehme dasselbe wie du, Gloria. Ich vertraue auf deine Insider-Kenntnisse.«

Gloria winkte den Kellner herbei und bestellte auf Japanisch. Bald darauf kam eine große Platte mit allerlei Köstlichkeiten darauf.

»Ich hoffe, es schmeckt dir«, sagte Gloria. »Was möchtest du zuerst probieren?«

Sie zeigte auf die hübsch angerichteten Häppchen.

»Sushi, Sashimi, Wagyu-Carpaccio, Spargel-Okaki, Yuzu-Ceviche, Lachs-Tataki mit Mango, Thunfischtatar. Und das sind knusprige Kanzuri-Garnelen, die Spezialität des Restaurants.«

Das Essen war eine sinnliche Geschmacksreise. Ein kulinarisches Crescendo vom Feinsten, wie ich es von Gloria erwartet hatte. Der Kellner servierte uns eine Platte nach der anderen. Der Sake schmeckte hervorragend und harmonierte perfekt mit den Speisen. Gloria erzählte von ihrer Zeit in Japan, viel Persönliches, aber auch kurzweilige Anekdoten. Ich fühlte mich glücklich und leicht.

»Vielen Dank für alles, Gloria«, sagte ich, als wir fertig gegessen hatten. »Die Zeit mit dir im Camp und hier im Hotel wird mir mein Leben lang in Erinnerung bleiben. Ich hatte endlich einmal das Gefühl, am richtigen Platz zu sein und alles richtig zu machen. Ich habe hier viel Kraft getankt, obwohl ich noch nicht weiß, wie mein Leben jetzt weitergehen soll.«

Gloria nahm einen Schluck von ihrem Sake und sah mich prüfend an.

»Ich möchte dir etwas vorschlagen, Yvonne«, sagte sie nach einer Weile.

»Was denn?«, fragte ich neugierig.

»Ich möchte dir meine Unterstützung anbieten. Du hast zwei Optionen.«

Irgendetwas am Klang ihrer Stimme verursachte mir Gänsehaut.

»Was … welche Optionen meinst du, Gloria?«, stotterte ich, als sie nicht sofort weitersprach.

»Option eins: Du bekommst den Posten von deiner Chefin Dr. Gant.«

Ich hielt die Luft an.

»Aber Gloria, wie … was …«

Ich brachte keinen klaren Satz heraus.

»Der Direktor der Silberstreif-Versicherung ist ein alter Bekannter von mir«, erklärte sie. »Ich habe schon mit ihm über dich gesprochen. Er vertraut meiner Beurteilung zu hundert Prozent. Die Gant muss gehen. Du wirst Chefin der Rechtsabteilung und stehst unter dem persönlichen Schutz des Direktors. Dein Wort wird Gewicht haben.«

Wahnsinn, ich bekomme den Job der Hexe, dröhnte es in meinem Hirn. Das wäre der Triumph schlechthin. Im Geist sah ich schon die Kunert mit dem Frühstückstablett auf mich zukommen. Unterwürfig, mit Tränen in den Augen.

»Frau Magister Reich, ihr Frühstück bitte«, säuselte sie. »Cappucino mit viel Milchschaum und ein Croissant mit Butter, wie sie es gewünscht haben. Keine Marmelade.«

Ich dachte an die Gant mit der Sauerkirsch-Marmelade in den Haaren und musste schmunzeln.

»Dann gibt es noch eine zweite Option«, hörte ich Gloria aus der Ferne sagen. »Die zweite Option ist etwas Ungewisses. Ein Spiel.«

Ihre Stimme klang plötzlich viel härter. Ich horchte auf.

»Was für ein Spiel?«, fragte ich misstrauisch.

»Das Spiel deines Lebens.«

»Und wie soll das aussehen?«

Schweigen.

»Drei Aufgaben«, sagte Gloria nach einer gefühlten Ewigkeit.

Das klang geheimnisvoll.

»Du musst wissen, ich war auch einmal in einer auswegslosen Situation«, fuhr sie fort. »Zumindest dachte ich das. Mir hat damals jemand auf diese Art geholfen. Und mir damit das Leben gerettet.«

Das klang dramatisch und machte mich etwas nervös.

»Was für Aufgaben sind das denn?«, fragte ich ungeduldig.

Gloria schlug die Beine übereinander und schob ihr Glas auf die Seite.

»Die zweite Option sieht folgendermaßen aus«, sagte sie in geschäftsmäßigem Ton. »Du kündigst in der Silberstreif-Versicherung und lässt dich auf ein ungewisses Abenteuer ein. Ich stelle dir drei Aufgaben. Welche das sind, werde ich dir vorher nicht verraten. Die Aufgaben werden dich fordern, mehr als dir lieb ist. Du wirst weit über deine Grenzen hinausgehen und deine Wohlfühlzone verlassen müssen, das kann ich dir jetzt schon sagen. Wenn du sie aber erfüllst, kann es sein, dass du das Leben bekommst, das du dir wünschst.«

Drei Aufgaben, ratterte es in meinem Hirn. Das war ja wie im Märchen. Der Haken war: Sie schienen sehr schwierig zu sein, und es gab offensichtlich keine Garantie auf irgendeine Belohnung, falls ich sie erfüllen sollte. Das Ganze kam mir wie ein ziemlich schlechter Deal vor.

»Aber Gloria, ich muss doch vorher wissen, worum es geht. Und was passiert, wenn ich es nicht schaffe?«, fragte ich.

Irritiert sah ich mein Gegenüber an.

»Dann bekommst du nichts. Die Aufgaben erfährst du erst, wenn du dich für die Option entschieden und bei der Silberstreif-Versicherung gekündigt hast.«

Ihre perfekt manikürten Hände spielten mit der Serviette.

»Bei dieser Option musst du ins kalte Wasser springen, Yvonne. Manchmal zeigt sich der Weg erst, wenn man anfängt, ihn zu gehen.«

Ich starrte in meinen Sake, als wüsste er die Antwort. Option zwei klang gefährlich. Schwierig. Anstrengend. Ohne Erfolgsgarantie. Ließ mir die Gänsehaut über den Rücken laufen. Dieser Weg wird kein leichter sein, flüsterte mir Xavier Naidoo ins Ohr. Option eins war weitaus einfacher und eine gute

Möglichkeit, mich an der Gant zu rächen. Und es wäre noch dazu eine gute Tat, weil ich auch meine Kolleginnen und Kollegen von der Hexe befreien würde.

»Du hast bis morgen Früh Zeit«, sagte Gloria. »Natürlich kannst du auch alles so lassen, wie es momentan ist. Überlege dir in Ruhe, welche der Optionen du wählst. Wir sehen uns um neun Uhr beim Frühstück. Danach führe ich dich zum Bahnhof.«

Im Zimmer angekommen legte ich mich erst einmal aufs Bett und dachte nach. Sollte ich die sichere oder die unsichere Variante wählen?

Option eins fand ich sehr ansprechend. Die Gant würde vielleicht Augen machen. Und die Kunert erst, es war einfach zu verlockend. Von Abenteuern und Gefahren hatte ich nach dem Survival-Camp schon genug. Ich wünschte mir ein angenehmes, ruhiges Leben auf der Sonnenseite. Unter dem Protektorat des Direktors wäre ich noch dazu unangreifbar. Ich hätte also das Thema Erfolg positiv erledigt. Vielleicht würde ich dann doch noch irgendwann Mister Right finden und mit ihm glücklich werden.

Andererseits waren da diese geheimnisvollen drei Aufgaben. Wenn ich nicht Option zwei wählte, würde ich mich immer fragen, ob ich es wohl geschafft hätte und wie sich mein Leben dann entwickelt hätte. Ich setzte mich auf und seufzte. Ich hatte absolut keine Ahnung, was ich tun sollte.

Mein Blick fiel auf mein Smartphone. Eine Nachricht von Klara auf WhatsApp.

Glückwunsch zum überstandenen Survival-Camp, du Trägerin der Tapferkeitsmedaille, stand da, mit Lachsmileys und Herzchen. *Sophie hat mir alles erzählt.*

Danke, aber gerade hat sich alles verkompliziert, schrieb ich zurück.

Kurz darauf klingelte mein Handy. Klara. Ich gab ihr ein Update zur neuesten Situation.

»Dir ist doch hoffentlich klar, dass du bei dieser dubiosen Gloria aufpassen musst«, sagte sie. Ich als deine Anwältin werde dich vertreten. Gib mir ihre Handynummer und alle ihre persönlichen Daten. Ich werde sie als Erstes einmal überprüfen.«

»Klara, ich brauche keine Anwältin. Gloria ist der aufrichtigste Mensch, den ich kenne. Ich vertraue ihr zu hundert Prozent.«

»Sei doch nicht so störrisch, Yvonne. Was weißt du schon von dieser Frau? Das Ganze klingt mir verdächtig nach Hochstaplerin. Glaub mir, mit solchen Typen kenne ich mich aus. Lass uns eine Skype-Konferenz in der Früh einberufen, und ich sehe zu, dass du bei den Machenschaften dieser verrückten Möchtegern-Millionärin gut aussteigst.«

»Nein danke, Klara, das möchte ich nicht. Es würde unweigerlich alles zerstören. Ich will keine Einmischung. Die Folgen meiner Entscheidung – wie auch immer sie ausfallen wird – muss ich selbst tragen.«

»Wie du willst«, seufzte Klara. »Aber sei bitte vorsichtig. Wenn du es dir anders überlegst, ruf mich an. Wegen deiner Wohnung brauchst du dir keine Sorgen zu machen, meine Freundin Anita fühlt sich ausgesprochen wohl bei dir. Ich übernehme gerne weiterhin die Kosten.«

Das war zwar gut zu hören, für meine Entscheidung aber nicht sehr hilfreich gewesen. Ich überlegte und wählte dann Sophies Nummer.

»Sophies Problemtauschgruppe«, sagte sie. »Geben Sie uns ihr Problem und erhalten Sie dafür ein anderes.«

»Gute Idee, sowas hätte schon längst erfunden werden sollen«, sagte ich. »Aber mein Problem gehört mir. Du errätst nie, was mir Gloria gerade für ein Angebot gemacht hat.«

Ich erzählte Sophie die jüngsten Entwicklungen.

»Welche Option soll ich bloß wählen, Sophie?«, stöhnte ich. »Ich kann mich einfach nicht entscheiden.«

»Hmmm, ich weiß auch nicht«, sagte Sophie. »Vielleicht gibt es noch eine weitere Option?«

Sie atmete hörbar ein und aus.

»Jetzt hab ich's. Frag deine Gloria doch, ob du statt dem Job Mister Right bekommen kannst. Und zwar je einen für dich und einen für mich. Frei Haus geliefert, mit Beziehungs-Erfolgsgarantie. Das fände ich wirklich gut.«

Sie kicherte.

»Sehr originell, Sophie. Aber ich fürchte, es gibt nur die beiden Optionen, von denen ich dir erzählt habe.«

»Du, Yvonne, ich muss aufhören, ich bekomme gerade einen Anruf herein, auf den ich schon den ganzen Tag warte. Nimm einfach die Option, bei der du ein besseres Gefühl hast. Oder täusche einen epileptischen Anfall vor. Du machst das schon. Ciao Bella.«

»Sophie, ich … «

Schon war die Leitung tot.

Ich schnitt dem Spiegel an der Wand ein Gesicht. Niemand konnte mir bei dieser Entscheidung etwas raten, das war mir klar geworden.

Ich lief im Zimmer auf und ab. Leiterin der Rechtsabteilung oder die drei Aufgaben. Ich wusste es einfach nicht. Um ein Uhr morgens hatte ich mich zu einer Entscheidung durchgerungen. Option eins. Das war definitiv die richtige Wahl. Nur eine völlig verrückte Person würde die dubiose Option zwei wählen.

Ich sah schon das kupferfarbene Schild vor mir. Mag. Yvonne Reich, Leiterin der Rechtsabteilung.

Das Büro würde ich völlig neu einrichten, modern und stilvoll, mit hellen Farben. Ich würde eine freundliche, empathische Chefin sein. Ein gutes Verhältnis zu allen Mitarbeitern pflegen. Nur die Kunert machte mir Probleme. Die passte mit ihrer zwanghaften Schwingung einfach nicht ins Bild. Ich musste mir eine andere Stellvertreterin oder einen Stellvertreter suchen. Mit diesem Gedanken im Hinterkopf schlief ich schließlich irgendwann ein.

Am nächsten Morgen wachte ich auf und setzte mich putzmunter im Bett auf. Heute war Entscheidungstag. Ich atmete tief ein und aus. Ruhe bewahren, sagte ich mir. Ab ins Bad und eine kalte Dusche nehmen. Anziehen, packen, schminken. Wieder ausziehen, etwas anderes anziehen. Gefällt mir auch nicht. Egal. Zum Frühstück gehen. Jetzt. Zu Gloria. Eins ist meins.

»Bye bye, Elvira Gant«, dachte ich, als ich zum Lift ging. Leise Musik erfüllte den Aufzug, als ich eintrat. Der Bacardisong, schoss es mir ein. Be what you wanna be … mein Mojito-Feeling. Freiheit, Gelassenheit, Lebensfreude. Die Lifttür ging auf und ich stolperte in den Frühstücksraum. Mir war heiß und kalt zugleich. Konzentriere dich. Option eins. Zeige Entschlossenheit. Eins.

»Guten Morgen, Yvonne«, ertönte Glorias Stimme. »Ich hoffe, du hast gut geschlafen.«

Vor Schreck lief ich gegen den Nachbartisch. Eine Tasse knallte auf den Boden. Gloria sah mich fragend an. Sie trug heute einen extravaganten Hosenanzug in Bordeaux und hatte ihre Haare hochgesteckt. Wie immer sah sie fantatisch aus.

»Äh … Guten Morgen, Gloria. Tut mir leid, ich habe dich nicht gesehen. Ich war in Gedanken.«

Ich setzte mich auf den Platz ihr gegenüber. Meine Hände zitterten. Sie lächelte mich an und schenkte mir Kaffee ein.

»Ich sehe, du bist nervös wegen der Entscheidung«, sagte sie. »Ich bin gespannt. Welche Option hast du gewählt?«

Ich nahm einen Schluck Kaffee und biss mir auf die Lippen. Könnte sich nicht der Boden auftun und mich verschlingen? Leider saß ich noch immer da und starrte auf Glorias perfekte Frisur. Eins, zwei, eins, zwei, eins …

»Also … Gloria … ich … äh … wähle … «

»Deine Entscheidung, Yvonne«, sagte Gloria drängend. »Wie lautet sie?«

Ich sah Gloria an. Eins, schrie es in meinem Kopf. Ich wähle Option eins. Den Führungsjob. Es gibt keine andere Wahl.

»Zwei«, sagte ich. »Ich wähle die drei Aufgaben.«

Kapitel 10

Ich betrachtete die heruntergekommene, windschiefe Hütte mitten im Wald. Rundherum Berge von Gerümpel und Müll. Es stank bestialisch. *Hic habitat felicitas*, stand auf einem vergilbten Schild unter dem baufälligen Dach. Hier wohnt das Glück. Das konnte doch nur ein Scherz sein. In diesen Misthaufen wohnte höchstens Ungeziefer. Und Mäuse und Ratten. Ich schüttelte mich vor Ekel.

Das hatte ich jetzt davon. Weil irgendein völlig verrückter Teil von mir sich beweisen wollte und diese mysteriöse Option zwei gewählt hatte. Ich könnte schon Chefin der Rechtsabteilung sein. Stattdessen hatte mir Gloria blitzschnell die ausformulierte Kündigung zum Unterschreiben vorgelegt und erklärt, sie werde das Dokument noch am selben Tag dem Direktor der Silberstreif-Versicherung übergeben. Der sicher sofort die Gant über mein Ausscheiden informieren würde. Ich sah sie vor mir, wie sich ihre schmalen Lippen verächtlich kräuselten.

Nun, liebe Frau Magister Kunert, hörte ich sie sagen, wie ich Ihnen prophezeit habe, hat sich Frau Reich im Survival-Camp nicht beweisen können. Sie hat freiwillig aufgegeben und gekündigt.

Ich sah die Kunert, wie ihr blasses Gesicht zuerst einen ungläubigen Ausdruck annahm und sich ihr Mund dann zu einem Haifischgrinsen verzog. In meinem Magen grummelte es. Verdammt, warum hatte ich bloß nicht Option eins über die Lippen gebracht? Ich war so wütend auf mich selbst.

Ich dachte an den heutigen Morgen zurück. Nach dem Frühstück war es losgegangen. Ich hatte die Kündigung unterschrieben und war gleich darauf von Gloria zu einem Hubschrauber gebracht worden. Ohne Gepäck. Ohne Geld. Ohne Handy. Ohne meine Louis-Vuitton-Tasche. Nur mit der Kleidung, die ich auf dem Leib trug: meinem schwarzen Bleistiftrock, einer schicken, weißen Bluse, einem beigen Blazer und meinen roten Louboutins. Und mit meinem Pass. Meinen Trolley wollte Gloria für mich aufbewahren.

»Ich wusste, dass du es wagen würdest«, sagte sie leise und umarmte mich dann fest. »Ich wünsche dir viel Glück, meine Liebe. Mach das Beste aus dieser Chance.«

Ich sah Gloria an und Zweifel befielen mich.

»Wie wir es gestern besprochen haben, Yvonne: Du musst drei Aufgaben erfüllen, in denen du etwas über Glück, Erfolg und Liebe lernen kannst. Bei diesen Aufgaben wirst du immer wieder an deine Grenzen kommen. Wenn du aufgeben willst, musst du mich kontaktieren. Unser Deal ist dann beendet, und du bist auf dich gestellt. Dasselbe gilt, wenn du eine Aufgabe nicht erfüllst.«

Dann gab sie mir ein Kuvert.

»Das ist deine erste Aufgabe. Bitte lies sie erst, wenn du in der Luft bist.«

Sie winkte mir noch nach, als der Hubschrauber aufgestiegen war. Dann öffnete ich mit zitternden Händen das Kuvert und holte ein Blatt Papier heraus. *Stelle dein Leben auf den Kopf*, las ich. Der Hubschrauber landete kurz darauf auf einem kleinen Flugplatz, von wo aus es mit einem Privatjet weiterging. Außer mir war wieder nur der Pilot an Bord, der kein Wort Deutsch oder Englisch zu sprechen schien.

Nach gefühlten Stunden landeten wir auf einem mir unbekannten Flughafen. *Tallinna lennujaam*, las ich auf einem Schild. Moment mal, Tallinna … War ich in Tallinn? Okay, das konnte es sein. Tallinn. Baltikum. Hauptstadt von Estland. Hier war ich noch nie gewesen.

Der Pilot deutete auf einen Flughafenmitarbeiter und einen Geländewagen, der am Rand des Flughafens parkte. Ich zeigte meinen Pass vor und stieg in das Auto ein. Der Fahrer brachte mich – ohne auf meine Konversationsversuche in mehreren Sprachen zu reagieren – zu einer Bruchbude mitten im Wald. Zuerst weigerte ich mich, das Auto zu verlassen. Aber er gab mir mit schroffen Gesten zu verstehen, dass ich hier auszusteigen hatte. Gleich darauf brauste er davon.

Ich klopfte zögerlich an die Eingangstür. Nichts. Okay, ich hatte es geahnt. Ich musste schon wieder Survival-Camp spielen. Was soll's, sagte ich mir. Du hast es schon einmal geschafft, also wirst du es wieder schaffen.

Es begann gerade finster zu werden. Ich umrundete die Hütte und fluchte, als meine Louboutins zum wiederholten Mal im morastigen Boden einsanken. Es gab keinen Hintereingang und keine Fenster. Nur noch mehr Gerümpel. Viel Spaß beim Müllsortieren, du Dummkopf, höhnte die Stimme in meinem Kopf.

Ich rüttelte mit aller Kraft an der Eingangstür und hatte Erfolg. Sie sprang knarrend auf. Ich trat ein und taumelte gleich wieder zurück. Auch hier stank es fürchterlich nach verrottetem Müll. Ich hielt mir den Arm vor die Nase und schaute mich um. Nur ein kleiner Raum, mit dem Allernötigsten eingerichtet. Ein kleiner Holztisch, zwei wackelige Stühle. Eine Kommode. In der dunklen, linken Ecke stand ein schmales Bett. Darin bewegte sich etwas. Etwas, das mir das Blut in den Adern gefrieren ließ.

Ich hörte meinen eigenen Schrei wie aus der Ferne. In dem Bett lag ein seltsames Wesen. Es sah aus wie ein zotteliger Yeti und musste gute hundertfünfzig Kilo wiegen. Plötzlich setzte es sich langsam und ungelenk auf und schaute mich an. Ich hielt die Luft an.

»Hallo Yvonne, herzlich willkommen in meiner bescheidenen Hütte«, sagte es und zwinkerte mir zu.

Die Stimme war tief und rau. Ich konnte nicht glauben, was ich da sah. Ein völlig verwahrloster Mann mit langen, wirren Haaren und einem langen, struppigen Bart. Sein quadratischer Schädel war voller Schmutz und er trug eine sonderbare, sackartige Kleidung, die fleckig und teilweise zerrissen war.

»Was ... wer sind Sie und was soll ich hier?«, stammelte ich.

»Mein Name ist Edgar, und ich lebe hier«, erwiderte der Yeti. »Wie ich gehört habe, hast du einen Deal mit Gloria.«

Er stand langsam auf und ich merkte, dass er gut einen Meter fünfundneunzig groß war. Erschrocken wich ich zurück. Er kam mit großen Schritten auf mich zu.

»Ich darf doch Yvonne sagen?«, fragte er. Er streckte mir seine riesige Pranke hin.

»Nein ... äh ... j ... ja«, stotterte ich. Er quetschte meine Hand so fest, dass ich vor Schmerzen aufschrie.

»Ich muss doch nicht hier mit Ihnen ... mit dir in einem Bett schlafen?«

»Nein, du kannst auch im Wald schlafen«, sagte Edgar und sah mich emotionslos an. »Ich muss dir aber sagen, dass es hier Wölfe und Bären gibt.«

Ich fluchte innerlich. Das geschieht dir jetzt recht, Yvonne, flüsterte eine Stimme in mir. Du hast dir das Ganze ja selbst eingebrockt. Die Chance deines Lebens einfach weggeworfen.

»Kann ich ... in der anderen Ecke schlafen? Ich nehme den Boden. Und darf ich mir diese Decke hier ausleihen?«

Ich deutete auf das graue, fleckige Ding, das über dem Stuhl hing. Edgar nickte gleichgültig.

»Nimm dir, was du möchtest«, sagte er.

Das war eine originelle Einladung, es war ja außer Müll und der Decke nichts da.

»Danke«, sagte ich. »Eine Frage: Gibt es hier auch etwas Essbares? Ich habe Hunger.«

»Du hast Glück, ich habe ein wunderbares Abendessen vorbereitet«, sagte Edgar. »Eds Waldsalat. Der absolute Burner, kann ich dir sagen.«

Er nahm eine verbeulte Schüssel und hielt sie mir hin.

»Das ist leicht bitterer Löwenzahn, würziger Sauerklee und milde Vogelmiere. Ein paar Bärlauchblätter zum Würzen. Hab ich vorhin gepflückt. Darüber noch ein paar Brennnesselsamen. Die schmecken ausgezeichnet, leicht nussig. Das beste Essen der Woche, kann ich dir sagen.«

Er fasste mit seinen schmutzigen Fingern in die Schüssel und stopfte sich etwas von dem welken Grünzeug in den Mund. Dann hielt er mir den Rest hin.

»Hau rein«, sagte er.

Ich musterte die Wiesenbestandteile darin. Mein Magen knurrte traurig. Das ist das Ergebnis deiner Dummheit, flüsterte mir mein inneres Teufelchen zu. Wer nicht eins sagen kann, muss leiden. Mahlzeit, du Niete.

Ich schüttelte den Kopf. Edgar stellte die Schüssel wieder auf den Tisch.

»Was zu trinken?«, fragte er und deutete auf einen Behälter mit Wasser.

Als ich nickte, schüttete er etwas davon in einen Becher. Ich nahm ihn seufzend und machte einen Schluck. Gleich darauf würgte ich und spuckte alles wieder auf den Boden. Ein Käfer krabbelte eilig weg und eine fette, tote Fliege lag in der kleinen Wasserlacke.

»Igitt«, schrie ich, »das darf doch nicht wahr sein. Willst du mich umbringen?«

»Ach was, wegen ein paar Käfern stirbt man doch nicht, Mädchen. Insekten essen ist gerade en vogue. Ist auf jeden Fall gesünder als Fast Food, hahaha.«

Jetzt war ich ernsthaft verärgert. Der Waldschrat legte es darauf an, mich zu provozieren. Nicht mit mir, mein Freund. Ich schnappte mir die Decke und verzog mich in die Ecke. Kalt und unbequem würde es sicher werden. Aber ich hätte alles getan, um nicht mit dem Yeti in einem Bett schlafen zu müssen.

»Der Gestank hier ist kaum auszuhalten«, sagte ich und rümpfte die Nase.

»Oh, das tut mir leid«, sagte Edgar. »Mir fällt das gar nicht mehr auf.«

Er ging um den Tisch herum und begann plötzlich seine Kleidung abzulegen. Zuerst das komische Öko-Shirt. Seine Brust und sein Rücken waren behaart wie die eines Affen. Dann nestelte er an der Hose. Oh nein, er würde doch nicht … Er zog die Hose herunter und war jetzt völlig nackt. Das durfte doch nicht wahr sein.

Ich stieß einen erstickten Schrei aus, packte meine Decke und stürzte aus der Hütte. Die Schüssel mit dem welken Grünzeug schnappte ich mir im Hinauslaufen. Ich brauchte eine Waffe. Dieser Irre wollte mich belästigen. Ich lief zu einem großen Baum in der Nähe und warf einen Blick zurück.

Der Yeti stand in der Tür und sah zu mir herüber. Er hatte sich ein Handtuch um die Hüften geschlungen, das ihn kaum bedeckte.

»Was hast du denn?«, fragte er. »Hast du noch nie einen nackten Mann gesehen?«

»Ich stehe nicht auf Exhibitionisten«, sagte ich, »zeig dich doch den Wölfen und Bären nackt, die schätzen das vielleicht.«

Ich schleuderte die Schüssel gegen das Schild mit der Aufschrift *Hic habitat felicitas*. Hier wohnte höchstens das Grauen. Ein haariges Monster, das mich zum Narren hielt. Die Schüssel zersprang, aber das Schild hing weiterhin unbeschadet dort, umrahmt von ein paar Salatblättern. Ich taumelte einen Schritt zurück und stolperte über eine Wurzel. Schon lag ich auf dem harten Waldboden. Heute war nicht gerade mein Glückstag.

Ich setzte mich auf. Mein rechter Schuh steckte noch unter der Wurzel. Als ich ihn herauszog, sah ich, dass der Stöckel abgebrochen war. Edgar verschränkte die Arme und sah mich besorgt an.

»Geht es dir gut?«, fragte er.

»Nein«, brüllte ich, »es geht mir verdammt mies. Ich bin mit einem abartigen Monster in einer stinkenden Hütte eingesperrt. Wie soll es mir da gut gehen?«

Der Yeti lachte polternd. Das fachte meine Wut erst so richtig an.

»Du kannst Gloria sagen, dass ich eine Rückabwicklung des Deals verlange. Sie hat mich arglistig getäuscht. Ich nehme Option eins. Den Führungsjob, falls du weißt, was das ist. Ich will sofort zurückfahren.«

Ich betrachtete den kaputten Schuh in der Hand. Meine Louboutins. Die Glücksschuhe. Das war jetzt wirklich zu viel für mich.

»Ich muss dich enttäuschen«, sagte Edgar. »Du hast deine Entscheidung getroffen. Es gibt keine Rücktrittsoption.«

»Was soll das heißen?«, rief ich. »Ich verlange, dass du mich wieder heimbringen lässt. Auf der Stelle. Mit dir und in dieser Absteige verbringe ich sicher nicht die Nacht.«

Er strich sich über den Bart und musterte mich.

»Ich weiß nicht, was Gloria in dir sieht«, brummte er. »Wie auch immer – du kannst gern hier draußen in der Natur unter den Sternen schlafen.«

Ich warf den kaputten Schuh nach ihm. Er wehrte ihn mit seiner Pranke ab. Dann zog er die Tür zu, öffnete sie aber gleich darauf wieder einen Spalt.

»Noch was, wegen der Wölfe«, sagte er. »Wenn du einen siehst, zunächst beobachten. Wenn er nicht geht oder angreift, musst du laut werden und ihn mit Steinen oder Ästen bewerfen. Das dürfte dir ja nicht schwerfallen. Wenn du allerdings einen Bären siehst, hast du ein gröberes Problem.«

Er zog die Tür wieder zu.

Ich kochte innerlich. Gloria hatte mich hereingelegt. Das hier war keine Aufgabe, sondern eine Zumutung. Die Tränen rannen mir über das Gesicht. Ein perverser Öko-Zausel-Exhibitionist, der Käferwasser trank, grüne Wiese aß und mich verspottete. Und die Hexe und die Kunert lachten sich daheim ins Fäustchen. Das war … unfair. Unglaublich. Unaushaltbar. Ungeheuerlich. Und dann hatten auch noch meine Lieblingsschuhe dran glauben müssen. Ich schrie so laut, dass man mich sicher in den umliegenden Dörfern hören konnte.

Nach einer Weile zog ich auch den zweiten Schuh aus und stand auf. Was sollte ich jetzt machen? Mir war kalt, und ich war müde. Ich rüttelte an der Tür, aber sie ging nicht mehr auf. Der Kerl hatte sie offenbar blockiert. Also legte ich mich zwischen zwei Misthaufen und deckte mich mit der Decke zu. Dann schloss ich die Augen und stellte mir einen sonnigen Strand vor. Mein goldener Bikini war natürlich mit von der Partie. Diesmal trug ich ein Surfbrett und lief ins türkisfarbene Meer. Hallo, Mojito-Feeling.

Ein Geräusch riss mich aus dem Schlaf. Es klang wie ein Scharren. Ein wildes Tier, schoss es mir durch den Kopf. Ich sprang auf und lugte hinter dem Misthaufen hervor. Dort hinter den Bäumen war etwas. Ich hatte Gänsehaut.

»Hallo, ist da jemand?«, krächzte ich.

Jetzt raschelte es in meiner Nähe. Ich drückte mich an die Hüttenwand und hielt die Luft an. Die Hüttentür öffnete sich einen Spalt und ich sah einen riesigen Schatten. Ich schrie auf.

»Schrei doch nicht so, Mädel. Bei dem Lärm kann ja kein Mensch schlafen.«

Dann knallte er die Tür wieder zu. Ich ging ein Stück auf die Lichtung zu und schaute mich um. Nichts. Alles ruhig. Offenbar hatte ich schon Halluzinationen von dem Gestank hier. Ich setzte mich zwischen die Misthaufen. An Schlaf war hier draußen nicht mehr zu denken.

Nach einer Weile reichte es mir. Ich marschierte zur Hütte und trat gegen die Tür, die auf einmal nachgab. Vorsichtig spähte ich in den Raum und sah den Yeti im Bett liegen. Er schnarchte wie eine ganze Yeti-Kompanie. Seine Hose und sein Öko-Shirt hatte er gewaschen und über Tisch und Stühle drapiert. Offenbar hatte er keine Kleidung zum Wechseln. Das entschuldigte sein unmögliches Verhalten aber auch nicht. Leise schlich ich in die andere Ecke, wickelte mich in die Decke ein und legte mich auf den Boden. Bald darauf fiel ich in einen tiefen Schlaf.

»Wach auf, Mädel«, hörte ich eine Stimme. »Es ist schon sieben.«

Ich blinzelte. Vor mir stand Rübezahl. Sehr haarig. Ach ja, der Yeti aus der baufälligen Hütte, in der angeblich das Glück wohnte. Ich zog mir die Decke übers Gesicht, um ihn nicht mehr sehen zu müssen. Er zog sie mir mit einem Ruck weg. Sofort legte ich schützend den Arm über die Augen.

»Hast du gut geschlafen?«, fragte er.

Immerhin war er wieder angezogen.

»Nein, ich habe von einem grässlichen Yeti geträumt, der mich überfallen hat«, fauchte ich.

»Von einem Yeti? Wie sonderbar.« Er rieb sich die knollige Nase. Dann nickte er mir zu.

»Mach schon, Mädel. Ich muss los, und du kommst mit«, brummte er. »Sollst ja was lernen hier. Ich habe dir das Trinkwasser abgeseiht, in dem Becher auf dem Tisch. Wirf es bitte nicht wieder an die Wand.«

»Ich bin kein Mädel. Ich bin neununddreißig und damit durchaus eine erwachsene Frau.«

»Wirklich? Das habe ich bisher noch gar nicht bemerkt.«

Ich funkelte ihn böse an.

»Wohin gehen wir, und was soll ich denn lernen?«

»Das wirst du schon noch merken.«

Ich setzte mich auf. Von der Nacht am harten Holzboden taten mir alle Knochen weh. An meinem linken Bein kitzelte mich etwas. Igitt, ein Mistkäfer. Ich schnippte ihn weg und sprang auf.

Ich sah an mir herunter. Mein schicker Rock war schmutzig und hatte ein riesiges Loch. Auch der Blazer war an mehreren Stellen aufgerissen und fleckig. Sicher stank ich schon so wie der Yeti. Ich ging zum Tisch und betrachtete den Becher und das Wasser darin. Dann machte ich einen vorsichtigen Schluck. Es schien okay zu sein. Edgar nahm einen Teller von der Kommode.

»Hier, vielleicht isst du ja Nüsse und Beeren«, sagte er.

Blitzschnell aß ich den Teller leer. Gott sei Dank kein Blätterfrühstück. Nach dem gestrigen Tag und der aufregenden Nacht war ich total ausgehungert.

»Wir müssen neue Kleidung und Schuhe für dich finden«, sagte er. »So kannst du nicht herumlaufen. Du brauchst hier sportliche Kleidung, keine Designer-Fummel.«

Er zeigte auf meine bloßen Füße und meinen ramponierten Haute-Couture-Look. Finden? Mir schwante nichts Gutes. Edgar schien kein Geld zu besitzen, und Kleidung aus irgendeiner Altkleidersammlung kam für mich prinzipiell nicht infrage. Er hielt mir die Tür auf. Ich folgte ihm hinter das Haus, wo er eine uralte, verrostete Schubkarre hinter einem Busch hervorzog.

»Hier. Du fährst. Lady-Driver, hahaha.«

Wieder das polternde Lachen.

»Eine sinnvolle Tätigkeit macht glücklich.«

Missmutig nahm ich die Karre entgegen.

»Das ist deine erste Aufgabe«, sagte er. »Such bitte nach alten Autoreifen in den Misthaufen und wirf sie in die Schubkarre. Wenn du fertig bist, sag mir Bescheid.«

Dann stapfte er zurück in die Hütte. Ich grub im stinkenden Müll. Mach schon, du Chefin der Müllabteilung, rief die Stimme in meinem Kopf. Das hast du toll gemacht. Hier gibt es nicht einmal eine pikierte Stellvertreterin, die dir Tee und Croissants bringt.

Nach einer halben Stunde war ich schweißgebadet. Edgar kam aus der Hütte und betrachtete meine Ausbeute.

»Okay, das reicht für heute«, sagte er. »Lass uns gehen.«

Ich packte die Schubkarre und lief barfuß neben ihm durch den Wald. Ich fühlte mich frustriert und sauer. Extrem sauer. Wie die Gant. Wenn ich doch endlich aufhören könnte, an sie zu denken. Und an die verdammte Silberstreif-Versicherung. Ich hatte meine Wahl selbst getroffen: Straflager beim Yeti statt Karriere. Die Steine und Äste zerschnitten meine empfindlichen Fußsohlen. Ich biss die Zähne zusammen. Während des Marsches überlegte ich, was es mit dem vielzitierten Glück auf sich hatte.

»Wieso hast du ein Schild mit der Aufschrift *Hier wohnt das Glück* auf deiner Hütte angebracht?«, fragte ich Edgar.

»Weil das Glück tatsächlich bei mir wohnt«, entgegnete er.

»Davon habe ich aber nichts gemerkt. Wie kann man denn glücklich sein, wenn man inmitten von Misthaufen und Ungeziefer und ohne jeden Komfort lebt? Die heile Welt der Öko-Zausel?«

»Mehr Wohlstand bedeutet nicht automatisch mehr Glück oder Zufriedenheit, Mädchen«, sagte Edgar. »Das zeigen die Untersuchungen mit Lottomillionären. Oder schau dir die Probleme der Schönen und Reichen dieser Welt an. Ein reicher Mann ist meist nur ein armer Mann mit viel Geld. Es kommt auf ganz andere Dinge an.«

»Worauf denn?«

»Das herauszufinden gehört ja zu der Aufgabe, die dir Gloria gestellt hat.«

Ach ja, ich sollte mein Leben auf den Kopf stellen, erinnerte ich mich. Der Zettel mit der Aufgabe steckte noch in der Tasche meines Blazers. Wie das gehen sollte, war mir allerdings schleierhaft.

Der Wald lichtete sich und ich konnte Wasser sehen.

»Sind wir denn hier am Meer?«, fragte ich Edgar.

»Ja, dort vorne ist der Paralepa-Strand. Einer der Sandstrände mit dem wärmsten Meerwasser in Estland.«

Okay, das klang schon einmal gut, ich brauchte nach der gestrigen Nacht dringend ein Bad. Und der Juni war ein guter Monat, um im Meer zu schwimmen.

Als wir die Schubkarre bei einer Mülldeponie entleert hatten, steuerten wir den Strand an. Dort war bereits eine kleine Gruppe von Leuten in ähnlichen Outfits wie Edgar damit beschäftigt, angeschwemmtes Strandgut einzusammeln. Eine Frau sagte etwas, offenbar auf Estnisch. Edgar antwortete ihr lachend und zeigte auf mich. Daraufhin winkten mir alle freundlich zu.

Ich winkte etwas befangen zurück. Das ganze Setting kam mir wie eine grüne Hippie-Kommune aus den Siebzigern vor, Joints und freie Liebe inkludiert. So wie die Leute aussahen, rauchten sie sicher nach der Arbeit einen Gemeinschaftsjoint. Täglicher Marihuana-Konsum lässt das Hirn schrumpfen, hatte ich unlängst gelesen. Da hätte ich ja gleich in der Silberstreif-Versicherung bleiben können.

»Du sammelst hier die Gegenstände ein, die das Meer anschwemmt«, riss mich Edgar aus meinen Gedanken.

Er fischte zur Demonstration eine leere Plastikflasche aus dem Meer und warf sie in die Schubkarre.

»Wenn die Schubkarre voll ist, fährst du dort hinter das kleine Haus und lädst alles auf dem eingezäunten Müllplatz ab. Ich suche inzwischen Kleidung für dich heraus.«

»Was, Kleidung aus dem Müllberg?«, rief ich entsetzt.

»Natürlich, diese Verschwendung muss endlich ein Ende haben«, sagte Edgar. »Recycling ist das Zauberwort. Die Umweltprobleme bleiben so lange akut, wie es eine Nachfrage nach billiger Wegwerfkleidung gibt. Es gibt Prognosen, dass die Weltmeere im Jahr 2050 mehr Plastik enthalten werden als Fische. Ich habe Bilder von Walen gesehen, die an den Plastiktüten verendet sind, die sie gefressen haben. So geht es nicht weiter.«

»Aber ich will doch nicht aussehen und riechen wie du«, protestierte ich.

Allein beim Gedanken daran wurde mir ganz übel. Edgar seufzte.

»Yvonne, es muss etwas getan werden. Kaputte Fischernetze, Plastikmüll, alte Kleidung, manchmal sogar Autoreifen verunreinigen unsere Meere. Wir haben auf der ganzen Welt ein ungelöstes Müllproblem. Man kann aber auch Taschen, Kleidung, und Schuhe aus diesen Abfallprodukten herstellen.«

Vor meinem inneren Auge sah ich mich in einem Kleid aus Plastikplane. Mit einem Gürtel aus Fischernetzen, einer Algen-Kette und einem Armband aus Korkstoppeln als Accessoires. Schuhe aus Autoreifen, in denen ich wie ein Traktor dahinrollte. Auf dem Kopf einen getrockneten Oktopus. Jetzt bekam ich ernsthaft Angst.

»Gloria hat dich hergeschickt, damit du mir hilfst«, sagte Öko-Edgar. »Ich leite hier im Baltikum ein Umweltprojekt. Es heißt Happy-Fish-Projekt und wird von den baltischen Umweltministerien gefördert.«

»Happy Fish also«, sagte ich und verdrehte die Augen.

Ich war gar nicht happy mit dieser sonderbaren Müllmode.

»Komm einmal mit«, sagte er. »Ich möchte dir etwas zeigen.«

Er führte mich zu einem Schuppen in der Nähe des Strandes und sperrte die Tür auf. Riesige Berge von Schuhen und Kleidung waren hier gelagert, natürlich ohne jegliche Verpackung.

»Welche Schuhgröße hast du?«, fragte Edgar.

»Einundvierzig. Oder doch lieber zweiundvierzig.«

Er kramte in dem Haufen, zog ein Paar Boots heraus und hielt sie mir auffordernd hin.

»Diese Schuhe sind in einer estnischen Fabrik aus Abfällen hergestellt worden. Die Sohle besteht aus alten Autoreifen, das Obermaterial ist aus Hanf und Kork. Mit diesen Boots machst du den ersten Schritt in eine umweltbewusste Zukunft.«

Ich betrachtete die Schuhe. Die anzuziehen erforderte Mut zur Hässlichkeit. Monströse Treter waren das, plump und unelegant. Aber besser, als mir weiter die Fußsohlen aufzuschneiden. Edgar hatte inzwischen ein T-Shirt, eine Hose, eine Jacke und Socken für mich herausgesucht. Alles in sonderbaren Brauntönen, gar nicht mein Fall.

»Die Sachen müssten dir passen«, sagte er. »Alles garantiert schadstofffreie Recycling-Mode.«

Hinter der Tür des Schuppens zog ich mich um. Die Sachen waren mir zu groß, und ich fühlte mich wie ein wandelnder Kartoffelsack. Zum Glück gab es hier weit und breit keinen Spiegel. Ich trat heraus und drehte mich im Kreis.

»Die neueste baltische Mülldesigner-Mode, ganz toll. Wann kann ich zur Wahl der Miss Müllhalde antreten?«

Ich war heilfroh, dass mich hier niemand kannte.

»Passt dir gut«, befand Edgar trocken. »Und jetzt machen wir weiter.«

Meine schicken, teuren Designerstücke landeten auf dem noch zu recycelnden Müllberg. Glorias Zettel mit der Aufgabe hatte ich aus der alten Jackentasche herausgenommen. Von wegen »stelle dein Leben auf den Kopf«. Mein Leben stand schon auf dem Kopf. So hässlich wie heute hatte ich mich jedenfalls noch nie gefühlt.

Den ganzen Tag schufteten wir am Strand. Am Nachmittag brachte mir Edgar einen besonders hässlichen Recycling-Badeanzug und ein Handtuch.

»Hier, Mädel, du hast doch gesagt, du schwimmst gerne«, brummte er.

Außerdem überreichte er mir einen Öko-Rucksack, in dem ich einige Pflegeprodukte und eine Zahnbürste entdeckte. Natürlich alles öko und ohne synthetische Konservierungs- oder Farbstoffe. Ich durfte ins Meer schwimmen gehen und danach führte er mich zu einer Dusche weiter unten am Strand. Es war herrlich, der Höhepunkt des Tages. Endlich fühlte ich mich wieder gut und sauber. Dann bedeutete er mir, mit ihm zu kommen.

Wir steuerten mehrere Holztische mit Bänken an, auf denen schon Mitglieder der Öko-Truppe saßen. Sie sahen zum Großteil aus wie Edgar. Lange Haare, alternative Klamotten, ungepflegt. Daneben wurden auf einer offenen Feuerstelle Fische gegrillt und Kartoffeln gekocht. Ich war ausgehungert und aß alles, was mir Edgar brachte. Von der Unterhaltung verstand ich kein Wort, und Edgar übersetzte auch nicht. Aber das war mir nur recht. Die Leute hier waren mir ohnehin suspekt.

»Was ist mit dem Joint?«, fragte ich Edgar, als wir den Heimweg antraten. »Fällt der heute aus?«

»Was für ein Joint?«

»Na ja, gehört das nicht zum Lifestyle der grünen Öko-Aktivisten?«

»Schön, dass du so gar keine Vorurteile hast, Mädel«, sagte Edgar.

Schweigend gingen wir weiter. Sicher war der Yeti jetzt beleidigt. Vielleicht würde er mich ja bald heimschicken. Neue Hoffnung keimte in mir auf.

»Kannst du dem heutigen Tag auch irgendetwas Positives abgewinnen?«, fragte Edgar, als wir abends in der Hütte bei einem Glas Wasser saßen.

Ich überlegte eine Weile.

»Dein Projekt ist ja gut gemeint, Edgar. Ich verstehe schon, dass etwas für die Umwelt gemacht werden muss. Aber den Müllberg am Strand und auch hier vor dem Haus finde ich einfach nur eklig. Wie das Ungeziefer, das sich darin tummelt. An den Gestank werde ich mich nie gewöhnen. Ich könnte andauernd kotzen. Ich verstehe nicht, wie du so leben kannst. Und diese abartigen Öko-Fetzen sind eine Zumutung.«

Ich fächelte mir mit der Handfläche Luft zu.

»Okay, nur weiter so«, sagte Edgar. »Sag mir alles, was du so denkst.«

Ich stand auf und deutete auf meine Füße in den klobigen Tretern.

»Die Schuhe hier schreien ja schon auf zehn Kilometer Entfernung: Ich bin öko. Hässlich, plump und altmodisch. Eine Beleidigung für die Augen. Wer hat die entworfen? Keine normale Frau würde so was freiwillig anziehen. Mit dem Badeanzug von anno dazumal habe ich mich auch geniert, das kann ich dir sagen. Und dann diese Kleidung. Die Farbe. Der Schnitt. Übel. Das geht gar nicht. Ich fühle mich wie ein Zombie mit den Fetzen.«

Ich zerrte an meiner Kartoffelsack-Kleidung und ließ mich dann, erschöpft von meiner Tirade, atemlos auf den Stuhl fallen. Edgar lehnte sich zurück und sah mich interessiert an.

»Wie fühlst du dich jetzt?«, fragte er.

»Schlecht«, sagte ich. »Mir ist auch schlecht. Diesen Gestank hier hält keiner aus.«

Ich stürzte aus der Hütte ins Freie und rannte ein Stück in den Wald. Weg von den Müllhaufen und dem Yeti. Komisch, dass ich hier ständig überreagierte. Die Entscheidung, vor die mich Gloria gestellt hatte, hatte offenbar bei mir eine tiefere Nervenkrise ausgelöst. Nach ein paar tiefen Atemzügen ging es mir wieder besser.

Meine Freundinnen würden sich zerkugeln, wenn sie mich hier mit dem Yeti sehen könnten. Leider wussten sie nicht, wo ich mich befand, fiel mir ein. Sonst auch niemand. Außer Gloria. Vielleicht sollte ich versuchen, zumindest Klara oder Sophie Bescheid zu geben, wo ich mich aufhielt.

Ich kehrte ich in die Hütte zurück und sah mich unauffällig nach einem Handy um. Edgar lag auf seinem schmalen Bett.

»Suchst du etwas?«, fragte er.

»Allerdings. Ich … äh … suche das Glück.«

»Gut, da bist du hier richtig«, grinste der Yeti. »Willst du heute mit mir im Bett schlafen? Oder bevorzugst du den harten Boden oder die Misthaufen vor der Hütte?«, brummte er.

»Weder noch. Ich würde es bevorzugen, weit weg zu sein.«

»Du bist amüsant, Mädel«, sagte Edgar. »Aber du solltest dringend eine Negativitätsdiät machen. Ist dir aufgefallen, dass du mir vorhin auf meine Frage nach deinem Tag nicht eine positive Sache genannt hast?«

»Ich habe nur meine Meinung gesagt«, fauchte ich. »Das Ganze hier ist und bleibt eine Zumutung für mich. Ich weiß, ich habe einen Fehler gemacht. Ich habe die falsche Option gewählt. Und jetzt muss ich die Konsequenzen tragen. Was daran soll bitte schön positiv sein?«

Dann nahm ich meine Decke und legte mich wieder auf den harten Boden. Edgar begann sofort zu schnarchen, ich wälzte mich von einer Seite auf die andere. Müllmode, linke Haschbrüder, der Yeti und seine Misthaufen – Abenteuer eins brachte mich jetzt schon an meine Grenzen.

Glück ist, wenn die Katastrophen in meinem Leben mal Pause machen, hatte Sophie einmal gesagt. Für mich wäre es ein Glück, so schnell wie möglich von hier wegzukommen, überlegte ich, bevor ich in einen unruhigen Schlaf fiel.

Kapitel 11

Mit zitternden Händen öffnete ich die Tür. Da saß sie, in einem schwarzen Ledersessel, mit dem Rücken zu mir. Elegant und schön, wie ich sie in Erinnerung hatte. Gloria. Wie sehr ich sie verehrte. Ich wagte kaum zu atmen.

In ihrem Haarknoten steckte eine Blume, die einen intensiven Duft verströmte. Sie trug einen Kimono in hellem Violett mit schwarzen Schriftzeichen. Ich betrachtete die anmutige Linie ihres Halses. Leise schloss ich die Tür hinter mir. Sicher meditierte sie. Ich wartete eine Weile. Sie rührte sich nicht. Dann räusperte ich mich vorsichtig.

»Gloria«, begann ich, »ich muss dir etwas sagen. Der Deal – also es ist so, ich möchte …«

In diesem Moment drehte sich der Sessel langsam um. Eine Hexe saß vor mir und sah mich mit stechenden Augen an. Der bösartige Zug um ihren Mund war mir nur allzu bekannt. Das war nicht Gloria, sondern die Gant. Statt des hübschen Kimonos trug sie eine schwarze Richterrobe.

»Sie können den Deal nicht rückgängig machen, Frau Reich!«, schrie sie mich an. »Sie haben einen Vertrag abgeschlossen. Ständig verletzen Sie die Statuten, das wird Folgen haben. Der Job gehört mir, bis in alle Ewigkeit, nehmen Sie das endlich zur Kenntnis.«

Ihr eiskalter Blick schien mich zu durchbohren. In der rechten Hand hielt sie einen Hammer. Ich konnte weder atmen noch mich bewegen.

»Ich verurteile Sie hiermit zu drei weiteren, besonders harten Strafaufgaben.«

Sie schlug mit dem Hammer mit voller Wucht auf den Tisch, wie ein Richter in einem alten Film. Ich zuckte zusammen.

»Neiiin«, schrie ich auf, »bitte nicht. Ich kann nicht mehr. Ich will aussteigen.«

Ein neuerlicher Knall. Ich riss die Augen auf und setzte mich ruckartig auf. Wie durch einen Schleier sah ich ein haariges Monster. Der Yeti saß am Tisch und schlug mit einem Hammer Nüsse auf.

»He, was soll das?«, empörte ich mich. »Willst du, dass ich einen Herzinfarkt bekomme?«

»Dir auch einen wunderschönen guten Morgen, meine Liebe. Ich richte gerade dein Frühstück her«, sagte er. »Nüsse und Beeren, das magst du doch am liebsten.«

Wumm. Wieder schlug er eine Nuss auf. Ich hielt mir die Ohren zu.

»Na ja, wenn es keinen Räucherlachs mit frischem Gebäck und Prosecco gibt. Es ist ja nicht so, dass ich hier viel Auswahl hätte«, entgegnete ich.

»Das gibt es hier nicht«, brummte Edgar. »Außerdem ist vegan gesünder.«

Wumm. Eine weitere Nuss zerbarst.

»Von wegen hier wohnt das Glück«, beschwerte ich mich. »Hier kann ich nicht einmal ausschlafen. Unausgeschlafen bin ich grundsätzlich nicht glücklich.«

»Das ist wieder mal typisch für dich, Mädel. Wie oft soll ich dir noch sagen, dass Glück nicht von äußeren Umständen abhängig ist.«

Er legte den Hammer hin und schob einen Teller mit Beeren und Nüssen in die Mitte des Tisches.

»Das halte ich für ein Gerücht«, sagte ich und griff nach einer Nuss. »Es ist nur … ich hatte gerade einen Albtraum von meiner Ex-Chefin, deshalb habe ich so gereizt reagiert. Sie spukt die ganze Zeit in meinem Kopf herum.«

»Du konzentrierst dich ja auch die ganze Zeit auf das, was du nicht willst, statt auf das, was du haben möchtest.«

»Das stimmt nicht«, widersprach ich. »Ich konzentriere mich auf das, was ich möchte: den Job der Gant. Die Führungsposition. Was ich nicht will, ist das hier.«

»Wieso hast du dann die drei Aufgaben gewählt?«

»Das weiß ich nicht. Ich wollte immer nur Option eins. Und ich will sie jetzt noch. Glaub mir, ich war nicht ich selbst, als ich die drei Aufgaben gewählt habe.«

Ich steckte eine Beere in den Mund und schob gleich noch eine hinterher.

»Ich würde alles tun, um meine Entscheidung revidieren zu können«, sagte ich.

Meine Stimme klang gepresst, die aufsteigenden Tränen drückten mir die Kehle zu.

»Bitte Edgar, hilf mir. Ich will nach Hause.«

»Das tut mir ja leid für dich, Mädel. Aber ich kann dir nicht helfen. Du hast einen Deal mit Gloria gemacht, und es gibt keine Rücktrittsoption. No way out. Je eher du das akzeptierst, desto besser.«

Ich starrte ich auf meine unförmigen Boots. Leider hatte ich mich selbst in diese unmögliche Situation gebracht.

»Keine Sorge, ich bin sicher, du wirst dich hier noch eingewöhnen«, sagte Edgar.

Er zog ein kleines Säckchen aus seiner Tasche und überreichte es mir.

»Ich habe etwas für dich.«

Ich öffnete es und sah hinein. Pistazien in der Schale.

»Noch mehr Nüsse?«

»Wir machen ein Experiment«, erklärte Edgar. »Ich möchte, dass du diese Pistazien in deine rechte Hosentasche steckst. Jedes Mal, wenn du dich über etwas freust, nimmst du dir eine heraus, öffnest sie und isst sie. Die leere Schale steckst du in deine linke Hosentasche.«

»Hast du nicht was Originelleres? Schlumberger Piccolo Rosé, zum Beispiel? Dann wäre ich sicher glücklich.«

Ich pickte mir die letzen zwei Beeren vom Teller und stellte mir vor, wie der eisgkühlte Schaumwein meine Kehle hinunterrann.

»Du bist wirklich eine harte Nuss, Mädel. Aber auch die hat ihren Knackpunkt«, sagte er. »Los jetzt, wir müssen aufbrechen. Heute haben wir ein großes Programm.«

Darauf freute ich mich gar nicht. Ich hatte nicht die geringste Lust, wieder Plastikflaschen aus dem Meer zu fischen und im Müll zu wühlen. Außerdem hatte ich noch einen Muskelkater von den ungewohnten Arbeiten am Vortag. Wieder machten wir uns mit der Scheibtruhe auf den Weg durch den Wald. Am Strand bedeutete mir Edgar, neben dem eingezäunten Müllplatz zu warten. Nach kurzer Zeit kam er mit einem altersschwachen Moped angefahren und hielt neben mir an.

»Steig auf, wir machen einen kleinen Ausflug«, sagte er und hielt mir einen Helm hin.

»Bist du von allen guten Geistern verlassen?«, rief ich. »Ich steige doch nicht auf ein Moped. Das geht gar nicht. Viel zu gefährlich.«

Edgar stieg ab.

»Okay«, sagte er, »dann gehen wir eben zu Fuß. Es sind nur eineinhalb Stunden bis zum Ziel, allerdings bergauf.«

»Warte«, sagte ich schnell, »ich habe es mir überlegt.«

Ich nahm den Helm und setzte ihn auf. Edgar musterte mich.

»Du bist ganz schön wankelmütig«, brummte er.

Dann stieg er wieder aufs Moped und wir holperten davon. Nach einer Weile hielten wir vor einer Baustelle. Oder vielmehr einem kleinen Rohbau mit einer Art baufälligem Holzschuppen. Wahrscheinlich wieder irgendein Müllabladeplatz.

»Hier wird die Happy-Fish-Mode hergestellt«, sagte Edgar. »Ich habe einen Termin. Du kannst dich inzwischen drinnen umsehen. Wenn ich fertig bin, stelle ich dir die Mitarbeiter vor.«

»Was, diese Schaluppe gehört zu deinem Projekt?«, ereiferte ich mich. »Hast du denn nicht etwas von Förderungen gesagt? Die Bruchbude passt jedenfalls zur Modelinie, das muss man sagen. Ich warte lieber draußen auf dich.«

Edgar verschwand im Gebäude, ohne auf meine harschen Worte zu reagieren. Happy Fish, so ein Schwachsinn. Ugly Fish wäre der bessere Name. Ein lächerliches Projekt, das von vornherein zum Scheitern verurteilt war. Keine zehn Pferde würden mich in dieses Loch bringen. Womöglich würden sich noch ein paar Bretter aus dem Dach des Schuppens lösen und mir auf den Kopf fallen.

Ich setzte mich auf eine kleine Mauer gegenüber dem Gebäude. Sicher sah ich in meiner formlosen Öko-Kleidung wie eine Mitarbeiterin dieses unsäglichen Betriebes aus. Am Himmel hatten sich unterdessen Wolken gebildet und starker Wind kam auf. Plötzlich begann es ohne Vorwarnung heftig zu regnen. Ich sprang auf und lief zu dem Holzschuppen. Das Tor war einen Spalt offen.

Ich schob mich durch den Spalt und sah mich um. Hier ging es hoch her. An großen Tischen wurde offenbar gearbeitet, diskutiert und gleichzeitig gegessen und getrunken. Ein paar kreischende Kinder liefen kläffenden Hunden nach und eine Katze strich um meine Beine. Zwei junge Mädchen tanzten zu Popmusik aus dem Radio.

»Hallo, bist du die Bekannte von Edgar?«

Ein großer, blonder Mann baute sich vor mir auf.

»Ich bin Taavi und arbeite hier seit drei Jahren. Vorher war ich ein paar Jahre in Deutschland.« Er lächelte mich freundlich an.

»Ja, ich bin Yvonne«, sagte ich. »Ich will euch nicht bei der Arbeit stören. Es schüttet nur gerade draußen.«

»Kein Problem, du störst gar nicht. Komm mit, ich zeige dir alles. Bei uns im Happy-Fish-Betrieb gibt es keinen Stress. Jeder Mitarbeiter darf seine Kinder und Haustiere mitbringen, und es gibt keine geregelten Arbeits- und Pausenzeiten. Hier wird der Job ins Alltagsleben integriert. Jeder macht, was gerade anliegt und worauf er Lust hat.«

Das war mir schon aufgefallen.

»Vor drei Jahren hat Edgar den Betrieb übernommen und alle Regeln abgeschafft«, fuhr er fort. »Er hat uns allen sein volles Vertrauen ausgesprochen. Seitdem hat die Produktivität um siebzig Prozent zugenommen.«

Ich sah ihn mit offenem Mund an.

»Wirklich?«, staunte ich.

Ich versuchte, mir eine regelfreie Silberstreif-Versicherung vorzustellen. Und eine Gant, die uns schätzte und vertraute. Es gelang mir nicht. Taavi lief vor mir her in Richtung des Rohbaus.

»Große Fabriken im Baltikum und in Skandinavien recyceln den Plastikmüll von den Stränden zu Kunststoffgarn«, sagte er. »Daraus stellen wir hier die Kleidung her. Außerdem kaufen wir alte Mode auf und reparieren sie. Oder wir nähen sie um.«

Wir kamen in ein Zimmer mit Nähmaschinen und großen Tischen, die voll mit Stoffballen und Kleidungsstücken waren. Hier waren mehrere Leute mit der Fertigung von Kleidung beschäftigt.

»Das ist Esther, meine Kollegin«, sagte er und zeigte auf eine sympathisch wirkende Frau Mitte fünfzig.

Sie trug einen modischen Kurzhaarbob und nähte gerade an einem Kleid eine Rüsche an.

»Sie hat mehrere Jahre als Designerin in der Schweiz gearbeitet und ist sehr talentiert. Ihre Modelle verkaufen sich besonders gut. Esther, das ist Yvonne.«

Sie schüttelte meine Hand und wies auf die Stange mit Kleidern hinter sich.

»Sieh dich nur um, Yvonne«, sagte er. »Das sind unsere neuesten Modelle.«

»Darf ich mir das Kleid ansehen, das hier am Tisch liegt?«, fragte ich.

Sie reichte es mir mit einem freundlichen Nicken. Ich stellte mich vor einen großen Spiegel und hielt es mir an. Es war ein hübsches, knöchellanges Sommerkleid im Boho-Style mit Streublumen-Muster und glitzernden Glasperlen am großen V-Ausschnitt. Très chic.

»Wow«, sagte ich. »Das ist ganz mein Geschmack. Am liebsten würde ich es sofort gegen meinen hässlichen Öko-Pyjama eintauschen.«

Das Kleid war mit Abstand das Beste, was mir bisher an Öko-Mode untergekommen war.

»Es ist ganz aus alten Kleidungsstücken hergestellt«, sagte Esther. »Upcycling nennt man das in der Fachsprache. Dabei werden Abfallprodukte oder nutzlose Stoffe in neuwertige Produkte umgewandelt. Die Wiederverwertung von bereits vorhandenem Material reduziert die Neuproduktion von Rohmaterialien, das verringert Luft- und Wasserverschmutzung, Energieverbrauch und Treibhausgasemissionen.«

Den Öko-Vortrag blendete ich aus. Ich sah mich in diesem Kleid an einer coolen Beach-Bar in der Karibik sitzen, einen Sundowner-Cocktail in der Hand. Das war definitiv ein Mojito-Feeling-Kleid.

»Probier es doch an«, schlug Esther vor. »Wenn es dir passt, kannst du Edgar fragen, ob du es behalten darfst.«

Das ließ ich mir nicht zweimal sagen. Ich zog mich rasch hinter einem Kasten um und betrachtete mich dann in den großen Spiegeln. Das Kleid passte wie angegossen.

»Sehr schick«, sagte ich und drehte mich vor Esther und Taavi im Kreis. »Habt ihr auch Schuhe dazu?«

»Klar«, sagte Esther, »dort hinten kannst du dir Schuhe dazu aussuchen.«

Ich war begeistert, als ich auch noch dezente schwarze Ballerinas fand. Sie passten perfekt. Jetzt sah ich wenigstens wieder menschlich aus. Begeistert strich ich über die hübschen Glasperlen am Ausschnitt. Als ich wieder aufsah, stand Edgar neben mir. Er betrachtete mich von Kopf bis Fuß.

»Hübsches Kleid«, sagte er. »Das ist wirklich gute Arbeit, Esther.«

Sie lächelte geschmeichelt, und Edgar klopfte ihr anerkennend auf die Schulter.

»Allerdings«, sagte ich. »Und es steht mir. Darf ich es behalten?«

Edgar runzelte die Stirn.

»Nein«, sagte er. »Aber ich möchte dir entgegenkommen. Du kannst es dir verdienen.«

»Und wie?«, fragte ich.

»Indem du jeden Tag fleißig und motiviert in der Firma mitarbeitest. Zieh dich bitte wieder um, du nimmst jetzt an einer Besprechung teil.«

Jetzt war ich not amused. Er wollte mich demütigen, das war es. Genau wie die Gant. Ich starrte Edgar böse an. Er musterte mich mit einem fragenden Ausdruck im Gesicht.

»Was kostet das Kleid?«, sagte ich, mühsam beherrscht. »Ich kaufe es. Wenn ich wieder daheim bin, schicke ich dir das Geld.«

Edgar brummte und schüttelte den Kopf.

»Was du vorher angehabt hast, ist in Ordnung. Stell dich nicht so an.«

Eine alte Erinnerung kam in mir hoch. Ich sah mich als Siebenjährige mit meiner Mutter vor dem Kleiderschrank stehen. Ich war zur Geburtstagsfeier einer Klassenkameradin eingeladen und wollte schick aussehen.

»Ich möchte das neue Kleid anziehen, das mir Tante Marion geschenkt hat«, sagte ich und zeigte auf ein rosa Kleidchen mit Petticoat.

»Das ist doch viel zu schade für einen Kindergeburtstag«, entgegnete meine Mutter. Bei den Spielen robbst du sicher am Boden herum und beim Essen bekleckerst du dich mit Torte und Kakao.«

Sie schob die Kleiderhaken hin und her.

»Nimm das hier«, sagte sie und hielt mir ein uraltes, senfgelbes Kleid hin.

Zwei Knöpfe fehlten und einige Fäden waren gezogen. Es sah aus wie aus der Mülltonne gefischt.

»Das mag ich nicht, es kratzt und juckt, und es hat mir noch nie gefallen«, schluchzte ich. »Es ist hässlich.«

»Zieh es an oder bleib daheim«, sagte meine Mutter und warf mir das Kleid hin.

Dann sperrte sie den Kasten ab, steckte den Schlüssel ein und verließ das Zimmer.

Ich zitterte vor Wut und die Tränen rannen mir übers Gesicht. Nach einer Weile holte ich eine Schere und zerschnitt das senfgelbe Kleid.

Ich tauchte aus meinen Gedanken auf und sah Edgar an. Er runzelte missbilligend die Stirn.

»Du wirst schon noch sehen, wie ich mich anstelle!«, schrie ich. »So etwas macht keiner mit mir.«

Ich packte die unförmige Hose und das T-Shirt und zerschnitt sie vor seinen Augen.

»Ach, Mädel«, seufzte er. »Du bist eine richtige Drama-Queen.«

Die Wut in mir kochte über. Ich nahm das Säckchen mit den Nüssen und schleuderte es mit voller Wucht gegen den Schrank. Sollte der Yeti sie doch essen. Ich würde keine Pistazie anrühren. Dann lief ich zum Ausgang. Ich rüttelte am Tor, aber es war versperrt.

»Ich will hier raus«, schrie ich und trat gegen die große Holztür.

Ich drehte mich um. Hinter mir stand Edgar mit in die Hüften gestützten Händen. Ein paar Mitarbeiter standen in der Nähe und gafften uns an.

»Liegt Hysterie bei dir in der Familie?«, fragte er.

Er strich sich über den Bart und sah mich besorgt an.

»Der Aufenthalt hier strapaziert meine Nerven«, fuhr ich ihn an.

»Ich verstehe noch immer nicht, was Gloria in dir sieht«, murmelte Edgar. Dann klatschte er in die Hände.

»Kommt bitte alle her!«, rief er.

Alle strömten zu den langen Tischen und bald war jeder Platz besetzt.

»Liebe Mitarbeiterinnen und Mitarbeiter von Happy Fish«, sagte Edgar, »wie ich schon im vorigen Monat erwähnt habe, gibt es eine Ausschreibung des estnischen Umweltministeriums. In drei Wochen wird die Firma mit dem originellsten Recyclingprodukt prämiert.«

Er machte eine Pause und schaute in die Runde.

»Als Preis gibt es hunderttausend Euro«, fuhr er fort. »Ihr wisst, wie dringend wir das Geld brauchen könnten. Ich möchte euch bitten, nun eure Ideen zu präsentieren. Ich hoffe, ihr habt euch ins Zeug gelegt.«

Mehrere Mitarbeiter meldeten sich zu Wort. Eine junge Frau präsentierte stolz eine schmuddelige Tasche aus alten Zeitschriften und ein Mann mit Glatze einen wackeligen Teelichthalter aus Plastikflaschen.

Ich gähnte. Mit solchen Produkten wurden sie keinen Wettbewerb gewinnen. Ich schlenderte unauffällig in den Nebenraum und bemerkte ein Smartphone auf Esthers Arbeitsplatz. So eine Gelegenheit würde ich vielleicht nicht mehr so schnell bekommen. Ich nahm es an mich und betrachtete das Display. Rasch wählte ich Sophies Nummer. Geschafft, der Anruf baute sich auf. Nach dem ersten Läuten hob sie ab.

»Hallo«, sagte sie, »bist du das, Yvonne?«

Wie gut es tat, ihre Stimme zu hören.

»Geht es dir gut? Wo bist du? Sag doch was!«, rief sie.

»Keine Sorge, Sophie, ich lebe noch. Du errätst nie, wo ich bin.«

»Ich tippe mal, du bist noch immer in der Schweiz. Diesmal mit einem Milliardär in seiner Villa.«

»Knapp daneben. Ich bin mit dem Yeti in Estland. Er ist einen Meter fünfundneunzig groß und wiegt hundertfünfzig Kilo. Außerdem ist er am ganzen Körper behaart und stinkt bestialisch.«

»Wie bitte? Was für ein Yeti? Und du bist wo? Bist du betrunken? Hat man dir Drogen verabreicht?«

»Ich glaube nicht«, sagte ich, »aber diesen Öko-Freaks hier traue ich alles zu.«

»Erzähl bitte von Anfang an«, sagte Sophie.

»Wahnsinn!«, rief sie, als ich fertig war. »Das ist ja irre. Wo bist du da bloß hineingeraten?«

»Sophie«, sagte ich, »ich muss hier weg. Ich halte diese Verrückten keinen Tag länger aus. Und ich möchte den Deal rückgängig machen. Kannst du Gloria für mich anrufen? Gloria Duval. Im Hotel Alpina Gstaad. Der Direktor kennt sie und kann ihr sicher etwas ausrichten.«

»Deine Gloria hat einen französischen Nachnamen?«, wunderte sich Sophie. »Ich dachte, sie kommt aus den USA.«

»Ja, sie kommt aus New Orleans. Eine blitzgescheite, attraktive Frau mit milchkaffeefarbenem Teint.«

»Verstehe, klingt abgefahren. Schick mir mal ein Foto von ihr. Was soll ich denn ausrichten?«

»Dass ich sie um eine zweite Chance bitte. Option eins statt Option zwei.«

»Okay, wenn du das möchtest. Aber wer weiß, wie lange das dauert und ob diese Gloria überhaupt etwas unternimmt? Wenn du es in Estland so furchtbar findest, warum brichst du das Ganze nicht einfach ab und fliegst zurück? Hast du deinen Pass?«

»Den Pass habe ich, aber kein Geld. Der Yeti hat offensichtlich auch keines. Ich bin auf Gloria angewiesen.«

»So ein Unsinn. Der Typ macht dir sicher was vor. Warte, ich schau nach, wann der nächste Flug geht.«

Ich hörte sie am PC herumtippen.

»Ah ja, es gibt täglich einen Flug mit Baltic Air von Tallinn nach Wien. Und zwar um vierzehn Uhr dreißig. Wenn du mich vom Flughafen aus anrufst, kann ich dir online ein Ticket buchen und an den Schalter schicken. Sag dort einfach, es ist ein Notfall, und sie sollen dich telefonieren lassen.«

Ich überlegte. Es gab hier nichts zu lernen für mich, das stand fest. Ich verschwendete nur meine Zeit.

»Du hast recht, Sophie«, sagte ich. »Ich fliege heim. Aber ruf bitte trotzdem bei Gloria an. Ich würde alles tun, um meine Fehlentscheidung rückgängig zu machen.«

»Okay. Mach's gut, Yvonne, und pass auf dich auf.«

Ich legte das Handy wieder auf den Tisch. Keiner schien etwas bemerkt zu haben. Dann kehrte ich zur Eingangshalle zurück und verfolgte die Präsentation eines langhaarigen Öko-Zausels mit geflochtenem Bart, der einen Wandschmuck aus recycelten Klopapierrollen gebastelt hatte. Das ideale Weihnachtsgeschenk für die Gant, fiel mir ein. Ich musste schmunzeln.

Nach einer Weile klatschten alle. Offenbar waren sie fertig. Edgar kam zu mir und strahlte. Auch Esther gesellte sich zu uns.

»Hast du gesehen, wie kreativ unsere Firma ist?«, fragte er.

»Ja, ich bin beeindruckt«, sagte ich und versuchte, dabei nicht das Gesicht zu verziehen.

»Gut. Ich möchte nämlich, dass du gemeinsam mit Esther an dem Wettbewerbsprojekt arbeitest. Sie ist bisher noch nicht dazu gekommen, sich etwas zu überlegen. Fangt bitte gleich an.«

Esther nickte zustimmend. Gemeinsam gingen wir zu ihrem Schreibtisch und sie schob mir einen Stuhl hin. Dann strich sie sich durch ihren kurzen Bob und lehnte sich zu mir herüber.

»Hast du schon eine Idee, Yvonne?«

»Klar«, sagte ich. »Einen Knebel aus alten Socken und eine Augenbinde aus Müllsäcken für fesselnde Spiele daheim. Dazu vielleicht eine Peitsche aus einer alten Springschnur.«

»Oh«, kicherte sie, »witzige Ideen hast du. Ich dachte an einen Zeitschriftenhalter aus recycelten Milchkartons.«

»Spitzenidee«, sagte ich. »Das machen wir.«

Während Esther die Kartons aufschnitt, dachte ich an meine Flucht. Ich konnte es gar nicht erwarten, das alles hinter mir zu lassen. Als wir abends zurück in der Hütte waren, stimmte mich diese Aussicht milde. Edgar zog das Säckchen mit den Pistazien aus der Tasche.

»Ich glaube, du hast da heute etwas vergessen«, sagte er.

»Ach ja, es tut mir leid.«

Ich nahm die Nüsse entgegen und bemühte mich, zerknirscht dreinzuschauen. Das wird dein Reiseproviant, flüsterte mir meine innere Stimme zu. Bye bye, Yeti. Verreckt doch alle im Öko-Müll hier. Ich lächelte.

»Na so was, da ist aber jemand gut drauf. Dass ich das bei dir erleben darf«, freute sich Edgar.

»Klar, Esther und ich basteln ja auch an einem ganz tollen Projekt«, sagte ich.

Lügen haben lange Beine, dachte ich, als ich mich mit meiner Decke am Boden niederließ. Und die sind bald wieder daheim. Mit diesem tröstlichen Gedanken schlief ich ein.

Kapitel 12

Am nächsten Tag wachte ich mit einem Kribbeln im Bauch auf. Der letzte Tag in Estland, hurra. Ich sprang auf und half dem Yeti bei der Zubereitung des Frühstücks.

»Es kommt mir fast so vor, als wärst du heute voller Tatendrang«, sagte der Yeti.

»Da hast du recht«, entgegnete ich, »ich möchte schließlich am Siegerprodukt des Wettbewebs mitwirken.«

Der Yeti lächelte erfreut. Wenn der wüsste, was ich vorhatte.

»Für wie lange ist mein Aufenthalt in Estland denn geplant? Du wirst mich doch nicht ewig beherbergen wollen?«

»Keine Sorge«, brummte er. »Du kannst dein Projekt in aller Ruhe abschließen.«

Das hatte ich befürchtet. Aber nicht mit mir. Als wir die obligaten Nüsse zum Frühstück aßen, überlegte ich schon Details zur Flucht. Ich würde Kopfschmerzen vortäuschen und behaupten, ich müsste an die frische Luft. Draußen wollte ich dann blitzschnell verschwinden und zum Flughafen fahren. Dafür musste ich mir allerdings etwas Geld für ein Taxi leihen.

Von Taavi oder Esther konnte ich mir nichts leihen. Sie würden Edgar informieren und ich könnte meinen Fluchtplan vergessen. Nein, es musste eine andere Lösung geben. Esther hatte gestern ihre Geldbörse am Tisch liegen gelassen, fiel mir ein. Zur Not könnte ich mir etwas herausnehmen und mich dann nach meiner Heimkehr bei ihr entschuldigen und ihr das Geld überweisen.

Von Wien aus würde ich dann versuchen, Gloria zu kontaktieren. Ihr alles zu erklären. Dass ich die Option eins gewählt hatte. Den Job der Gant. Der alles war, was ich wollte.

Als mich Edgar in der Firma abgesetzt hatte, lief ich sofort zu Esthers Arbeitsplatz. Sie war noch nicht da. Ich durchsuchte den Schreibtisch. Alle Schubladen waren abgeschlossen. Bis auf die unterste. Ich sah mich verstohlen um. Niemand beobachtete mich.

Ich zog sie auf und entdeckte darin ein Buch. *Hundert Wege zum Glück*, lautete der Titel. Als ich es durchblätterte, fiel ein Fünfzig-Euro-Schein heraus. Bestens, das war mein Weg zum Glück. Das müsste für die Fahrt zum Flughafen reichen. Ich legte das Buch wieder zurück in die Lade und steckte das Geld ein.

Jetzt musste ich nur noch auf eine günstige Gelegenheit warten. Ich betrachtete den Karton, den wir gestern bearbeitet hatten. Das würde der hässlichste Zeitschriftenständer aller Zeiten werden. Der letzte Platz war uns sicher.

In dem Moment kam Taavi mit einer großen Tasse Kaffee vorbei, den er mir mit einer kleinen Verneigung auf den Tisch stellte.

»Guten Morgen, Yvonne«, sagte er. »Der Kaffee ist für dich. Ich habe leider schlechte Nachrichten. Esther musste überraschend nach Finnland fahren. Ihr Vater ist gestern Abend gestorben. Es wird länger dauern, bis sie alles geregelt hat. Also wirst du die nächsten Wochen ohne sie auskommen müssen.«

»Oh nein«, seufzte ich, »das tut mir aber leid für Esther. Was ist jetzt mit unserem Projekt?«

»Ich soll dir von Edgar ausrichten, dass du allein ein orignelles Produkt für den Wettbewerb entwickeln sollst. Er ist überzeugt, dass dir etwas Kreatives einfällt. Er zählt auf dich. Ich gehe dir gerne zur Hand.«

»Äh … ich verstehe. Ich werde mich bemühen.«

Das konnte Edgar vergessen. Ich würde so früh wie möglich von hier flüchten und mich bis zum Abflug am Flughafen verstecken. Inzwischen tat ich so, als würde ich arbeiten. Nachdem ich Esthers Zeitschriftenhalter aus Klopapierrollen in die Hand genommen hatte, und er gleich darauf zerfallen war, musste ich mir etwas Neues überlegen. Ich fand schließlich ein altes Männerhemd, das ich zu einer Einkaufstasche umnähen wollte. Total langweilig, aber immerhin origineller als Esthers Idee.

Als die ersten Mitarbeiter sich zum Essen niedersetzten, witterte ich meine Chance. Ich schlenderte zum Tor, drückte die Klinke herunter und lief rasch hinaus. Ich sah mich um und entschied mich dafür, in die nächste Seitengasse abzubiegen. Ich irrte durch ein Gassenlabyrinth und erreichte eine Hauptstraße.

Hier musste es irgendwo ein Taxi geben. Plötzlich fing es an zu nieseln, und schnell wurde daraus ein heftiger Regen. Ich stellte mich in einer Hauseinfahrt unter. Nach einer Weile sah ich ein weißes Auto mit einem gelben Schild am Dach. Takso stand darauf. Das sah schon einmal gut aus. Ich winkte und lief darauf zu. Der Regen peitschte mir ins Gesicht, und ich konnte kaum etwas erkennen. Ich riss die Tür auf und sprang in das Innere des Fahrzeugs, wo gerade ein Song der Beach Boys im Radio lief.

Aruba, Jamaica, oh I want to take you to
Bermuda, Bahama, come on pretty mama
Key Largo, Montego, baby why don't we go
oh I want to take you down to
Kokomo, we'll get there fast and then we'll take it slow
That's where we want to go, way down in Kokomo.

Klang herrlich nach meinem Mojito-Feeling. Der Fahrer lümmelte im Sitz und pfiff die Melodie mit.

»Tallinn Airport, please!«, rief ich ihm zu.

Gleich darauf fuhr er los. Erst als er um die Ecke bog, merkte ich, dass er sonderbar vermummt war. Er trug eine schwarze Haube, den grauen Schal hatte er über Mund und Nase gezogen. Seine Augen waren von einer großen Brille verdeckt. Und er stieg aufs Gas wie ein Rennfahrer. Ich musste mich am Vordersitz festklammern, um nicht gegen die Tür geschleudert zu werden.

»Hey, Mister«, rief ich, »not so fast.«

Aber der Kerl hörte nicht auf mich. Plötzlich bremste er sich direkt vor einem Gebäude ein. Durch den starken Regen konnte ich fast nichts sehen. Ich presste mein Gesicht ans Fenster. Ich erkannte die Umrisse eines großen Tors, das einen Spalt offenstand.

»No«, rief ich, »wrong place. I want to go to Tallinn Airport.«

Der vermummte Fahrer sah in den Rückspiegel und schüttelte den Kopf. Er bedeutete mir, auszusteigen. Jetzt war ich ernsthaft verärgert.

»Take me to the airport. Now!«, schrie ich ihn an.

Daraufhin schaltete er eine CD mit extrem lauter Steelband-Musik ein. Ich hielt mir die Ohren zu, aber der Krach war nicht auszuhalten. Ich musste hier raus. Ich riss die Tür auf und sprang in den strömenden Regen. Sofort raste der Wagen davon. Ich schlüpfte durch das offene Tor und sah mich um. Ich war wieder im Happy-Fish-Gebäude.

Die Flucht war gescheitert. Alles an mir tropfte. Mit zitternden Händen bereitete ich mir in der Küche einen Grüntee zu und rubbelte mir mit einem Handtuch die Haare trocken. Meine Fluch schien unbemerkt geblieben zu sein. Dann setzte ich mich an den Schreibtisch und dachte nach. Offenbar ließ mich Edgar überwachen. Ich musste vorsichtiger sein und mich besser tarnen. Am besten war es, wenn ich so tat, als würde ich hier mitmachen. Ich musste ein richtig gutes Produkt für den Wettbewerb entwerfen und vollen Einsatz heucheln. Und so schnell wie möglich meinen Verfolger entlarven, um ihn auszutricksen. Vielleicht war er ja ein Mitarbeiter der Firma.

Als ich mir das Mittagessen aus der Gemeinschaftsküche holte, warf ich einen Blick aus dem Fenster. Es schüttete noch immer. In Estland schien es oft zu regnen. Ich hielt inne. Genau. Das war es. Ein origineller Recycling-Schirm für das baltische Regenwetter. Das war mein Produkt für den Wettbewerb.

Nachdem ich mit Taavi darüber gesprochen hatte, durchsuchten wir stundenlang das Internet zum Thema Öko-Schirme. Es gab einige Modelle, aber mein Produkt sollte etwas Besonderes an sich haben, das in der Form noch nicht existierte.

Auch die nächsten Tage vergingen mit Recherchen und Diskussionen rund um meine Idee. Einen möglichen Maulwurf in der Firma hatte ich noch immer nicht entlarvt. Aber ich hatte einen Schirm-Prototyp zu Papier gebracht und eine Produktbeschreibung verfasst:

Happy-Fish-Umbrella – dieser Regenschirm besteht zu hundert Prozent aus recyceltem PET. Die Metallstäbe der meisten herkömmlichen Schirme werden durch abbaubares Bioplastik ersetzt. Dadurch ist das Gestell besonders flexibel und gibt bei Wind nach, ohne die Form zu verlieren. Auch der Griff ist aus wiederverwendeten Kunststoffmaterialien gefertigt. Die Qualität und Verarbeitung des Schirmes ist auf Langlebigkeit ausgelegt. Trotzdem ist er leicht und liegt gut in der Hand. Der Griff weist unten eine Art Ring mit einem speziellen Verschlussmechanismus auf, mit dem man den Schirm an der Tasche oder an einer Bank festclippen kann.

»So könnte es funktionieren, Yvonne«, sagte Taavi. »Aber du hast dir nicht gerade das leichteste Produkt ausgesucht.«

Die nächste Woche arbeiteten wir am ersten Prototyp. Ich verstellte mich und tat, als würde mein Leben von diesem Recycling-Schirm abhängen.

»Na, Mädel«, sagte Edgar, als wir wieder einmal abends in der Hütte saßen, »wie ist es dir ergangen? Hast du heute Pistazienschalen vorzuweisen?«

Ich kramte in meiner Hosentasche und förderte ein paar Schalen zutage. Tatsächlich hatte ich am Nachmittag in den Arbeitspausen zufällig einige Pistazien gegessen.

»Siehst du«, sagte Edgar, »es wird schon. Wie ich es dir gesagt habe: Nach einer gewissen Eingewöhnungszeit fühlst du dich rundum wohl.«

Ich brachte ein schiefes Grinsen zustande.

Ich muss mir endlich einen neuen Fluchtplan zurechtlegen, dachte ich beim Einschlafen. Aber ich war müde von dem langen Arbeitstag und dämmerte gleich darauf weg.

Als ich am nächsten Tag an meinem Arbeitsplatz ankam, traf mich fast der Schlag. Das Buch *Hundert Wege zum Glück* aus der untersten Schublade lag auf dem Tisch. Ob mein Diebstahl entdeckt worden war? Ich sah mich um. Niemand beobachtete mich. Schnell nahm ich das Buch und legte es wieder in die Lade. Dann räumte ich den Tisch mit Arbeitsmaterialien voll.

Wieder arbeitete ich mit Taavi den ganzen Tag am Schirm. Fake it till you make it, sagte ich mir. Ständig hatte ich neue Ideen. Die Happy-Fish-Schirme sollten besonders schöne Muster und einen Wiedererkennungswert haben.

Nach über einer Woche waren die ersten drei Prototypen des Happybrella fertig. Als Farben hatte ich Aquablau, Sonnengelb und Palmengrün ausgewählt. Jetzt wollte ich sie noch mit bunten Motiven bemalen.

Die Schirme sollten die Besitzer bei Regenwetter aufmuntern und ein Stückchen glücklicher machen. Bei glücklich fiel mir sofort mein Mojito-Feeling ein. Auf den blauen Schirm zeichnete ich mit bunten Stiften einen Strand, Meer und Palmen. Und meinen Lieblingscocktail, der im Sand steckte. Auf den gelben Schirm lachende Fische, die im Meer schwammen. Auf dem Meeresboden schaute ein Mojito aus einer Muschel. Und auf den grünen Schirm einen Rasta, der auf einer Sonnenliege chillte, mit einem Mojito in der Hand.

Als die Farben getrocknet waren, wurde alles mit einem Fixierspray haltbar gemacht. Jetzt mussten sie einmal über Nacht trocknen.

»Sieht super aus«, sagte Taavi am nächsten Morgen. »So bunt und sonnig, ich muss dabei an Urlaub denken. Du hast künstlerisches Talent, Yvonne.«

Ich schnappte mir den Schirm mit den Fischen und betrachtete ihn.

»Das war beabsichtigt. Auch bei dem häufigen Regenwetter hier in Estland soll gute Laune aufkommen. Ich hätte da noch eine Idee.«

Taavi sah mich fragend an.

»Ich möchte Botschaften auf die Schirme schreiben.«

»Was für Botschaften denn?«, fragte Taavi.

»Na ja … Botschaften, die glücklich machen. Der Schirm heißt ja Happybrella.«

»Da bin ich aber gespannt«, lachte Taavi. »Ich muss jetzt kurz weg, wir sehen uns später.«

Als er weg war, und ich den Schreibtisch aufräumte, bemerkte ich Taavis Handy unter einem Blatt Papier. Er hatte es offenbar vergessen. Ich nahm es an mich und sah mich um. Die Firma hatte sich inzwischen gefüllt, aber niemand beachtete mich. Ich hüllte das Handy in ein Tuch und wählte Sophies Nummer. Dann hielt ich mir unauffällig das Tuch ans Ohr. Nach mehrmaligem Klingeln hob sie endlich ab.

»Sophies Fluchtbörse für Aliens. Sie wünschen, wir beamen.«

»Sophie«, flüsterte ich, »ich habe es noch nicht bis zum Flughafen geschafft.«

»Yvonne? Ich höre dich so schlecht. Was hast du nicht gerafft?«

»Geschafft«, zischte ich.

»Oh ja, ich habe es geschafft. Hör zu, Yyy, ich habe deine Gloria erreicht. Sie war gerade in diesem Luxushotel in der Schweiz, beim Mittagessen im japanischen Restaurant. Zum Glück hat sie das Gespräch trotzdem angenommen. Sie sagte, die Sushi werden nicht kalt, haha.«

»Was hat sie sonst gesagt?«, wisperte ich und versuchte, unauffällig dreinzuschauen, als mir eine Kollegin im Vorbeigehen winkte.

»Ja, ich habe es gewagt, sie beißt ja nicht«, sagte Sophie. »Ich habe mich als deine Therapeutin ausgegeben.«

»Oh nein, Sophie!«, rief ich. »Was hast du dir dabei bloß gedacht?«

Der Kollege zwei Tische weiter schaute zu mir. Ich drehte mich weg.

»Natürlich hab ich das gemacht. Du warst doch am Durchdrehen. Richtig depressiv warst du. Eine nette Frau ist das, muss ich sagen. Du hattest schon recht. Sie meinte, wenn es dir so schlecht geht, lässt sie dich natürlich abholen.«

»Was? Aber … das will ich doch gar nicht. Im Moment jedenfalls.«

»Wie, das willst du nicht? Spinnst du, Yvy? Du hast doch gesagt, du hältst es nicht aus, alles ist ganz furchtbar, und du musst dort weg. Sofort. Und du hast mich gebeten, Gloria anzurufen. Oder erinnerst du dich nicht mehr daran?«

»Ich … ach, es ist alles kompliziert.«

»Genau, Gloria hat alles arrangiert. Du wirst sicher bald abgeholt.«

»Aber Sophie … ich habe jetzt ein spannendes Projekt.«

»Ja, die Leitung ist defekt, ich höre dich kaum.«

Ein Mitarbeiter ging vorbei und zwinkerte mir zu. Konnten sich die Leute hier nicht um ihren eigenen Kram kümmern?

»Sobald es geht, ruf ich dich wieder an«, flüsterte ich, als er weg war.

Dann drückte ich Sophie weg und versteckte das Handy unter einem Stoß Papier. Ich seufzte.

Gut gemacht, Yvonne, flüsterte mir meine innere Stimme zu. Gloria denkt jetzt also, du bist eine labile Verrückte, die schon an der ersten Aufgabe scheitert. Du hast dich wieder einmal selber ins Out manövriert. Gratulation. Ich musste retten, was noch zu retten war. Hoffentlich blieb mir noch etwas Zeit, um wenigstens mein Projekt abzuschließen. Dann wäre der Aufenthalt hier nicht ganz umsonst gewesen. Ich musste meine Schirme überzeugend präsentieren. Zu allem Überfluss sah ich auch noch Taavi, der auf mich zueilte. Seine Augen scannten den Schreibtisch.

»Habe ich mein Handy hier vergessen?«, fragte er atemlos.

»Äh, ich weiß nicht.«

Ich schob die Stoffe und die Unterlagen auf dem Tisch herum.

»Ach, hier ist etwas. Ist das deins?«

»Ja, Gott sei Dank«, sagte Taavi und steckte das Handy ein. »Hast du vielleicht auch noch mein Buch gesehen? *Hundert Wege zum Glück*, heißt es. Von einem Glücksforscher namens Edwin Lohman. Er ist auch Universitätsprofessor in Harvard. Ich habe es Esther geborgt. Ein sehr gutes Buch, kann ich dir sagen. Vor ein paar Tagen habe ich es wahrscheinlich auf dem Schreibtisch hier vergessen.«

»Warte mal«, sagte ich und zog die Schublade auf, »hier ist es.«

Er nahm das Buch entgegen und fuhr mit den Fingern über den Buchdeckel. Hoffentlich würde er nicht das Geld suchen.

»Und was sagt das schlaue Buch? Wie wird man denn jetzt glücklich?«, fragte ich, um ihn abzulenken.

»Es ist so: Glück ist keine Frage von Zufall oder äußeren Umständen. Du musst dich ganz bewusst dafür entscheiden, glücklich zu sein. Und dann bei dieser Entscheidung bleiben. Egal, was passiert. Glück ist also die Entscheidung für einen Bewusstseinszustand.«

»Das verstehe ich nicht. Wie soll das funktionieren?«

»Das Buch sagt: Leg den Fokus auf dein Herz. Nicht auf dein Ego. Schau nach innen, nicht nach außen. Und frage dich jeden Tag: Wer oder was will ich sein? Wenn du vom Kurs abkommst: Steuere immer wieder neu aufs Glück zu.«

Taavi schwenkte das Buch in der Luft.

»Wenn du magst, borge ich es dir.«

Ich dachte nach. Das klang nach meinem Bacardi-Song. Be what you want to be. Also für mich sehr stimmig.

»Danke, Taavi«, sagte ich. »Ich habe momentan keine Zeit zum Lesen. Aber deine Ausführungen über das Glück haben mir sehr geholfen.«

Zwei Tage später. Nervös lief ich hin und her. Auf meinem Schreibtisch lagen drei aufgespannte Schirme. *A way to happines: The Mojito Feeling,* stand mit silbrig glänzenden Buchstaben auf der Unterseite des blauen Schirmes. *Help others to be happy and become happy too,* prangte es in Gold auf der Unterseite des gelben Schirmes mit den Fischen. Und auf den grünen Schirm hatte ich mit dunkelblauem Glitzerstift *Happiness is a choice* geschrieben.

»Wow, die sehen klasse aus«, sagte Taavi, als er kurz darauf in der Firma eintraf. »Und ich liebe die Botschaften auf deinen Schirmen. Du kannst Sie heute zu Mittag bei der Besprechung mit Edgar präsentieren.«

Sehr gut, darauf freute ich mich schon. Ich war mehr als gespannt, was er zu meiner Idee sagen würde. Ich holte mir einen Block und entwarf die Präsentation.

»Yvonne, du hast Besuch«, rief mir Taavi wenig später vom nächsten Raum aus zu.

Widerwillig legte ich den Block auf die Seite. Immer diese Störungen. Er winkte mir und bedeutete mir, zu ihm zu kommen.

»Was ist denn los?«, entgegnete ich. »Ich habe jetzt keine Zeit.«

»Draußen vor der Tür wartet jemand auf dich.«

Das war mir suspekt. Hoffentlich nicht wieder der unheimliche Taxifahrer. Ich schlich zur Tür und schaute hinaus. Draußen stand ein großer, silberner Edel-SUV. Ich erkannte, dass es ein Bentley war. Am Steuer saß ein Mann mit Glatze, ansonsten war der Wagen leer. Keinesfalls wollte ich noch einmal dasselbe erleben wie bei meinem Fluchtversuch. Ich ging nachdenklich zurück zu meinem Arbeitsplatz. Auf meinem Stuhl saß eine atemberaubend schöne Frau. Gloria.

Sie trug ein unfassbar elegantes, kornblumenblaues Kostüm mit schwarzen Applikationen, bestehend aus einem leicht ausgestellten Rock und einem eng anliegenden Blazer. Schöne Ohrringe und ein Armreifen aus Weißgold ergänzten das Outfit.

»Hallo Yvonne«, sagte sie. »Deine Therapeutin hat mich angerufen. Ich wollte selbst sehen, wie es dir geht.«

»Gloria«, krächzte ich mit trockener Kehle. »Das … war nicht meine Therapeutin.«

Meine Stimme versagte. Ich griff mir an den Hals. Gloria sah mich mit ihrem unergründlichen Blick an. Spannung lag in der Luft.

»Ich habe gehört, du willst deine Entscheidung unbedingt revidieren? Du warst nicht du selbst, als du Option zwei gewählt hast?«

Ich spürte, wie mein Kopf rot anlief.

»Äh, ja … also … nein … «, stammelte ich.

»Nun, normalerweise lasse ich nicht mit mir handeln«, sagte Gloria. »Aber diesmal mache ich eine Ausnahme.«

Ich rang nach Luft. Sie würde doch nicht …

»Ich gebe dir deine heiß ersehnte Chance. Du kannst noch einmal wählen. Option eins: der Job der Gant. Du kannst sofort nach Wien fliegen. Der Fahrer wartet draußen, er bringt dich zum Flughafen.«

Sie zog ein Ticket aus ihrer Tasche und legte es auf den Tisch.

»Option zwei: die drei Abenteuer. Oder keines von beiden, auch den totalen Ausstieg biete ich dir nochmals an. Aber diesmal musst du zu deiner Wahl stehen.«

Sie sah mich fragend an. Ich wollte antworten. Nur kam kein Laut über meine Lippen.

»Also? Sag mir bitte endlich, was du möchtest. Oder musst du erst deine Therapeutin anrufen?«

»Ich … ich weiß es nicht.«

Ich starrte auf die Maserung des Schreibtisches. Dieses Gespräch war mir enorm peinlich.

»Ich … muss hier noch etwas zu Ende bringen.«

Ich wagte es nicht, ihr in die Augen zu schauen. Stattdessen betrachtete ich meine hübschen, bunten Schirme.

»Wieso weißt du es nicht?«

Ich zog meine Unterlippe zwischen die Zähne und gab sie wieder frei. Sicher hatte Gloria jetzt die Nase voll von mir. Sie würde mich heimschicken und aus dem Deal aussteigen, das war sonnenklar. Selber schuld. Wer sich nicht entscheiden kann, steht am Ende mit leeren Händen da, höhnte meine innere Stimme.

»Yvonne«, sagte Gloria. »Ganz ruhig, entspann dich. Setz dich hier neben mich. Gut. Jetzt schließ die Augen und lass locker. Atme einige Male tief ein und aus. Und jetzt stell dir vor, du wählst Option eins. Wie fühlst du dich dabei?«

Ich atmete nach Glorias Anleitung. Nach einer Weile kam ein Bild. Ich sah mich im Büro der Gant sitzen. Das jetzt meines war.

Im süßen Bewusstsein meiner Macht lehne ich mich in dem großen Ledersessel zurück. Vor mir am Schreibtisch ein Metallschild. Mag. Yvonne Reich. Leiterin der Rechtsabteilung. Das geht runter wie Champagner auf Räucherlachsbrötchen.

Es klopft an der Tür, und die Kunert tritt ein. Mit einem Silbertablett, das mit einem großen Cappucino, einem Glas Prosecco, zwei Lachsbrötchen und einem Croissant beladen ist, nähert sie sich meinem Schreibtisch. Sie stellte das Tablett vor mir ab, ohne mich anzusehen. Schweigen.

»Vielen Dank«, flöte ich. »Das sieht ja lecker aus.«

Sie hebt den Blick, und ich erschrecke. Blanker Hass blitzt mir aus ihren Augen entgegen.

»Genießen Sie ihr Frühstück, Frau Mag. Reich«, sagt sie.

Dann schlurft sie wieder in Richtung Tür. Typisch schlechte Verliererin, denke ich. Ich nehme das Glas mit dem Prosecco und mache einen Schluck. Mein Blick fällt auf die Aktenstöße, die sich auf meinem Schreibtisch türmen. Ich verspüre ein Engegefühl im Hals. Die grauen Wände und Akten scheinen immer näher zu kommen. Ich werfe einen Blick auf meine Hand. Sie ist auch grau. Alles dreht sich um mich.

Plötzlich verändert sich das Bild. Wieder ist alles grau und es regnet. Aber in meinem Herzen ist es bunt. Ich laufe über eine Straße, den aquablauen Happybrella in der Hand. Ich betrachte das Beachmotiv und den Slogan am Schirm. *A way to happiness: The Mojito Feeling.* Mein ideales Lebensgefühl, das mein Herz aufgehen lässt. Aber ich stehe auf der Straße. Im Regen. Zwar mit meinem Happybrella, aber ohne Job. Ohne Absicherung. Brotlose Kunst, hätte mein Vater gesagt. Typisch für dich, Fräulein Tochter. Du warst schon immer eine Träumerin. Eine Option ohne Boden ist das.

Plötzlich weiß ich, was ich zu tun habe.

Ich blinzelte und öffnete die Augen. Gloria beobachtete mich. Ich spürte, dass sie alles verstand. Alles wusste. Mehr als ich selbst.

»Wie lautet deine endgültige Entscheidung, Yvonne? Sag es bitte, laut und deutlich.«

Wie in Zeitlupe öffnete ich den Mund. Meine Stimme klang seltsam fremd in meinen Ohren.

»Ich entscheide mich dafür, glücklich zu sein.«

Kapitel 13

Es war vermutlich der heißeste Tag des Jahres. Der Schweiß rann mir übers Gesicht. Ich wischte ihn mit dem Handrücken ab. Ein Japaner mit Selfie-Stange rempelte mich an.

»Solly«, rief er und schob sich an mir vorbei.

Auf den wenigen Metern der Ponte Vecchio mit freiem Blick auf den Arno herrschte großes Gedränge. Hunderte Touristen, viele davon aus Asien, wollten Fotos und Selfies machen. Rechts von mir kämpfte sich eine Reisegruppe nach vorn. Der Reiseleiter hielt eine Fahne als Erkennungszeichen hoch. *Sunny Tours,* stand darauf.

»Hallo«, rief er, »der Herr dort hinten, hören Sie mich auch?«

Der Angesprochene deutete mit dem Daumen nach oben.

»Die Brücke Ponte Vecchio ist die älteste Brücke in Florenz«, erklärte der Führer. »Sie wurde nach zwölfjähriger Bauzeit im Jahr 1345 fertiggestellt und verbindet die Innenstadt von Florenz mit den Stadtteilen auf der anderen Seite des Arno. Wie Sie bereits gesehen haben, gibt es hier vor allem Schmuck- und Souvenirläden.«

Ein Kind mit einer riesigen Eistüte kam mir bedrohlich nahe. Ich wich zurück, um nicht angekleckert zu werden, und wurde von einer weiteren Reisegruppe mitgerissen. Vor einer Statue kam ich zum Stehen. Die junge Reiseleiterin mit der gelben Schirmkappe schaltete das Mikrofon ein und begann mit ihrem Vortrag.

»Hier sehen Sie die Statue von Benvenuto Cellini. Er war italienischer Goldschmid und Bildhauer und ein berühmter Vertreter des Manierismus. Perseus mit dem Haupt der Medusa ist das größte Werk von Cellini.«

Ein Mann mit Brille und schütterem Haar neben mir schoss schon das fünfzigste Foto von der Statue. Ob er sich das nach dem Urlaub je ansehen würde?

»Manierismus kommt vom Italienischen maniera«, fuhr die gelbe Schirmkappe fort. »Es bedeutet Art und Weise, Stil oder Manier. Man bezeichnet damit die Stilrichtung zwischen 1520, dem Tod Raffaels, und 1600. Der Manierismus basiert ursprünglich auf der Idee, dass ein Künstler seinen ganz eigenen Stil, die maniera, entwickeln und auch leben soll.«

Ich ging ein paar Schritte zurück und stieß gegen einen jungen Mann. Er hielt einen Stift und einen Block in der Hand.

»Scusi, Signora, Sie haben ein interessantes Gesicht«, sagte er. »Darf ich Sie zeichnen?«

Ich betrachtete ihn näher. Was ich sah, gefiel mir. Er war groß und attraktiv, vielleicht Ende zwanzig oder Anfang dreißig. Gut gebaut. Alles an ihm wirkte edel, sogar seine etwas zu lang geratene Nase. Braune, weiche Locken umrahmten sein Gesicht und intelligente, blaue Augen musterten mich aufmerksam.

Seine Kleidung hatte typisch italienischen Schick. Die kurze, gelbe Leinenhose mit dem weiß-blauen Gürtel und das offene, weiße Hemd standen ihm fantastisch. Dazu trug er dunkelblaue Leder-Slipper ohne Socken. Jede seiner Bewegungen wirkte irgendwie geschmeidig.

»Gerne«, sagte ich und schenkte ihm ein warmes Lächeln.

Er zwinkerte mir zu, lachte mit den Augen.

»Das freut mich. Bitte sagen Sie Vincenzo zu mir.«

»Freut mich auch, Vincenzo. Ich bin Yvonne.«

»Bitte, nimm Platz, Yvonne. Ich darf doch du sagen?«

Ich nickte. Er deutete auf zwei Sessel neben dem Arkadenbogen. Daneben stand ein filigranes Tischchen voller Zeichenblöcke, Stifte, Pinsel und Tuben mit Acrylfarben. An der Wand dahinter hatte er unzählige Porträts ausgestellt. Interessant, er hatte einen eigenen, unverwechselbaren Stil. Offensichtlich besaß er die Fähigkeit, in seinen Gemälden aufrichtige Emotionen darzustellen.

Auf den Porträts sah ich Menschen, deren aufgerissene Augen oder zusammengepresste Lippen Geschichten erzählten. Manche seiner Modelle lachten, manche weinten, wieder andere hielten die Augen geschlossen – und trotzdem war bei jedem Bild der Charakter spürbar. Eine attraktive Frau mit herrischem Blick hatte er fast vollständig in Rot- und Orangetönen gemalt, was mich sofort an eine sehr durchsetzungskräftige, aber auch aggressive Person denken ließ. Das Gesicht einer jungen Frau mit einer spitzen Nase und tief liegenden Augen in Gelb- und Grüntönen ließ auf Eifersucht und Missgunst schließen.

»Wahnsinn, diese Bilder sind so stark und aussagekräftig«, murmelte ich. »Ich habe nie etwas in der Art gesehen.«

»Danke, das ist Manierismus à la Vincenzo«, sagte er. »Du hast doch gehört, was die Reiseleiterin mit der gelben Kappe gerade gesagt hat. Ich versuche, den Charakter hinter dem Gesicht zu Papier zu bringen. Auf meine Art und Weise.«

Ich setzte mich auf den Sessel, der näher bei den Bildern stand. Vincenzo setzte sich mir gegenüber und begann zu zeichnen.

»Ich hoffe, du hast es nicht eilig. Ich mache zuerst eine Skizze mit Bleistift und koloriere das Bild dann mit den Acrylfarben hier. Das Porträt braucht eine Zeit, um seine Farben zu finden und seine Eigenart zu entwickeln.«

»Überhaupt nicht. Ich habe alle Zeit der Welt.«

Ich lehnte mich im Sessel zurück und merkte, dass mein Gesicht von der starken Sonne glühte. Dabei spürte ich noch den Regen Estlands auf meiner Haut, als ich heute Morgen Edgars Haus verlassen hatte. Ich hätte es nie für möglich gehalten, aber der Abschied von ihm war mir tatsächlich schwergefallen.

Während meines Gespräches mit Gloria in der Happy-Fish-Firma war er unbemerkt aufgetaucht. Als ich meine Entscheidung verkündet hatte, war ich mir plötzlich seiner Präsenz bewusst geworden. Ich hatte in Edgars verstörtes Gesicht geschaut und ein warmes, herzliches Gefühl für ihn verspürt.

»Du gehst also zurück zu deinem Versicherungsjob, Mädel«, sagte er mit wehmütigem Blick. »Ich konnte dein Leben nicht auf den Kopf stellen.«

»Doch, das hast du, mein Lieber«, sagte Gloria. »Dafür möchte ich dir ganz besonders danken. Ich habe ja gewusst, dass du die richtige Person dafür bist.«

»Aber wofür hat sich Yvonne denn nun entschieden?«, brummte er. »Sie hat doch die ganze Zeit gejammert, nur der Führungsjob würde sie glücklich machen.«

Mit einem schwer zu deutenden Lächeln erhob sich Gloria.

»Yvonne hat sich dafür entschlossen, glücklich zu sein. Hier bei dir. Bei Happy Fish. Mit dem Projekt, das ihr Herz berührt hat. Sie hat verstanden, was es wirklich bedeutet, glücklich zu sein. Herz über Kopf. Kreativität über Status. Freiheit über Sicherheit.«

Edgar sah mich an. Seine Augen wurden feucht. Dann umarmte er mich fest.

»Du weißt gar nicht, wie sehr ich mich freue, Mädel«, sagte er. »Bist du bereit, dein Projekt zu präsentieren?«

Edgar und Gloria verfolgten interessiert meine Happybrella-Präsentation. Ich fand es richtiggehend rührend, wie der ungepflegte, zottelige Yeti seinen Arm um die Schultern der attraktiven, erstklassig gestylten Gloria legte. Wie die Schöne und das Biest sahen die beiden aus.

Als ich fertig war, klatschten sie genau wie die anderen Mitarbeiter lange und begeistert. Schließlich stand es fest: Die Firma Happy Fish würde mit Happybrella an der Ausschreibung teilnehmen. Gloria und Edgar umarmten mich, dann verabschiedete sich Gloria. Ich fühlte mich beschwingt und glücklich.

Ich lächelte, als ich mich daran erinnerte.

»Guter Gesichtsausdruck, Yvonne«, rief Vincenzo. »Ich wette, du denkst an etwas sehr Schönes.«

»Ja, da hast du recht«, erwiderte ich. »Ich habe gerade an sehr erhebende Augenblicke gedacht.«

»Mach bitte weiter damit.«

Schon war ich in Gedanken wieder in Estland. Ein paar Tage später war der Happybrella von einer Fachjury des estnischen Umweltministeriums zum Siegerprojekt gewählt worden. In der Firma feierten wir eine riesige Party. Am nächsten Tag schliefen Edgar und ich ausnahmsweise lange, dann gönnten wir uns ein richtiges Frühstück im Nachbarort. Mit Lachs und Prosecco.

»Einen Monat warst du jetzt bei mir, Mädel«, sagte er. »Wie es aussieht, hast du deine Lektion über das Glück gelernt. Deshalb habe ich eine Überraschung für dich. Komm mit, wir gehen schaukeln.«

»Schaukeln? Ist das nicht etwas für kleine Kinder?«

Der Yeti grinste.

»Nicht unbedingt.«

Als wir zu einem Platz mit drei riesigen Schaukeln kamen, auf denen bereits Leute im Stehen hin- und herschwangen, machte ich große Augen.

»Das ist Kiiking oder auch Sportschaukeln, eine estnische Sportart«, erklärte Edgar.

Er führte mich zu einem leer stehenden Exemplar, das beängstigende Ausmaße hatte.

»Das Schaukeln hat in Estland große Tradition«, sagte er. »Früher stand in jedem Dorf eine große Holzschaukel, die von mehreren Menschen gleichzeitig benutzt wurde. Immer wieder versuchten sie, mit diesen Schaukeln Überschläge zu machen, was aber ohne Sicherung sehr gefährlich war.«

Ich betrachtete die Schaukel vor mir mit gemischten Gefühlen.

»Erst kurz vor der Jahrtausendwende entstand die erste Kiiking-Schaukel, mit der Überschläge ganz ohne Verletzungsrisiko möglich waren. Heute haben wir in Estland überdimensionierte Dreihundertsechzig-Grad-Schaukeln aus Metall, deren Teleskoparme sich bis auf acht Meter ausfahren lassen.«

Er wies auf die Riesenschaukel vor uns.

»Willst du es probieren, Mädel? Das Ziel des Schaukelns hier in Estland ist übrigens immer der Überschlag. Du musst ganz viel Schwung nehmen, damit du es schaffst.«

Ich bekam eine Gänsehaut. Sonderbar, dieses Estland.

»Nein, danke. Mir macht dieses Ding hier Angst.«

Edgar stieg in die Schaukel und ließ sich von zwei Helfern die Arme und Beine festbinden. Dann begann er, sich nach oben zu schwingen. Ging in die Hocke, holte wieder Schwung. So schaffte er es nach einer Weile bis zum höchsten Punkt und schließlich gelang ihm der Überschlag, woraufhin die Zuschauer zu klatschen begannen.

»Jetzt bist du dran, Yvonne«, sagte Edgar, als er wieder auf festem Boden stand. »Du wirst sehen, das macht richtig Spaß.«

Ich atmete tief durch und ließ mich festbinden. Dann begann ich zu schaukeln. Zuerst vorsichtig. Dann immer höher.

Ich schaukelte. Und schaukelte. Und schaukelte. Dann war da dieser kurze Moment, als ich kopfüber in der Luft stand. Es war unbeschreiblich. Ich fühlte mich frei. Schwerelos. In diesem Moment explodierte das Adrenalin in meinem Körper und ich erlebte ein unglaubliches Glücksgefühl, bevor ich den Überschlag schaffte und rasant wieder erdwärts rauschte.

Als ich die Schaukel mit zitternden Beinen verließ, fühlte ich mich großartig. Die Zuseher klatschten und beglückwünschten mich.

»Danke, Edgar«, sagte ich am Heimweg.

Noch immer fühlte ich mich etwas benommen von meinem Erlebnis.

»Ich habe mein Leben auf den Kopf gestellt. Und ich weiß jetzt, wie man glücklich wird: indem man in Estland schaukeln geht.«

Der Yeti lachte schallend.

Am nächsten Tag entdeckte ich zu Mittag den großen, silbernen Bentley vor der Firma. Diesmal wusste ich, was seine Anwesenheit bedeutete. Ich verabschiedete mich von allen Kollegen und ging mit Edgar zum Auto.

»Mach's gut, Yvonne und bleib auf deinem Weg«, sagte er. »Und solltest du einmal ein Problem haben: Ich bin immer für dich da.«

Ich konnte vor Rührung kaum sprechen.

»Danke für deine Geduld, Edgar. Tut mir leid, dass ich so stur war. Ich hoffe, ich werde dich nicht enttäuschen und auch die weiteren Aufgaben meistern.«

»Mädel«, sagte er und rieb sich die Augen, »ich glaube an dich. Du wirst das Ding schon schaukeln.«

Dann lachten wir beide und umarmten einander lange. Der Bentley führte mich zum Flughafen, und der Fahrer überreichte mir ein Ticket. Florenz. Bella Italia. Wie cool war das denn? Köstlicher Wein, herrliche Pasta, Leonardo da Vinci, Raffael und Michelangelo, dazu die wunderschöne Landschaft der Toskana.

Dann hatte ich noch ein Kuvert erhalten. Darin der obligate Zettel mit Aufgabe zwei: *Be what you want to be.* Der Beginn des Bacardi-Songs. Was ich sein wollte, würde sich hoffentlich in Florenz zeigen.

Und da war ich nun. Ich blinzelte. Die Sonne hatte mich erreicht und blendete mich.

»Nur noch eine Minute«, rief Vincenzo. »Ich bin sofort fertig.«

Angestrengt versuchte ich, die Augen offen zu halten.

»Okay, du kannst in den Schatten rücken. Hier ist dein Porträt.«

Es war wie ein elektrischer Schock, als ich mein Ebenbild erblickte. Ich sah eine interessante Frau, die sich weiterentwickelte. Das Bild war bunt und aufregend. Es herrschten zwar insgesamt Violett- und Blautöne vor, aber Vincenzo hatte die ganze Farbpalette verwendet. Die Farben und ihre Mischung sprachen zum Betrachter. Ich konnte Spuren von Unsicherheit und Verzweiflung in meinem Gesicht erkennen, aber auch das unter der Oberfläche durchscheinende Strahlen einer starken, selbstbewussten und glücklichen Frau.

»Es ist überwältigend«, murmelte ich.

»Freut mich, dass es dir gefällt, Yvonne«, sagte er. »Leider muss ich jetzt weg. Sehen wir uns morgen wieder?«

»Ja, ich … ich denke schon«, stotterte ich.

Er deckte seine Bilder und die Malutensilien mit einer Plastikplane ab, winkte mir noch einmal zu und war gleich darauf hinter einer Reisegruppe verschwunden.

Bisher hatte ich keinen Gedanken daran verschwendet, wie ich mich hier durchschlagen wollte. Wie es aussah, hatte mir Gloria dieses Mal keine Unterkunft besorgt. Also war es nun an der Zeit, mir etwas zu überlegen. Es war mittlerweile fünf Uhr nachmittags, und noch immer lag die Hitze schwer über der Stadt. Ich hatte Durst, und mein Magen begann sich zu melden. Trotzdem war ich guter Dinge. Nachdem ich Aufgabe eins bestanden hatte, traute ich mir zu, auch die beiden restlichen Aufgaben zu schaffen.

Ich machte mich auf den Weg in Richtung Altstadt. Der Weg zum Dom fiel mir nicht mehr ein. Ich versuchte, mich an meinen Aufenthalt in Florenz vor einigen Jahren zu erinnern. Am Ende der Ponte Vecchio rechts abbiegen, dann vorbei an den Uffizien. Ein Wahnsinn, die Menschenschlangen. Seit diesem Besuch hatte sich nichts geändert. Ich passierte Reisegruppen und Fotografen. Auch hier wurde ich ständig angerempelt.

Schon war ich auf der schönen Piazza della Signoria und betrachtete die Statue des David von Michelangelo vor dem Eingang des Palazzo Vecchio. Der Anblick hatte nichts von seinem Reiz verloren, obwohl es sich nur um eine Kopie des Originals im Museum dell'Academia einige Hundert Meter entfernt handelte. Definitiv ein attraktiver Mann.

Vorbei an der netten Trattoria, in der ich vor zwei Jahren die leckeren Spaghetti Vongole gegessen hatte. Zur Bestätigung begann mein Magen zu knurren. Was gäbe ich für einen Teller Pasta mit einem Glas Vino Bianco und einer eisgekühlten Flasche Acqua Frizzante. Schön langsam wurde der Durst unerträglich.

Egal, weiter zum Piazza del Duomo. Wunderschön, aber alles überfüllt. Ich spazierte einmal um den Dom und erkundete dann die Seitengassen. In einem

Restaurant, das laut Aushang einen Kellner suchte, fragte ich nach Arbeit. Leider nein, man nehme nur italienische Staatsbürger mit Geburtsurkunde und Meldezettel. Und ein Gratisgetränk oder gar Essen könnte ich vergessen, das sei hier nicht üblich. Erschöpft setzte ich mich auf eine Bank. Ich zog den Zettel mit der Aufgabe heraus und drehte ihn um. Nichts. Kein Hinweis, wo ich wohnen sollte, oder wer sich um mich kümmern würde.

Das sah Gloria doch gar nicht ähnlich. Ich sah mich um. Sicher gab es auch hier einen Edgar, der mir bei der Aufgabe helfen würde. Wahrscheinlich wurde ich schon beobachtet, und mein Gastgeber in Florenz lachte über mich. Gleich würde er sich zu erkennen geben. Hoffentlich hatte er einen Picknickkorb dabei. Ich lehnte mich zurück und schaute mich um.

Eine schwarz gekleidete Person auf einem Mofa fuhr langsam auf mich zu. Neben der Bank hielt sie an. Ein Punk undefinierbaren Alters mit einem knallbunten Irokesen-Haarschnitt, Nasenring, Tattoos und Piercings im Gesicht und am Körper funkelte mich mit einem irren Blick an. Die Kleidung war überall aufgerissen und wurde mit Sicherheitsnadeln zusammengehalten. Die Augen waren schwarz umrandet und die Pupillen gelb. Offenbar hatte er farbige Kontaktlinsen. An beiden Händen trug er Schlagringe. Wetten, den Look hatte er aus einem Halloween-Horrorfilm geklaut? Um den ausgemergelten Körper hatte er sich eine Tasche quer umgehängt.

»Hi«, sagte ich. »Schön, dass du endlich aufkreuzt. Ich bin Yvonne. Aber das weißt du ja schon. Wenn ich hungrig bin, werde ich immer gereizt. Ich will endlich was trinken. Und ich schlafe gern lang.«

Der Typ beachtete mich nicht weiter. Er klappte seine Tasche auf und holte ein Stück Papier heraus. Dann weißes Pulver, das er darauf streute. Wie originell, dachte ich, ein koksender, gewalttätiger Punk. Volle Punktezahl für Gloria. Er rollte das Papier und zog sich das weiße Zeug hinein. Ich musste schmunzeln. Diesmal hatten sie sich angestrengt. Der Freak hier sah zum Fürchten aus. Happy Halloween. Gloria wollte Edgar tatsächlich noch überbieten. Offenbar hielten sie mich für so dumm, dass ich die Maskerade nicht durchschaute.

»Darf ich mal?«, sagte ich forsch.

Ich nahm ihm das Papier aus der Hand. Dann warf ich es in den Mistkübel neben der Bank. Der Irokese sah mich an, als würde er mich gleich umbringen. Gut gespielt, Leute! Das war sicher Staubzucker gewesen. Oder Mehl. Jedenfalls Fake.

Der Typ fluchte vor sich hin. Ich verstand zwar nicht, was er sagte, aber er spie mir hasserfüllt irgendwelche Silben entgegen. Wie lange er dafür geübt hatte? Dann öffnete er seine Tasche, und ich sah ein Springermesser hervorblitzen. Voll witzig, das Drehbuch. Das war besser als Kino. Ein begnadeter

Schauspieler. Wenn ich mit den Aufgaben fertig war, musste ich Gloria nach einem guten Schauspielkurs fragen. Ich wollte das auch lernen.

»Willst du damit die Mortadella aufschneiden?«, fragte ich und deutete auf das Messer. »Ich will aber Käse und Baguette dazu. Und eine Flasche guten Wein. Ich warne dich: Führ mich ja nicht so an der Nase herum wie Edgar mit dem welken Salat und dem Käferwasser.«

Er schrie irgendwas auf Italienisch. Ich verstand kein Wort. Dann packte er meinen rechten Arm. Vor Schmerzen schrie ich auf.

In dem Moment bremste sich neben uns ein Motorrad ein. Ein Mann mit schwarzem Helm und Lederkluft versetzte dem Irokesen einen Stoß und er fiel auf den Boden.

»Schnell, steig auf!«, rief er. »Der Typ gehört zu einer Drogenbande und ist gefährlich.«

Inzwischen war der Irokese gerade wieder auf die Beine gekommen und sah mich finster an.

Ich schwang mich hinter dem Typen aufs Motorrad und er brauste mit aufheulendem Motor los.

Kapitel 14

Kurz vor der Piazza del Duomo wurde der Motorradfahrer langsamer und blieb schließlich stehen. Ich stieg ab und sah mich um. Die Tische der Lokale im Freien waren voll mit Leuten und die Stimmung war gut. Ein Straßenmusiker spielte ein gefühlvolles Lied auf der Geige. Der Typ klappte sein Visier hinauf.

»Siehst du die Statue dort hinten?«, sagte er. »Das ist eine Freundin von mir. Sie kann dir weiterhelfen.«

Dann gab er Gas und fuhr ohne ein weiteres Wort davon.

Ich ging in Richtung der Statue, die schon von Weitem funkelte und leuchtete. Regungslos stand sie auf einem Podest und blickte auf die vorbeigehenden Menschen herunter. Alles an ihr war Silber. Ihr Gesicht und ihre Hände. Die Perücke. Und ihr prächtiges Rokoko-Kleid.

Ein Mann blieb neugierig stehen, dann warf er etwas Geld in die Dose vor der Statue. Und dann bewegte sie sich. Stück für Stück, fast wie ein Roboter. Ein Zwinkern mit den Augen, ein kleines Lächeln, ein Luftkuss – und schon wurde sie wieder zu einer Puppe. Ich stellte mich neben sie und betrachtete ihre prächtige Robe.

»So ein schönes Kleid«, murmelte ich.

Jemand warf eine Münze in die Dose, und die Statue erwachte wieder zum Leben.

»Danke«, flüsterte sie mir zu. »Wie ist dein Name?«

Schon war sie wieder ganz starr.

»Ich bin Yvonne.«

Wieder warf jemand eine Münze ein, und die Statue bewegte sich.

»Yvonne, ich mache gleich Schluss. Gehen wir was trinken?«

»Gerne, aber ich habe kein Geld dabei.«

»Ich lade dich ein«, sagte sie. »Heute waren die Touristen besonders großzügig.«

Kurz darauf saß ich mit der Statue in einem Restaurant bei Pizza und Rotwein. Wie ich erfahren hatte, hieß sie Rebecca, war achtundzwanzig Jahre alt und Schauspiel-Studentin. Mittlerweile hatte sie sich auf der Toilette des Lokals abgeschminkt. Ihre langen, schwarzen Haare hatte sie zu einem Pferdeschwanz gebunden, und sie trug Jeans und ein T-Shirt. Ihr Kostüm und das Podest, auf dem sie gestanden hatte, befanden sich in einem Trolley, der neben unserem Tisch stand.

»Woher hast du das traumhafte Rokoko-Kostüm?«, fragte ich Rebecca.

»Meine Tante ist Kostümbildnerin am Theater in Rom«, erzählte sie. »Da fallen immer wieder alte Kostüme für mich ab. Letztes Jahr war ich als goldene Göttin Diana unterwegs, heuer habe ich zwei Rokoko-Kostüme von ihr bekommen. Eines in Silber und eines in Violett.«

»Wow. So etwas würde ich auch gerne einmal probieren. Es ist nämlich so: Ich bräuchte dringend einen Job.«

Ich erzählte ihr die Geschichte von meinem Deal mit Gloria in Kurzfassung. Rebecca sah mich nachdenklich an.

»Das klingt ja aufregend. Du kannst dir gerne eines meiner Kostüme ausleihen, falls es dir passt. Morgen können wir gemeinsam auftreten. Wenn du möchtest, kannst du auch bei mir schlafen, mein Freund ist gerade nicht da.«

Dieses Angebot akzeptierte ich gerne. In Rebeccas Apartment probierte ich nach einer ausgiebigen Dusche zuerst das violette Kleid. Es war so eng, dass ich kaum Luft holen konnte. Also würde ich wieder meine Survival-Fähigkeiten ausloten müssen. Dann legte ich mich ins Bett und schlief sofort ein.

Am nächsten Tag starteten wir gleich nach dem Frühstück mit der Vorbereitung. Rebecca half mir beim Schminken. Zuerst cremte ich mir auf ihre Anweisung hin Gesicht und Hals mit Feuchtigkeitslotion ein. Dann spachtelte sie beides mit Schminke zu. Eine gute Stunde arbeitete sie an mir herum.

Als ich in den Spiegel schaute, erkannte ich mich nicht mehr wieder. Mein Gesicht und Dekolleté waren violett und silber gesprenkelt und auf meinen Wangen klebte etwas, das wie Strasssteinchen aussah. Die Augen waren mit schwarzem Kajalstift und Wimperntusche betont und wirkten riesig. Die voluminöse, weiße Perücke mit den Locken und den Schleifen darin vervollständigte meinen Look.

Das violette Rokoko-Kleid war traumhaft schön. Mit Müh und Not quetschte mich Rebecca hinein. Nach Atem ringend, betrachtete ich mich im Spiegel. Die Trompetenärmel und die Volants waren der Hingucker schlechthin, und an den Händen trug ich schwarze Netzhandschuhe. Sehr schick.

Die Ballerinas musste mir meine neue Freundin anziehen, ich konnte mich in dem Kleid kaum bewegen. Als Accessoire gab sie mir eine violette Rose, als Pendant zu ihrer silbernen.

Gegen Mittag kamen wir auf der Piazza del Duomo an. Es hatte mindestens fünfunddreißig Grad, und das enge Kleid klebte an mir. Egal, ich musste Geld verdienen. Wir steuerten auf Rebeccas gestrigen Platz zu und holten die Podeste heraus. Ich stieg als Erste hinauf und suchte mir eine Position, die ich für bequem hielt. Nur dekorativ herumzustehen konnte doch nicht so schwer sein.

Rebecca positionierte ihre Dose vor und erklomm auch ihr Podest. Es konnte losgehen. Ich warf mich in Pose, als sich die ersten Touristen näherten und uns fotografierten.

Schon nach kurzer Zeit schmerzten meine Muskeln und in meinem linken Fuß bahnte sich ein Krampf an. Meine Nase juckte. Ich drückte die Zunge an die Oberseite des Gaumens, um ein Niesen zu unterdrücken. Autogenes Training, schoss es mir durch den Kopf. Ich machte mehrere tiefe Atemzüge. Ich bin ganz ruhig und entspannt, sagte ich mir vor. Alle meine Muskeln sind entspannt. Ich fühle mich großartig.

Vor meinem inneren Auge sah ich mich plötzlich als Kindergartenkind. Wir führten ein Krippenspiel auf. Alle Kinder in meiner Gruppe sollten eine Rolle bekommen. Zuerst wurden die Rollen von der Kindergartentante vorgestellt. Da waren einmal die Hauptrollen: Josef, Maria und das Jesuskind. Dann gab es die drei Weisen aus dem Morgenland. Und irgendwelche uninteressanten Nebenrollen.

Ich wusste sofort, wen ich spielen wollte. Die heilige Maria. Ich hatte das hübsche, lange Kleid an der Tür hängen gesehen. Es war himmelblau mit Puffärmeln und hatte einen weiten Rock. Mein Traumkleid. Dazu gab es einen Schal aus weißer Spitze für den Kopf. Ich wollte das Outfit unbedingt tragen.

»Wer möchte denn die Maria spielen?«, fragte die Tante.

Alle Mädchen meldeten sich. Die Tante schaute sich um.

»Bitte«, rief ich und stellte mich auf die Zehenspitzen, um noch mehr aufzufallen, »ich möchte sie spielen.«

Es ging hier buchstäblich um Leben und Tod. To be or not to be. Meine Eltern würden mich in der Rolle der Maria sehen und stolz auf mich sein. Mein ganzes Talent und Sein wollte ich in dieses Krippenspiel legen. Ich sah mich in dem himmelblauen Kleid auf der Bühne stehen und meinen Mann Josef engelsgleich anlächeln. Applaus brandete auf.

»Alice«, sagte die Kindergartentante, »du spielst die Maria. Mit deinen blonden Locken und der süßen Stupsnase bist du am besten für die Rolle geeignet.«

Alice sprang auf und lief zu dem Kleid, das die Tante ihr nun entgegenhielt. Ich fühlte mich wie vom Blitz getroffen. Ausgerechnet Alice. Das hübschste Mädchen im Kindergarten. Mit den Korkenzieherlocken sah sie aus wie Alice im Wunderland. Ihre Mutter machte irgendetwas Künstlerisches, das hatte ich von meinen Eltern gehört. Und sie schneiderte Alice ohnehin immer entzückende Kleidchen und die tollsten Faschingskostüme.

Mein Hals war wie zugeschnürt, und ich konnte kaum schlucken. Ich spürte, wie die Tränen in mir hochstiegen. Das war nicht fair. Die Maria war meine Rolle. Ich wollte ganz laut schreien. Leider kam kein Ton über meine Lippen.

»Ich glaube, jetzt haben wir alle Rollen verteilt«, hörte ich die Tante sagen. »Oder hat jemand noch keine bekommen?«

Verstört blickte ich auf.

»Ach ja, du hast noch nichts, Yvonne«, sagte sie. »Moment, gleich hab ich was. Du kannst den Esel spielen.«

In dem Moment zerbrach etwas in mir. Steck dir den Esel an den Hut und lass mich in Frieden, wollte ich schreien. Ich spiele die Maria oder gar nichts. Aber ich brachte kein Wort heraus. Stattdessen begann ich zu schluchzen und schließlich wurde ich von einem regelrechten Weinkrampf geschüttelt.

»Wir führen uns hier nicht wie die Babys auf«, rügte mich die Tante. »Ich muss mit deiner Mutter reden, wenn sie dich heute abholt.«

Dann klatschte sie in die Hände. »Jeder auf seine Position, wir üben jetzt.«

Ich fühlte eine riesige, alles verschlingende Ohnmacht. Sie kam mir seltsam bekannt vor. Auch in der Silberstreif-Versicherung hatte ich sie später oft genug gespürt.

Dann sah ich mich vor dem Auftritt. In diesem unmöglichen Eselskostüm. Einen Eselskopf aus Filz über dem Kopf, mit zwei kleinen Sehschlitzen. Der angeklebte Schwanz am Hosenboden. Mein Schädel juckte, und der Schweiß lief mir über das Gesicht. Ich sah die entzückende Alice in ihrem himmelblauen Kleid huldvoll über den Boden schweben.

»Geh schon, Yvonne, du bist dran«, rief die Tante. »Dein Eselslied beginnt, hörst du es nicht? Kannst du den Text noch?«

»Ia, ia, ia – die Zeit ist nah. Ia, ia, ia – Weihnachten ist da«, sang sie mir vor. »Dann bleibst du ruhig stehen und bewegst dich nicht. Du gehörst zum Bühnenbild. Bis alle Kinder die Bühne verlassen haben. Schließlich gehst du auch ab, als letzte. Hast du das verstanden?«

Sie versetzte mir einen Stoß, und ich landete auf der Bühne. Maria und Josef standen händchenhaltend da und sahen mich erwartungsvoll an. Ich betrachtete das hellblaue Kleidchen und spürte, wie mir die Tränen kamen.

»Ia, ia, ia – die Zeit ist nah«, raunte die Tante hinter der Bühne.

Ich wollte weder singen noch stillstehen. Ich wünschte mich ganz weit weg. Der Filz juckte wie verrückt auf der Haut. Ich wollte mich kratzen. Meine Nase kribbelte, und ich schwitzte. Ein gewaltiges Niesen bahnte sich seinen Weg und brach gleich darauf mit voller Wucht hervor. Einmal. Ein zweites Mal. Ein drittes Mal. Und dann noch einmal.

Ich riss mir den Eselskopf herunter, knallte ihn auf den Boden und rang nach Luft. Dann lief ich weinend von der Bühne, während mich das dröhnende Gelächter der Kinder und Erwachsenen verfolgte.

Mit vor Zorn gerötetem Kopf erwartete mich die Tante.

»Was soll das? Du hast die ganze Aufführung zerstört«, fuhr sie mich an. »Bist du jetzt zufrieden?«

Auch die Kinder hinter der Bühne lachten. »Ia, ia, ia – der Esel ist nicht da«, riefen sie.

Ein Windstoß wirbelte Staub vor dem Podium auf. Ich nieste. Die Rose fiel mir aus der Hand. Dann nieste ich gleich noch einmal, und eine Schleife flog aus meiner Perücke.

»Gesundheit«, sagte Rebecca.

Jemand in meiner Nähe begann, lauthals zu lachen. Ich schaute mich um und sah zwei Buben, die sich vor Lachen den Bauch hielten. Einer der beiden hatte einen zotteligen Hund an der Leine, der sich plötzlich losriss und meine Rose schnappte. Mit meinem Accessoire im Maul lief er davon.

»He«, rief ich ihm nach, »was soll das? Bring sofort meine Rose zurück.«

Ich stieg vom Podest, hob meine Schleife auf und hielt nach dem Hund Ausschau. Die Buben konnten gar nicht mehr aufhören zu lachen.

»Hallo, ihr da«, schrie ich sie an, »was wir hier machen, ist Kunst. Das ist nicht lustig. Sucht gefälligst euren Köter und bringt mir die Rose zurück.«

Die beiden liefen einfach weg. Noch aus der Ferne hörte ich sie lachen. Ich schnappte nach Luft. Das war einfach nicht fair. Ich hatte mich so auf Florenz gefreut. Hier in einer meiner Lieblingsstädte in Europa musste doch alles gut gehen. Und jetzt wurde ich gleich am Anfang auf der Straße von ein paar Rotzlöffeln gemobbt. Ich fühlte mich schon wieder genau wie in der Silberstreif-Versicherung. Der Erfolg war eindeutig nicht auf meiner Seite.

»Ist schon gut, Yvonne«, murmelte Rebecca. »Ganz ruhig. Wir besorgen eine neue Rose. So was kommt bei diesem Job häufiger vor. Mach dir nichts draus.«

»Okay«, sagte ich. »Tut mir leid, ich habe überreagiert.«

Ich stieg erneut auf mein Podest. Eine Reisegruppe kam auf uns zu. Die Kameras und Smartphones klickten, und ich fühlte mich wieder in meinem Element. Einige Touristen stellten sich neben uns und machten Selfies. Ich stellte mir vor, wie ich auf Reisefotos in aller Welt auftauchen würde.

Allerdings stellte ich auch fest, dass viele Leute nur schauten oder Fotos machten, aber keinen Cent in die Dose warfen. Das ärgerte mich. Klaras Lieblings-Spruch und Lebensmotto fiel mir ein. *Kämpfe nicht, sondern gewinne*, stand auf einem Schild in ihrer Kanzlei. Ein guter Spruch, der total zu Klara passte.

Ich wollte auch gewinnen. Deshalb wies ich mit der rechten Hand auf die Dose und hielt mir die linke Hand vors Gesicht. Wenn jemand gespendet hatte, nahm ich die Hand weg und ließ mich fotografieren oder auch ein Foto gemeinsam mit mir machen.

Eine deutsche Touristin sprach mich an.

»Hallo, wie lange machen Sie das schon und was verdienen Sie pro Tag?«, fragte sie.

Ich wies auf die Dose und erst nachdem sie einen größeren Geldschein hineingesteckt hatte, antwortete ich.

»Und wie lange brauchen Sie zum Schminken?«

Wieder zeigte ich auf die Dose und antwortete, nachdem sie ihren Obolus entrichtet hatte. Schön langsam schien ich ins Geschäft zu kommen. Das hatte auch Rebecca bemerkt.

»Sehr gut, Yvonne, du steigerst dich«, flüsterte sie mir zu.

»Bist du immer eine Prinzessin?«, fragte ein süßes, kleines Mädchen mit Zöpfen.

»In jedem von uns steckt eine Prinzessin«, antwortete ich, nachdem sie eine Münze eingeworfen hatte. »In mir die Oger-Prinzessin Fiona.«

»Die finde ich voll cool«, kicherte sie. »Sie rettet sich selbst und braucht keinen Prinzen.«

Das fand ich auch cool. Aber auch wenn ich mich selbst retten konnte, wäre ein Prinz nicht schlecht.

»Würden Sie heute Abend mit mir essen gehen, Signora?«, fragte ein älterer Tourist mit Bart und Hut.

Er musterte mich anzüglich von Kopf bis Fuß. Ich deutete auf die Dose. Er warf einen Geldschein hinein. Ich deutete nochmals auf die Dose. Er zögerte, warf aber noch ein paar Münzen ein und sah mich erwartungsvoll an.

Ich schüttelte den Kopf. Der Tourist räumte schimpfend das Feld. Auf einen solchen Prinzen konnte ich verzichten. Ich schickte ihm Luftküsse hinterher.

Schön langsam wurde ich müde und meine Beine begannen zu zittern. Ich versuchte es wieder mit Atemübungen und schloss die Augen. Einatmen. Ausatmen. Ich bin entspannt von Kopf bis Fuß. Ging doch. Schließlich war ich Juristin. Cool und mit guter Selbstbeherrschung. Pokerface lag mir. Alles war gut.

Als ich nach einiger Zeit die Augen öffnete, flog eine Wespe vor meinem Gesicht herum. Sie steuerte meinen Mund an und machte Anstalten, dort zu landen. Ich versuchte, sie wegzublasen und spürte einen schmerzhaften Stich in die Oberlippe. Ich stieß einen Schrei aus, riss einen Arm hoch, spürte, wie mein Kleid aufplatzte und stürzte vom Podest. Alles um mich herum wurde schwarz.

Kapitel 15

Als ich wieder zu mir kam, lag ich auf dem Boden und schaute in ein besorgtes Gesicht. Es war verschwommen, kam mir aber irgendwie bekannt vor. Wie durch den Nebel drang eine Stimme an mein Ohr.

»Yvonne, wie geht es dir? Was machst du denn für Sachen? Bist du verletzt? Sag doch etwas.«

Ich fühlte mich total benommen.

»Wo bin ich?«, fragte ich.

»Du bist in Florenz. Vor dem Dom.«

Meine Erinnerung setzte schlagartig wieder ein. Das war Vincenzo, der Straßenmaler.

»Kannst du dich aufsetzen?«, fragte Vincenzo.

Er stützte mich vorsichtig und tastete meinen Kopf, Arme und Beine ab.

»Was hast du denn da für eine Beule am Kopf? Kannst du das Knie abbiegen? Ein paar Schrammen hast du, aber es dürfte nichts gebrochen sein.«

Ich bemerkte, dass das Kleid an beiden Seitennähten aufgerissen und ich somit halbnackt war. Rebecca tauchte neben Vincenzo auf und schaute mich besorgt an.

»Yvonne, was ist passiert? Wie geht es dir?«

»Eine Wespe hat mich gestochen«, stöhnte ich und betastete meine geschwollene Oberlippe. »Meine Lippe brennt und mein Kopf schmerzt. Es tut mir leid … das schöne Kleid.«

»Oh nein, du Arme. Ich gebe dir daheim Eiswürfel zum Auflegen und eine abschwellendes Gel. Mach dir um das Kleid keine Sorgen«, sagte Rebecca. »Hauptsache, du bist nicht ernsthaft verletzt.«

Die beiden halfen mir beim Aufstehen und stützten mich. In meinem Kopf drehte sich alles.

»Wir bringen Yvonne erst einmal in unsere Wohnung«, sagte Rebecca zu Vincenzo. »Da kann sie sich duschen und ausruhen.«

»Unsere Wohnung?«, wiederholte ich ungläubig.

»Wir sind seit knapp einem Jahr zusammen«, sagte sie. »Wir haben uns auf einem Studentenfest kennengelernt. Vincenzo studiert Kunst, ich studiere Schauspiel. Wir sind ein Künstlerhaushalt.«

»Die Welt ist klein«, lachte Vincenzo. »Rebecca hat mir eine SMS geschrieben, dass du bei uns übernachtet hast. Anhand ihrer Beschreibung wusste ich sofort, dass du es bist. Wenn du mit dem kleinen Zimmer vorlieb nimmst, kannst du gerne bleiben, so lange du möchtest.«

»Vielen Dank, das ist sehr nett von euch«, sagte ich. »Im Moment möchte ich mich tatsächlich nur hinlegen und erholen.«

Ein paar Stunden später wachte ich auf und fühlte mich etwas besser. Es war inzwischen Abend geworden. Ein köstlicher Geruch zog durch die Wohnung.

»Möchtest du etwas essen, Yvonne?«, rief Rebecca aus der Küche. »Vincenzo hat Pasta gekocht.«

Ich stand auf und zog die Short und eines der T-Shirts an, die mir Rebecca geborgt hatte. Dann setzte ich mich zu den beiden an den Esstisch. Die Spaghetti mit Muscheln schmeckten köstlich, und meine neuen Freunde unterhielten mich mit Anekdoten aus ihrem Studienalltag.

»Da ich offensichtlich nicht zur lebenden Statue tauge, brauche ich dringend eine andere Verdienstmöglichkeit«, sagte ich. »Habt ihr eine Idee, was ich machen könnte?«

»Was würde denn deinen Interessen entsprechen?«, fragte Vincenzo.

Ich überlegte. Be what you want to be, lautete der Auftrag. Was wollte ich sein? Wenn ich es mir so recht überlegte … es hatte definitiv etwas mit Kreativität zu tun.

»Na ja, genau wie du zeichne und male ich gern, aber ob ich damit Geld verdienen kann, ist mehr als fraglich.«

»Das käme auf einen Versuch an«, erwiderte er. »Ich mache dir einen Vorschlag: Du ruhst dich morgen noch in der Wohnung aus und machst ein paar Probezeichnungen. Dann sehen wir weiter, ob du es mit Karikaturen oder Porträts für Touristen versuchen möchtest.«

Ich stimmte freudig zu, und Vinzenco brachte mir einen Zeichenblock, Stifte und Ölkreiden. Als ich schlafen ging, war ich überzeugt, diesmal die richtige Wahl getroffen zu haben.

Am nächsten Tag nach dem Frühstück setzte ich mich auf den kleinen Balkon, der in einen Hinterhof hinausging und begann zu zeichnen. Den kleinen Buben, der im Hof spielte und seine Mutter, die die Wäsche aufhängte. Eine alte Frau, die zu den Mülltonnen humpelte. Einen Mann mittleren Alters, der am Balkon gegenüber saß und die Zeitung las.

Als ich müde wurde, und mein Kopf wieder zu schmerzen begann, legte ich mich auf die Couch im Wohnzimmer und schlief gleich darauf ein. Im träumte vom Zeichenunterricht in der Schule. Frau Sperling, meine Zeichenlehrerin machte ihre Runde durch die Klasse. Sie war höchstens einen Meter fünfzig groß und sah aus wie ein zerrupftes Huhn. Um größer zu wirken, trug sie extrem hohe Absätze. Sie war zu allen Schülern ziemlich schroff, aber mich konnte sie gar nicht leiden.

»Was soll denn das sein?«, fragte sie, als sie sich über meine Zeichnung beugte. »Das Thema war: Zeichne den Stuhl dort vorne ab. Was auch immer du da gezeichnet hast, es ist kein Stuhl.«

»Das ist ein Sofa«, sagte ich. »Eine Verwandte des Stuhles. Das hier oben ist die Sitzfläche, die hab ich schraffiert. Die Punkte sind die Lehnen. Hier ist der Boden, auf den das Sofa Druck ausübt. Ein dunkler, schwerer Block. Der Polster ist leicht. Deshalb habe ich ihn ganz hell gemacht und die Umrisse nur angedeutet.«

Frau Sperling sah mich mit gerunzelter Stirn an.

»Und was ist dieses schwarze Gespenst hier oben?«

»Das ist ein Sperling, der lieber ein Adler sein möchte.«

»Du hältst dich wohl für besonders witzig«, fauchte sie. »Das hier ist eine glatte Themaverfehlung und wird Auswirkungen auf deine Note haben.«

Sie warf mir noch einen bösen Blick zu und rauschte empört davon.

Als ich erwachte, erinnerte ich mich wieder an mein Befriedigend in Zeichnen in der ersten Klasse Gymnasium. Plötzlich war ich mir nicht mehr sicher, ob das mit dem Zeichnen zwecks Geldverdienen eine gute Idee war.

Als Vincenzo und Rebecca am Nachmittag heimkamen, sahen wir gemeinsam meinen Block durch.

»Deine Zeichnungen sind durchaus gut, aber sie haben surrealistische Elemente«, sagte Vincenzo. »Was ist denn das hier links oben? Sieht aus wie ein Galgen. Hängt da ein Mensch daran?«

»Oh, das. Das ist die Teppichstange im Hof. Ich finde, sie hat eine düstere Ausstrahlung.«

»Ach so. Und was bedeutet dieser Geist mit dem Kreuz?«

»Das ist das Kriegsspielzeug von dem kleinen Jungen.«

»Ich verstehe. Du bist sehr kreativ. Aber ich fürchte, die Leute wissen das nicht zu schätzen. Oder erst, wenn du tot bist. Willst du es nicht einmal mit einem realistischen Porträt probieren?«

»Ich male Objekte so, wie ich darüber denke, und nicht, wie ich sie sehe. Hat schon Picasso gesagt.«

Vincenzo runzelte die Stirn wie einst meine Zeichenlehrerin.

»Yvonne, deine Kreativität in Ehren. Aber ich würde dir trotzdem raten, ganz normale Porträts von den Touristen zu malen, wenn du etwas verdienen willst. Die wenigsten verstehen Picasso.«

Am nächsten Tag zog ich nach dem Frühstück gemeinsam mit Vincenzo los. Auf der Ponte Vecchio waren schon viele Touristen unterwegs. Wir organisierten uns zwei weitere Stühle für unsere Kundschaft, und mein Freund reichte mir einen Block und schwarze Malkreide.

»Viel Glück«, sagte er. »Ich hoffe, du wirst die nächste Leonarda da Vinci.«

Ich beobachtete die Touristen, die an mir vorbeigingen. Da, eine ältere Dame in einem schicken Kleid und Sonnenhut. Ich lief zu ihr.

»Signora, ein Porträt oder eine Karikatur?«, flötete ich. »Es dauert auch nicht lang.«

»Ich weiß nicht«, sagte sie, »ich wollte schon immer eine Karikatur von mir. Was kostet denn so was?«

»Zwanzig Euro bis elf Uhr, dreißig Euro danach«, sagte ich. »Sie bekommen den Spartarif. Nehmen Sie doch bitte hier Platz.«

Als sie saß, betrachtete ich ihre Gesichtszüge. Die breite Nase würde ich noch mehr hervorheben, die großen Ohren noch größer zeichnen, die vollen Backen betonen. Auch die niedrige Stirn konnte ich für die Karikatur gut gebrauchen. Schon flitzte die Malkreide über das Papier.

»Darf ich das Bild jetzt sehen?«, fragte die Dame.

»Natürlich, sofort«, antwortete ich und setzte die letzten Striche.

Dann hielt ich ihr mein Werk hin.

»Oh nein!«, rief sie, »so hässlich bin ich doch gar nicht. Ich sehe ja aus wie ein Clown.«

»Na ja, es ist eine Karikatur«, verteidigte ich mein Bild. »Da muss man gewisse Merkmale überspitzt darstellen.«

»Dafür zahle ich jedenfalls nichts«, sagte sie. »Lernen Sie erst einmal zeichnen, bevor sie den Touristen das Geld aus der Tasche ziehen.«

Sie stapfte empört davon. Vincenzo, der unsere Unterhaltung mitbekommen hatte, nahm mein Bild und betrachtete es.

»Findest du es wirklich so schlecht?«, fragte ich.

»Nein«, sagte er, »es ist nur übertrieben ehrlich. Du hättest ihr mehr schmeicheln sollen. Die guten Seiten ihres Gesichtes herausarbeiten. Probier es doch lieber mit einem Porträt.«

Nach einer Weile erblickte ich den nächsten Kandidaten.

»Warten Sie, Signore«, rief ich dem grauhaarigen Endfünfziger zu. »Wie wäre es mit einem Porträt? Kostet auch nur zwanzig Euro.«

»Wie lange dauert das denn?«, fragte er. »Ich habe noch einen Termin.«

»Das geht schnell«, erwiderte ich, »ich brauche nur zehn Minuten ihrer Zeit«, antwortete ich und deutete auf den Stuhl.

Er sah auf die Uhr und nahm tatsächlich Platz. Glück gehabt. Ich würde sein Gesicht etwas schöner zeichnen, als es tatsächlich war. Ich begann, die Umrisse mit Bleistift zu zeichnen. Das sah ja gar nicht so schlecht aus. Jetzt die

Ölkreiden. Das Gesicht nahm Kontur an. Die große Nase bloß nicht in Szene setzen. Lieber etwas verkleinern. Augenringe adé, die brauchte keiner. Die etwas wulstigen Lippen einfach verkleinern und mit einem sinnlichen Ausdruck versehen. Das Muttermal musste auch nicht mit ins Bild.

Ich betrachtete mein Werk. Ein salbungsvoll dreinschauender Schönling mit sinnlichen Lippen blickte mir entgegen. Ich fand den Mann auf dem Bild recht attraktiv, den würde ich zweifellos daten. Den grauhaarigen Endfünfziger vor mir eher weniger.

Der Mann streckte die Hand aus.

»Kann ich das Bild sehen? Ich muss gleich weg.«

Schon hatte er es mir aus der Hand gerissen.

»Wer soll das denn sein?«, rief er. »Sieht aus wie Pater Ralph aus Dornenvögel. Nach ein paar Kelchen Messwein.«

»So schlimm ist es nun auch wieder nicht«, protestierte ich.

Der Mann zuckte bedauernd die Achseln.

»Dieses Bild kaufe ich nicht«, sagte er. »Darauf erkenne ich mich ja nicht einmal selbst.«

Schon war er in den Massen verschwunden. Vincenzo betrachtete mein Werk und strich sich die Locken aus dem Gesicht.

»Ich muss deinem Kunden recht geben«, prustete er, »das ist eindeutig dieser Dornenvögel-Typ. Aber der ist dir gut gelungen.«

Ich fand das weniger lustig. Wieder einmal gescheitert.

»Du hast es übertrieben mit der Schönfärberei. Aber lass dich nicht unterkriegen, Yvonne. Mach einfach weiter. Eine Künstlerin zu sein bedeutet, Ablehnung zu akzeptieren«, sagte er.

Nun gut, einen Versuch wollte ich noch wagen. Vincenzo war auf dem Weg zum Getränke-Kiosk ums Eck und ich wollte in seiner Abwesenheit endlich etwas verdienen. Eine ältere Dame mit Mops flanierte über die Ponte Vecchio und betrachtete interessiert Vincenzos Porträts.

»So etwas hätte ich auch gerne«, sagte sie. »Aber mit meinem Rambo.«

Der fette Mops knurrte mich zur Bestätigung an. Ich setzte mich an den kleinen Tisch und platzierte die Dame auf dem Sessel gegenüber. Sie band den Hund am Tischbein fest und sah mich erwartungsfroh an. Ich überlegte, wie ich ein Ganzkörperporträt vom Mops samt Frauchen hinbekommen sollte. Irgendwie sahen sich die beiden ja ähnlich. Die faltigen Hängebacken und der vorwurfsvolle Gesichtsausdruck. Und das Schnaufen … Halt, schöner machen. Aber nicht zu viel.

Ich unterteilte das Blatt in Linien. Hier der Mops, hier das Gesicht der Dame. Ihr Hals sah aus wie der vom Hund. Ich zeichnete ihn schlank, dann radierte ich ihn wieder aus. Möglichst nahe an der Realität bleiben. Aber eine Spur schöner. Ich kolorierte das Bild ein wenig mit den Ölkreiden. Gut war das geworden. Mein bisher bestes Bild.

Der Mops erblickte einen Artgenossen auf der anderen Seite der Brücke. Er sprang auf und rannte los. Dabei riss er das Tischchen ein Stück weit mit. Das Bild flog durch die Luft und landete auf dem Boden in einer Lacke, die wie zerronnenes Schokoladeneis aussah. Wenn es nicht von Rambo oder einem tierischen Freund stammte.

»Rambolein«, rief die Dame und lief ihrem Liebling nach, »was machst du denn für Sachen?«

Schon war sie samt ihrem Köter im Menschengewirr verschwunden. Das Tischchen lag in der Mitte der Brücke, und zwei meiner Stifte waren abgebrochen. Als ich alles aufgesammelt hatte, warf ich mein verschmiertes Bild in den Mistkübel und sank auf den verbliebenen Stuhl. So würde ich niemals auch nur einen Cent verdienen.

Vincenzo, der mit zwei eisgekühlten Wasserflaschen zurückgekehrt war, zog fragend die Augenbrauen hoch. Ich schilderte ihm, was passiert war.

»Das ist nur Anfängerpech. Du wirst sehen, das gibt sich«, tröstete er mich. »Ich lade dich zum Mittagessen ein. Danach geht es dir wieder besser.«

Wenig später saßen wir bei Rotwein und Antipasti in einer kleinen Trattoria. Ich sprach vor allem dem Rotwein zu.

»Ich kann mir nicht vorstellen, wie ich jemals ein Bild verkaufen soll«, seufzte ich nach dem zweiten Glas Wein.

Vincenzo legte beschwichtigend seine Hand auf meinen Arm.

»Kunst ist geduldig, Yvonne«, sagte er. »Du übst einfach ein wenig und dann probierst du es wieder.«

Vielleicht war Kunst ja geduldig, ich war es nicht. Ich sah schön langsam rot. Weinrot. Ich goss mir ein weiteres Glas ein.

Als wir wieder bei Vinzenzos Stand waren, setzte mich erst einmal in den Schatten. Ich brauchte eine Aufmunterung.

»Darf ich mir dein Handy ausleihen?«, fragte ich Vincenzo. »Ich möchte eine Freundin in Wien anrufen.«

»Klar«, sagte er und hielt mir sein Smartphone hin.

Nach dem dritten Versuch schaffte ich es endlich, Sophies Nummer zu wählen.

»Sophies Therapiegruppe Feuerlauf für Pyromanen, wo brennt es bei Ihnen?«, meldete sich meine Freundin.

»Hi Sophie, ich brauche eine Therapie für chronische Looser.«

»Yvonne, du bist es. Ich habe mich schon gefragt, was du jetzt wieder treibst. Sitzt du noch immer bei diesem Yeti fest? Brauchst du ein Ticket? Ich habe deiner Gloria übrigens gesagt, dass du den Deal rückgängig machen willst.«

»Ja, und dass du meine Therapeutin bist. Wie auch immer: Danke für deine Hilfe, Sophie. Ich bin nicht mehr in Estland.«

»Aha, und wo bist du jetzt? Am Nordpol?«

»Nein, auf der Ponte Vecchio. In Florenz. Bei fünfunddreißig Grad.«

»In Florenz? Wow, das klingt ja nicht schlecht. Was machst du da?«

»Ich bin Straßenmalerin.«

»Du bist was?«

»Ich bin eine Möchtegern-Malerin. Zuerst habe ich mich als lebende Statue versucht und bin vom Podest gefallen. Jetzt probiere ich es mit Porträtmalerei und habe noch kein einziges Bild verkauft. Wenn ich Vincenzo und Rebecca nicht hätte, könnte ich hier nicht überleben.«

Ich erzählte Sophie meine Erlebnisse seit dem letzten Telefonat in Kurzform.

»Ach Yvonne, mach dir nichts draus. Du bist kein Versager. Jeder Mensch hat Potenzial und ist auf seine Art ein Genie! Aber wenn du einen Fisch danach beurteilst, ob er Fahrrad fahren kann, wird er sein ganzes Leben glauben, dass er dumm ist.«

»Was soll das denn heißen, Sophie?«, stöhnte ich. »Kannst du nicht Klartext reden?«

»Dass in dir keine Porträtmalerin steckt, die alles so abzeichnet, wie es ist«, sagte Sophie. »Dazu hast du zu viel Fantasie. Versuch es doch einfach mit einem anderen Malstil. Ich drück dir die Daumen.«

Am nächsten Tag beobachtete ich die Touristen, die die Ponte Vecchio passierten.

»Darf ich ein Bild von Ihnen malen?«, fragte ich eine Touristin mittleren Alters. »Ich male Ganzkörperbilder. Zwanzig Euro pro Bild.«

»Warum nicht, ich bin ohnehin müde und möchte mich ein wenig hinsetzen«, stöhnte sie.

Sie nahm auf einem der Stühle Platz, und ich machte zunächst eine Skizze mit Bleistift. Diese altmodische, schwarze Bundfaltenhose und das viel zu enge, rosa T-Shirt standen ihr überhaupt nicht. Die Farben waren eine schlechte Wahl für ihren Teint.

Vor meinem inneren Auge sah ich sie mit einem anderen Look: eine modische Culotte, oben schmal und unten weit. Dazu eine schicke Bluse im Marinestil, die eher locker saß. Alles in satten Rot- und Blautönen. Kurz entschlossen malte ich meine Kundin in dem Look, den ich für sie ideal fand.

Als ich ihr das Bild zeigte, war sie völlig überrascht.

»Das bin doch nicht ich«, murmelte sie. »Die Frau auf dem Bild trägt andere Kleidung, und sie strahlt so. Sie sieht viel jünger und besser aus als ich.«

»Doch, Signora, genau so könnten Sie aussehen, wenn Sie ihren Kleidungsstil verändern.«

Die Touristin betrachtete das Bild lange. Dann gab sie mir dreißig Euro, also mehr als den Preis, den ich verlangt hatte.

»Ich liebe dieses Bild«, sagte sie. »Es bekommt einen Ehrenplatz in meinem Haus. Und ich werde mir so eine Hose zulegen und in Zukunft auf die richtigen Farben achten.«

Vincenzo schlenderte herbei und schaute ihr über die Schulter.

»Wow«, sagte er, als meine Kundin gegangen war, »das war richtig gut, Yvonne.«

Auch an den nächsten Tagen waren die Touristen von meinem Umstyling am Zeichenblatt angetan.

Ein Mann in den Vierzigern betrachtete mit glänzenden Augen mein Werk.

»Ich muss unbedingt schauen, wo ich so einen schicken, schmal geschnittenen Anzug wie auf dem Bild bekomme«, sagte er. »Genau so möchte ich am ersten Arbeitstag in meinem neuen Job auftreten. Dieses Bild ist gut, ich werde es auf Youtube stellen.«

Eine Woche später malte ich eine eher burschikos gekleidete, junge Touristin namens Samantha aus den USA in einem romantischen Blumenkleid. Es gefiel ihr so gut, dass sie sich sofort auf den Weg in die nächste Einkaufsstraße machte. Nach zwei Stunden kam sie in einem traumhaften Kleid mit pastellfarbenen Blüten zurück und umarmte mich.

»Signora, vielen Dank für den Tipp. Darf mein Freund uns beide filmen? Ich möchte ihre Modeberatung der etwas anderen Art unbedingt in meinem Blog vorstellen.«

»Gerne«, sagte ich und warf mich in Pose.

Die ganze Sache begann mir Spaß zu machen.

Von Tag zu Tag hatte ich mehr Kunden und viele Leute kamen extra an Vincenzos Stand, weil sie durch das Internet von meinem originellen Umstyling erfahren hatten. Auch Vincenzos großartige Porträts erfreuten sich höchster Beliebtheit. Immer längere Schlangen bildeten sich auf der Ponte Vecchio, und wir kamen gar nicht nach mit dem Zeichnen und Malen.

»Na so was«, rief Rebecca in der vierten Woche nach meiner Ankunft beim Sonntagsfrühstück und verschüttete fast ihren Kaffee. »Jetzt hast du es sogar in die Zeitung geschafft.«

Sie schob mir das aktuelle Exemplar von *La Nazione* herüber.

Österreicherin macht Modeberatung der besonderen Art, stand da als Überschrift. Darunter prangte ein Foto von mir und Samantha in ihrem Blumenkleid. *Yvonne Reich aus Wien revolutioniert die Straßenmaler-Szene in Florenz,* las ich. *Sie malt die Touristen so, wie sie aussehen könnten. Und zwar in der Kleidung, die ihnen am besten stehen würde.*

»In dem Kleid, das ich mir aufgrund des Bildes gekauft habe, wurde ich zu einer anderen Person«, sagt Samantha King. »Es schien mir, als ob dieses Kleid all mein Potenzial ausdrücken würde. Ich fühlte mich besser, freier, glücklicher. Fazit: Go and see Yvonne. Die originellste Straßenmalerin in Florenz, bloß nicht verpassen.«

»Ich kann es gar nicht glauben«, sagte ich zu Rebecca und Vincenzo. »Zuerst konnte ich kein einziges Bild verkaufen und jetzt bräuchte ich schon Angestellte, um den Andrang zu bewältigen.«

»Solche Dinge passieren, wenn man seine maniera findet«, sagte Vincenzo. »Du bist erfolgreich, weil du nicht aufgehört hast, nach deinem ganz persönlichen Weg zu suchen. Bis du ihn schließlich gefunden hast.«

Da musste ich ihm allerdings recht geben. Mit meinen Karikaturen hätte ich es sicher nie so weit gebracht.

»Ich finde, wir drei sollten uns heute frei nehmen und Yvonnes Erfolg feiern«, sagte Rebecca.

Sie flüsterte Vincenzo etwas ins Ohr.

»Ja, das machen wir«, bestätigte er. »Yvonne, du gehst schon einmal mit Rebecca vor und ich komme später nach.«

Wenig später stand ich mit Rebecca vor einem imposanten Gebäude. *Gucci-Museum,* las ich auf zwei Fahnen über dem Eingang. Wie aufregend.

»Du hast mir erzählt, dass du noch nicht in diesem Museum warst«, sagte Rebecca. »Deshalb möchte ich dir den Besuch hier schenken. Gucci ist die meistverkaufte italienische Marke und hat zahlreiche Auszeichnungen in der Modebranche erhalten. Ich bin sicher, es gefällt dir hier.«

Wir betraten das Gebäude und tauchten in die Geschichte des florentinischen Labels ein. Auf zwei Etagen sahen wir neben Kleidungsstücken und Accessoires auch Kurzfilme, Dokumente, Kunstwerke und Artefakte von den verschiedenen Chefdesignern der Kultmarke.

Ich musste an Klara denken, die bekennender Gucci-Fan war.

»All I want for Christmas is you«, hatte sie im vergangenen Dezember zu ihrem Ex gesagt, als ich bei ihr zu Besuch war. Wahrscheinlich ein Versuch, die marode Beziehung irgendwie zu kitten. »Oh, und eine Gucci-Tasche«, hatte sie hinzugefügt.

Leider hatte der die zarte Andeutung wie so vieles andere überhört. Jedenfalls hatte Klara nach Weihnachten eine selbstgekaufte, neue Gucci-Tasche und keinen Freund mehr.

»Vielen Dank, Rebecca«, sagte ich, als wir wieder auf der Piazza della Signoria standen. »Das war ein tolles Erlebnis.«

»Warte, unser Ausflug geht noch weiter«, antwortete sie. »Komm, wir gehen da entlang.«

Hinter dem Palazzo Pitti führte sie mich in einen wunderschönen, liebevoll gestalteten Park. Hier waren kaum Leute anzutreffen und es war herrlich ruhig. Wir spazierten an einem Amphitheater und an künstlichen Grotten vorbei. In einem Gartenlabyrinth versteckt, stand der Neptunbrunnen. Weiter ging es über verschlungene Pfade zu einer Statue. Unter einem blühenden Strauch saß Vincenzo in der Wiese, mit einem großen Korb und einer Kühltasche neben sich.

»Willkommen an unserem Lieblingsort in Florenz«, sagte er und deutete rechts und links neben sich. »Bitte, nehmt Platz.«

Rebecca und ich setzten uns, und Vincenzo öffnete den Korb und die Box. Er förderte Gläser, eine Flasche Prosecco und allerlei Snacks zutage.

»Vielen Dank für den schönen Tag heute und für alles, was ihr für mich getan habt«, sagte ich, als wir mit dem Prosecco anstießen.

»Es war uns ein Vergnügen, Yvonne«, sagte Vincenzo. »Ich hoffe, du machst weiter mit dem Zeichnen. Du hast großes Talent.«

Ich war nicht einmal erstaunt, als ich am nächsten Tag den Bentley vor der Wohnung stehen sah. Zum letzten Mal umarmte ich meine italienischen Freunde und setzte mich in das Auto. Ich wollte nichts mehr, als hier in Florenz bleiben. Die Ungewissheit, was mich nun erwarten würde, nagte an mir.

Aber ich wusste und spürte mit all meinen Sinnen, dass da draußen Aufgabe drei auf mich wartete.

Kapitel 16

Als der Bentley nach mehr als sechs Stunden am Yachthafen von St. Tropez hielt, war ich bester Laune. Besser hätte ich es nicht treffen können. St. Tropez – das klang nach Jet-Set, angesagten Beachclubs, schicken Boutiquen, Brigitte Bardot und Edel-Hippie-Style. Darüber hinaus war es ein bezauberndes Städtchen mit kleinen, schmalen Gassen, malerischen Vorhöfen und Olivenbäumen, an dessen Charme nichts so schnell herankam.

Auch die dritte Aufgabe, die mir der Fahrer in einem Kuvert überreicht hatte, klang vielversprechend: *Erkunde die Kraft der Liebe*. Ich war mehr als bereit dafür.

Der Fahrer bedeutete mir, auszusteigen. Ich öffnete die Tür und die sommerliche Hitze schlug mir entgegen. Ich trug die Shorts und eines der T-Shirts, die mir Rebecca gegeben hatte. Dazu die recycelten Ballerinas aus Estland. Womit ich in diesem Umfeld eindeutig underdressed war.

Meinen ganzen Verdienst von der Straßenmalerei hatte ich Rebecca und Vincenzo für Unterkunft und Verpflegung und natürlich als Ersatz für das ruinierte Rokokokleid gegeben. Sie wollten es zwar nicht annehmen, aber ich hatte darauf bestanden. Also stand ich wieder einmal ohne einen Cent da. Ein neuer Job musste her, und zwar schnell.

Ich schlenderte den Hafen entlang. Wohin ich mich auch drehte: pompöse Yachten, schick gekleidete Menschen und teure Sportwägen. Bei einer besonders imposanten Luxusyacht namens Aphrodite blieb ich stehen und betrachtete sie neugierig. Alles an diesem Schiff erschien mir elegant und stylish, und es musste innen riesig sein. Lautes Geschrei ertönte von der Yacht.

»Ich hab dir schon hundertmal gesagt … Nein, du bist schuld an allem … Das glaubst du doch selbst nicht!«

Ein Ehekrach in der High Society? Achselzuckend wollte ich weitergehen, als sich plötzlich alles um mich herum verdunkelte.

»Hallo … können Sie … Madame?«

Wortfetzen drangen an mein Ohr. Ich schlug die Augen auf und blickte in braune Iriden mit grünen Sprenkeln, die mich besorgt betrachteten.

»Was ist passiert?«, murmelte ich und merkte, dass etwas Kaltes oberhalb der rechten Schläfe auf meinen Kopf gepresst wurde.

»Madame, es tut mir so leid. Sie wurden von einem Teller getroffen«, sagte eine angenehme, sonore Männerstimme, die mir sofort ein Prickeln verursachte.

Als meine Sicht langsam wieder klarer wurde, sah ich einen attraktiven Latino mit schwarzem, gewelltem Haar vor mir sitzen, der mich freundlich anlächelte. Der war ja nun ganz mein Typ. Wie es schien, war ich direkt in meinem Bacardi-Spot gelandet.

»Wie … wo bin ich hier?«, stammelte ich.

»Sie sind hier auf dem Schiff von Corinne und Nicolas Hellmer.«

»Dem bekannten Modedesigner-Paar? Dieselbe Liga wie Dolce und Gabbana oder Cavalli, diese Hellmers?«

Der Latino nickte.

»Die angesagtesten Aufsteiger in der Szene.«

»Ich weiß«, sagte ich. »Madonna, Kylie Minogue, Beyoncé und andere Promis tragen ihren Look. Ich habe die gängigen Modemagazine abonniert.«

Aus der Ferne hörte ich eine Frau schreien und das Klirren von Gläsern, die offenbar gerade zu Bruch gingen.

»Die beiden haben wieder einmal Streit, wie man hört«, fuhr er fort. »Wie es aussieht, muss heute das Porzellan dran glauben.«

Er entfernte vorsichtig den Eisbeutel von meinem Kopf.

»Tut es noch weh?«, fragte er mitfühlend und strich sanft über meine Schläfe.

Dabei kam er mir wieder näher.

Ich schüttelte vorsichtig den Kopf und betrachtete die Grübchen in seinen Wangen. Der elegante, dunkelblaue Anzug stand ihm hervorragend. Ein atemberaubend attraktiver Mann, und er roch so gut. Kraftvoll und maskulin – mit einer würzig frischen Note.

»Verzeihen Sie, Madame. Ich habe mich noch gar nicht vorgestellt«, sagte er. »Mein Name ist Miguel Alvarez. Ich bin der Freund und Anwalt von Corinne und Nicolas.«

Miguel hieß er also, was für ein schöner Name. Meine Schwärmerei wurde von einem weiteren wütenden Schrei unterbrochen.

»Was stimmt nicht mit den beiden?«, fragte ich.

Miguel seufzte.

»Ich weiß es auch nicht. Sie waren früher ein Traumpaar. Corinne und Nic sind zwar top-erfolgreich, aber ständig gestresst und gereizt. Sie haben immer öfter Streit. Eigentlich reden sie nur noch von Trennung.«

Er strich sich durch die Haare und sah mich betrübt an.

»Eine Scheidung würde das Modeimperium Hellmer zerstören. Schon seit geraumer Zeit suche ich einen passenden Therapeuten für sie.«

Er deutete in die Richtung, aus der schon wieder lautes Scheppern und Klirren zu hören war und seufzte.

»Ich fürchte, es eilt. Die Lage wird täglich schlimmer.«

Er betrachtete mich nachdenklich.

»Sie kennen nicht zufällig einen guten Paartherapeuten?«

»Freut mich, ihre Bekanntschaft zu machen, Monsieur Alvarez. Ich bin Yvonne Reich, Beraterin, Coach und Psychotherapeutin aus Wien«, hörte ich mich sagen. »Mein Schwerpunkt ist die Paartherapie.«

Vor meinem geistigen Auge sah ich Sophie, die sich vor Lachen ausschüttete. Und Klara mit einem Gesetzbuch in der Hand, die mir den Vogel zeigte. Das war mir aber momentan egal. Ich musste unbedingt mit diesem verrückten Paar ins Geschäft kommen, um meinem Traummann nahe sein zu können.

»Wirklich?«, lachte er, »das ist ja unglaublich. Erzählen Sie mir doch mehr. Und nennen Sie mich bitte Miguel.«

Er schaufelte noch mehr Pölster unter meinen Kopf.

»In Ordnung, Miguel. Ich bin Yvonne. Wir können gerne per Du sein. Und ich erzähle mehr, wenn ich mich vorher ein wenig frisch machen kann.«

»Aber natürlich, ich werde sofort eine Kabine für dich herrichten lassen, meine Liebe.«

Ich versuchte zu nicken, was mir sofort Kopfschmerzen einbrachte.

»Sehr gerne, und eine Schmerztablette bitte«, hauchte ich.

Miguel verschwand aus meinem Blickfeld. Ich setzte mich vorsichtig auf und konnte kaum glauben, was ich da sah. Ein luxuriöses Interieur aus hellen, exklusiven Materialien. Wunderschöne Bilder und Kunstwerke. Raffinierte technische Details. Boden und Säulen aus reinweißem Marmor, der mit zarten Bernstein- und Goldadern durchzogen war. Überdimensionale Couches und Fauteuils, mit hochwertigem, beigem Alcantara bezogen. Panoramafenster sorgten für viel Licht und einen fantastischen Ausblick.

Keine windschiefe Hütte voller Ungeziefer, keine winzige Wohnung. Diesmal war ich auf einer luxuriösen Yacht gelandet. Daumen nach oben, ich hatte mich gesteigert. Und dann noch dieser wunderbare Latino-Leckerbissen dazu. Mehr brauchte ich definitiv nicht. Ich musste lachen, obwohl davon mein Kopf gleich wieder brummte. Glorias Aufgaben schienen mir ständig neue Beulen am Kopf zu bescheren.

Miguel kam mit Schmerztabletten und einem Glas Wasser zurück.

»Die Kabine ist fertig«, sagte er. »Kannst du aufstehen?«

Ich schluckte eine Tablette und erhob mich dann vorsichtig mit Miguels Hilfe. Er führte mich galant die Stufen hinunter. Ich wollte ihm zum Dank ein verführerisches Lächeln schenken, das mir aber gleich darauf im Gesicht gefror.

Am unteren Deck herrschte Krieg. Eine dicke, rote Linie teilte das Deck in zwei Hälften. Überall lagen kaputte Gegenstände und Scherben auf dem Boden.

»Oh mein Gott, was ist das?«, flüsterte ich entsetzt.

»Das ist das Schlachtfeld der Hellmers«, sagte Miguel. »Wie du siehst, sind die beiden sehr emotional.«

Sofort bereute ich meine Großspurigkeit von vorhin. Von wegen Paar-Therapeutin. Wie es aussah, waren die beiden absolute Härtefälle. Hier könnte wahrscheinlich nicht einmal mehr Sophie helfen, mutmaßte ich.

Über alle Scherben hinweg gelangten wir zu einer Kabine. Als Miguel sie öffnete, war ich überrascht, wie groß und luxuriös sie war. Am Fenster befand sich ein riesiges Doppelbett, die Möbel waren hell und gediegen. Auf dem Glastisch vor dem Ledersofa entdeckte ich einen Champagnerkühler und zwei Gläser.

»Ein Schluck Champagner auf den Schreck?«, fragte Miguel, der meinem Blick gefolgt war.

Dazu wollte ich trotz Schmerztablette nicht Nein sagen. Er geleitete mich zum Sofa, schenkte ein und reichte mir eines der Gläser. Das zweite nahm er sich selbst und prostete mir zu.

»Ich freue mich wirklich sehr, deine Bekanntschaft zu machen, Yvonne«, sagte er. »Auch wenn die Umstände wenig erfreulich waren. Brauchst du noch Eiswürfel für deinen Kopf?«

Die brauchte ich nicht, sondern ein Bad und ein neues Styling. Und eine Einschulung in die Paartherapie. Dringend.

»Kein Problem, es geht schon wieder«, sagte ich und machte einen kleinen Schluck von dem Champagner.

Er schmeckte köstlich. Ich lächelte Prince Charming an.

»Könnte ich vielleicht ein Handy ausleihen?«

»Aber natürlich, ich überlasse dir gerne eines meiner Geräte.«

Er suchte in der Innentasche seines Sakkos und legte ein Smartphone auf den Tisch.

»Ruh dich aus und nimm ein Bad, wenn du möchtest. Ich schaue in zwei Stunden wieder bei dir vorbei. Die Kleidungsstücke in den Kästen kannst du übrigens gerne verwenden. Sie sind aus der neuen Sommerkollektion der Hellmers.«

Das waren definitiv gute Neuigkeiten. Als Miguel die Kabine verlassen hatte, öffnete ich alle Schränke. Das waren ja megaschicke Sachen! Ein besonders schönes, rotes Kleid legte ich auf die Couch. Das würde ich später anziehen. In einem Kästchen fand ich hübsche Schuhe in verschiedenen Farben und Größen, zum Glück war auch meine dabei. Adieu, ihr Öko-Recyclingballerinas.

Das Badezimmer war genauso luxuriös wie der Rest des Schiffes. Ich ließ die riesige Wanne mit integriertem Whirlpool vollaufen, schüttete ausgiebig

Badeschaum hinein und holte den Champagner und das Handy. Dann stieg ich in die Wanne und lehnte mich entspannt zurück. Als ich mein Glas ausgetrunken hatte, wählte ich Sophies Nummer.

»Hier Sophies Selbsthilfegruppe Kleptomanie-genug-krieg-ich-nie. Was klauen Sie am liebsten?«

»Identitäten. Erkläre mir bitte sofort die gängigen Praktiken der Paartherapie, Sophie!«, rief ich aufgeregt ins Telefon.

»Yvonne, ich hatte mich schon gefragt, wann du dich endlich wieder meldest. Warst du nicht eben noch erfolglose Straßenmalerin in Florenz?«

»Das ist vorbei, ich erzähle dir alles, wenn ich wieder in Wien bin. Jetzt bin ich auf der Yacht der Hellmers in St. Tropez. Du weißt schon, dieses Modedesigner-Paar. Mit dem megaattraktiven Anwalt der beiden. Sie brauchen dringend eine Paartherapie, und ich habe mich als Therapeutin ausgegeben.«

»Was, du? Als Therapeutin? Warte mal. Hellmer? Du meinst doch nicht Corinne Hellmer? Die mit den todschicken, teuren Klamotten? Und was ist mit dem feschen Anwalt? Endlich mal ein interessanter Mann bei deinen Abenteuern?«

»Der fesche Anwalt ist ein glutäugiger Latino namens Miguel. Ob er noch zu haben ist, und ob ich eine Chance bei ihm habe, weiß ich nicht. Aber ich kann ihn nicht enttäuschen. Gib mir eine rasche Einschulung in die Paartherapie, Sophie. Bitte. Es ist wirklich dringend.«

»Yvonne, das ist nicht so einfach«, lachte Sophie. »Es soll Leute geben, die das mehrere Jahre studieren. Und nur, um deinen neuesten Schwarm nicht zu enttäuschen … «

»Bitte, Sophie.«

»Na gut, weil du es bist. Ich bin eine Anhängerin der emotionsfokussierten Paartherapie. Der neueste Schrei aus den USA.«

»Was für eine Therapie ist das genau?«

»Eine Therapie, die sich auf die Emotionen der Partner fokussiert. Vergiss die Bearbeitung von Konflikten, sondern arbeite an der emotionalen Verbindung der Hellmers. Der Mangel an emotionaler Responsivität zwischen den Partnern ist das Hauptproblem, was gleichbedeutend ist mit einer unsicheren Bindung.«

»Rede bitte Klartext, Sophie«, seufzte ich. »Was genau soll ich machen?«

Ich schüttelte mein Glas. Leer.

»Warte, Yvonne, lass mich doch ausreden. Es geht immer um die Gefühle. Das heißt, du als Therapeutin musst dich empathisch in die Frau und den Mann einfühlen und ihnen ein Gefühl von Sicherheit vermitteln. Dann musst du die beiden in eine solche positive Einfühlung miteinander führen. Sie müssen wieder eine sichere emotionale Bindung aufbauen.

»Und wie mache ich das?«

»Das kann ich dir nicht sagen. Genau das muss der Therapeut ja gemeinsam mit dem Paar herausfinden. Generell kann ich dir sagen, dass du als Therapeutin nicht zu starke Gefühlszustände in den Gesprächen zulassen solltest, insbesondere dann, wenn sie zur Eskalation tendieren.«

Ich seufzte. Zur Eskalation tendieren … genau das war ja die Spezialität der beiden Streithähne.

»Okay, danke, Sophie, das reicht mir erst einmal. Vielleicht verstehe ich deine Ausführungen nach ein oder zwei Flaschen Champagner. Ich melde mich wieder, ciao.«

»Tschüss, Yvy. Ich halte dir die Daumen. Für die Therapie und für den feschen Latino, haha. Mach's gut.«

Na toll, jetzt wusste ich genauso wenig wie vorher. Von wegen sichere emotionale Beziehung. Sicher war, dass jede Beziehung unsicher war. Zumindest aus meiner Warte. Ich hielt mir die Nase zu und tauchte unter Wasser.

Nachdem ich meine Haare geföhnt hatte und das Make-up aus dem Badezimmer-Schrank aufgetragen hatte, probierte ich das rote Kleid an. Es hatte ein Wickeloberteil und einen engen Rock. Ich drehte mich vor dem Spiegel. Es passte mir ausgesprochen gut.

Laut meiner Armbanduhr waren erst eineinhalb Stunden vergangen. Ich beschloss, mich ein wenig umzusehen, bevor mich Miguel abholen würde. Ich öffnete die Kabinentür und spähte hinaus. Die Luft schien rein zu sein.

Vorsichtig schlich ich über den Gang in Richtung Stiege. Plötzlich öffnete sich eine Tür gegenüber, und ich erschrak. Eine spindeldürre Frau mittleren Alters stand da und musterte mich.

»Pssst«, flüsterte sie, »kommen Sie herüber, bevor er Sie findet.«

Ich starrte sie an. Ihre längeren, blonden Haare waren zu einer Banane aufgesteckt, was ihre eingefallenen Wangen noch betonte. Ihre Kleidung war gediegen, aber alles an ihr schlotterte. Sie sah aus wie eines dieser Magermodels, die nur Watte aßen und am Schokoladenpapier bloß schnupperten.

»Äh, hallo, ich bin Yvonne Reich«, brachte ich schließlich heraus.

»Ich weiß«, raunte sie, »Miguel hat es mir erzählt. Kommen Sie her.«

Zögernd ging ich auf sie zu. Sie öffnete die Tür und bedeutete mir, einzutreten. Ich betrat ihre Kabine mit einem flauen Gefühl im Magen. Mein Blick fiel auf ein großes, gerahmtes Foto auf einem Kästchen. Es zeigte ein lächelndes, attraktives Hochzeitspaar. Beide waren schlank und sahen total glücklich aus.

Die dürre, verhärmte Frau in der Kabine hatte nichts mit der Frau auf dem Foto gemeinsam.

»Das war vor zehn Jahren«, sagte sie wehmütig. »Da war die Welt noch in Ordnung.«

»Madame Hellmer, ich … «

»Corinne«, fiel sie mir ins Wort. »Mein Mann hat mir das Herz gebrochen.«

»Corinne, erzähl mir bitte mehr. Was ist denn passiert?«

Sie deutete auf das beige Sofa.

»Nimm Platz, Yvonne. Ich darf doch Yvonne sagen?«

Ich setzte mich auf das Sofa und fühlte mich unbehaglich. Am liebsten hätte ich Sophie live dazugeschaltet.

»Es ist so: Er liebt mich nicht mehr«, sagte sie. »Ich werde mich trennen. Aber mein Geld wird er nicht bekommen.«

»Du meinst deinen Ehemann, Nicolas? Woraus schließt du das?«, fragte ich.

»Er belügt mich. Er ignoriert mich. Und er hat eine andere. Aber damit wird er nicht durchkommen.«

Sie stand auf und öffnete die Lade ihres Schreibtisches. Darin befand sich eine kleine, handliche Pistole.

»Und er wird nicht lebend von Bord gehen.«

Jetzt war ich alarmiert. Sie wollte tatsächlich ihren Mann erschießen.

»Woher weißt du, dass er dich nicht mehr liebt?«

»Das kann doch jeder sehen«, sagte sie. »Ich bin ihm völlig egal geworden. Es geht nur mehr um ihn. Um sein Ego. Und seine Bequemlichkeit. Deshalb habe ich den roten Strich am Unterdeck anbringen lassen. Wenn er die Linie überschreitet, bringe ich ihn um.«

»A... aber Corinne«, stotterte ich, »wieso willst du einen Mord begehen? Es gibt für alles eine Lösung. Lass uns eine letzte Therapie versuchen. Bitte.«

Sie sah mich mit fiebrig glänzenden Augen an. In dem Moment klopfte es an der Tür und gleich darauf trat Miguel mit einem Tablett in der Hand ein. Darauf befand sich ein kleiner Salat, ein winziges Stück Baguette und ein Glas Wasser.

»Pardon, ich bringe wie gewünscht dein Abendessen, liebste Corinne. Außer, du möchtest doch mit mir und Yvonne essen. Ich habe am Oberdeck alles herrichten lassen.«

»Nein danke, du weißt doch, dass ich nur Salat esse und keinen Alkohol trinke«, sagte Corinne. »Außerdem muss ich nachdenken.«

Als wir uns wieder am Gang befanden, wandte ich mich an Miguel.

»Corinne hat mir ihre Pistole gezeigt. Sie will ihren Mann erschießen.«

»Ach, der kleine Revolver«, winkte er grinsend ab. »Sie würde ihn nicht benutzen, da bin ich mir sicher.«

Das beruhigte mich jetzt auch nicht wirklich. Ich musste Sophie unbedingt über die neueste Entwicklung informieren und um Rat fragen, sobald ich wieder allein in meiner Kabine war.

»Aber sie ist so wütend«, warf ich ein. »Eine Kurzschlusshandlung würde ich bei ihr nicht ausschließen.«

»Mach dir keine Sorgen darüber«, sagte Miguel. »Möchtest du Nicolas Hellmer kennenlernen?«

Ich nickte und folgte ihm auf die andere Seites des Schiffes. Er klopfte an die hinterste Tür und steckte gleich darauf den Kopf in die Kabine. Ich hörte ihn leise reden. Dann hielt er mir die Türe auf und gab den Blick auf einen großen, dunkelhaarigen Mann mit Brille frei. Er wirkte unscheinbar und abweisend.

»Bonjour, ich bin Yvonne Reich, Paartherapeutin aus Wien«, sagte ich mangels anderer Einfälle.

»Nicolas Hellmer«, sagte er förmlich und sah mich durch seine dicke Hornbrille an.

Ich stellte fest, dass er graue Augen hatte. So wirkte er auch auf mich: grau in grau, wie ein verregneter Montag.

»Dauert es lange? Ich habe noch so viel zu arbeiten.«

»Nein, gar nicht«, erwiderte ich. »Ich wollte Ihnen eine Probe-Therapiesitzung anbieten.«

»Das wird auch nichts mehr bringen. Unsere Ehe ist total zerrüttet. Punkt. Wenn die nächste Kollektion fertig ist, lasse ich mich scheiden.«

»Und weshalb ist die Ehe aus Ihrer Sicht zerrüttet?«

»Corinne ist einfach nervig geworden. Eine hysterische Size-Zero-Zicke. Ständig stellt sie mir nach und wirft mir Dinge vor, die ich nie getan habe. Und sie wirft mit Geschirr. Total gestört ist sie. Können Sie das abstellen?«

Er sah mich über den Brillenrand hinweg an. Sein ganzer Körper wirkte steif und erstarrt. Sein Gesicht war verkniffen.

»Ich will einfach nur in Ruhe arbeiten können.«

Okay, das war eine klassische Rosenkriegsvariante. Nicolas kümmerte sich nicht mehr um Corinne, die wiederum von ihm unbedingt Aufmerksamkeit bekommen wollte. Wie reparierte man so etwas bloß?

»Ich werde mich bemühen. Eine einzige Sitzung mit Ihnen und Corinne. Morgen. Lassen Sie es mich versuchen.«

Nicolas sah gar nicht mehr von seinen Notizen auf.

»Ich glaube nicht, dass das noch etwas ändert«, murmelte er. »Ich überlege es mir.«

Miguel bedeutete mir, ihm zu folgen. Wir verließen die Kabine und stiegen die Stufen zum oberen Deck hinauf, wo im Freien ein delikates Menü auf uns wartete.

»Marinierte Feigen mit Ziegenkäse?«

Miguel deutete auf das Tablett, das mir der Steward darbot. Ich ließ mir zwei Feigen auftragen und nahm auch das angebotene Glas Bordeaux dazu an. An die Schmerztablette dachte ich gar nicht mehr.

Zum zarten Chateaubriand mit Kartoffel-Gratin und Gemüse sagte ich genausowenig Nein wie zum köstlichen Burgunder, den mir Miguel zur Hauptspeise anbot.

Beim Essen erzählte mir Miguel lustige Anekdoten aus seiner Anwaltspraxis. Ich vergaß alles um mich herum und lachte über seine Pointen. Plötzlich fröstelte ich. Ein frischer Wind war aufgekommen. Das Schiff vibrierte und schaukelte und ich verschluckte mich am Burgunder.

»Wir legen jetzt ab«, sagte Miguel zu meiner Überraschung. »In der Nacht soll es in St. Tropez ein starkes Unwetter geben, und wir wollen noch vorher nach Saint-Jean-Cap-Ferrat, zum bekannten Paloma Beach. An diesem Strand haben sich Corinne und Nicolas vor elf Jahren kennengelernt. In drei Stunden werden wir dort sein. Wenn ich die beiden zur Vernunft bringen kann, dann dort.«

Das fand ich ausgesprochen gut, so hatte ich noch etwas Zeit, um Miguel kennenzulernen.

»Aber wollen die beiden denn überhaupt, dass ich mitkomme?«, fragte ich.

»Corinne hat zugestimmt. Sie findet dich sympathisch. Nicolas ist momentan unzugänglich. Einen Versuch ist es wert. Du wolltest mir übrigens noch etwas über deine Paartherapie erzählen.«

»Ja, also … Meine Paartherapie fokussiert sich auf die Emotionen der Partner. Ich möchte an der emotionalen Verbindung der Hellmers arbeiten, damit sie wieder eine sichere Bindung aufbauen können.«

Hoffentlich hatte ich Sophies Ausführungen richtig zusammengefasst. Miguel sah mich an und nickte.

»Das klingt gut. Die beiden waren früher das Liebespaar schlechthin. Sie haben ihre Gefühle füreinander nur verdrängt. Ich will einfach nicht glauben, dass alles vorbei sein soll.«

Ich hatte ein schlechtes Gewissen. Wie sollte ich so eine Therapie überhaupt angehen?

»Ich werde mein Bestes geben«, versprach ich.

»Da bin ich mir absolut sicher«, sagte Miguel und blickte mir tief in die Augen.

Ganz sanft legte er seine Hand auf meine. In dem Moment kam starker Wind auf und meine Serviette wurde durch die Luft gewirbelt. Miguel stand auf und rief nach dem Personal. Eilig wurde abgeräumt, und er führte mich in den Salon.

»Noch ein Glas Champagner zum Abschluss, ma chère?«, fragte er und das warme Timbre in seiner Stimme ließ mich dahinschmelzen.

»Gerne«, flüsterte ich, obwohl ich schon mehr als genug getrunken hatte.

Miguel prostete mir zu, und wir sahen einander tief in die Augen. Beim Bordeaux denkt man Dummheiten. Beim Burgunder sagt man Dummheiten. Und beim Champagner macht man Dummheiten, fiel mir ein. Nun, dieser Mann könnte schon eine Dummheit wert sein. Ich probierte es mit meinem verführerischsten Augenaufschlag.

»Yvonne«, sagte er, »eines muss ich dir sagen … «

Er beugte sich vor, um mir etwas ins Ohr zu flüstern. In dem Moment war ein Knall zu hören, und ich verschüttete den Rest meines Champagners. Hatte Corinne ihre Drohung wahrgemacht und auf ihren Mann geschossen? Miguel sprang auf. Ein starker Ruck ging durch das Boot, und er fiel zurück auf das Sofa. Gleich darauf erhob er sich wieder und lief auf die Tür zu.

»Bleib bitte hier, Yvonne. Zu deiner Sicherheit. Ich muss nachsehen, was passiert ist.«

Schon war er verschwunden. Ich versuchte aufzustehen, aber in meinem Kopf drehte sich alles. Der Alkohol und die Schmerztabletten waren nicht die beste Kombination gewesen. Beim zweiten Anlauf gelang es mir, vom Sofa hochzukommen. Doch schon lag ich wieder auf dem Boden. Offenbar hatten wir hohen Wellengang. Auf allen vieren kroch ich zur Tür. Als ich sie öffnete, peitschte mir der Regen ins Gesicht. Starke Windböen warfen mich hin und her. Sehen konnte ich gar nichts, es war mittlerweile stockfinster geworden.

Blind tastete ich mich zwei Stufen hinunter. Ich musste Miguel suchen. Hoffentlich hatte Corinne nicht auch auf ihn geschossen. Draußen am Meer blitzte und donnerte es. Eine hohe Welle schwappte über die Reling, und ich rutschte die restlichen Stufen hinunter.

Jetzt war ich schlagartig wieder nüchtern. Ich setzte mich auf und sah eine Gestalt in einer Kapuzenjacke auf mich zukommen, die mich am Arm packte. Sie schien etwas zu sagen, aber der Sturm und der Regen waren so laut, dass ich kein Wort verstand.

»Miguel«, rief ich, »bist du das?«

Ein Windstoß wehte die Kapuze vom Kopf, und ich erschrak. Nicolas Hellmer stand vor mir und starrte mich mit blutunterlaufenen Augen an.

»Sie ist weg«, brüllte er. »Eine riesige Welle … ich konnte sie nicht mehr halten!«

Oh nein, ausgerechnet Corinne. Sie war ein Federgewicht und hatte sicher keine Kraft zum Schwimmen. Eine eiskalte Faust schloss sich um mein Herz. Ich wollte etwas erwidern, aber kein Wort kam über meine Lippen.

Eine weitere Gestalt näherte sich, ebenfalls mit einer Kapuzenjacke. Sie packte mich am anderen Arm. Miguel.

»Yvonne«, schrie er, »bist du verrückt? Komm sofort in die Kabine.«

Er zerrte mich unter größter Kraftanstrengung in Richtung der nächsten Tür. Ich sah Corinnes Mann hinterher und wusste plötzlich, was er vorhatte.

»Nein«, brüllte ich, »bitte nicht!«

Ich kämpfte gegen Miguels Griff an.

Nicolas drehte sich um und lief zur Reling. Dann kletterte er drüber und sprang ins schwarze Nichts.

Kapitel 17

Miguel folgte meinem Blick und seine Miene verdunkelte sich.

»Nicolas«, schrie er, »nein!«

Er ließ mich los und rannte seinem Freund hinterher, während er der Crew Kommandos zurief. Wegen des tosenden Sturmes konnte ich kaum etwas verstehen.

Eine Monsterwelle schwappte über Bord und riss mich mit. An der Reling konnte ich mich gerade noch in letzter Sekunde festklammern. Der Regen peitschte mir ins Gesicht. Ich spürte, wie mich die Kraft verließ.

Jemand brüllte meinen Namen. Gleich darauf war Miguel neben mir und hielt mich fest. Er zerrte mich trotz der starken Sturmböen zur nächsten Tür. Dann stieß er mich in die Kabine und schloss hinter uns die Tür ab. Das Wasser tropfte an uns herunter und bildete Pfützen am Boden. Ich strich mir die nassen Haare aus dem Gesicht. Mir war eiskalt.

»Yvonne, ich sage es dir zum letzten Mal: Du bleibst hier in meiner Kabine, bis ich wieder da bin. Wage es ja nicht, noch einmal an Deck zu kommen. Fast wärst du auch noch über Bord gegangen.«

»Miguel, lass mich bitte helfen«, jammerte ich. »Ich kann hier nicht untätig herumsitzen, während Corinne und Nicolas um ihr Leben kämpfen.«

»Das kommt gar nicht infrage. Zwei Vermisste reichen für heute. Das Personal hat SOS gefunkt und sucht das Meer mit Scheinwerfern ab. Ich muss bei der Suche mithelfen und kann nicht auch noch auf dich aufpassen. Nimm dir bitte trockene Kleidung aus dem vorderen Kasten und warte hier.«

Er warf mir ein großes Handtuch zu und zog sich Gummistiefel an.

»Was ist mit Nicolas, hast du ihn gesehen?«, fragte ich.

»Nein. Bei dem extrem hohen Seegang ist er sofort außer Sicht geraten.«

Jetzt legte er einen Lifebelt an. In Gedanken sah ich meinen Traummann schon in den dunklen Fluten treiben.

»Aber … wie lange können er und Corinne sich bei diesem Wetter über Wasser halten?«

»Das kann ich dir nicht sagen«, erwiderte er. »Am gefährlichsten ist die Unterkühlung. Es ist ein Wettlauf mit der Zeit.«

Er setzte seine Kapuze auf.

»Kann ich denn gar nichts tun, Miguel?«

»In der Kabine bleiben und beten«, antwortete er knapp.

Er warf mir einen strengen Blick zu und lief wieder hinaus in den Sturm. Ich setzte mich auf das Sofa und presste die Hände auf die Schläfen. Ich hatte solche Angst um Corinne und Nicolas. Und um Miguel.

Ich musste mir etwas einfallen lassen. Denk nach, Yvonne, sagte ich mir. Wieder ging ein Ruck durch das Boot, und ich klammerte mich an die Lehne des Sofas, um nicht heruntergeschleudert zu werden. Das Brausen des Sturmes hörte man auch in der Kabine. Es war beinahe unerträglich laut.

Plötzlich hatte ich eine Idee. Ich hantelte mich zu dem Kasten mit der Kleidung, auf den Miguel gedeutet hatte. Im Inneren fand ich eine Kapuzenjacke, eine feste Hose, ein T-Shirt und ein kariertes Männerhemd. Ganz unten in einer Ecke entdeckte ich ein weiteres Paar Gummistiefel. Das durchnässte rote Kleid landete auf dem Boden.

In Katastrophenkleidung gewandet öffnete ich die Tür einen Spalt. Draußen herrschte Chaos. Das Schiff schlenkerte hin und her. Die Mannschaft lief aufgeregt auf dem Deck herum. Einige rutschten immer wieder auf dem glatten Boden aus und fielen hin. Ganz hinten sah ich Miguel, der mit seiner stattlichen Größe alle überragte. Sofort bekam ich Herzklopfen. Er hatte sich angeseilt und suchte mit einem Fernglas das Wasser ab.

Ich drückte die Tür auf und stemmte mich gegen den Sturm. Der Regen peitschte mir ins Gesicht. Wo war noch gleich Corinnes Kabine gewesen? Ich kämpfte mich bis zur nächsten Tür durch.

Tatsächlich, das war ihre Kabine. Die Schublade, in der ich den Revolver gesehen hatte, war leider versperrt. Wo war bloß der Schlüssel? Systematisch durchsuchte ich die Kabine. In der kleinen Blumenvase am Schreibtisch wurde ich fündig.

Ich öffnete die Lade. Da war sie. Corinnes Waffe. Vorsichtig nahm ich sie heraus und betrachtete sie. Das war bloß eine Schreckschusspistole, keine scharfe Schusswaffe. Corinne hatte nur geblufft und niemals vorgehabt, Nicolas zu erschießen. Miguel hatte recht gehabt.

Ein Freund hatte mir so ein Modell im vergangenen Jahr vorgeführt. Ich erinnerte mich noch an den Knall, den ich als extrem laut empfunden hatte. Das war umso besser für meinen Plan. Ich steckte die Pistole in meine Jackentasche und verließ die Kabine.

Die Suchscheinwerfer beleuchteten die dunklen Fluten. Ich sah riesige Wellen, die sich aufbäumten und die Yacht wie eine Nussschale hin- und herwarfen. Ich kämpfte mich bis zu der großen Gestalt in der hintersten Ecke durch, die mit dem Fernglas das Meer absuchte. Miguel sah auf und erstarrte, als er mich sah.

»Miguel«, schrie ich ihm ins Ohr, »ich habe Corinnes Waffe!«

Er sagte etwas, das ich nicht verstand. Der Wind und der Regen waren so stark, dass keine Unterhaltung mehr möglich war. Das hier brachte nichts, ich musste handeln.

Ich holte die Pistole aus meiner Tasche und schoss in die Luft. Vielleicht hörten Corinne oder Nicolas den Schuss und konnten sich am Knall orientieren. Besser eine minimale Chance als gar keine. Ich feuerte noch einen zweiten Schuss ab.

Miguel entriss mir die Pistole, entsicherte sie und steckte sie ein. Du bist verrückt, sagte sein Blick. Er zeigte in Richtung der nächsten Kabine. Da kannte er mich schlecht. Ich hatte nicht vor, mich seinem Willen zu unterwerfen.

Plötzlich brach ein Tumult aus. Alle Crewmitglieder versammelten sich an einer Stelle an der Reling. Miguel lief auf die Gruppe zu und gestikulierte wild. Die Rettungsinsel wurde aus der Halterung geholt und zu Wasser gelassen. Ein Mann wurde mit einem Seil angeleint und kletterte hinunter.

Der Regen strömte über mein Gesicht. Ich rieb mir die Augen. Die Mannschaft hievte eine reglose Gestalt aus dem Wasser. Nicolas. Sie legten ihn auf den Boden und begannen mit Wiederbelebungsmaßnahmen. Miguel kniete neben ihm. Immer wieder strich er ihm die Haare aus dem Gesicht. Nach einer Weile spuckte Nicolas Wasser aus, aber seine Augen blieben geschlossen. Er sah mehr tot als lebendig aus.

Die Crew schleppte ihn in die nächste Kabine. Ich hatte wegen des starken Seegangs Probleme, mich auf den Beinen zu halten. Eine hohe Welle ließ das Schiff schlingern, und ich lag auf dem Boden. Schon war Miguel neben mir und schüttelte den Kopf. Mit festem Griff zog er mich zu der Tür, in der die Männer soeben mit Nicolas verschwunden waren.

In der Kabine ging es hektisch zu. Die Männer hatten Nicolas ausgezogen und in Decken gewickelt. Er lag auf dem Bett und war leichenblass. Miguel stellte sich neben ihn. Die Sorge um seine Freunde stand ihm ins Gesicht geschrieben.

Ein weiteres Crew-Mitglied kam in die Kabine.

»Corinne?«, fragte Miguel knapp.

Der Mann schüttelte nur den Kopf. Miguel zeigte auf mich.

»Diese Frau ist ausgesprochen stur und unvernünftig«, sagte er. »Sie muss unbedingt in der Kabine bleiben. Lass sie nicht aus den Augen, sonst bist du gefeuert.«

Der Mann nickte. Miguel riss die Türe auf und lief hinaus. Ich wollte ihm nachlaufen, aber der Aufpasser hielt mich zurück. Er deutete auf Nicolas, der jetzt lautlos zu weinen schien. Ich setzte mich zu ihm ans Bett.

»Monsieur Hellmer, Nicolas … alles wird gut. Jeder auf diesem Schiff sucht nach Corinne.«

Er schien mich gar nicht zu hören. Wahrscheinlich stand er unter Schock. Ich redete beruhigend auf ihn ein.

»Wir werden sie finden. Aufgeben ist keine Option. Niemals.«

Nicolas sah mich an. Seine Miene war so düster, dass ich erschrak.

»Nichts wird gut. Sie ist tot, und ich bin schuld«, flüsterte er heiser. »Ich werde mir das niemals verzeihen.«

Mein Magen krampfte sich zusammen, und ich fröstelte. Nach einer Weile öffnete sich die Tür, und Miguel stolperte herein. Alles an ihm tropfte. Nicolas richtete sich ein kleines Stück auf.

»Corinne?«, flüsterte er.

Miguel schüttelte nur den Kopf und wandte sich ab. Er schien den Tränen nahe zu sein.

»Ist schon Hilfe eingetroffen?«, fragte ich.

Er schüttelte kaum merklich den Kopf.

»Das Rettungsschiff hatte ein technisches Problem«, sagte er mit rauer Stimme. »Und die Wellen sind einfach zu hoch. Ich fürchte … «

Die Stimme versagte ihm.

»Es ist sonderbar«, murmelte Nicolas. »Erst jetzt, nachdem ich sie verloren habe, ist mir klar geworden, wie sehr ich Corinne liebe. Ich würde alles dafür geben, ihr das sagen zu können.«

Er schluchzte. Ich legte die Hand auf seine Schulter. Gloria kam mir in den Sinn. Sie würde niemals aufgeben. Wahrscheinlich würde sie sich sogar selbst in die Fluten stürzen, um Corinne zu suchen. Der Gedanke an Gloria machte mir wieder etwas Mut.

Ein Crew-Mitglied kam mit einer Kanne Tee herein. Miguel holte Tassen aus der Vitrine. Er schenkte ein und bedeutete mir, eine zu nehmen. Ich griff zu und nippte am Tee. Sofort breitete sich wohlige Wärme in meinem Körper aus. Nicolas hielt er das heiße Getränk an die Lippen, bis er einen kleinen Schluck machte.

»Wie viele Platzpatronen sind noch in der Pistole?«, fragte ich Miguel.

»Wieso? Ich glaube, drei Stück.«

»Kannst du sie bitte abfeuern?«

Er sah mich mit bitterer Miene an.

»Aber Yvonne … wozu denn? Es ist schon zu viel Zeit vergangen, seit die Welle Corinne über Bord gespült hat. Ich fürchte, es ist zu spät.«

»Bitte, versuchen wir es einfach. Es ist besser, als gar nichts zu tun.«

Miguel überlegte.

»Von mir aus. Aber du bleibst hier, das ist meine Bedingung.«

Er stand auf und verließ die Kabine.

»Noch etwas Tee?«, fragte ich Nicolas.

Er schüttelte den Kopf.

»Corinne, wo bist du?«, weinte er. »Ich habe alles falsch gemacht. Es tut mir so leid.«

Ich saß an seinem Bett und litt mit ihm. Nach einer Weile kehrte Miguel zurück. Er sah mitgenommen aus.

»Ich habe alle Platzpatronen verschossen«, sagte er.

Er sank auf das Sofa und bedeckte die Augen mit den Händen. Nicolas starrte an die Decke. Ich fühlte mich schrecklich. Mein Magen begann plötzlich zu rebellieren und mir war schlecht. Ich ging zur Tür und öffnete sie einen Spalt breit. Dann machte ich einen tiefen Atemzug.

Der Sturm hatte ein wenig nachgelassen. Ganz hinten am Deck sah ich eine Gestalt. Dann noch eine. Das war sicher nicht real. Ich schloss die Augen und öffnete sie kurz darauf wieder. Die Gestalten taumelten auf uns zu.

»Miguel«, krächzte ich, »da ist jemand.«

Ich konnte eine große, vermummte Gestalt erkennen, die etwas hinter sich herzog. Es sah aus wie eine kleinere Gestalt.

»Was sagst du, Yvonne?«, fragte Miguel. »Wer soll da draußen sein? Das ist sicher ein Crew-Mitglied.«

»Ich … ich weiß es nicht«, stotterte ich.

Nicolas hatte sich unterdessen zu mir geschleppt und starrte hinaus.

»Corinne«, brüllte er und wankte den Gestalten entgegen.

Jetzt war auch Miguel neben mir und betrachtete die Szene. Nicolas packte die kleinere Gestalt und zog ihr die Kapuze vom Kopf. Dann umarmte er sie ganz fest. Die große vermummte Gestalt stand hinter den beiden.

Miguel schnappte nach Luft. Dann löste er sich aus seiner Schockstarre und ging den Ankömmlingen entgegen. Ich folgte ihm. Die ganze Situation erschien mir unwirklich.

Es war tatsächlich Corinne, die da vor uns stand. Ich konnte es kaum fassen. Miguel und ich umarmten sie erleichtert. Corinne sagte etwas. Um sie zu verstehen, beugten wir uns alle zu ihr.

»Der Fischer hat sie gerettet«, rief mir Miguel ins Ohr. »Sie haben die Schüsse gehört.«

Als wir uns zum Fischer umdrehen wollten, war er verschwunden. Miguel lief die Reling entlang, und ich folgte ihm. Keine Spur von Corinnes Retter. Offenbar war er wieder auf sein Boot geklettert.

Nicolas und Corinne hielten einander noch immer eng umschlungen. Miguel schob uns alle in Richtung Kabine. Drinnen sanken wir alle auf das große Sofa.

Miguel wandte sich an Corinne.

»Du weißt schon, dass dir Nicolas nachgesprungen ist und fast ertrunken wäre?«

Corinne sah ihren Mann mit verschleiertem Blick an.

»Das hast du wirklich gemacht?«, fragte sie mit belegter Stimme.

»Ja«, sagte Nicolas. »Ich habe erkannt, dass mein Leben ohne dich wertlos ist. Ich bin so froh, dass du überlebt hast. Ich hoffe, du gibst mir noch einmal eine Chance. Ich liebe dich.«

Die beiden schauten einander tief in die Augen.

»Ich liebe dich auch«, flüsterte Corinne.

Dann küssten sie sich. Ich atmete innerlich auf. Hier war keine emotionsfokussierte Paartherapie mehr nötig. Das Unglück war die Therapie gewesen. Ich sah meine Freundin Sophie vor mir. Da hast du wieder einmal Glück gehabt, Yvy, lachte sie. Was für ein grandioses, emotionsfokussiertes Abenteuer.

Nachdem Corinne sich von Nicolas gelöst hatte, erzählte sie, was passiert war. Als eine große Welle sie über Bord gespült hatte, war sie einige Zeit in den Fluten getrieben. Schließlich war sie völlig erschöpft und konnte sich kaum mehr über Wasser halten. Dann hatte sie diesen Fischkutter gesehen. Ein Mann, wahrscheinlich der Besitzer des Kutters, barg sie aus den Fluten. Er gab ihr eine Decke und trockene Sachen zum Anziehen. Nach einer Weile hatten sie Schüsse gehört und der Fischer steuerte das Boot in die Richtung, aus der sie zu kommen schienen. Irgendwann waren sie auf die Aphrodite gestoßen. Der Fischer hatte sie über die Leiter auf die Yacht geschleppt und war dann verschwunden. Sie wusste nicht einmal seinen Namen, er hatte ihn ihr nicht genannt.

»Das mit den Schüssen war Yvonnes Idee«, warf Miguel ein. »Sie hat die Pistole in deiner Lade gesehen und sie geholt. Zuerst hat sie sie selbst abgefeuert. Dann habe ich noch einige Male geschossen, weil sie mich dazu gedrängt hat.«

Alle sahen mich an.

»Ihr beide habt Corinne und somit auch mein Leben gerettet«, sagte Nicolas. »Das werde ich euch nie vergessen. Und natürlich auch der Fischer, der leider verschwunden ist.«

Corinne nickte, Tränen rannen über ihr Gesicht. Ein Crew-Mitglied kam mit heißem Tee in die Kabine.

»Der Sturm hat etwas nachgelassen, und wir haben Entwarnung gegeben«, sagte er. Er stellte den Tee auf den Sofatisch.

»Ich glaube, wir brauchen etwas Stärkeres«, sagte ich. »Mir wäre jetzt nach einem Mojito zumute. Eine Runde für alle, bitte. Und sparen Sie nicht mit dem Rum.«

Ich schaute mich um. Nicolas und Corinne hatten nur Augen füreinander, aber Miguel nickte. Kurz darauf wurde ein Tablett mit XL-Mojitos, Sandwiches, Toasts und Fingerfood geliefert.

»Auf die Rettung von Corinne und Nicolas«, sagte Miguel.

»Auf das Leben und die Liebe«, ergänzte Nicolas.

Wir stießen mit den Cocktails an, aßen, tranken und lachten. Sogar Anti-Alkoholikerin Corinne schien der Mojito zu schmecken. Nicolas fütterte sie mit einigen Häppchen und wich nicht von ihrer Seite. Ab und zu flüsterte er ihr etwas ins Ohr.

Der Alkohol tat seine Wirkung, und ich fühlte mich immer entspannter. Ich prostete Miguel zu, und er lächelte mich an. Ich nahm einen großen Schluck von meinem Lieblingscocktail.

»Kennt ihr das Mojito-Feeling?«, fragte ich.

Corinne und Nicolas sahen mich fragend an. Miguel schmunzelte.

»Mojito-Feeling – was soll das sein? Das warme Gefühl im Bauch, wenn man einen Mojito trinkt?«

»Nicht ganz, es ist viel mehr als das«, sagte ich. »Es ist mein ideales Lebensgefühl.«

Alle drei sahen mich fragend an.

»Es hängt mit dem Bacardi-Feeling aus den Bacardi-Spots der Neunzigerjahre zusammen. Kennt ihr den Bacardi-Song von Groove Connection? Darin geht es um das unbeschwerte Lebensgefühl, wenn man sich an seinem ganz persönlichen Sehnsuchtsort befindet und das Gefühl hat: Ich bin glücklich. Ich habe ganz viel Lebensfreude in mir. Alles ist großartig. Ich kann sein, wer immer ich sein will. Alles ist möglich.«

»Oh ja, wie schön, das klingt wunderbar!«, sagte Corinne.

Sie schmiegte sich an Nicolas und nahm noch einen Schluck von dem Mojito. Miguel war aufgestanden und suchte etwas in einem Kasten. Plötzlich erklang mein heißgeliebter Bacardi-Song. Mit dem Mojito in der Hand sprang ich auf und begann zu tanzen. Ich schloss die Augen und ging ganz in dem Lied auf. Ich war an einem traumhaften Palmenstrand und schaute aufs Meer hinaus. Nur, dass diesmal mein Traummann neben mir stand. Hand in Hand liefen wir in das warme Wasser der türkisfarbenen Lagune.

Nach einer Weile bemerkte ich, dass ich eng umschlungen mit Miguel tanzte. Neben uns bewegten sich Corinne und Nicolas ganz gemächlich zur Musik. Alles war gut in meiner Welt. Ich seufzte zufrieden und lehnte mich an meinen Traummann.

»Dich hat der Himmel geschickt, Yvonne«, raunte er mir ins Ohr. »Als Lebensretterin für Corinne und Nicolas … und auch für mich. Wie gut, dass dich dieser Teller getroffen hat. Sonst hätten wir uns nie kennengelernt.«

Ich sah amüsiert zu ihm auf.

»Auf die Beule«, entgegnete ich. »Weißt du was: Ich bin auch froh, dass mich der Teller getroffen hat.«

Ich strahlte ihn an. Er zog mich an sich und küsste mich. Es war ein zärtlicher und inniger Kuss. In meinem Kopf explodierte etwas und meine Knie wurden weich. Wir sind füreinander bestimmt, sagte sein Kuss. Yvonne und Miguel. Wir gehören zusammen. Als wir uns nach einer kleinen Ewigkeit voneinander lösten, sah mir Miguel tief in die Augen.

»Je t'adore, ma chère«, flüsterte er.

Ich bete dich an, meine Liebste, hieß das auf Deutsch. Wie schön das klang. Diese französische Liebeserklärung hatte ich schon immer besonders reizend und galant gefunden.

Ich war trunken vor Glück. Na gut, auch ein wenig von dem XL-Mojito. Alles drehte sich um mich. Miguel stützte mich und geleitete mich zum Sofa. Dort lagen bereits Corinne und Nicolas eng umschlungen und schliefen. Sie sahen so glücklich aus. Miguel holte eine Decke und breitete sie sorgsam über das Paar. Gerührt betrachteten wir die beiden.

»Ich bin auch todmüde«, raunte er mir ins Ohr. »Es ist schon nach vier Uhr morgens. Lass uns auch schlafen gehen.«

Der Blick, den er mir dabei zuwarf, ließ keine Müdigkeit erkennen. Er deutete auf das große Doppelbett und schlug die Decken zurück.

Jetzt rächte sich der XL-Mojito.

»Ich muss kurz ins Bad«, sagte ich. »Bin gleich wieder da.«

Nachdem der Mojito seinen Weg nach draußen gefunden hatte, wusch ich mich noch schnell an den strategisch wichtigen Stellen, putzte mir die Zähne und besprühte mich mit einem der Parfüms, das ich im Spiegelschrank gefunden hatte. Ein Spruch von Klara fiel mir dazu ein, die ein bekennender Parfüm-Fan war. Parfüm ist wie die Liebe. Ein bisschen ist nie genug. Also sprühte ich noch einmal nach. Jetzt war ich bereit.

Ich eilte zurück ins Zimmer und wäre vor Aufregung fast über die herumliegenden Gummistiefel gestolpert. Endlich war ich am Bett angelangt. Da war er, mein Traummann. Miguel lag samt Kleidung unter der Decke und schlief.

Kapitel 18

Als ich erwachte, fragte ich mich, ob ich alles nur geträumt hatte. Ich wagte einen Blick auf die andere Bettseite. Miguel lag selig schlummernd da, die Arme um den Polster geschlungen. Seine schwarzen Haare waren zerzaust, und sein attraktives Gesicht war ganz entspannt und jungenhaft. Ich wollte ihm durch die Haare streichen, doch auf halbem Weg überlegte ich es mir anders und zog meine Hand wieder zurück.

Ich hatte es wieder getan. Mich verliebt. Diesmal gleich auf den ersten Blick. In seine vitale, männliche Ausstrahlung, seine bestimmte, liebevolle Art, das Lächeln, den speziellen Charme, die sonore Stimme. Eigentlich in seine ganze Aura. Dabei wusste ich noch nicht einmal, ob er gebunden war. Das war zwischen uns kein Thema gewesen. Aber Miguel war so attraktiv, dass er sicher an jedem Finger zehn Frauen hatte. Ich seufzte.

Das hast du ja wieder toll hingekriegt, höhnte die Stimme in meinem Kopf. Verliebst dich in einen attraktiven Latino, hinter dem alle Frauen her sind. Erinnere dich an deine bisherigen Beziehungen, Miss Mega-Flop. Eine Pleite nach der anderen. Spitzenwerte beim Auswählen der falschen Männer, die kannst du vorweisen.

Das stimmte leider. Verheiratet, unbrauchbar, beziehungsunfähig oder beziehungsunwillig, so konnte man meine Erfahrungen zusammenfassen. Meine Muster in Beziehungen waren katastrophal. Kaum hatte ich einen Mann kennengelernt, entpuppte er sich schon wieder als Nein-Fall. Nein, er will doch nicht. Oh nein, ich will doch nicht. Nein, er kann nicht. Oh Gott, nein, vergiss es.

Nicht dass meine Freundinnen in dieser Hinsicht erfolgreicher gewesen wären. Im vergangenen Jahr hatte Sophie nach einer Woche sogenannter Beziehung auf meine Frage, wie es dem jungen Glück denn gehe, geantwortet: Welches junge Glück? Ich bin seit gestern wieder Single. Beziehungsweise: Beziehungwaise. Ich glaube, ich brauche eine gute Therapeutin. Sicher hatte sie an eine emotionsfokussierte Single-Therapie gedacht.

Und Klara hatte auf meine Frage, wie ihre Beziehung zu dem feschen Staatsanwalt laufen würde, den sie mir vorgestellt hatte, erklärt: Meine Beziehung zu ihm ist wie ein Rolls Royce. Ich habe keinen Rolls Royce. Sonst noch Fragen?

Ich setzte mich ruckartig auf, um die trüben Gedanken zu verscheuchen. Auf dem Sofa lagen Corinne und Nicolas immer noch eng umschlungen und schliefen. Ein herzerwärmender Anblick. Ich stand auf und schlich ins Badezimmer. Dann ging ich auf Zehenspitzen zur Tür, öffnete sie vorsichtig und trat hinaus. Die Sommersonne lachte mich aus, und das Meer tat so, als wäre es immer so ruhig und friedlich gewesen. Ich sah mich um. Der Ausblick war umwerfend. Mitten aus Dantes Inferno hatten wir es ins Paradies geschafft.

Wir ankerten in einer Bucht mit Blick auf einen traumhaften, azurblauen Strand. Eingebettet in üppiges Grün, bot er eine einzigartige Kulisse. Das musste der Paloma Beach sein, von dem Miguel gesprochen hatte. Ein romantischer Ort mit Mojito-Feeling. Ich konnte direkt vor mir sehen, wie sich Corinne und Nicolas hier vor elf Jahren das erste Mal begegnet waren. Sicherlich war Nicolas von der zierlichen und kreativen Corinne sofort begeistert gewesen. Was für eine wundervolle Lovestory. Ich seufzte.

»Ich hoffe, das Seufzen gilt mir«, sagte eine sonore Stimme hinter mir.

Ich drehte mich um und landete direkt in Miguels Armen. Er strich mir über die Wange, und seine Augen scannten mein Gesicht ab.

»Das hier ist der Plage Paloma«, raunte er, wobei seine Lippen beim Sprechen leicht die meinen streiften.

Ich erwiderte seine sanfte Berührung mit meinen Lippen.

»La Paloma – die Taube. Schöner Name.«

»Ja, die Taube ist weltweit ein Symbol für den Frieden. Und Corinne und Nicolas haben ihren Konflikt schon auf dem Weg hierher beendet. Das ist mehr, als ich zu hoffen gewagt habe.«

Gloria und der Zettel mit Aufgabe drei fiel mir wieder ein.

»Das war die Kraft der Liebe«, murmelte ich.

Ich lehnte mich an Miguel, der sanft die Konturen meines Gesichtes nachfuhr und meinen Hals küsste. Dann erforschte er meinen Mund. Man konnte sagen: Ich war gerade mitten in der Erforschung der Kraft der Liebe. Aufgabe drei war definitiv meine Lieblingsaufgabe.

»Und dieser Strand wurde nach einer Taube benannt?«, fragte ich, als ich wieder zum Atmen kam.

»Nicht direkt. Er war früher bei der Familie Picasso beliebt, die mehrere Häuser in Südfrankreich besaß. Deshalb wurde er nach Pablo Picassos Tochter Paloma benannt. Seitdem ist der Strand der Treffpunkt des Jet-Set. Dort drüben siehst du die Klippen von Beaulieu-sur-Mer und Eze. Der Blick auf die Küstendörfer bis hin nach Monaco gehört zu den schönsten der ganzen Küste.«

Da musste ich ihm recht geben. Der Ausblick war einfach traumhaft. Ich schaute zum Plage Paloma hinüber. La Paloma, das klang so herrlich romantisch. Es erinnerte mich an … Hochzeitsglocken.

Eine kleine, charmante Kapelle irgendwo in Südfrankreich. Die Glocken läuten. Die Luft ist warm und es duftet nach Lavendel und Sommer. Ich trete aus der Kirche, Hand in Hand mit Miguel. Ein leichter Winstoß bauscht mein weißes Vintage-Hochzeitskleid auf und mein Spitzenschleier umweht mich. Miguel trägt einen umwerfenden Smoking und lächelt mich verliebt an. Ich werfe ihm einen leidenschaftlichen Blick zu. Nicolas und Corinne lösen sich aus der langen Reihe der Gratulanten und kommen mit einer rechteckigen Box in der Hand auf uns zu.

»Öffne du den Käfig, mon amour«, flüstert mein Ehemann.

Ich hole die erste weiße Taube heraus, küsse sie kurz und lasse sie fliegen. La Paloma adieu. Miguel wiederholt die Prozedur mit der nächsten Taube. Dann verlassen die restlichen Tauben den Käfig. Wir sehen zu, wie sie in den Himmel fliegen.

»Yvonne, wovon träumst du?«, fragte Miguel neckisch.

Nur schwer konnte ich mich von meiner Vision lösen.

»Ich … äh … träume … vom Mojito-Feeling am Paloma-Strand«, stotterte ich.

»Wie wäre es zuerst einmal mit Frühstück, chérie?«, lachte Miguel.

»Sehr gerne. Und danach würde ich gerne den ganzen Tag am Strand verbringen. Schwimmen, schnorcheln und sonnen. Gemeinsam mit dir.«

»Ich glaube, das lässt sich machen«, sagte er.

Hand in Hand schlenderten wir auf das obere Deck.

»Ein großes Frühstück für zwei Personen«, bestellte er gutgelaunt. »Und zwei weitere Personen werden im Lauf des Vormittags sicherlich dazustoßen.«

Wir setzten uns an den Tisch mit Blick aufs Meer. Der Steward brachte eine Platte nach der anderen. Riesige Obstplatten, Cerealien, weichgekochte Eier, Wurst- und Käseplatten, Croissants, frisches Brot und Gebäck, Butter, Marmelade und sogar Waffeln wurden aufgetragen. Zu trinken gab es frisch gepresste Säfte, Wasser und Kaffee. Miguel fütterte mich mit frischen Himbeeren und knackigen Heidelbeeren und verschlang mich förmlich mit seinen Blicken.

Ich war pappsatt und beim zweiten Cappucino angelangt, als Corinne und Nicolas händchenhaltend auftauchten. Trotz der Strapazen der vergangenen Nacht sahen beide aus wie das blühende Leben.

»Guten Morgen«, riefen sie, »wir haben gehört, es gibt hier Frühstück.«

Wir umarmten einander gutgelaunt.

»Setzt euch doch bitte«, sagte Miguel und reichte Corinne die Obstplatte und Nicolas das frische Gebäck. »Ich brauche euch ja nicht zu fragen, wie es euch geht.«

Nachdem wir alle fertig gegessen und getrunken hatten, beschlossen wir, in einer Stunde mit dem Tender-Boot zum Strand zu fahren.

Corinne löste sich von Nicolas und winkte mich zu sich.

»Auf ein Wort, Yvonne.«

Sie zog mich in ihre Kabine und öffnete schwungvoll den großen Wandschrank, der voll schicker Keidung ganz nach meinem Geschmack war.

»Ich habe gemerkt, dass du dich auch für Mode interessierst«, sagte sie. »Das rote Kleid, das du gestern ausgewählt hast, ist das Glanzstück unserer neuen Kollektion.«

Ich erschrak.

»Oh mein Gott, das schöne, rote Kleid! In der Aufregung habe ich es gestern nass über einen Stuhl in Miguels Kabine gehängt.«

»Kein Problem, das kann man reinigen und wieder aufbügeln. Mach dir keine Gedanken deswegen.«

Sie lächelte mich an.

»Ich wollte dir eigentlich meine neue Bademoden-Kollektion zeigen. Das hier würde dir sicher gut passen«, sagte sie und holte einen schicken Bikini in Altrosa und ein dazu passendes Strandkleid aus dem Kasten. »Oder gefällt dir das türkise Outfit besser?«

Nach einer Anprobe war klar: Die Kombination in Türkis stand mir am besten. Auch ein schwarz-weißer Bikini mit dazu passendem Wickelkleid gefiel mir besonders gut.

»Ich möchte dir die Strandkleider und Bikinis schenken«, sagte Corinne. »Und das rote Kleid von gestern. Du hast mir das Leben gerettet, und ich weiß gar nicht, wie ich mich revanchieren soll. Du kannst dir auch sonst alles heraussuchen, was du haben möchtest. Darüber hinaus möchte ich dir meine Freundschaft anbieten. Lebenslang.«

»Ich freue mich sehr darüber, vor allem über deine Freundschaft«, sagte ich und umarmte Corinne. »Ich nehme sie gerne an. Vielen, vielen Dank.«

Nicolas steckte den Kopf zur Tür herein.

»Was treibt ihr Frauen denn da?«, fragte er. »Wir wollen los, das Boot ist startklar.«

»Wir kommen gleich, mon amour«, rief Corinne, »richte bitte die Strandtaschen mit den Handtüchern und der Sonnencreme her.«

»Die stehen schon längst bereit, chérie«, grinste er. »Wir warten nur noch auf euch.«

Mit meinem neuen, türkisfarbenen Bikini und dem dazu passenden Strandkleid betrat ich wenig später an der Hand von Miguel das Tender-Boot.

Es betrachtete mein neues Outfit sichtlich begeistert und flüsterte mir Komplimente zu.

Sei nicht so dumm, höhnte die missgünstige Stimme in meinem Kopf. Du bist doch nur ein belangloser Flirt für ihn. Wenn diese Bootstour beendet ist, angelt er sich die Nächste.

Ach, halt doch den Mund, erwiderte ich. Diesmal ist alles anders. Das hier ist mein drittes und letztes Abenteuer, das mir Gloria verordnet hat. Ich bin innerlich gewachsen. Habe mich weiterentwickelt. Meine alten Muster abgeschüttelt. Ich gehöre jetzt zu den Gewinnern. Ich hörte nicht hin, was sie erwiderte.

Als wir den schönen Strand mit der filmreifen Kulisse betraten, war ich richtig euphorisch. Es hatte schon mindestens dreißig Grad und außer uns und den Hellmers war nur ein weiteres Paar anwesend. Der Duft von Zedern und Pinien lag in der Luft. Das Meer schimmerte in den verschiedensten Blautönen, und ich konnte es kaum erwarten, endlich darin einzutauchen.

Corinne und Nicolas legten sich erst einmal in die Sonne. Sie hatten offensichtlich noch großen Ruhebedarf nach den dramatischen Ereignissen des vergangenen Tages und trauten dem Element Wasser nicht.

Miguel packte Schwimmflossen, Taucherbrillen und Schnorchel aus und wir stürzten uns gemeinsam in die Fluten. Unter der Wasseroberfläche erwartete uns eine farbenfrohe Parallelwelt mit einer ungeheuren Artenvielfalt. Glitzernde Fischschwärme zogen über wogende Seegraswiesen. Wir kreuzten einen Schwarm von bunten Papageienfischen, begegneten Aalen, Zackenbarschen, Felsenfischen und leuchtend roten Meerbarben. Am Meeresgrund konnte ich Seesterne, Krebse, rote Korallen und Muscheln sehen. Miguel zeigte auf einen bunten Drachenkopf und gemeinsam tauchten wir zu ihm hinunter. Ich fühlte mich herrlich lebendig und frei.

Später lagen wir auf den bequemen Liegen des Beach Clubs in der Sonne, und Miguel schmierte meinen Rücken mit Sonnencreme ein. Ich döste vor mich hin und ließ mich einfach nur treiben.

»Geht es dir gut, ma colombe?«, flüsterte mir Miguel ins Ohr, als er sein Werk vollendet hatte.

Mein Täubchen nannte er mich, wie originell. Auf Französisch klang alles noch viel romantischer als in jeder anderen Sprache.

»Wenn ich am Meer und bei dir bin, könnte es mir nicht besser gehen«, entgegnete ich.

»Da ticken wir ja beide völlig gleich«, murmelte er und küsste mich.

Den Rest des Tages verbrachten wir mit Schwimmen, Sonnen und Plaudern. Wir tollten unbeschwert im Wasser herum und amüsierten uns prächtig.

»He, ihr beiden, lasst uns ins Strandrestaurant gehen«, rief Nicolas irgendwann zu uns herüber. »Ich habe Appetit auf den köstlichen Fisch hier.«

Unter großen Sonnenschirmen aßen wir eine delikate Fischplatte und stießen mit einem köstlichen, eisgekühlten Rosé auf Corinnes und Nicolas elften Jahrestag des Kennenlernens an.

»Ihr hättet Corinne sehen sollen, als sie vor elf Jahren genau dort vorne in ihrem silbernen Bikini ins Wasser gegangen ist«, schwärmte Nicolas. »Sie war so elegant und mädchenhaft zugleich, es hat mich umgeworfen. Es war Liebe auf den ersten Blick.«

Er nahm Corinnes Hand und lächelte sie verliebt an. Sie beugte sich vor und küsste ihn.

»Nic ist mir sofort aufgefallen auf seiner Liegematte am Boden«, sagte sie und schmunzelte. »Er hat aber meine Blicke nicht erwidert und ich dachte schon, er spricht mich nie an.«

»Ich habe mich nicht getraut«, gestand Nicolas seufzend. »Erst als sie ihre Sachen zusammengepackt hat, habe ich all meinen Mut zusammengenommen.«

Er machte eine strategische Pause und der Schalk blitzte aus seinen Augen.

»Mach schon«, sagte Miguel, »erzähl Yvonne, was du gesagt hast.«

»Ich bin zu ihr gegangen und habe mit zitternder Stimme und roten Ohren gesagt: Salut, ich bin Nicolas. Ich überlege schon seit vier Stunden, wie ich dich ansprechen soll. Leider ist mir nichts Originelles eingefallen. Deshalb ganz unoriginell: Würdest du etwas mit mir trinken, bevor du gehst?«

»Genau«, meldete sich Corinne zu Wort, »das fand ich so süß und unprätentiös, dass ich tatsächlich etwas mit ihm getrunken habe. Bei der Gelegenheit hat er mich dann gefragt, wie ein perfekter Tag für mich aussieht. Genauso wie heute, ein Tag am Strand, habe ich geantwortet. Aber nachdem du mich angesprochen hast. Er hat mich angestrahlt, und ab da war alles klar zwischen uns. Ein Jahr darauf haben wir geheiratet.«

»Genauso war es«, sagte Nicolas. »Als ich sie getroffen habe, ist meine Welt ein Stück heller geworden. Es tut mir so leid, dass wir uns voneinander entfernt haben. Es wird nie wieder vorkommen.«

Corinne und Nicolas küssten sich, und Miguel rieb sich vegnügt die Hände.

»Wow, ich liebe diese Geschichte«, sagte ich. »Und ich freue mich so sehr, dass sich die Dinge in die richtige Richtung etwickelt haben.«

»Und ich mich erst«, sagte Miguel und warf mir einen vielsagenden Blick zu.

Meine Kennenlern-Geschichte mit Miguel würde ja später auch etwas zum Erzählen hergeben. Ich ging im Yachthafen von St. Tropez spazieren, als mich plötzlich ein Teller am Kopf traf … Ich lächelte vor mich hin.

»Dieser Tag war so schön, dass man ihn mit Worten nicht beschreiben kann«, sagte ich zu Miguel, als wir wieder im Tender-Boot in Richtung Yacht fuhren.

Er warf einen Blick auf Corinne und Nicolas, die in der anderen Ecke des Bootes saßen und sehr miteinander beschäftigt waren.

»Vielleicht könnte er ja noch schöner werden?«, flüsterte er mir zu.

Ich sah ihn fragend an.

»Was hältst du davon, wenn wir uns nachher in deiner Kabine treffen? Nur zur Sicherheit, falls Corinne und Nicolas heute wieder bei mir schlafen wollen?«

»Das können wir machen. Wenn du nicht vorher wieder einschläfst. Dann kannst du mir ja die Frage beantworten, wie eine perfekte Nacht für dich aussieht.«

Er lachte sein jungenhaftes Lachen.

»Heute schlafe ich nicht ein. Du kannst davon ausgehen, dass ich dir deine Frage überaus gewissenhaft beantworten werde«, sagte er.

Sein Blick verursachte mir ein Kribbeln am ganzen Körper und trieb meinen Puls in die Höhe. Wir waren inzwischen bei der Yacht angekommen und gingen wieder an Bord. Corinne und Nicolas wünschten uns eine gute Nacht und verschwanden Richtung Corinnes Kabine.

»In einer Stunde«, raunte mir Miguel zu. »Dann bekommst du die Antwort auf deine Frage.«

Ich schwebte in meine Kabine und tanzte im Zimmer herum. Er empfand auch etwas für mich, jetzt war ich mir ganz sicher. Ich ließ mir ein Schaumbad ein und stieg in die Wanne.

Als ich fertig gebadet und meine Haare geföhnt hatte, öffnete ich den Kleiderkasten und holte ein enges, schwarzes Kleid mit großem Dekolleté heraus. Genau das richtige für diesen Anlass. Jetzt noch ein leichtes Make-up und etwas Parfüm. Im Badezimmrschrank fand ich *La vie est belle* von Lancome. Das Leben ist schön. Das passte perfekt. Mein Leben war seit gestern besonders schön.

Zufrieden betrachtete ich mich im Spiegel. Mein feuriger Latino konnte kommen. Ich war bereit. Mehr als bereit. Ein Blick auf die Uhr sagte mir, dass die Stunde um war. Ich bemerkte, dass meine Hände feucht waren und mein Gesicht glühte. Sicher zu viel Sonne. Und zu viel amour. Ich arrangierte die Blumen in den Vasen neu und lauschte immer wieder, ob Miguels Schritte zu hören waren. Schließlich setzte ich mich auf das Sofa und nahm mir eines der Modemagazine vom Beistelltisch.

Nach einer weiteren Stunde wurde ich nervös. Wo blieb Miguel denn nur? Ich stand auf und lief in der Kabine auf und ab. Alles war ruhig. Besser als der gestrige Sturm. Aber eine ruhige Nacht war nicht das, was ich heute wollte. Ich schlüpfte aus meiner Kabine und lief zu Miguel hinüber.

Vor seiner Tür atmete ich erst einmal tief ein. Dann klopfte ich zaghaft. Nichts. Alle schienen zu schlafen. Die Stille beunruhigte mich. Da stimmte doch etwas nicht. Ich nahm die Stiegen zum oberen Deck. Im Salon sah ich eine Gestalt. Corinne. Sie telefonierte am Handy und lief dabei auf und ab. Ich sah, dass ihr Gesicht verzerrt war und sie wild gestikulierte. Sie schien sich über etwas aufzuregen.

Als ich den Salon betrat, drückte sie das Gespräch weg und sah mich mit einer Miene an, die ich schwer deuten konnte. Aber sie verhieß nichts Gutes. Ich schluckte und knetete meine Hände.

»Corinne, ist etwas passiert? Wo ist Miguel? Ich kann ihn nirgends finden.«

Ich merkte, dass meine Stimme schrill und panisch klang. Sie sah mich mit einem sonderbaren Blick an.

»Yvonne, ma chére amie«, sagte sie. »Es ist tatsächlich etwas passiert … «

Das Blut rauschte in meinen Ohren und mein Herz klopfte wie verrückt. Nur mühsam hielt ich die Tränen zurück. Ich wollte Corinne packen und schütteln, damit sie endlich mit der Sprache herausrückte.

»Corinne«, rief ich, »bitte sag es mir endlich. Miguel … ist ihm etwas zugestoßen?«

»Es ist … er ist weg.«

»Wo ist er denn hin?«, keuchte ich.

Corinne sah mich betrübt an.

»Er … ist bei seiner Frau.«

Hatte sie seine Frau gesagt? Ich setzte mich auf das Sofa und starrte vor mich hin. Hab ich es dir nicht gesagt, krähte die Stimme in meinem Kopf. Der Schönling war zu schön, um wahr zu sein. Nein-Fall. Reinfall. Gratuliere. Das hast du wieder toll hingekriegt. Ich ernenne dich hiermit zum Master of Disaster.

»Miguel ist also verheiratet? Mir hat er davon kein Wort gesagt.«

Corinne setzte sich neben mich und legte den Arm um mich.

»Nein, nein, verheiratet ist er nicht mehr. Er ist geschieden. Isabelle ist seine Ex-Frau. Aber er spricht von ihr immer als von seiner Frau. Sie hat ihn der Karriere wegen verlassen und ist als Wissenschaftlerin auf eine Forschungsstation in Südamerika gegangen. Gerade vorhin nach unserer Rückkehr auf die Yacht hat sie ihn nach drei Jahren Funkstille plötzlich angerufen und um ein Treffen gebeten. Sie ist gerade in St. Tropez.«

In meinem Kopf drehte sich alles. Miguel ließ alles liegen und stehen und fuhr sofort zu seiner Ex-Frau, wenn sie nur mit dem Finger schnippte. Ohne mir Bescheid zu geben. Das sah nicht gut aus für mich.

»Es tut mir so leid für dich, Yvonne«, sagte Corinne und streichelte meinen Rücken.

»Denkst du, er kommt wieder zurück auf die Yacht?«

»Ich weiß es nicht. Es war ja nicht zu übersehen, dass ihr euch nähergekommen seid. Ich habe ihn gebeten, dir wenigstens zu erklären, warum er jetzt sofort abreist. Aber es war nichts zu machen. Ich hätte genausogut gegen eine Wand reden können. Er ist völlig überstürzt aufgebrochen. Ich fürchte, er hängt immer noch an ihr.«

»Er hat es dir gesagt und mir nicht? War das am Telefon auch Miguel? Du hast so aufgeregt gewirkt.«

Sie nickte nur und strich sich fahrig durch die Haare.

»Bitte, sag mir die Wahrheit, Corinne. Was habt ihr geredet?«

»Ich habe ihn angerufen und gefragt, was ich dir sagen soll.«

»Und?«

Sie sah mich mitleidig an.

»Miguel hat gesagt, das sei ihm egal. Er hätte Wichtigeres zu tun.«

Sie lachte bitter.

»Ich weiß nicht, was plötzlich in ihn gefahren ist. Ich erkenne ihn nicht wieder.«

Ich fühlte mich, als hätte mir jemand einen Schlag in die Magengrube versetzt. Meine Welt hatte sich verdunkelt.

Kapitel 19

Am nächsten Morgen erwachte ich mit einem dumpfen Schmerz in der Brust. Ich hatte von Miguel geträumt. Wir wollten zusammen verreisen. Hand in Hand warteten wir am Bahnsteig auf den Zug, warfen einander verliebte Blicke zu und küssten uns immer wieder.

Als der Zug einfuhr, stieg Miguel sofort ein. Ich plagte mich mit einem schweren Koffer ab, den ich nicht vom Boden aufheben konnte. Plötzlich gingen die Türen zu und der Zug fuhr ab. Ich sah Miguel am Fenster stehen. Er blickte mich mit unergründlicher Miene an. Ich sah dem Zug hinterher, und mein Herz krampfte sich schmerzhaft zusammen. Mir war klar, dass ich ihn verloren hatte.

Ich wachte auf und zog mir die Decke über den Kopf. Ich fühlte mich grauenhaft. Am liebsten wollte ich den ganzen Tag im Bett bleiben. Vielleicht war ich ja ernsthaft krank. Mir war so heiß. Ob ich Fieber hatte? Ich ächzte und riss mir die Decke wieder vom Gesicht.

Sieht ganz so aus, als würde dein Prinz vor dir flüchten, spottete die Stimme in meinem Kopf. Du hattest von vornherein nicht den Funken einer Chance.

Die Stimme hatte recht. Ich war ein Mängelexemplar. Die Tränen brannten in meinen Augen und bahnten sich einen Weg über meine Wangen. Ich hatte die Kraft der Liebe erforscht und bei Corinne und Nicolas war die Sache gut ausgegangen. Bei mir selbst war ich gescheitert. Wieder einmal. Ich fühlte mich dumm. Hässlich. Minderwertig. Und wütend.

Ich packte meinen Kopfpolster und schleuderte ihn Richtung Sofa. Er traf die kleine Vase am Tischchen davor, die klirrend in viele Teile zersprang. Sie verteilten sich über den Fußboden.

Ich wischte mir die Tränen aus dem Gesicht und atmete einige Male tief ein und aus. Nach einer Weile hatte ich mich wieder etwas gefangen. Was Sophie zu dem jähen Ende meiner Beinahe-Beziehung zu Miguel sagen würde? Wahrscheinlich würde sie mich zu einer Selbsthilfegruppe für Beziehungsgestörte verdonnern. Für die nächsten fünf Jahre. Trotzdem brauchte ich ihren Rat.

Ich stand auf und schleppte mich zum Sofatisch. Bloß nicht in die Scherben steigen. Das Handy, das mir Miguel gegeben hatte, war verschwunden. Nur ein paar dilettantische Modezeichnungen, die ich in der Nacht angefertigt hatte, als ich nicht einschlafen konnte, lagen noch herum. Da ich keinen Papierkorb fand, fegte ich sie mit der Hand beiseite.

Nach einer Weile fand ich das Handy unter den Pölstern auf dem Sofa. Es musste aufgeladen werden. Ich steckte es an und ging erst einmal ins Bad. Als ich mein Gesicht im Spiegel sah, erschrak ich. Ich sah so elend aus, wie ich mich fühlte. Die Haare hingen mir kraftlos ins Gesicht, und die dunklen Augenringe passten zu meiner finsteren Stimmung.

Das warme Schaumbad, das ich mir eingelassen hatte, entspannte mich ein wenig. Ich fönte mir die Haare, schminkte mich und suchte mir frische Kleidung aus dem Kasten. Dann setzte ich mich auf das Sofa und wählte Sophies Nummer. Schon nach dem ersten Läuten hob sie ab.

»Anwaltskanzlei Gebrüder Lug und Trug; fast jeder Streitwert ist uns einen Streit wert.«

»Hallo Sophie, hast du von Therapeutin auf Anwältin umgesattelt? Auf Anwälte bin ich gerade nicht so gut zu sprechen.«

»Yvonne, du bist es. Ich dachte, Klara ist dran. Was macht die emotionsfokussierte Paartherapie, und wie ist die Lage?«

»Mein Herz und mein Kopf bräuchten eine emotionsfokussierte Paartherapie.«

»Das klingt nicht so gut, was ist denn passiert?«

»Du wirst es nicht glauben: Bei Corinne und Nicolas hat sich alles von selbst geregelt. Nur ich selbst bin wieder einmal ins Fettnäpfchen getreten.«

Ich schilderte Sophie die Erlebnisse der letzten zwei Tage. Als ich mit meinen Ausführungen fertig war, begann sie zu meiner Verwunderung zu lachen.

»Was ist denn so lustig daran?«, fragte ich.

»Sorry, aber ich habe gerade dieses Bild von deinem Schönling im Kopf. Er steht vor dir und sagt mit schmalziger Stimme: Mi amor, wir sind jetzt fünf Jahre zusammen, und da wollte ich dich fragen, ob du meine Frau … «

»Ja, ich will!«

» … kennenlernen willst.«

Hahaha. Ich krieg mich gar nicht mehr ein vor Lachen.«

»Ich weiß, ich weiß. Ich war naiv. Lach mich ruhig aus. Ich könnte mir selbst eine Ohrfeige verpassen.«

»Du solltest deinen Männerauswahlmodus updaten, Yvy. Was willst du mit einem unglücklich geschiedenen Latino-Macho?«

»Er ist mir nicht wie ein Macho vorgekommen. Er war so nett und zuvorkommend. Und das mit der Scheidung wusste ich nicht. Er hat kein Wort darüber verloren.«

»Emotionale Altlasten sprengen jede Beziehung. Weil dein Miguel das Erlebte nicht richtig verarbeitet hat, kann er keine neue Beziehung mehr aufbauen. Da ist er nicht der einzige.«

»Er war alles, was ich mir schon immer erträumt habe«, murmelte ich.

»Yvonne, ich geb dir einen guten Rat: Vergiss den Traumprinzen, besorg dir lieber ein Ross und ein Schwert und mach dein eigenes Ding.«

»Danke für den tollen Tipp. Es wird mir sowieso nichts anderes übrig bleiben«, seufzte ich.

»Sieh es positiv: Enttäuschungen machen uns stärker. Wir beide sind mittlerweile kugelsicher. Das ist doch auch schon was.«

»Ach Sophie«, jammerte ich, »in meinem Kopf sieht es aus wie in meiner Handtasche. Das komplette Chaos. Ich weiß überhaupt nicht, was ich jetzt machen soll.«

»Ich versteh dich nur zu gut, Yvy. Am besten, du redest einmal mit Gloria. Ich würde sagen, du hast die Aufgabe erfüllt. Du hast die Kraft der Liebe erkundet. Was dabei herauskommt, konnte man nicht wissen.«

»Stimmt, ich habe die drei Aufgaben erfüllt. Aber ich bin unglücklicher als vorher.«

»Tja, that's life. Das geht vorüber. Hol dir deine Belohnung von Gloria ab. Das wird dich sicher aufbauen. Du schaffst das schon. Ich wünsch dir ganz viel Glück, ruf mich wieder an. Au revoir, chère amie!.«

Sophie hatte recht, ich hatte alle drei Aufgaben erfüllt. Und ich musste nach vorne schauen. Mein Leben wieder neu ordnen.

Apropos Ordnung: In einem der Kästchen fand ich einen kleinen Besen und eine Schaufel und kehrte die Scherben von Vase und Glas zusammen. Dann entsorgte ich sie in einem kleinen Eimer im Bad. Die am Boden verstreuten Entwürfe legte ich wieder auf den Sofatisch. Alles zurück auf Neustart. So leicht würde ich mich nicht unterkriegen lassen. Ich legte noch etwas Schminke auf und machte mich auf den Weg zu Corinne und Nicolas, die schon beim Frühstück saßen.

»Guten Morgen, Yvonne«, sagte Corinne. »Setz dich doch bitte zu uns.«

Sie hielt mir die Obstplatte und den Korb mit dem Gebäck hin, aber ich hatte keinen Appetit.

»Für mich bitte nur Kaffee«, sagte ich. »Schwarz.«

»Yvonne, wir verstehen dich. Was Miguel da abgezogen hat, ist nicht okay. Ich bin selbst völlig außer mir, so etwas macht man einfach nicht. Möchtest du, dass wir dich zurück nach St. Tropez bringen?«

Ich konnte nur nicken, sonst wäre ich gleich wieder in Tränen ausgebrochen. Corinne sah mich mitfühlend an.

»In Ordnung, wir fahren gleich los.«

Als ich wieder in meiner Kabine war, klopfte es. Corinne stand vor der Tür.

»Wie geht es dir, meine Liebe? Es tut mir so leid, wie sich die Dinge entwickelt haben.«

»Vielen Dank, Corinne, komm doch herein und setz dich.«

Sie setzte sich auf das Sofa und betrachtete meine Zeichnungen.

»Die sind richtig gut«, sagte sie. »Hast du diese Entwürfe gemacht?«

»Ja, ich konnte gestern lange nicht einschlafen. Und zwar nicht nur wegen Miguel. Es gibt so viele Dinge, die mir im Kopf herumspuken.«

»Würdest du mir davon erzählen?«, fragte sie.

Als ich ihr die Geschichte mit Glorias Aufgaben geschildert hatte, sah sie mich nachdenklich an.

»Beziehungen haben sonderbare Mechanismen«, sagte sie. »Man kann nicht alles nach Plan regeln, manchmal muss man einfach loslassen. Ich wünsche dir von ganzem Herzen, dass du deinen Weg findest.«

Zwei Stunden später waren wir in St. Tropez angekommen. Ich hatte eines der Strandkleider angezogen, das mir Corinne geschenkt hatte. Es war schwarzweiß und nicht mit Erinnerungen an Miguel behaftet. Dazu einen dünnen, goldenen Gürtel und schlichte, schwarze Sandalen.

Meinen Reispass steckte ich mir in die Tasche des Kleides. Bei Gloria wusste man nie, was sie als Nächstes für mich geplant hatte. Nach kurzem Überlegen steckte ich auch das Handy von Miguel ein. Am Hafen sah ich bereits den silbernen Bentley stehen. Corinne und Nicolas umarmten mich zum Abschied.

»Wir sind immer für dich da«, sagte Nicolas. »Vergiss das bitte nie.«

»Alles Gute für dich und melde dich«, flüsterte mir Corinne ins Ohr und schob mir ihre Visitenkarte zu.

Ich setzte mich in den Bentley. Wir fuhren an eleganten Häusern und teuren Boutiquen vorbei. Vor einer modernen Villa mit raumhohen Fenstern hielten wir an. Der Fahrer läutete an der Haustür, und ein Butler öffnete.

»Bitte sehr, Madame Reich, Sie werden erwartet«, sagte er.

Ich folgte ihm durch den langgezogenen Flur in ein großes, luxuriöses Wohnzimmer mit topmoderner Einrichtung. Überall standen oder hingen Skulpturen und sonstige Kunstwerke, die sich perfekt in das Interieur einfügten. Das Haus wirkte extravagant und geschmackvoll. Typisch Gloria. Der Butler führte mich auf eine wunderschöne Terrasse mit Blick aufs Meer.

»Nehmen Sie bitte Platz«, sagte er und deutete auf gepolsterte Lounge-Möbel unter einem großen Sonnenschirm. »Was darf ich Ihnen zu trinken bringen?«

»Zitronenlimonade, bitte«, sagte ich.

Ich schaute aufs glitzernde Meer hinunter und stellte mir vor, wie Gloria hier ihre Zeit verbrachte. Plötzlich merkte ich, dass jemand neben mir stand. Gloria, meine Ikone.

Sie war schöner denn je. Die langen, schwarzen Haare fielen ihr in Wellen den Rücken hinunter. Das rote Haarband setzte die Frisur und die bernsteinfarbenen Augen nur noch mehr in Szene. Und das lange, bunt gemusterte Sommerkleid in Orange-, Gelb- und Rottönen stand ihr fantastisch. Da war sie wieder, die Feuergöttin. Stark und selbstbewusst, aber auch gefährlich und unnahbar. Stolz und niveauvoll. Ladylike und feinsinnig. Würdevoll. Ich wollte sein wie sie. Wieder einmal wurde mir bewusst, wie magisch ihre Ausstrahlung war. Sicher lagen Gloria alle Männer zu Füßen.

»Yvonne, wie schön, dich zu sehen.«

Sie umarmte mich und setzte sich mir gegenüber. Der Butler brachte zwei Gläser mit Zitronenlimonade. Ich machte einen großen Schluck, weil mein Mund sich plötzlich ganz trocken anfühlte. Gloria sah mich prüfend an.

»Wie ist es dir ergangen, meine Liebe?«

»Ich habe die drei Aufgaben erfüllt. Ich habe in Estland viel über das Glück gelernt. In Florenz habe ich einiges zum Thema Erfolg gelernt. Und hier in Südfrankreich habe ich die Kraft der Liebe erkundet. Ich habe die Hellmers versöhnt. Sie sind wieder total verliebt.«

»Das freut mich zu hören. Und wie fühlst du dich?«

»Ich … ich … «

Frustriert senkte ich den Blick.

»Ich … bin total unglücklich. So schlecht habe ich mich noch nie zuvor in meinem Leben gefühlt. Ich habe mich bei Aufgabe drei verliebt und bin verlassen worden«, schluchzte ich.

Gloria sah mich lange an.

»Was hat dieser Mann, das dich so anzieht?«

Ich überlegte.

»Er ist so männlich. Allerdings auch immer irgendwie unfassbar. Das verleiht ihm eine geheimnisvolle Aura. Sein Selbstbewusstsein und sein Auftreten gefallen mir. Und sein Humor und sein spezieller Charme. Die Mischung aus Latino und Franzose finde ich unschlagbar.«

»Oft verwechselt man Liebe mit Faszination. Es geht dabei um Eigenschaften, die man selbst noch nicht in sich erkannt hat«, sagte Gloria leise.

»Du meinst … es war nur ein Strohfeuer?«, stammelte ich.

Sie sagte nichts und betrachtete ihre rot lackierten Fußnägel.

»Vielleicht hast du ja recht«, sagte ich, um die unangenehme Stille zu durchbrechen. »Mit der Liebe habe ich so meine Probleme. Aber was ist mit den drei Aufgaben? Ich habe sie doch erfüllt, oder?«

Gloria schaute hinaus aufs Meer. Ihre Miene war verschlossen. Ich wurde unruhig. Warum antwortete sie nicht? Es war doch offensichtlich, dass ich die die Aufgaben erfüllt hatte. Nach einer Weile sah sie mich an.

»Es hat offenbar nicht funktioniert.«

»Oh nein, das ist nicht wahr«, rief ich. »Es hat sehr wohl funktioniert. Ich habe Aufgabe eins und zwei bewältigt. Ich war glücklich in Estland und ausgesprochen erfolgreich in Florenz. Dann habe ich bei der Rettung von Corinne und Nicolas mitgeholfen. Sie haben sich versöhnt. Jetzt möchte ich meine Belohnung.«

»Yvonne«, sagte sie, »die Belohnung sollte darin bestehen, dass du aus den drei Abenteuern als glückliche, erfolgreiche und liebesfähige Frau herausgehst. Würdest du sagen, dass du das bist?«

Ich starrte sie an. Natürlich war ich das nicht. Ich war unglücklich, weil mich Miguel verlassen hatte.

»Ich … nein, aber … es ist doch so …«, stotterte ich.

Mir versagte die Stimme. Gloria maß mich mit einem kühlen Blick, der mich körperlich schmerzte.

»Schade«, sagte sie in einem Ton, als sei in China ein Blatt Papier auf den Boden gefallen. »Bei mir hat es damals funktioniert. Bei dir offenbar nicht. Kann man nichts machen.«

Dann stand sie auf und verließ die Terrasse. Mir pochte das Blut in den Schläfen. Gloria war immer positiv und unterstützend gewesen. Sie hatte so viel Geduld mit mir gehabt, mich immer wieder aufgebaut. Ich konnte nicht glauben, dass sie mich jetzt einfach so stehenließ.

Wahrscheinlich war das ein Test. Sicher würde sie gleich zurückkommen. Mit einer tollen Überraschung. Neben mir räusperte sich jemand. Ich zuckte zusammen. Es war der Butler, den Blick auf den Boden gerichtet.

»Darf ich Sie hinausbegleiten, Madame?«

Ich sprang auf und stieß dabei die Zitronenlimonade um. Sie verteilte sich über das edle Tischtuch und den Boden. Mein Kopf dröhnte. Ich stolperte hinter dem Butler her.

»Au revoir, Madame«, sagte er und hielt mir die Tür auf.

Ich stürzte ins Freie, ohne zu antworten.

Du Versager, kreischte die Stimme in meinem Kopf. Du hast es wieder einmal vermasselt. Schachmatt durch den Latino im Spiel. Irgendein Mann macht dir schöne Augen und schon wirst du schwach. Alles eingesetzt und alles verloren. Wie kann man nur so naiv sein?

Ich lief durch das Gassengewirr. Hin und wieder lehnte ich mich an eine Hausmauer, um wieder zu Atem zu kommen. Mein Kopf war völlig leer. Ich hatte das Gefühl, aus der Zeit gefallen zu sein. Mein Leben war ein einziges Vakuum.

Irgendwann kam ich auf einen Platz voller Menschen. Unter prächtigen Platanen im Laternenlicht stellte ich erstaunt fest: Es war schon neun Uhr abends. Ich sah die Leute in den Restaurants sitzen und essen und trinken. Sie lachten, stießen mit ihren Gläsern an und unterhielten sich angeregt. Mir war nicht nach Lachen zumute. Ich hastete weiter.

Auf einem Felsen im Schatten großer Bäume blieb ich vor einer hübschen, provenzalischen Kapelle stehen. *Chapelle Sainte Anne* stand auf einem Schild, wo auch immer das war. Ich sank auf eine kleine Bank neben dem Eingang zur Kapelle. Ich hatte fürchterlichen Durst.

Tief ein- und ausatmen, sagte ich mir. Du musst jetzt nachdenken. Zu Gloria kannst du nicht zurück, das verbietet der Stolz. Sophie und Klara sind weit weg. Aber Corinne und Nicolas – sie haben dir doch Hilfe angeboten. Zitternd tastete ich die Taschen meines Kleides ab. Gott sei Dank, Corinnes Visitenkarte und das Handy waren noch da. Ich musste viermal wählen, bis ich es geschafft hatte, die richtigen Nummern einzutippen.

»Miguel, bist du es?«, fragte Corinne.

»N… nein, ich bin es. Yvonne. Er hat mir das Handy gegeben«, schluchzte ich.

»Mon dieu, Yvonne, was ist passiert?«

»Gloria hat gesagt, ich habe die Aufgaben nicht erfüllt. Ich bin den ganzen Tag ziel- und planlos herumgelaufen.«

»Oh nein. Wo bist du?«

»Chapelle Sainte Anne, ich sitze auf einer Bank vor der Kapelle.«

»Okay, bleib dort. Ich hole dich ab.«

Ich fühlte mich wie betäubt und konnte keinen klaren Gedanken mehr fassen. Nach zwanzig Minuten sah ich Corinne mit ausgebreiteten Armen auf mich zukommen.

»Yvonne«, rief sie, »was machst du denn für Sachen?«

Ich brachte kein Wort heraus. Sie umarmte mich und hielt mir eine Flasche Evian hin. Ich trank sie in einem Zug leer. Dann zog sie mich hoch.

»Komm mit, mein Auto parkt gleich um die Ecke.«

Am Schiff angekommen hatte ich mich wieder etwas gefangen, konnte mich bei Corinne bedanken und kurz zusammenfassen, was passiert war.

»Das tut mir so leid für dich«, sagte Corinne. »Ich verstehe diese Gloria nicht. Jetzt essen wir erst einmal eine Kleinigkeit und dann sehen wir weiter.«

Bald darauf wurde das Abendessen serviert, von dem ich nur ein paar Bissen essen konnte. Danach saßen wir mit einem Espresso am oberen Deck und schauten aufs Meer hinaus. Ich fühlte mich noch immer wie versteinert.

»Ich habe mir deine Entwürfe noch einmal angesehen«, sagte Corinne. »Sie sind wirklich gut. Du hast ein Gespür für Mode. Ich möchte dir einen Job als meine persönliche Assistentin anbieten.«

Nur langsam drang Corinnes Botschaft in meinen Kopf ein. Ein Job im Modeimperium Hellmer. Ich sah Corinne an und versuchte zu lächeln. Es gelang mir nicht.

»Schlaf erst einmal darüber«, sagte sie. »Morgen ist auch noch ein Tag.«

Dankbar nickte ich ihr zu. Ich bemerkte plötzlich, dass ich völlig erschöpft war. Ich schleppte mich in ins Bett und fiel in einen tiefen Schlaf mit dunklen Träumen.

Ich sitze auf der Terrasse von Glorias Strandhaus. Es ist Nacht, nur der Vollmond erleuchtet die Szene. Es riecht nach verbrannter Erde. Gloria erscheint in einer eleganten, schwarzen Robe mit einem Raben auf der Schulter. Die langen Haare trägt sie offen, und ihre Augen strahlen. Ihre Schönheit ist fast überirdisch.

Ich will ihr sagen, dass alles nur ein Missverständnis war. Dass ich die drei Aufgaben erfüllt habe. Ich öffne den Mund, bringe aber nur ein Krächzen zustande. Plötzlich beginnt ihr Gesicht zu zucken und verzerrt sich zu einer Fratze. Ich schreie auf und halte mir die Hände vors Gesicht. Als ich wieder aufsehe, steht an Stelle von Gloria die Gant mit einem diabolischen Grinsen vor mir.

»Frau Magister Reich«, schreit sie, »wie dumm sind Sie eigentlich? Es war doch klar, dass Sie versagen werden. Ich hatte von Anfang an vor, Sie zu vernichten.«

Sie lacht ihr schrilles Hexenlachen. Grauen erfasst mich. Der Rabe stürzt sich auf mich und pickt mit seinem spitzen Schnabel in meine Augen.

Ich wachte auf. Das Bettzeug war nassgeschwitzt, und mein Atem ging stoßweise. Was für ein grässlicher Traum. Für den Rest der Nacht war an Schlaf nicht mehr zu denken. Ich lief auf und ab und wog meine Optionen ab. Als die Morgensonne in meine Kabine schien, hatte ich mich entschieden. Ich machte mich zurecht und suchte die Hellmers. Im großen Salon sah ich sie vor einem Laptop sitzen. Die beiden sahen erst auf, als ich vor ihnen stand.

»Guten Morgen, meine Liebe«, sagte Corinne, »wie geht es dir? Du siehst müde aus.«

Ich nickte den beiden zu.

»Guten Morgen. Ich habe mich entschieden. Corinne, ich nehme dein Angebot an. Ich möchte deine Assistentin werden.«

Kapitel 20

So nicht. Viel zu langweilig. Ich saß am oberen Deck und zerknüllte den fünften Sommerkleid-Entwurf. Neben einigen organisatorischen Aufgaben hatte mir Corinne aufgetragen, probeweise eine kleine Kollektion von maximal zehn Kleidungsstücken zu entwerfen. Das Thema, das sie mir gegeben hatte, war »Endless summer«.

Grundsätzlich ganz mein Ding. Hatte ich doch selbst bisher immer davon geträumt. Nur dass es einfach nicht klappen wollte. Schon seit einer Woche mühte ich mich ab, aber ich war mit keinem meiner Entwürfe zufrieden. Ich wollte etwas Besonderes kreieren, eine Kollektion mit Esprit und dem gewissen Oh-là-là. Einen coolen Look, der Corinne und Nicolas umwerfen würde. Aber meine Kreativität war momentan am Nullpunkt angekommen.

Seit dem letzten Gespräch mit Gloria war mein Leben in Schieflage geraten. Ich fühlte mich wie ein Versager. Ein Gefühl, das mich schon mein ganzes Leben begleitete. Unfähig. Unwert. Ich war gescheitert. Wieder einmal. Die Gant hatte es mir prophezeit. Und recht behalten.

»Hab ich's dir doch gesagt«, blaffte mich die Stimme in meinem Kopf an. »Scheitern ist das, was du am besten kannst. Ein richtiger Scheiterhaufen bist du, haha. Eine Mrs. Nobody. Du willst Kleider für die Hellmers entwerfen? Das schaffst du doch nie. Eine Dilettantin und Niete bist du, jawohl.«

Ich knallte den Stift auf den Tisch, lehnte mich zurück und starrte aufs Meer hinaus. Die Stimme hatte recht. Ich war und blieb eine Nullnummer. Dabei war ich so knapp dran gewesen. Wenn ich mich nur nicht in Miguel verliebt hätte. Wie ein Backfisch hatte ich ihn angehimmelt, und er hatte mich fallen lassen. Naiv war ich gewesen. Oder auch einfach nur strohdumm. Wie auch immer, knapp daneben war auch vorbei.

Noch dazu stand mein vierzigster Geburtstag bevor. In ein paar Tagen war es so weit. Vierzig Jahre und nichts in meinem Leben passte. Kaum bekam ich eine neue Chance, versagte ich schon wieder. Wie jetzt bei den Hellmers. Ich wischte mir die Tränen aus den Augen. Corinne kam mit zwei Tassen Kaffee in meine Richtung geschlendert.

»Yvonne, was ist denn los?«, fragte sie und stellte eine Tasse vor mir ab. »Geht es dir nicht gut?«

Ich senkte den Kopf.

»Leider nicht, ich … ich habe offenbar eine kreative Blockade«, murmelte ich. »Gib mir bitte noch ein paar Tage für die Kollektion.«

Sie nahm einen kleinen Schluck Kaffee und sah mich nachdenklich an.

»Yvonne, setz dich bitte nicht so unter Druck. Die letzte Woche war wirklich hart für dich.«

Sie rückte näher, neigte den Kopf in meine Richtung und legte ihre Hand auf meine.

»Ich hätte da einen Vorschlag, ma chère. Ich müsste in zwei Tagen zu Mode-Shootings für meine nächste Frühjahrskollektion in die Karibik fliegen. Nach Saint Barth. Da Nicolas und ich momentan überhaupt keine Zeit haben, wollte ich dich fragen, ob du für uns einspringen könntest. Ich glaube, ein Ortswechsel wäre momentan genau das Richtige für dich.«

Kaum zu glauben, das war jetzt eine positive Überraschung. Ich fühlte mich gleich viel besser. Was für eine Frage, natürlich wollte ich in die Karibik. Ich sah mich mit einem coolen Drink am Strand liegen. In türkisfarbenen Lagunen nach Muscheln tauchen. Auf der Luftmatratze am Meer treiben. Die Karibik war der Sehnsuchtort meiner Seele. Und dann auch noch Saint Barth!

Saint Barth oder mit vollem Namen Saint-Barthélemy war eine Insel so schön wie ihre Gäste. Das Monaco der Karibik galt als das Feriendomizil der Stars schlechthin. Die kleine Antilleninsel hatte traumhafte Strände und Luxushotels zu bieten. Und sie war bekannt für die Mode-Shootings, die dort stattfanden. Aufgrund der exorbitant hohen Preise der Unterkünfte hatte ich mir die Insel bisher nur im Internet angesehen.

Und jetzt bekam ich die Chance, endlich wieder mein Mojito-Feeling zu spüren. Ich sah die Farben der Karibik vor mir. Palmengrün, Meeresblau und Sonnengelb. Eine brandneue Endless-summer-Collection von Yvonne Reich. Be what you wanna be. Ich wollte frei und unbeschwert sein. Spaß haben. Wieder Lebensfreude spüren. Wie sehr war ich doch von meinem idealen Lebensgefühl abgekommen.

Die Reise nach Saint Barth war auch eine gute Möglichkeit, um Miguel zu vergessen. Seit seinem abrupten Aufbruch hatte ich nichts mehr von ihm gehört und versuchte, nicht mehr an ihn zu denken. Was ziemlich schwierig war, denn hier auf der Yacht erinnerte mich alles an ihn.

»Ich vertrete euch sehr gerne«, sagte ich, »nichts lieber als das.«

»Wie schön«, entgegnete Corinne, »endlich sehe ich dich wieder lächeln. Du kannst in unserer Villa wohnen und dort an deinen Entwürfen arbeiten. Die Mode-Shootings dauern nicht allzu lang und du findest auf der Insel sicher Ruhe und Inspiration.«

Ich fiel ihr um den Hals.

»Merci beaucoup, Corinne. Ich weiß gar nicht, wie ich mich für all das je revanchieren soll.«

»Glaub an dich, Yvonne. Gib nicht auf. Du wirst es schaffen und über alles hinwegkommen, da bin ich mir ganz sicher«, flüsterte sie mir ins Ohr.

Ich hoffte so sehr, dass sie recht hatte.

Zwei Tage später später landete ich auf Saint Barth. Der Taxifahrer hievte meine drei schweren Koffer ins Auto und hielt nach etwa zwanzig Minuten an der Adresse, die mir Corinne aufgeschrieben hatte.

Die zweistöckige Villa der Hellmers auf einer Klippe über dem Meer sah spektakulär aus. Ich sperrte die Eingangstür auf, schleppte mein Gepäck hinein. Das große, gediegen möblierte Wohnzimmer war zur Terrasse hin offen. Ich trat in die karibische Sonne hinaus und hielt die Luft an.

Der Ausblick von der riesigen Terrasse mit Swimming Pool auf die türkisfarbene Lagune der Flamands Bay war atemberaubend. Meine Laune stieg augenblicklich um hundert Prozent. Die schöne Lounge im Freien mit der gemütlichen Sitzgarnitur zeugte ebenfalls vom guten Geschmack der Hellmers. Ich strich mit den Fingern über die dicken, türkisfarbenen Pölster.

Der luxuriöse Pool daneben lud dazu ein, mir die Kleider vom Leib zu reißen und einfach hineinzuspringen, was ich nach kurzem Zögern auch tat. Schließlich konnte mich hier keiner sehen. Das Wasser war herrlich kühl und prickelte auf meiner Haut wie der Dom Pérignon Blanc aus 2009, den ich mit Miguel auf der Yacht … Nein, stop. Kein Gedanke mehr an Männer. Hier in der wunderbaren Ruhe und Einsamkeit würde ich wieder meinen Frieden finden. Ich tauchte ab und schwamm bis zum Ende des Pools unter Wasser.

Als ich wieder auftauchte und die Augen öffnete, sah ich einen braunen Fuß. Ich blickte höher und sah einen Rasta mit Eimer und Wischmob vor dem Pool stehen. Dunkle Augen betrachteten mich neugierig. Seine Lippen waren voluminös und wulstig und seine rechte Wange war von einer großen Narbe verunstaltet, die ihn verwegen aussehen ließ. Ansonsten wirkte sein Gesicht freundlich, aber etwas in die Jahre gekommen. Ich schätzte ihn auf Ende fünfzig. Er trug eine zerschlissene blaue Trainingshose und ein gelbes T-Shirt mit der Aufschrift *Always be yourself unless you can be a Rasta.* Die dicken Dreadlocks hatte er zu einem Pferdeschwanz zusammengebunden.

»Hi Lady, you look cool in this pool«, sagte er und hielt grinsend den Daumen hoch.

Ich starrte ihn mit offenem Mund an und brachte keinen Ton heraus.

»W … was machen Sie hier, und wie kommen Sie hier herein?«, stotterte ich schließlich.

»Everything is irie, Sugarpie. Relax and don't worry. Ich bin Rob, Rob from Jamaica. Ich putze hier.«

»Äh … wie bitte?«

»Feeling irie bedeutet, dass alles entspannt und locker ist. Daran solltest du noch arbeiten.«

Der Typ hatte offenbar eine Schraube locker.

»Mein Name ist Mrs. Reich, und ich möchte auch so angesprochen werden«, schnauzte ich ihn an. »Und falls Sie mit Mrs. Hellmer per du sein sollten: Wir beide sind es nicht. Ich bin locker und entspannt, sobald Sie von hier verschwunden sind.«

So etwas konnte natürlich nur mir passieren. Ein schnippischer Rasta-Putzmann, der mich nackt im Pool überraschte. Verdammt, ich hätte erst das Haus überprüfen müssen, bevor ich mich ins Wasser gestürzt hatte.

»Hang loose, Sugarpie. Corinne hat dich erst für morgen angekündigt«, sagte der Rasta und musterte mich frech.

»Wie Sie sehen, bin ich aber schon heute da. Und jetzt bringen Sie mir gefälligst ein Handtuch«, fuhr ich ihn an.

Er ging zu der Sitzgarnitur und kam mit einem flauschigen, gelben Badetuch zurück, das er am Poolrand ablegte.

»Umdrehen«, rief ich.

Langsam drehte er sich um.

»My uncle Rob from Jamaica, keeps on calling every day; just buy a ticket and take a summer holi-holiday«, sang er laut.

Dabei schnippte er mit den Fingern.

Ich kletterte aus dem Pool und wickelte mich rasch in das Handtuch. Der Typ hatte mir gerade noch gefehlt. Ich verspürte große Lust, ihm seinen Eimer aufsetzen und ihn mit dem Wischmopp hinauszujagen.

»So, Mister Rob, sie können gehen. Zurück zu Ihrem Onkel nach Jamaica. Für immer.«

»Würde ich gerne machen, Sugarpie. Jamaica ist die schönste Insel der Welt. Smiling, happy people there. Aber no job. Ich arbeite hier.«

»Jetzt nicht mehr. Kreuzen Sie hier ja nicht wieder auf, solange ich da bin.«

Er drehte sich so schwungvoll um, dass das Wasser aus seinem Eimer schwappte.

»Oh no, nichts ist fertig. Ich muss noch die Küche putzen und den Schrank im Schlafzimmer … «

Nur mit dem Handtuch bekleidet, ging ich auf ihn zu.

»Geben Sie mir sofort die Hausschlüssel.«

»Relax, Sugarpie. Smile and be happy. Ich störe ja gar nicht.«

»Haben Sie mich nicht verstanden?«

Er fischte langsam einen Schlüsselbund aus seiner Hosentasche. Ich riss ihn aus seiner Hand.

»Bye bye, Mr. Rob. Ein schönes Leben noch.«

Ich winkte ihm demonstrativ zu und legte mich auf einen Liegestuhl mit Aussicht aufs Meer.

»One love, one heart, let's get together and feel alright«, sang er und trottete mit Mob und Eimer ins Haus. Rob Marley, haha. Der Typ war doch sicher eingeraucht. Kurz darauf hörte ich die Eingangstür zufallen. Super, den war ich los.

Ich schlüpfte in meine Kleidung und verriegelte die Haustür von innen. Dann machte ich mich zu einem Rundgang durch das Haus auf. Die große Küche, die zum Wohnzimmer hin offen war, sah aus wie aus einem Hochglanzkatalog. Ich öffnete ein Kästchen und bewunderte das edle Geschirr aus Italien und Frankreich. Im Kühlschrank befanden sich einige Flaschen Rosé, Weißwein und Prosecco, im Vorratskasten gab es Knabbereien und Kekse. Der Abend war gerettet.

Der große Fitnessraum im oberen Stock war mit erstklassigen Geräten bestückt und hatte einen herrlichen Ausblick auf das Meer, ebenso das Arbeitszimmer mit Computer und großem Schreibtisch. Das Badezimmer spielte alle Stücke und war mit einem riesigen Whirlpool und einer Dusche ausgestattet. Die Armaturen waren vergoldet und der luxuriöse, weiße Marmorboden glänzte, als hätte ihn der Rasta soeben poliert.

Die beiden Schlafzimmer waren der Hit und hatten je ein großes, bequemes Himmelbett als Blickfang. Ich wählte das Zimmer mit dem blauen Himmelbett und ließ mich mit einem wohligen Seufzen hineinfallen. Richtig einsam fühlte man sich in dem riesigen Bett. Wie schön wäre es, wenn Miguel jetzt hier wäre …

Nein, nicht an Miguel denken, schalt ich mich selbst. Das Thema war abgeschlossen. Gecancelt hatte ich ihn und seine braunen Samtaugen. Warum mussten die Hellmers auch ein so überdimensioniertes Bett haben? Sophie fiel mir ein. »Ich bin ein optimistischer Single: Mein Bett ist halb voll«, hatte sie nach einer ihrer vielen Beziehungspleiten gescherzt.

Apropos Sophie, wo war mein Handy? Ich musste sie unbedingt über meine neuesten Erlebnisse in Kenntnis setzen. Ich lief die Stufen hinunter Richtung Eingangstür und kramte das Handy aus meiner Tasche. Dann wieder retour ins Himmelbett. Nach mehrmaligem Läuten hob sie ab.

»Sophies Selbsthilfegruppe für Pizzasüchtige, welchen Belag bevorzugen Sie?«, hauchte sie ins Telefon.

»Hallo Sophie, ein Mann wäre mir lieber als Pizza. Ich leide unter Einsamkeit im Himmelbett. Oder lieber doch nicht. Mit Männern bin ich durch.«

»Yvonne«, rief sie, »na endlich meldest du dich. Wie ist die Belohnung von Gloria ausgefallen? Was ist mit deinem Latin Lover passiert und in wessen Himmelbett liegst du gerade? Erzähl schon endlich.«

»Da gibt es nicht viel zu erzählen. Ich habe weder den Latino noch die Belohnung bekommen. Bin mal wieder auf der ganzen Linie gescheitert.«

»Was? Mach keine Witze, Yvy«, sagte Sophie. »Was ist passiert?«

Ich fasste die Ereignisse seit unserem letzten Telefonat zusammen.

»Oh nein, das tut mir so leid für dich«, kommentierte sie meine Ausführungen. »Glück mit Männern hattest du ja noch nie. Aber du warst so überzeugt von der Aufrichtigkeit dieser Gloria … «

»Sie dachte, ich würde als glücklicher Mensch aus der ganzen Sache herausgehen, und das bin ich nicht. Wegen der Sache mit Miguel.«

»Oh nein, das darf doch nicht wahr sein«, stöhnte Sophie. »Hast du dir das denn gefallen lassen? Und wo bist du jetzt?«

»Tja, ich hatte nicht wirklich die Wahl. Ich bin in der Karibik. Saint Barth, um genau zu sein. Im Strandhaus der Hellmers. Ich arbeite momentan als Corinnes Assistentin.«

»Ist ja super«, rief Sophie, »der Teil mit St. Barth gefällt mir. Ich wünsch dir einen tollen Aufenthalt. Am liebsten würde ich dich dort besuchen. Wann kommst du denn wieder heim?«

»Das weiß ich noch nicht.«

»Schade. Ich vermisse dich so. Warte mal, hier riecht es komisch.«

Ich hörte sie mit dem Handy in ein anderes Zimmer laufen.

»Ruf mich wieder an, Yvy, meine Pizza verbrennt gerade im Ofen. Tschüss, mach's gut.«

Ich ließ das Handy auf das Bett fallen. Ich vermisste meine Freundinnen auch, aber ich hatte momentan keine Lust, nach Wien zurückzukehren. Jetzt hieß es, die Koffer auszupacken und alle Kleider von Corinnes Kollektion für das Mode-Shooting übermorgen aufzuhängen.

Am Abend saß ich mit Laptop, Zeichenblock, Bleistift und einem Glas Wein am großen Tisch im Wohnzimmer und machte ein Brainstorming für meine Entwürfe. Die besten würde ich einscannen und an Corinne schicken.

Endless summer, das bedeutete für mich hauptsächlich schicke und schmeichelhafte Bademode, fröhliche und auch extravagante Sommerkleider, leichte Hosen und Röcke in neuartiger Interpretation und dazu passende Oberteile. Ich wollte Kleidungsstücke entwerfen, die etwas aussagten. Die zeigten, wer oder was die Person sein könnte. Und dadurch vielleicht das Leben der Trägerin veränderten. Genau wie bei meinen Zeichnungen in Florenz.

Das war nicht einfach. Corinne hatte die Latte einfach zu hochgelegt. Ihre Kleider waren todschick und glamourös. Zeitlos. Herrliche Farbkombinationen. Sie hatten das gewisse Etwas. Was hatte ich da entgegenzusetzen?

Okay, zuerst ein Bikini. Ein Bandeau-Bikini in Blutrot nahm vor meinem inneren Auge Gestalt an. Er sollte Leidenschaft und Präsenz ausdrücken. Ich zeichnete ein Oberteil mit Drapé-Effekt, das schmeichelte jeder Frau. Dazu ein gefüttertes Höschen mit seitlicher Raffung und Bindebändchen. Oder war das jetzt too much? Kritisch betrachtete ich meinen Entwurf. Vielleicht war eine klassische Slipform ohne Verzierungen doch besser. Oder nein, das war alles zu langweilig. Nett, aber nichts Besonderes.

Jetzt bekam ich auch noch Hunger. Irgendwie roch es hier nach Essen. Es polterte in der Küche. Ich zuckte zusammen und warf dabei das Weinglas um. Der Wein lief über meinen Zeichenblock.

»Hallo, ist da jemand?«, rief ich.

Ich sprang auf, packte eine Bodenvase als Waffe und schlich Richtung Küche. Vorsichtig lugte ich um die Ecke. Ich sah einen Mann mit Zöpfchen, der am Herd hantierte. Der Rasta. Er drehte sich um und grinste mich an.

»Hi, Sugarpie, wie geht's denn so? Ist die Vase für mich?«

»Das darf doch nicht wahr sein, wie sind Sie ins Haus gekommen und was wollen Sie hier?«, brüllte ich. »Ich rufe jetzt die Polizei.«

Ich sah mich nach meinem Handy um.

»Schrei doch nicht so, Sugarpie. Ich bin ja nicht taub. Es war Zeit für den Turndown-Service.«

Er nahm mir die Bodenvase aus der Hand und stellte sie in die Ecke.

»Wie … Turndown-Service? Wir sind doch nicht im Luxushotel. Und hören Sie endlich auf mit diesem Sugarpie-Gefasel.«

»Ist bei den Hellmers aber so üblich. Wenn sie hier sind, schüttle ich ihnen abends immer die Kissen und Betten auf und streiche die Laken glatt, lege Nachthemd und Pyjama zurecht und sorge dafür, dass alles bereitsteht. Corinne möchte frische Blumen im Schlafzimmer haben, und Nicolas liebt ein Stück edle Schokolade am Nachtkästchen.«

»Aber ich brauche keinen Turndown-Service.«

»Schau mal auf dem Nachtkästchen nach, bevor du schlafen gehst. Übrigens – ich hab dir was gekocht. Du musst doch hungrig sein.«

Er deutete auf die große Pfanne am Herd. Das Essen – was immer es war – roch verführerisch.

»Das ist ein jamaikanisches Nationalgericht. Jerk chicken. Mariniertes Huhn mit Chili und Gewürzen, gebratene Ananas und Limettenreis. Schmeckt verboten gut. Mein Lieblingsessen. Ansonsten esse ich ja meistens vegan, aber für dieses Gericht mache ich eine Ausnahme.«

Obwohl ich großen Appetit auf das Essen hatte, wollte ich dem Rasta keinen Grund zum Triumph geben.

»Aber … ich will gar nichts essen«, stotterte ich.

Ich wandte den Blick von der leckeren Mahlzeit ab. Der Rasta zog mich mit einer fließenden Bewegung zum Tisch und drückte mich auf einen Stuhl.

»Chilltime, Lady«, sagte er. »Beende deine Grübelvorgänge und fahr die Sorgen herunter.«

Er legte mir eine Serviette auf die Knie, schenkte mir Wasser ein und servierte mir das Gericht.

»Du musst mal gepflegt abhängen, Sugarpie. Hang loose, you know. Dann wirst du auch lockerer.«

Ich überlegte, den Teller nach ihm zu werfen, aber der Hunger siegte. Also griff ich nach Gabel und Messer und schnitt ein Stück von der Hühnerkeule ab.

»Lass es dir schmecken«, ermunterte mich der Rasta.

Ich schob mir das Fleisch in den Mund. Es schmeckte fantastisch. Eine Weile aß ich schweigend. Der Rasta machte sich inzwischen in der Küche zu schaffen und reinigte die Pfanne, in der er das Huhn gebraten hatte.

»Hmmm«, sagte ich schließlich mit vollem Mund, »ich glaube, ich habe noch nie etwas so Leckeres gegessen. Ein gutes Essen lässt Kummer und Sorgen vergessen.«

»Verzichte auf beides, Sugarpie«, sagte der Rasta, während er Herd und Küchenkästchen putzte. »Don't worry, be happy. Mein Großvater hat immer gesagt: Be a warrior, not a worrier. Sei jemand, der kämpft und nicht jemand, der sich Sorgen macht. Ich mach mir statt Sorgen lieber Jerk Chicken.«

Ich kaute auf einem Stück gegrillter Ananas herum. Was wusste Mister Wischmopp schon über meinen Kummer und meine Sorgen?

»Wenn das so leicht wäre«, murmelte ich und schob mir mit Bedauern das letzte Stückchen Huhn in den Mund. »Manche Dinge können einem eben ganz schön zusetzen.«

Der Rasta polierte hingebungsvoll schöne, langstielige Weingläser. Sie sahen so teuer aus wie der gesamte Hausstand der Hellmers.

»Die Dinge sind oft nicht so, wie sie scheinen, Sugarpie. Vergiss das nie.«

Er warf mir einen aufmunternden Blick zu und hielt ein Glas prüfend gegen das Licht.

»Manchmal sehen wir die Dinge nicht so, wie sie sind. Wir sehen sie, wie wir sind.«

Ich seufzte. An Glorias dritter Aufgabe war ich gescheitert. Das hatte sie klar genug zum Ausdruck gebracht. Da halfen auch die Sprüche von Wischmopp-Rob nichts.

Der Rasta servierte das Geschirr ab und spülte es ab.

»Gute Nacht, Sugarpie. Und Kopf hoch, sonst siehst du die Sterne nicht.«

Dann verließ er die Küche, und ich hörte die Haustür zufallen. Das Verriegeln von innen konnte ich mir sparen, er kam sowieso irgendwie herein. Mit einem Mal war ich richtig müde.

Langsam stieg ich die Stufen zum Schlafzimmer hinauf. Am Nachtkästchen fand ich, wie angekündigt, einen Teller mit Pralinen. Ich schob mir eine in den Mund. Köstlich. Nach einem kurzen Abstecher ins Bad sank ich auf das Himmelbett und fiel in einen tiefen, traumlosen Schlaf.

Kapitel 21

Ich wachte auf und warf einen Blick auf die Uhr. Neun Uhr dreißig. Ich hatte verschlafen. Entsetzt sprang ich aus dem Bett und lief ins Badezimmer, um im Schnellverfahren meine Morgentoilette zu absolvieren. Das Frühstück musste heute ausfallen.

Als ich mir ein Sommerkleid übergeworfen hatte, läutete es an der Tür. Zwei Männer standen draußen, um Corinnes Kollektion für das Shooting abzuholen. Gleich darauf verließ ich das Haus und folgte dem Weg zur Flamands Bay.

Zehn Seiten für die französische Modezeitschrift *Harper's Bazaar* sollten bei dem Shooting abgelichtet werden. Schon aus der Ferne sah ich das Team. Es waren über zehn Leute am Set: ein Fotograf, Stylisten, Assistenten und Models. Eine aparte, schwarzhaarige Frau in meinem Alter mit Pagenschnitt kam auf mich zu.

»Bonjour, ich bin Eliana, die Redakteurin vom *Harper's Bazaar*. Corinne hat mir schon angekündigt, dass Sie sie diesmal vertreten.«

Ihr Händedruck war fest und bestimmt.

»Hallo, ich bin Yvonne. Ich war noch nie bei einem Modeshooting und finde das sehr spannend. Der Strand hier ist wunderbar.«

»Ja, aber ich muss Sie warnen«, sagte sie. »Die Strömungen in dieser Bucht sind unberechenbar. Ich rate Ihnen, hier nicht baden zu gehen. Es gibt andere schöne Strände in der Nähe.«

Sie ging ein Stück in Richtung des Sets, und ich folgte ihr.

»Die Models sind schon geschminkt und frisiert«, sagte sie. »Gleich beginnt das Fitting. Aufgrund der Fotos der Kleidungsstücke, die mir Madame Hellmer gesendet hat, habe ich für jedes Model eine Vorauswahl von mehreren Kleidern getroffen. Kommen Sie mit, ich zeige Ihnen, was ich mir vorstelle.«

Nun begann ein stundenlanger Fotomarathon. Corinnes Modelinie war minimalistisch, funktional und elegant auf der einen Seite, aber auch edgy, unkonventionell und extravagant auf der anderen. Wie kaum eine andere schaffte sie es, diese beiden scheinbar unvereinbaren Pole ganz harmonisch unter einen Hut zu bringen.

Ein puristischer weißer Hosenazug harmonierte perfekt mit einer extravaganten, asymmetrischen Plissée-Bluse in allen Farben des Regenbogens. Eine einfache, schwarze Kurzarmbluse kombinierte sie mit einem wunderschönen grauen Midi-Rock mit Rüschen und einem roten Blazer. Die hochwertigen Kleidungsstücke wurden mit raffinierten Accessoires und Lichteffekten in unzähligen Einstellungen in Szene gesetzt. Ich fragte mich, ob meine Entwürfe jemals an diese genialen Sachen herankommen würden.

Um fünfzehn Uhr waren die wichtigsten Aufnahmen im Kasten. Ein weiterer Termin wurde für den nächsten Tag anberaumt, wieder für zehn Uhr.

Nachdenklich sperrte ich die Türe der Hellmerschen Villa auf. Ich zog die Schuhe aus und schlenderte in die Küche, wo ich mir eine Flasche Wasser aus dem Kühlschrank nahm. Ein Glas kühler Weißwein konnte auch nicht schaden. Er würde mich beim Zeichnen beflügeln. Ich setzte mich an den Tisch im Wohnzimmer und schrieb Corinne zunächst eine Nachricht, wie das Mode-Shooting gelaufen war. Dann öffnete ich meine Mappe mit den begonnenen Entwürfen.

Zwei Stunden und einige Gläser Wein später war der Papierkorb voll, aber meine Mappe noch immer leer. Ein tolles Motto, aber schwache Umsetzung. Jedes Kleidungsstück, das ich gezeichnet hatte, war zwar ganz nett, aber nichts Besonderes. Erst einmal eine Pause zu machen, war sicher eine gute Idee. Ich legte mich auf die Couch und schlief bald darauf ein.

Ich träumte, dass jemand in meiner Nähe sang. Die Stimme kam mir bekannt vor.

„Don't worry about a thing
‚Cause every little thing gonna be alright … "

Als ich mich aufsetzte, sah ich einen Mann mit langen Zöpfen. Rob the Mopp säuberte die Bodenfliesen auf der Terrasse. Er war wirklich eine Klette der besonderen Art. Dazu sang er laut.

„Three little birds
Pitch by my doorstep
Singin' sweet songs
Of melodies pure and true
Saying', this is my message to you … "

Ich setzte mich wieder vor meinen Zeichenblock. An Schlaf war nicht mehr zu denken. Plötzlich stand Rasta Rob neben mir.

»Hi, Sugarpie, hang loose. Was geht ab? Alles cool bei dir?«

»Nein, gar nicht«, sagte ich. »Ihr Gesang stört mich. Sie haben mich aufgeweckt und jetzt muss mich hier wirklich konzentrieren.«

Er stellte Kübel und Wischmopp ab. Heute trug er ein rotes T-Shirt mit der Aufschrift *This Rasta loves Pasta*. Interessiert betrachtete er meine Zeichnung.

»Sag mal, bist du etwa Modedesigerin wie Corinne Hellmer?«

»Ich, äh … nein, es ist so: Corinne möchte, dass ich eine kleine Kollektion von etwa zehn Teilen für sie entwerfe. Aber das ist nicht so einfach und erfordert Ruhe.«

Der Rasta lächelte mich an.

»Ich hätte da eine große Bitte«, sagte er. »Es geht um meine Halbschwester, die auch hier auf der Insel wohnt. Sie wünscht sich ein schickes Kleid für besondere Anlässe. Ein Kleid, das wirklich zu ihr passt. Ich möchte ihr eines nähen lassen. Kannst du etwas für sie entwerfen?«

Ich sah ihn irritiert an.

»Aber … ich kenne Ihre Schwester doch gar nicht.«

Er zog ein Handy aus der Tasche und tippte darauf herum. Dann hielt er mir ein Foto von einer attraktiven Frau hin, die etwa seine Hautfarbe hatte.

»Das ist Melissa. Sie ist Mitte vierzig und eine toughe Frau. Unabhängig, stark. Sehr sportlich. Eine Kämpfernatur. Hat sich ihren Traum erfüllt und eine eigene Firma gegründet. Was könnte ihr stehen?«

Er suchte nach weiteren Fotos und hielt sie mir hin.

»Nun, Ihre Schwester ist eine gut aussehende Frau, aber … «

»Bitte«, sagte er. »Ich verspreche, ich werde dich nie wieder um etwas bitten. Und ich werde dich nicht mehr stören.«

Er zog ein Gesicht und grinste mich hoffnungsvoll an. Ich überlegte, ihn abzuwimmeln, entschied mich dann aber dagegen. Okay, dann würde er halt irgendeinen Entwurf bekommen. Es war ohnehin völlig egal, was ich zeichnete, da er von Mode null Ahnung hatte. Dann war ich ihn hoffentlich für immer los. Ich betrachtete noch einmal das letzte Foto.

»Was macht Ihre Schwester aus? Was ist ihr größter Traum?«, fragte ich.

»Dass sie die Leute glücklich machen kann, die sie buchen. Sie ist Hochzeitsplanerin. Tough, aber romantisch veranlagt.«

Verwundert sah ich den Rasta an. Hochzeitsplanerin also. Was für ein origineller Beruf. Sie schien eine Frau zu sein, die ein extravagantes Kleid brauchte. Mit einer Prise Romantik.

Ich nahm einen Stift und zeichnete schnell ein enganliegendes Etuikleid mit einem herzförmigen Ausschnitt und kleinen Off-the-Shoulder-Ärmeln. Es war asymmetrisch und hatte einen sehr tiefen Rückenausschnitt, der in einer Schleife endete. Jetzt die Farbe. Mischung aus Eisblau und Silber, kritzelte ich unter den Entwurf. Das würde gut zu Melissas Hautfarbe passen.

Ich nahm das Blatt und hielt es dem Rasta hin. Er betrachtete es interessiert.

»Wow, das Kleid ist der Hammer. Mel wird sicher verrückt vor Freude, wenn ich ihr so ein Kleid nähen lasse. Kannst du noch einen Blazer dazu entwerfen?«

Ein enger Blazer mit Schößchen und Dreiviertel-Ärmeln. Das passte dazu. Rob schien zufrieden. Endlich.

»Das ist so schön«, schwärmte er. »Du hast Geschmack, Sugarpie. Darauf trinken wir.«

Er eilte zum Kühlschrank und nahm eine Flasche aus dem Kühlschrank. Dann kam er mit einem Glas Champagner zurück und drückte es mir in die Hand. Er selbst nahm sich nur ein Glas Wasser.

»Prost, Sugarpie. Und vielen Dank. Sag mal, wenn du an ein legeres Outfit für Mel denkst: Wie würde das aussehen?«

Jetzt war der Moment gekommen, den Rasta hinauszuwerfen. Ich trank den Champagner und vor meinem inneren Auge erschienen Volantröcke in mehreren Farben und Mustern mit ärmelloser Jeans-Bluse. Schick dazu wäre auch eine Bluse mit Carmen-Ausschnitt.

Ich zeichnete alle meine Ideen auf. Nach ein paar weiteren Gläsern hatte ich mich warmgezeichnet. Ich entwarf noch ein paar lange Strandkleider und dazu passende Bikinis. Eine Hose mit breiten Beinen und Schlitz ab Kniehöhe mit coolem Muster. Dazu ein Wickeltop. Ein Sommerkleid mit schmalen Trägern, großem V-Ausschnitt und weitem Rock in Königsblau.

»Cool, du hast es drauf, Sugarpie«, sagte der Rasta und raffte die Zeichnungen an sich. »Vielen Dank. Das vergesse ich dir nie und Melissa auch nicht.«

Gleich darauf hörte ich die Haustür zufallen. Na toll, wenigstens einer war glücklich. Ich hingegen hatte noch immer keine Kollektion für Corinne vorzuweisen. Dafür brauchte ich jetzt nach dem ganzen Champagner etwas zu essen.

Ich stand auf und stolperte über den Wischmopp, der auf dem Boden lag. Verdammter Rasta. Als ich den Mopp verstaut hatte, öffnete ich den Kühlschrank. Er war gut gefüllt, und ich fischte eine Lasagne heraus, die ich im Ofen warm machte. Dazu bereitete ich mir einen Salat zu.

Nachdem ich gegessen hatte, warf ich einen Blick auf die Uhr. Es war schon elf Uhr abends, offenbar hatte ich stundenlang Kleidungsstücke für Robs Schwester entworfen. Ich sollte schlafen gehen. Schließlich hatte ich morgen einen Termin.

Am nächsten Tag machte ich mich um zehn Uhr vormittags wieder auf den Weg zum Strand. Die Models waren schon geschminkt und angekleidet, und die restlichen Fotos waren schnell gemacht. Um ein Uhr mittags waren wir fertig, und ich kehrte in die Villa zurück. Am Tisch im Wohnzimmer fand ich einen Zettel vor.

Surprise! Als Dank für die tollen Entwürfe für meine Schwester schenke ich dir eine Inselrundfahrt. Mein Freund Sam hat ein Taxi und führt dich herum. Ruf die Nummer unten an und er ist in zehn Minuten bei dir. Have fun, Sugarpie.

Das war ja eine erfreuliche Nachricht. Ich wollte die Insel unbedingt kennenlernen und zeichnen konnte ich auch noch später. Ich packte eine Badetasche, zog einen Bikini an, darüber Shorts und eine sommerliche Bluse. Dann rief ich die angegebene Telefonnummer an.

Zehn Minuten später klingelte es. Ich öffnete schwungvoll die Tür und erstarrte. Draußen stand Rob from Jamaica mit einer bunten Schirmkappe und einer großen Sonnenbrille und grinste mich an. Sein heutiges T-Shirt war ebenfalls knallbunt und trug die Aufschrift *Peace. Love. Rasta.*

»Hi, Sugarpie«, sagte er. »Sam ist leider verhindert. Seine Frau ist krank geworden, und er muss die Kinder hüten. Aber hier ist die gute Nachricht: Er hat mir sein Taxi geborgt.«

Er wies auf den alten Renault, der direkt vor dem Haus parkte.

»Bitte sehr, steig ein und genieß die Inselrundfahrt.«

Eigentlich hatte ich keine Lust, einen ganzen Tag mit Wischmopp-Rob und seinen Sprüchen zu verbringen. Ich brauchte eine gute Ausrede.

Der Rasta packte meine Badetasche und stellte sie auf den Rücksitz. Chance auf einen Rückzieher vertan. Ich setzte mich neben die Tasche und er fuhr sofort mit quietschenden Reifen los. Ich schnappte nach Luft.

»Alles cool, Sugarpie. Hang loose«, rief er über die Schulter. »Sam und ich sind die besten Fahrer hier auf der Insel.«

Dann pfiff er eine Melodie vor sich hin. Ich klammerte mich an die vordere Lehne, als er in halsbrecherischem Tempo einen Bus überholte.

»What a nice, sunny island«, sagte er. »I love Saint Barth. Kommt für mich gleich nach Jamaika. Hier gibt es im Durchschnitt dreihundert Sonnentage im Jahr. Die Insel ist nur einundzwanzig Quadratkilometer groß und hat vierzehn Strände, die zu den schönsten der Karibik zählen.«

Er nahm einen Schluck aus seiner Wasserflasche und zwinkerte mir im Rückspiegel zu.

»Die Hauptstadt Gustavia ist eine Mischung aus karibischem Flair und französischer Lebensart. Sie wird dir gefallen.«

Wie fuhren quer über die Insel zur türkisblauen Lagune von Cul de Sac, zum abgelegenen Strand von Marigot mit seinem Kokospalmenhain und erreichten über einen Fußweg den einsamen Colombier Beach. Ich machte ein Foto nach dem anderen und konnte mich kaum an der herrlichen Natur sattsehen.

Weiter ging es in das Örtchen Saint Jean, das am Ende der Landebahn des Flughafens von Gustavia lag. Die Flugzeuge flogen direkt über den Strand, was sich etwas beunruhigend anfühlte. Dafür gab es hier das klarste, türkiseste

Wasser und weißen Sand. An diesem Strand wollte ich unbedingt schwimmen gehen, während Rob sich unter einer Palme im Schatten ausruhte.

Erst einmal zückte ich mein Handy und machte einige Fotos von Strand und Umgebung. Die besten schickte ich an Sophie.

Vitamin Sea is all I need, schrieb ich darunter. Mit drei Smileys.

Postwendend kam die Antwort. *An diesem Strand fehlt nur eines: ICH!*

Dann legte ich mein Handtuch auf den Sand und zog Short, T-Shirt und Sandalen aus. Das Meer glitzerte im Sonnenschein wie eines von Corinnes Pailettenkleidern, das wir am Vormittag für *Harpers Bazaar* in Szene gesetzt hatten. Eine leichte Brise wehte mir um die Nase und in der Luft lag dieser frische Duft nach Meer, unendlicher Weite und Freiheit.

Da war es wieder, mein Mojito-Feeling. Ich hechtete ins warme Wasser und ließ mich auf den Wellen treiben. Tauchte bis zum Meeresgrund und fühlte mich wie eine Meerjungfrau. Hier wollte ich für immer bleiben.

Als mir Rob winkte, musste ich mich von der wunderbaren Kulisse trennen. Ich packte meine Sachen zusammen und trottete zum Auto zurück.

»Auf geht's in die Hauptstadt!«, rief er fröhlich. »Neben vielen Restaurants und Designerläden gibt es in Gustavia auch historische Attraktionen. Dort hinten siehst du das Wall House, dessen Ausstellungen die schwedische Kolonialzeit der Insel behandeln. Über der Stadt thront das Fort Karl aus dem siebzehnten Jahrhundert, von dem aus man einen großartigen Blick über den beliebten Stadtstrand Shell Beach hat.«

Er fuhr durch schmale Gassen und parkte schließlich neben einem hübschen Strandlokal.

»Das ist das Do Brazil mit Blick auf den Shell Beach, den Stadtstrand von Gustavia«, sagte er. »Hier gibt es leckeres Essen und die besten Sundowner-Cocktails von der ganzen Insel.«

Als wir das Lokal betraten, empfing uns coole Musik, und es duftete köstlich nach Fisch und Gegrilltem. Wir fanden einen Tisch mit Meerblick und studierten die Karte. Ich bestand darauf, Rob einzuladen, obwohl er sich sträubte. Dann bestellte ich einen Mahi- Mahi-Burger mit einem schmackhaften, weißen Fisch und dazu einen Mojito. Rob entschied sich für einen Salatteller und einen Virgin Mojito, weil Rastas keinen Alkohol trinken. Bald darauf stießen wir mit unseren Cocktails an. Der Rasta strahlte mich an.

»Prost, Lady, wir beide könnten jetzt endlich per du sein.«

Der herrliche Meerblick, die ausgelassene Stimmung und die gute Musik putschten mich auf. Ich fühlte mich so wohl wie schon lange nicht.

»Klar«, sagte ich. »Prost, Rob. Ich bin Yvonne.«

Seine wulstigen Lippen verzogen sich zu seinem typischen Rasta-Grinsen.

»Prost, Sugarpie.«

Bald war der erste Cocktail leer und wir orderten Nachschub. Der zweite Mojito war noch stärker als der erste.

»Wie lebst du hier auf Saint Barth, Rob? Hast du auch Frau und Kinder wie dein Freund Sam?«

Rob sah mich irritiert an.

»Nein. Ich brauche keine Frau, um zu lieben. Rasta is love. Ich lebe, um zu dienen und Liebe zu verbreiten.«

Ich starrte ihn mit offenem Mund an.

»Wirklich? Fehlt dir denn nicht irgendwas?«

Er lachte lauthals.

»Was soll mir denn fehlen? Liebe, wie die meisten Menschen sie verstehen, ist nichts anderes als Egoismus zu zweit. Es geht aber darum, tiefe Verbundenheit zu allem und jedem zu empfinden. Reine, bedingungslose Liebe. Die meisten Leute müssen erst einmal liebesfähig werden.«

Jetzt war ich aber ganz schön erstaunt. Wischmopp-Rob war ein Philosoph. Das hätte ich ihm gar nicht zugetraut.

»Über die Liebe kann ich gar nichts sagen«, seufzte ich. »Ich bin nicht sehr begabt in Liebesdingen. Ich greife immer daneben.«

»Love is creative, my dear. Sie findet im richtigen Moment das Richtige für dich. No worries, Sugarpie.«

Damit konnte ich jetzt nicht allzu viel anfangen. Dafür umso mehr mit dem leckeren Essen und der chilligen Lounge-Musik.

Als der Kellner unsere zweiten Mojitos serviert hatte, sah ich ihn. Ganz lässig saß er einige Tische weiter in einem hellen Sommeranzug da, in der Hand eine Margarita. Er sah fantastisch aus. Und so vertraut. Miguel.

Das Blut rauschte durch meine Adern, und mein ganzer Körper pulsierte. Er schien allein am Tisch zu sitzen und ich überlegte schon, aufzustehen und ihn anzusprechen, als sich ein Mann näherte und ihn mit Handschlag begrüßte. Aha, offenbar ein Geschäftstermin. Gott sei Dank nicht seine Ex-Frau. Ich trank einen Schluck von meinem Cocktail und ließ ihn nicht aus den Augen. Rob folgte meinen Blicken und dreht sich dann wieder zu mir um.

»Ist das jemand, den du kennst?«, fragte er.

»Ja … oder nein, eigentlich jemand, den ich gekannt habe«, stotterte ich. »Es ist so: Ich war in diesen Mann verliebt. Aber er hat mich verlassen.«

»Was gefällt dir denn an dem Typen?«, fragte der Rasta.

»Einfach alles«, brach es aus mir heraus. »Sein Aussehen, sein Charme, seine Art zu reden. Er ist so männlich und sexy.«

Rob sah mich prüfend an.

»Okay, wir folgen ihm«, flüsterte er mir zu, als Miguel schließlich aufstand, dem anderen Mann die Hand schüttelte und zum Ausgang strebte.

Rob stand ebenfalls auf, und ich folgte ihm, nachdem ich dem Kellner das Geld in die Hand gedrückt hatte. Vor dem Lokal stieg Miguel in einen roten Sportwagen, wir sprangen in Sams alten Renault und nahmen die Verfolgung auf.

Etwas außerhalb von Gustavia parkte sich Miguel vor einem kleinen Hotel ein. Offenbar wohnte er hier. Rob fuhr einfach weiter, und ich duckte mich unter das Fenster. In der nächsten Seitengasse blieb er stehen.

»Willst du aussteigen und mit ihm reden?«, fragte er. »Ich kann hier auf dich warten.«

»Nein, bitte fahr weiter. Ich bin nicht sicher, ob es eine gute Idee ist, ihn um eine Unterredung zu bitten.«

Am Rückweg fuhren meine Gedanken Karussell. Miguel und ich. Der Paloma-Strand in Südfrankreich, die Klippen von Beaulieu-sur-Mer und Eze. Ein berauschend schöner Tag, den ich mein Leben lang nicht vergessen würde. Ein berauschend attraktiver Mann. Meine Gefühle für ihn. Und dann die Abfuhr, wie eine kalte Dusche.

Ich schüttelte den Kopf und rief mich selbst zur Ordnung. Aus und vorbei. Er hatte sich für seine Ex entschieden. Und gegen mich. Kein einziges Mal hatte er sich gemeldet. Es machte keinen Sinn, auch nur einen Gedanken an ihn zu verschwenden.

»Wir sind da, Sugarpie«, rief Rob und riss mich aus meinen Gedanken. »Ich hoffe, die Rundfahrt hat dir gefallen.«

Er sprang vom Fahrersitz und hielt mir die Autotür auf.

»Oh ja, es war ein wunderbarer Tag. Danke für die tolle Inselrundfahrt.«

Er zwinkerte mir zu.

»Wenn du morgen doch zu dem Hotel von deinem Ex fahren möchtest, ruf dieselbe Nummer an.«

Augenblicklich wurde mir ganz heiß, als ich daran dachte, Miguel wiederzusehen.

»Vielen Dank, Rob.«

Er setzte sich ins Auto und fuhr los. Ich öffnete die Haustür, lief ins Schlafzimmer und ließ mich auf das riesige Himmelbett fallen.

Mir war jetzt nach jemanden, mit dem ich reden konnte. Ich zog mein Smartphone aus der Tasche und wählte Sophies Nummer. Besetzt. Oh nein. Gut, dann eben Klaras Nummer.

»Besetzungsbüro für Bollywood, was können wir für Sie tun?«, hörte ich gleich darauf ihre Stimme.

»Hallo Klara, hast du jetzt die Scherze von Sophie übernommen? Ich möchte mich für die weibliche Hauptrolle bewerben. Eine Rolle mit besonders viel Schmalz und Liebeskummer, bitte.«

»Yvonne, endlich höre ich mal was von dir. Sophie hat gewettet, dass du jetzt dran bist. Wir sitzen gerade beim Heurigen in Grinzing und haben über dich geredet. Sophie hat mich immer auf den letzten Stand gebracht. Ich habe dir doch gesagt, dass du dieser Gloria nicht trauen sollst. Und dein Latino war sowieso das Letzte. Ein pathologischer Lügner wie die meisten Anwälte.«

»Juhuuu, Yvy«, rief Sophie ins Telefon. »Was machen die Männer und wie geht es dir?«

»Frag lieber nicht, Sophie. Zuerst möchte ich wissen, wie es euch geht. Was machen die Männer in Wien?«

Schweigen in der Leitung.

»Also ich war vorhin beim Yoga und hasse jetzt alle Männer ein bisschen achtsamer«, sagte Klara.

Ihre Stimme klang schneidend.

»Mein Beziehungsstatus ist und bleibt idiotenfrei.«

»Fragt sich nur, wie lange«, hörte ich Sophie sagen. »Halt doch mal die Luft an, Klara. Ich hab zwar keinen neuen Freund, aber es gibt da jemanden … «

»Oh nein, sag nicht, es ist dieser säuselnde Softie aus deiner letzten Gruppentherapie für Schwachköpfe«, schimpfte Klara. »Das kannst du jetzt echt nicht bringen. Hat der gerade vorhin angerufen?«

»Hört doch auf«, seufzte ich. »Ich wollte euch eigentlich um Rat fragen. Aber ich glaube, das kann ich mir sparen.«

»Das ist mein Handy«, hörte ich Klara rufen. »Gib es sofort wieder her.«

Dann war Sophie am Telefon.

»Was ist denn los, Yvy? Hör nicht auf Klara und erzähl es mir. «

»Ich … also es ist so, ich habe heute Miguel gesehen. In Gustavia, der Hauptstadt von Saint Barth. Mit einem Klienten oder so. Der Taxifahrer ist ihm bis zu seinem Hotel gefolgt. Jetzt frage ich mich, ob ich ihn aufsuchen soll. Ich hatte es eigentlich nicht vor, aber die Sache lässt mir keine Ruhe. Ich möchte aus seinem Mund hören, was damals vorgefallen ist, und dass er kein Interesse mehr an mir hat. Ist das sehr dumm?«

Sophie holte tief Luft.

»Nein, gar nicht. Gib ihm noch eine letzte Chance. Wer weiß, was wirklich passiert ist.«

»Ich fasse es nicht. Habt ihr beiden denn gar keinen Stolz?«, hörte ich Klara im Hintergrund schimpfen.

»Danke, Sophie, ich überlege es mir«, sagte ich.

»Mach's gut, Yvy, ich halte die Daumen.«

»Schieß diesen Bastard doch in den Wind!«, hörte ich Klara noch rufen. Dann war die Leitung tot.

Ich verbrachte eine schlaflose Nacht. Schweißgebadet wälzte ich mich hin und her. Sollte ich Miguel aufsuchen oder nicht? In der Früh war ich noch immer unschlüssig. Mit einem Kaffee in der Hand trat ich hinaus auf die Terrasse und blickte aufs Meer.

Kapitel 22

Ich saß am Wohnzimmertisch und versuchte zu zeichnen. Ein Ballonrock mit einem engen Oberteil, das war es. Oder doch nicht, so ein Rock trug nur unnötig auf. Dann eine Marlene-Hose. Sah aber langweilig aus. Ein Rockabilly-Kleid vielleicht. Nicht wirklich originell.

Ich seufzte und ließ den Stift fallen. Es wollte mir einfach nicht gelingen. Wahrscheinlich war ich zu sehr abgelenkt. Eigentlich überlegte ich die ganze Zeit, ob ich Miguel aufsuchen sollte oder nicht.

Tu es nicht, sagte ein Teil von mir. Du wirst dich wieder einmal nur lächerlich machen. Versuche es, flüsterte mir ein anderer Teil zu. Du willst ihn doch, also musst du auch etwas dafür tun.

Ich stand auf und schlenderte auf die Terrasse. Es war Nachmittag, und die Sonne brannte noch immer vom Himmel. Da mir heiß war, zog ich meine Tunika aus und sprang in den Pool. Beim Schwimmen überlegte ich, wie Miguel auf meinen Besuch reagieren würde.

Eine dreiviertel Stunde schwamm ich hin und her, dann fühlte ich mich etwas ruhiger. Ich stieg aus dem Pool und war mir plötzlich sicher, dass ich es versuchen wollte. Ich lief zurück ins Schlafzimmer und holte mein Handy.

»Hi Sugarpie, was kann ich für dich tun?«, ertönte Robs Stimme.

»Äh, ich hab es mir überlegt. Ich möchte jetzt doch zu dem Hotel, in dem mein Bekannter wohnt. Kannst du mich in einer Stunde abholen?«

»Okay, ich werde da sein«, sagte er.

Ich stürzte in die Dusche und stylte mich, so gut es ging. Was sollte ich anziehen? Schließlich entschied ich mich für ein langes, elegantes Strandkleid aus Corinnes Kollektion in Blau- und Grüntönen.

Ich hatte ein flaues Gefühl im Magen und schwitzte wie verrückt, als wir uns dem Hotel näherten. Sicher war mein ganzes Make-up völlig verschmiert. In derselben Seitengasse wie am Tag zuvor blieb Rob stehen.

»Viel Glück, Sugarpie«, sagte er. »Ich warte hier auf dich.«

Ich stieg aus und ging zu dem Hotel. Am Parkplatz davor sah ich den roten Sportwagen von gestern. Miguel schien hier zu sein. Gleich wurde mir noch heißer. Vielleicht war es doch keine gute Idee gewesen, hierher zu kommen. Egal, jetzt war ich hier und ich wollte es wissen.

Ich trat durch die Drehtür in eine großzügige, gut gekühlte Lobby. Der Rezeptionist nickte mir freundlich zu.

»Bonjour, ich suche Monsieur Miguel Alvarez«, sagte ich.

»Bonjour Madame. Monsieur Alvarez wohnt in Zimmer zweihundertzehn, zweiter Stock.«

Er griff zum Hörer.

»Wen darf ich melden?«

»Es ist ein Überraschungsbesuch«, rief ich über die Schulter und lief die Stufen hinauf. Im ersten Stock musste ich erst einmal tief Luft holen. Ich überlegte, was ich Miguel sagen sollte.

Honey I'm still free, take a chance on me. Oder: Deine Ecken passen perfekt zu meinen Kanten. Was für ein dummer Spruch. Ich denke immerzu an dich. Zu uncool. Ich wollte mal sehen, wie es dir so geht. Dämlicher geht's nicht mehr. Ich habe dich vermisst. Nope.

Ohne es zu bemerken, war ich im zweiten Stock angekommen. Leider wusste ich noch immer nicht, was ich sagen sollte. Vielleicht: Ich wäre dann jetzt bereit zu heiraten. Dich zum Beispiel … Ich kicherte nervös. Wo war bloß Zimmer zweihundertzehn?

Hier musste es sein, ganz hinten. Die Tür war angelehnt. Ich holte tief Luft und klopfte an.

»Ja, bitte?«, hörte ich ganz leise eine Stimme sagen. Ich schob die Tür ein Stück auf.

»Hallo, darf ich hereinkommen?«, rief ich.

Keine Antwort. Langsam betrat ich das Zimmer. In meinem Kopf drehte sich alles. Ich sollte verschwinden. Am besten sofort. Gerade als ich wieder umdrehen wollte, sah ich eine Gestalt ganz hinten am Fenster sitzen. Sie hatte mir den Rücken zugedreht.

Irgendwie verursachte sie mir Gänsehaut. Jetzt drehte sie sich um. Ich hatte das Gefühl, dass alles in Zeitlupe ablief, wie in einem Albtraum. Kleine, stechende Augen schossen Pfeile in meine Richtung. Die Hakennase und die straffe Aufsteckfrisur. Die Gant.

Jetzt erhob sie sich auch noch. Unwillkürlich wich ich einen Schritt zurück.

»Nanu, wen haben wir denn da?«, schnarrte sie. »Meine erfolglose Ex-Mitarbeiterin. Wie ich vermutet habe, auch im Survival-Camp zu hundert Prozent gescheitert.«

Sie lachte höhnisch.

»Was machen Sie denn hier? Ich hatte gehofft, Sie nie wieder zu sehen. Sie sind ja lästig wie eine Schmeißfliege. Und genauso unnütz.«

Mir wurde schwarz vor Augen. Tief atmen, sagte ich mir. Ich musste das hier sofort aufklären.

»Was … was in aller Welt machen Sie hier?«, keuchte ich. »Ich wollte Miguel besuchen.«

»Miguel hat kein Interesse an Ihnen. Er ist jetzt wieder mit seiner Frau zusammen. Isabelle, meine Nichte.«

Ich spürte, wie mein Gesicht zu glühen begann. Das konnte nur ein schrecklicher Albtraum sein. Die Hexe musterte mich abfällig.

»Viele dumme Weiber wie Sie waren schon hinter Miguel her. Aber er hat Isabelle nie vergessen. Sie werden sich niemals mit ihr messen können, da haben Sie nicht die geringste Chance. Verschwinden Sie und lassen Sie sich nie mehr blicken, Frau Reich!«

Ich drehte mich abrupt um und lief aus dem Zimmer. So schnell ich konnte, rannte ich die Stiegen hinunter. Als ich fast unten angekommen war, prallte ich plötzlich gegen einen Mann. Ich schaute zu ihm auf. Miguel. Auch das noch.

Er sah mich verwundert an.

»Yvonne«, sagte er. »Was machst du hier?«

Ich brachte kein Wort heraus. Er zog mich neben sich auf die Stufe und strich mir die Haare aus dem Gesicht. Die vertraute Geste brachte mich fast um den Verstand. Mein Traummann so nahe. Ich hätte mich am liebsten in seine Arme geworfen und ihn nie mehr losgelassen.

»Ich arbeite jetzt für die Hellmers und vertrete Corinne bei einem Mode-Shooting hier. Ich habe dich gestern zufällig hier gesehen und wollte dich besuchen«, brach es schließlich aus mir heraus. »Ich wollte einfach wissen, was damals in Südfrankreich passiert ist.«

»Es tut mir leid, dass ich dir keine Nachricht hinterlassen habe«, sagte er leise. »Meine Ex-Frau hat mich angerufen und mir mitgeteilt, dass sie wieder in Saint Tropez ist. Sie wollte mich dringend sehen. Also bin ich überstürzt aufgebrochen.«

Er verschränkte seine Finger ineinander und sah verloren drein. Wie ein kleiner Junge. Ich wollte ihm durch die Haare fahren und seine Schläfen küssen.

»Sie hat in der Forschung gearbeitet und vor drei Jahren ein tolles Jobangebot in Südamerika bekommen. Wir haben lange darüber diskutiert, da ich nicht aus Südfrankreich weg wollte. Meine Kanzlei … ich wollte nicht mehr von vorne anfangen. Schließlich hat sie sich entschlossen, das Angebot anzunehmen. Sie hat sich von mir getrennt. Eine Fernbeziehung kann niemals gutgehen, das waren ihre Worte.«

Er schluckte und blickte zu Boden.

»Ich war lange Zeit verzweifelt. Du musst wissen, sie war meine ganz große Liebe. Dann mit der Zeit habe ich angefangen, es zu akzeptieren. Aber die Beziehungen, die ich eingegangen bin, haben nie lange gehalten.«

Er sah mich entschuldigend an.

»Ich habe einfach nie aufgehört, sie zu lieben. Als ich sie nach den drei Jahren wieder getroffen habe, war es, als wäre ein Teil von mir wieder zurückgekommen. Ein Teil, den ich zum Leben brauche. Wir sind jetzt wieder zusammen. Und wir arbeiten beide in Paris. Ich bin nur einige Tage wegen eines Geschäftstermines hier.«

All meine Hoffnungen fielen in ein tiefes Loch.

»Aber … was ist mit Elvira Gant? Sie war meine Chefin in Wien und hat mir das Leben zur Hölle gemacht. Was macht sie in deinem Hotelzimmer?«

»Elvira? Sie ist die Tante meiner Frau und macht gerade Urlaub in der Karibik. Sie wohnt im Hotel Guanahani.«

Er sah mich entschuldigend an.

»Es ist so: Isabelle und ich werden wieder heiraten. Elvira hat mich heute besucht, weil sie einige Details unserer Hochzeit klären wollte. Sie hat die Organisation übernommen. Ich wusste nicht, dass du sie kennst.«

Ich hörte seine Worte wie von weit her. Was für eine Demütigung. Das hätte ich mir wirklich ersparen können.

»Yvonne, wir hatten ein paar schöne Tage. Aber du musst mich verstehen. Ich bin jetzt wieder mit Isabelle zusammen.«

Miguel erhob sich, und ich stand ebenfalls rasch auf.

»Ich muss gehen, mach's gut, Yvonne.«

Er wandte sich von mir ab und eilte die Treppe hinauf. Völlig desorientiert stolperte ich in die Lobby und sah Rob, der sofort auf mich zukam.

»Oh no, Sugarpie, du siehst gar nicht gut aus. Komm, ich bringe dich nach Hause.«

Er legte den Arm um meine Schulter und geleitete mich aus dem Hotel. Während der Rückfahrt starrte ich aus dem Fenster, ohne etwas wahrzunehmen. Als wir bei der Villa angekommen waren, öffnete Rob die Autotür und führte mich wie eine Marionette ins Haus.

»Setz dich. Ich mach dir einen Drink«, sagte er und drückte mich auf die Couch im Wohnzimmer.

Ich hörte ihm kaum zu. Im Geist ging ich immer wieder die Begegnung mit Miguel und mit der Gant durch. Klara hatte recht gehabt. Ich hätte die Sache einfach auf sich beruhen lassen sollen. Stattdessen hatte ich mich total blamiert.

»Hier, bitte«, sagte Rob und stellte ein Glas vor mich hin.

»Ein Mojito. Den trinkst du doch so gern. Dann geht's dir wieder besser.«

»Miguel heiratet bald. Seine Ex. Und dann noch die Gant, die mich verhöhnt hat. Mir geht's nie wieder gut«, stöhnte ich.

»Sei nicht traurig, Sugarpie. Vergiss nie: Nichts ist, wie es scheint. Alles ist möglich. Das Leben ist voller Wendungen.«

Ich verstand kein Wort und nahm einen großen Schluck vom Mojito. Er schmeckte köstlich.

»Danke, Rob. Aber leider ist es so, wie es scheint. Ich habe definitiv keine Chance mehr bei Miguel. Und jetzt möchte ich alleine sein«, sagte ich.

Rob setzte sich neben mich und umarmte mich kurz.

»Everything is irie, Sugarpie«, flüsterte er mir ins Ohr. »Alles wird gut. Der Typ hat dich gar nicht verdient.«

Gleich darauf hörte ich die Haustür zufallen. Ich konnte keinen klaren Gedanken fassen. Ehe ich mich versah, war der Mojito leer. Ich brauchte noch einen. Der Rum stand noch auf der Küchenzeile. Die Limetten, Minze und der Rohrzucker ebenfalls. Etwas Crushed Ice dazu und fertig.

Mit dem Cocktail in der Hand trat ich auf die Terrasse. Wolken zogen auf und es wurde immer dunkler. Es würde ein gewaltiges Gewitter geben.

Everything terrible statt everything irie. Keine Spur von Glück, Liebe oder Erfolg. Ich hatte total versagt. In der Silberstreif-Versicherung, bei den drei Aufgaben von Gloria, bei der Leider-Nein-Beziehung mit Miguel, sogar bei der Kollektion, die ich für Corinne entwerfen sollte.

So viel Versagen war schon wieder eine Leistung. Und mein Glas war auch schon wieder leer. Ich taumelte in die Küche und mixte einen weiteren Drink. Zurück auf die Couch. Draußen krachte es. Blitz und Donner. Dann ein gewaltiger Wolkenbruch. Passte zu meiner Stimmung. Prost. Ich leerte das halbe Glas und kicherte.

Das Licht im Wohnzimmer flackerte. Dann war es finster. Jetzt konnte ich meinen Mojito nicht mehr sehen. Nach einer Weile schaffte ich es, von der Sitzgarnitur aufzustehen. Alles drehte sich in meinem Kopf. Ich nahm mein Smartphone und leuchtete in der Küche herum. In einem der Küchenkästchen fand ich eine Kerze und ein Feuerzeug. Ich zündete sie an und schwankte zurück. Gleich darauf ging sie wieder aus.

Draußen tobte die Hölle. Ein Blitz erhellte das Wohnzimmer, und mir fuhr der Schreck in die Knochen. In der Terrassentür stand jemand. Ich hielt die Luft an. Das musste ein Traum sein. Oder eine Halluzination. Die vielen Cocktails waren schuld. Beim nächsten Blitz stand die Person noch immer dort. Ich blinzelte. Die Erscheinung kam langsam näher.

Ich konnte nur Schatten erkennen. Es schien ein Mann zu sein. Groß und durchtrainiert. Etwas an ihm kam mir seltsam bekannt vor. Wie ferngesteuert stand ich auf und ging ihm entgegen. Dann standen wir einander gegenüber.

Ein weiterer Blitz erhellte das Zimmer. Ich blickte in ein Paar hypnotisch funkelnde, warme Augen. Eine magnetische Anziehungskraft ging von ihnen aus, verbunden mit einer tiefen Vertrautheit. Die Zeit schien stillzustehen. Dann war da plötzlich eine tiefe innere Gewissheit: Das ist der Mensch, der zu mir gehört.

Er kam noch näher und legte eine Hand auf meinen linken Arm. Seine Berührung war elektrisierend. Ich stand unter Strom. Seine Lippen berührten die meinen. Ich verlor jegliches Gefühl für Zeit und Raum und klammerte mich an ihn. Wir küssten uns, als hätte uns der Blitz getroffen. Dann versank alles in völliger Dunkelheit.

Etwas kitzelte mich am Arm. Ich öffnete die Augen und fühlte mich desorientiert. Wo war ich? Ein Rundum-Blick ergab: Ich lag in meinem Himmelbett im Schlafzimmer der Hellmerschen Villa. Ein Blick auf den Wecker neben dem Bett zeigte: Es war neun Uhr dreißig morgens. Der sonderbare nächtliche Traum fiel mir ein. Von einem Gewitter und einem Fremden, der mir so seltsam bekannt vorkam. Ich dachte an das Gefühl, als er mich geküsst hatte. Wie Blitz und Donner zugleich. Ich konnte seine Lippen noch auf meinen spüren. Es war, als ob ich ihn schon mein ganzes Leben gekannt hätte. Ich wünschte mir, der Traum wäre real, und er würde jetzt durch diese Türe kommen.

Langsam erhob ich mich und sah an mir hinunter. Ich hatte den Kaftan von gestern an. Mein Kopf schmerzte. Ich tappte ins Bad und schluckte ein Kopfwehpulver. Dann duschte ich lange, fönte mir die Haare und suchte ein neues Strandkleid heraus.

Jetzt brauchte ich erst einmal einen starken Kaffee, dann würde ich mit meinen Entwürfen weitermachen. Ich schlenderte in die Küche und trat mit der Kaffeetasse in der Hand auf die Terrasse hinaus. Ich nahm einen großen Schluck und musste gleich darauf husten.

Auf der Sitzgarnitur neben dem Pool saß jemand. Ein Mann. Die Tasse fiel mir aus der Hand und zerschellte am Boden. Das war er. Der Mann aus meinem Traum. Er war groß, blond, athlethisch gebaut und hatte warme, braune Augen. Ich starrte ihn verblüfft an.

»Alles Gute zum Geburtstag, Yvonne«, sagte er.

Oh mein Gott. Heute war mein vierzigster Geburtstag. Auch das noch. Ich hatte es in dem ganzen Stress hier völlig vergessen.

»Wer … wer sind Sie?«, stammelte ich.

»Ich bin Raoul.«

Ich starrte ihn an. Raoul wer? Den Namen hatte ich noch nie gehört. In dem Moment läutete es draußen Sturm. Ich zögerte. Dann wandte ich den

Blick von dem Eindringling ab, lief zur Haustür und öffnete. Eine milchkaffeefarbene Amazone lächelte mich strahlend an. Gloria.

»Guten Tag, Yvonne«, sagte sie und umarmte mich. »Alles Gute zum Geburtstag. Ist Raoul da?«

Sie trug einen zitronengelben Hosenanzug mit einem weißen Top und sah wie immer fantastisch aus. Die langen, schwarzen Haare wurden nur von einer Sonnenbrille am Kopf zurückgehalten.

Ich fragte mich, welche Komödie gerade gespielt wurde. Gloria hatte mich doch wissen lassen, dass sie mich nicht mehr sehen wollte. Was hatten nur alle mit meinem Geburtstag und woher kannte sie den Mann auf der Terrasse? Und … wer war der Typ?

»Ich bin hier, Gloria.«

Der Fremde namens Raoul stand plötzlich neben mir. Gloria lächelte ihn an.

»Lass uns gehen, Raoul. Ich brauche ganz dringend deine Hilfe.«

Sie wandte sich an mich.

»Ich erkläre dir später alles. Komm bitte um sieben Uhr ins Hotel Eden Rok, Yvonne. Es wartet eine Überraschung auf dich.«

Sie drehte sich um und ging eiligen Schrittes zu einem Auto auf der anderen Straßenseite. Der Mann von meiner Terrasse lächelte mich entschuldigend an. Er folgte ihr und stieg ebenfalls ein. Dann waren sie weg.

Kapitel 23

Was für eine schräge Inszenierung. Ich suchte das Hotel Eden Rock am Smartphone. Ach ja, das Luxushotel am Strand von Saint Jean. Tolle Location. Aber nach der Pleite mit Miguel war ich vorsichtig geworden. Bleib lieber im Strandhaus, flüsterte mir eine innere Stimme zu. Da bist du wenigstens halbwegs sicher.

Fest stand: Ich musste mich auf meine Entwürfe konzentrieren. Schließlich sollte ich in zwei Tagen schon wieder nach Südfrankreich zurückfliegen. Und ich hatte noch immer kein einziges Kleidungsstück für Corinne entworfen. Um einen kühlen Kopf zu bewahren, sprang ich erst einmal in den Pool und schwamm ein paar Runden. Dann legte ich mich in die karibische Sonne, um zu trocknen.

Obwohl ich dagegen ankämpfte, kreisten meine Gedanken ständig um den mysteriösen Mann, der mich gestern Abend geküsst hatte. Wahrscheinlich auch eine Scharade, wie alles, was Gloria betraf. An das Danach hatte ich keine Erinnerung mehr, was mich ziemlich beunruhigte.

Ich holte meinen Zeichenblock und Stifte. Mit einem Glas Wasser setzte ich mich auf die Terrasse. Neuer Versuch, neues Glück. Endless summer. Die Kollektion. Shorts waren immer gut. Shorts mit Kurzarmblazer. Oder nein, lieber eine Dreiviertelhose mit Blazer.

Moment, da war jemand im Wohnzimmer. Ich konnte den Wischmopp sehen und dann das grinsende Gesicht von Rob. Heute trug er ein T-Shirt mit einem Rasta-Smiley. Er winkte mir fröhlich zu.

»Hi, alles cool bei dir? Übrigens … happy birthday, Sugarpie.«

Er zog eine Blume aus seiner Jacke und hielt sie mir hin.

»Soll ich dich heute um halb sieben abholen?«

»Vielen Dank, Rob. Aber wer hat dich über meinen Geburtstag informiert, und warum willst du mich abholen?«

Er druckste verlegen herum.

»Ich wollte am Vormittag putzen und habe mitbekommen, dass eine große, attraktive Lady und ein Mann hier waren. Wollte gleich wieder umdrehen. Alles Gute zum Geburtstag, hat sie zu dir gesagt. Komm um sieben Uhr ins Hotel Eden Rock. Dann bin ich gleich wieder verschwunden. Wollte nicht stören. Soll ich dich fahren?«

»Vielen Dank, Rob. Aber ich bin nicht sicher, ob ich hingehen soll. Nach der Sache mit Miguel habe ich keine Lust auf eine weitere Blamage.«

»Ich kann draußen auf dich warten, falls du wieder schnell weg musst. No worries. Ich pass auf dich auf, Sugarpie.«

Wie lieb von ihm. Ich war richtig gerührt von Robs Fürsorge.

»Ich weiß nicht. Das alles kommt mir komisch vor. Mein Leben ist schon verfahren genug. Ich habe genug von Abenteuern jeglicher Art.«

Rob schüttelte den Kopf und sah mich eindringlich an.

»Hang loose, Sugarpie. Just do it. You are always one decision away from a totally different life. Das ist ein Sprichwort bei uns auf Jamaica. Du bist immer nur eine Entscheidung von einem völlig anderen Leben entfernt.«

Ich sah ihn nachdenklich an.

»Was soll's. Eigentlich kommt es auf eine weitere Blamage auch nicht mehr an.«

Rob nickte mir zu.

»Bin um halb sieben da, du kannst dich auf mich verlassen.«

Der Wischmopp und Rob verschwanden in der Küche, und als ich mir etwas zu trinken holte, war er nicht mehr da.

Vielleicht sollte ich doch hinfahren. Dann würde ich das Kapitel Gloria abschließen. Ich hatte keine Ahnung, worum es bei dem Termin im Hotel Eden Rock ging. Vielleicht ein Abendessen mit Gloria zu meinem Geburtstag? Es war durchaus möglich, dass sie sich wegen ihrer rüden Art bei unserem vorigen Treffen entschuldigen wollte.

Ich durchsuchte Corinnes Kollektion, und meine Wahl fiel schließlich auf ein enges, dunkelblaues Cocktailkleid mit einem langen Tüll-Überrock und Spaghetti-Trägern. Das sah wirklich elegant und gleichzeitig sexy aus. Dazu hohe Schuhe. Die Haare bearbeitete ich mit dem Lockenstab, bis sie mir in großen Wellen über die Schultern fielen.

Ich war gerade fertig geworden, als es auch schon an der Tür läutete. Rob grinste mich an und machte das Victory-Zeichen.

»Du siehst wunderschön aus, Sugarpie. Bitte sehr, das Taxi wartet.«

Ich setzte mich auf den Rücksitz und hing meinen Gedanken nach. Was in aller Welt würde mich im Hotel erwarten? Mit jeder Minute wurde ich angespannter.

»Wir sind da«, hörte ich Robs Stimme.

Ich sah mich um. Wir standen vor einem wunderschönen Boutique-Hotel auf einem Felsen über dem Meer.

»Viel Spaß, Sugarpie«, sagte der Rasta. »Du weißt, wo du mich findest.«

Er hielt mir die Autotür auf und ich stieg aus. Ich nickte Rob zu.

»Danke. Es beruhigt mich, wenn ich weiß, dass du da bist.«

Dann trat ich in ein geräumiges Foyer mit schicker Möblierung und sah mich um. Ich konnte Gloria nirgends sehen. Der Concierge lächelte mich an.

»Bonjour Madame, kommen Sie zum Essen? Das Strand-Restaurant ist heute wegen einer Privatveranstaltung geschlossen.«

Oh nein, nicht schon wieder. Die nächste Pleite.

»Nein, ich suche Madame Gloria Duval.«

»Ach so, Sie werden erwartet. Ich führe Sie hin.«

Er ging voraus und trat auf eine große, traumhafte Terrasse mit einer runden Bar und Blick aufs Meer. Eine kleinere Gruppe von Leuten stand bereits an der Bar. Jemand löste sich von der Gruppe und kam auf mich zu. Gloria. Sie trug ein langes, rotes Kleid mit Rüschen und sah wie immer wunderschön und aufregend aus.

»Yvonne«, sagte sie, »da bist du ja.«

Sie umarmte mich und küsste mich auf beide Wangen.

»Alles Gute zu deinem ganz besonderen Geburtstag. Komm mit, die Gäste warten schon auf dich.«

Gäste hatte sie also auch eingeladen. Jetzt war ich aber gespannt. Ein Kellner kam mit einem Tablett mit bunten Cocktails zu uns. Ich suchte mir einen aus, und auch Gloria langte zu. Sie hob ihr Glas.

»Prost, Yvonne. Vierzig wird man nur einmal. Ein gutes Alter, glaube mir.«

Sie führte mich zur Bar, wo mehrere Leute mit dem Rücken zu uns standen. Wir gingen auf die Gruppe zu, die hinter einer Blumendekoration stand.

»Hier ist der Stargast des Abends: Yvonne«, rief Gloria.

Zwei Personen drehten sich um und ich hielt die Luft an.

»Sophie, Klara, was macht ihr denn hier?«

Sophie umarmte mich stürmisch. Sie trug ein psychedelisch anmutendes Flower-Power-Kleid in Neonfarben und strahlte.

»Alles Gute, Yvy. Ich habe ja schon gesagt: An dem Strand hier fehlt etwas, und zwar ich. Ich glaube, ich gründe eine Selbsthilfegruppe für Strandsüchtige.«

»Niemand sollte ohne seine Anwältin Geburtstag feiern«, sagte Klara und hauchte mir ein Küsschen neben die rechte Wange. »Happy birthday, altes Schlachtross. Ab sofort hast du offiziell das Recht, eine Midlife-Crisis zu haben, hahaha.«

Sie trug ein schlichtes, schwarzes Cocktailkleid und war das krasse Styling-Gegenstück zu Sophie. Ich konnte es kaum fassen, dass meine besten Freundinnen hier waren.

»Aber … wie seid ihr denn hergekommen?«

Sophie verschränkte die Arme.

»Also ich hab mich hergebeamt. Direkt aus der Selbsthilfegruppe für zwanghafte Raumschiff-Enterprise-Süchtige. Spock hab ich abgehängt.«

»Gloria hat uns einfliegen lassen«, sagte Klara und zog die Augenbrauen hoch. »Stell dir vor, sie hat uns für eine Woche ins Eden Rock Hotel eingeladen. Ich bin im Doppelzimmer mit Sophie und ihren wild gemusterten Badeanzügen und Kleidern. Mir schwirrt schon der Kopf.«

»Mit ihrem Privatjet«, ergänzte Sophie. »Coole Art zu reisen. Und übrigens: Die Einzelzimmer waren schon ausgebucht. Leider. Ich wohne auch nicht gerne mit dunkelblauen Hosenanzügen zusammen, igitt.«

Hinter der Blumendekoration kam eine andere, bekannte Gestalt hervor. Frank, mein lieber Freund aus dem Survival-Camp.

»Happy birthday, Schätzchen, ich hab dich ja so vermisst«, rief er und breitete die Arme aus.

Wir umarmten einander und vergossen ein paar Freudentränen. Matteo stand daneben und klopfte mir kräftig auf die Schulter. Hendrik wartete geduldig hinter den beiden und umarmte mich ebenfalls.

»Alles Gute zum Geburtstag, Yvonne. Ich hoffe, du hast meine Nummer noch, falls du einmal was brauchen solltest.«

Dann sah ich Rebecca. Ich fiel ihr um den Hals.

»Ich freue mich so, dich zu sehen, sagte sie. Vincenzo lässt sich entschuldigen und wünscht dir alles Gute, genau wie ich. Buon compleanno, cara.«

Sogar Martha war gekommen. Sie strahlte mich an.

»Happy birthday, Yvonne«, sagte sie. »Du warst so unglaublich tapfer bei diesem Notfall über der Todesschlucht. Das werde ich nie vergessen.«

Gloria klatschte in die Hände.

»So, wir kommen jetzt zu den Geschenken«, rief sie. Sie geleitete mich zu einer Art Pfauenthron aus Rattan.

»Wer möchte anfangen?«

Sophie zerrte ein riesiges Paket hinter der Bar hervor. Ich entfernte mehrere Schichten von Geschenkpapier und ein überdimensionaler, rosa Pool-Flamingo kam zum Vorschein. *Mojito Feeling Flamingo,* stand darauf. Wie süß. Den hatte ich mir schon lange gewünscht. Samt Mojito-Feeling in einem Strandhaus. Ich drückte den aufblasbaren Vogel an mich.

»Den Flamingo habe ich selbst beschriftet«, sagte Sophie stolz.

»Danke Sophie, ich liebe diesen Flamingo! Gibt es schon eine Selbsthilfegruppe für Flamingo-Fetischisten?«

Klara trat vor und überreichte ebenfalls ein Geschenk. Ich entfernte das silberne Papier und fand darunter einen Karton. *Aufblasbare Cocktail-Bar,* las ich. Mit Mojito-Gläsern.

»Danke, Klara, wie cool ist das denn!«

Nun waren Frank und Matteo an der Reihe. In ihrem Päckchen fand ich eine Dose. *Bergluft vom Matterhorn,* stand darauf.

»Damit du immer schön frisch bleibst, meine Liebe«, sagte Frank..

Lachend bedankte ich mich.

Hendrik drückte mir mit ernster Miene ein kleines Paket in die Hand. Darin fand ich eine Stoffschlange.

»Damit du immer an mich denkst. Ich habe Wort gehalten und mein Leben völlig verändert, musst du wissen. Ich habe einen neuen Job und bin sogar wieder mit meiner Frau zusammen.«

Rebecca zauberte einen Karton hinter ihrem Rücken hervor. Zum Vorschein kam das faszinierende Porträt, das Vincenzo von mir gemalt hatte. Ich bedankte mich überschwänglich.

Martha überreichte mir eine große Metallbox. *Survival Kit* stand darauf.

»Du bist meine Survival-Heldin«, sagte sie. »Diese Box hier enthält viele praktische Dinge, die einem bei einem Survival-Trip oder einfach nur beim Wandern im Wald gute Dienste leisten können: einen Kompass, einen Feueranzünder, ein Schweizer Taschenmesser, eine Pinzette, ein zwei Meter langes Seil, eine Drahtsäge und zehn Sicherheitsnadeln.«

Ich bestaunte das originelle Geschenk.

»Falls du mal wieder vor der Zivilisation fliehen möchtest«, fügte sie hinzu.

Ich war gerührt.

»Vielen Dank, das ist so lieb von euch. Ich freue mich so, euch alle wiederzusehen.«

Gloria schob sich wieder neben mich.

»Und jetzt kommt meine Überraschung«, sagte sie.

Sie hielt mir ein Tablet hin und drückte auf Start. Auf dem Bildschirm erschien Corinne, die eine Hose mit breiten Beinen und Schlitz ab Kniehöhe kombiniert mit einem Wickeltop trug. Der Look kam mir bekannt vor.

»Hallo Yvonne«, sagte sie. »Zuerst einmal die besten Wünsche von mir und Nicolas zum Geburtstag. Leider können wir nicht an der Party teilnehmen.«

Sie drehte sich einmal langsam im Kreis.

»Das hier ist mein Lieblings-Outfit aus deiner Endless-summer-Kollektion. Die mir übrigens ausgesprochen gut gefallen hat. Deshalb werde ich sie auf der Pariser Fashion-Week unter deinem Namen zeigen.«

Sie hob den Daumen.

»Ich hoffe, es gefällt dir in Saint Barth. Hier kommt mein Geburtstagsgeschenk: Du kannst im Strandhaus Urlaub machen. Solange du möchtest.

Melde dich, wenn du wieder Ideen für eine weitere Kollektion hast. Bis dann, ma chère.«

Ich sah Gloria verwundert an.

»Aber diese Entwürfe habe ich für Robs Schwester Melissa gemacht. Wieso … «

Gleich darauf schoss mir die Antwort durch den Kopf. Rob. Er hatte die Entwürfe weitergegeben. Corinne war ja seine Arbeitgeberin. Aber wie kam Gloria an diese Botschaft?

Apropos Rob, der Arme wartete ja noch immer draußen.

»Das war dann wohl der Rasta, sagte ich. Wie nett von ihm. Darf ich Rob hereinholen? Ich möchte, dass er mitfeiert. Er wartet vor dem Hotel auf mich.«

Gloria nickte nur. Ich lief zum Parkplatz vor dem Hotel und fand ein leeres Auto vor. Nirgends eine Spur von Rob. Vielleicht war er irgendwo im Hotel. Ich fragte an der Rezeption, ob sie einen großen Rasta mit Dreadlocks gesehen hatten. Leider nein.

Am Weg zurück zum Strand-Restaurant kreuzte ein Mann meinen Weg. Er blieb stehen und sah mich mit durchdringendem Blick an. Der mysteriöse Raoul aus der Villa. Mein ganzer Körper kribbelte und mein Herz pochte wie verrückt.

»Was … wer sind Sie wirklich? Haben wir uns schon einmal irgendwo gesehen?« keuchte ich. »Und wie sind Sie letzte Nacht in die Villa gekommen?«

Er sah mich weiterhin nur an. Seine Augen ließen mich nicht los. Ich hatte das Gefühl, er blickte in mein Innerstes. Das war keineswegs unangenehm. Ich fühlte mich angenommen. Gut, so wie ich war. Endlich gut genug. Ein winziger Funken des Erkennens blitzte in mir auf. Etwas an ihm kam mir so vertraut vor.

Wie aus dem Nichts tauchte Gloria neben uns auf. Ihre Stimme bahnte sich einen Weg duch den Nebel in meinem Kopf.

»Yvonne, ich möchte dir Raoul Seeger aus der Schweiz vorstellen. Ein Top-Coach, Motivationstrainer, Schauspieler und Illusionist. Ein großartiger Schauspieler, muss ich sagen. Der Beste. Und ein erstaunlich guter Illusionist. Er hat bei David Copperfield gelernt.«

Raoul nickte mir kurz zu.

Schauspieler und Illusionist also.

»Sicher kommt er dir irgendwie bekannt vor. Er war die letzten Wochen ständig an deiner Seite und hat auf dich aufgepasst.«

In meinem Kopf rauschte es. Ich hatte Gänsehaut am ganzen Körper. Raoul war ständig an meiner Seite gewesen? Deshalb kam er mir so seltsam bekannt vor.

»Raoul und ich leiten eine Agentur«, fuhr Gloria fort. »The adventure of your life. Wir machen Spezial-Coachings für besondere Leute, die das Leben besser verstehen wollen. Die neue Wege gehen und alte Muster auflösen wollen.«

Sie strich sich die Haare aus dem Gesicht und blickte von mir zu Raoul.

»Top-Manager, Unternehmer, Börsengurus, Künstler und Prominente sind unsere Klientel. Sie müssen sich ganz in unsere Hände begeben und sich genau wie du drei Aufgaben stellen. Danach ist ihr Leben ein anderes.«

Wow, das waren vielleicht News. Die drei Aufgaben, das hatten also auch schon andere Leute durchgemacht.

»Okay, das leuchtet mir ein«, sagte ich. »Aber wo war Raoul die ganze Zeit? Er kommt mir irgendwie vertraut vor, aber ich habe ihn noch nie gesehen.«

Gloria lächelte maliziös.

»Raoul, dein Auftritt«, sagte sie.

Raoul sah mich an, dann streckte er seinen Körper und ging polternd auf und ab. Sein Gesicht veränderte sich völlig. Es wurde kantiger und irgendwie grimmig. Er erinnerte mich an … Edgar.

»Hallo Yvonne, herzlich willkommen in meiner bescheidenen Hütte«, sagte er mit tiefer, rauer Stimme und zupfte an einem imaginären Bart. Er hielt mir ruppig die Hand hin, wie Edgar es damals getan hatte. Dann fuhr er mit einer imaginären Schubkarre herum.

»Hier. Du fährst. Lady Driver, hahaha. Eine sinnvolle Tätigkeit macht glücklich.«

Das polternde Lachen des Yeti, ich konnte es kaum fassen.

»Was, du warst Edgar?«

»Ja. Mein Maskenbildner-Team ist hervorragend. Hohe Keilschuhe, Fatsuit und ein völlig anderes Gesicht mit farbigen Kontaktlinsen – und schon bin ich der Öko-Riese Edgar.«

In meinem Kopf drehte sich alles. Die drei Aufgaben waren ein abgekartetes Spiel gewesen? Ich holte tief Luft und sah Raoul an.

»Hast du die Rolle des Edgar schon öfters gespielt?«

»Ein paar Mal. Wir haben ein ziemlich großes Repertoire und immer mehrere Teams von Schauspielern vor Ort.«

Gloria ergriff wieder das Wort.

»Zeig Yvonne deine nächste Rolle.«

Raoul wandte mir den Rücken zu. Dann drehte er sich um und war ein anderer Mensch. Alles an ihm wirkte edel, er bewegte sich geschmeidig, wie ein ziemlich junger Mann.

»Scusi, Signora, Sie haben ein interessantes Gesicht. Darf ich Sie zeichnen?«, sagte er mit weicher Stimme.

Wow. Er lachte mit den Augen wie Vincenzo.

»Das ist Manierismus à la Vincenzo. Ich mache jetzt eine Skizze von dir, Yvonne. Deine Augen leuchten jetzt viel mehr.«

Er sah mich so aufmerksam und liebevoll an, dass mir ganz heiß wurde.

»Okay«, sagte Gloria. »Next please.«

Raouls Gesicht verfinsterte sich. Sein ganzer Körper wirkte plötzlich total steif, sein Gesicht war verkniffen und kühl. Er richtete seine imaginäre Brille.

»Bonjour, Madame. Ich bin Nicolas Hellmer. Ich habe noch viel zu arbeiten. Eine Paartherapie? Ich denke, das ist nicht mein Ding.«

Das durfte doch nicht wahr sein. Raoul hatte auch Nicolas gespielt. Genauso hatte er bei der ersten Begegnung auf mich gewirkt. In sich verschränkt. Grau in grau. So wie seine Augenfarbe. Die natürlich auch nur Fake gewesen war. Das ganze Drama rund um sein Über-Bord-Gehen … alles nur gespielt? Das war mir jetzt echt zu viel.

Gloria legte die Hand auf meinen Arm.

»Yvonne, ich möchte dir sagen, dass du die drei Aufgaben sehr wohl erfüllt hast. Ich habe dich nur deshalb im Glauben gelassen, dass du es nicht geschafft hast, damit du an deine Grenzen stößt. Damit du merkst, welche Mauern du dir selbst errichtest. Und damit du erkennst: Es geht immer weiter.«

Sie machte eine Pause.

»Ich habe im Survival Camp sofort gesehen, was für ein großes Potenzial in dir steckt. Natürlich habe ich immer an dich geglaubt.«

»Wirklich? Ich dachte schon, du machst mit der Gant gemeinsame Sache. Du kennst meine schreckliche Chefin aus der Silberstreif-Versicherung also nicht?«

»Nein, ich habe sie noch nie gesehen.«

Das erleichterte mich jetzt.

»Und was ist mit Miguel? War er auch nur ein Schauspieler?«

»Miguel ist ein Rechtsanwalt mit Schauspielausbildung. Er hilft manchmal als Schauspieler in unserem Team aus.«

Das musste ich erst einmal verkraften. Ich spürte, wie meine Augen feucht wurden.

»Die ganze Romanze mit Miguel … alles nur gespielt?«

»Nicht ganz«, sagte Raoul. »Mir ist gleich aufgefallen, dass er von dir angetan war. Und du von ihm. Ich habe gedacht, dass ihr beide ein Paar werden könntet und wäre euch nicht im Weg gestanden. Ich war mir nur nicht sicher, ob es wirklich zwischen euch auf Dauer gepasst hätte. Aber die Sache mit seiner Ex-Frau stimmt wirklich.«

Das war jetzt wirklich kurios. Eine Liebesromanze in einem Fake-Abenteuer, bei der die Ex dazwischengefunkt hatte.

»Und meine Ex-Chefin Elvira Gant ist ganz zufällig die Tante seiner Ex-Frau?«

Raoul sah Gloria an.

»Ja, das ist tatsächlich so. Gloria und ich haben das nicht gewusst. That's life. Die Welt ist klein.«

Ich staunte. Das war ja alles unglaublich.

»Und jetzt deine letzte Rolle«, forderte Gloria von Raoul.

Ich wusste es schon, noch bevor er sich umdrehte.

»Hi Lady, you look cool in this pool«, sagte er mit dem schelmischen Grinsen, das für Rob typisch war.

Dann watschelte er mit einem imaginären Wischmopp herum und tat so, als würde er den Boden wischen. Er sah mir in die Augen.

«Everything is irie, Lady. Hang loose. Never worry, always be happy. I love you, Sugarpie.«

Seine Stimme war nur mehr ein Flüstern. Was hatte er da gesagt? Er nahm meine Hand und sah mich liebevoll an.

»Du und ich, wir gehören zusammen. Das Gefühl hatte ich vom ersten Moment an, in dem ich dich gesehen habe.«

Er machte eine kleine Pause, und ich hielt vor Aufregung die Luft an.

»Ich weiß nicht, ob du auch etwas für mich empfindest. Aber ich liebe dich, Yvonne.«

Meine Kehle war trocken und meine Augen wurden feucht.

»Ja«, sagte ich. »Ich liebe dich auch, Raoul.«

Ich hatte das Gefühl, als würde die Verbindung durch unsere Augen und Hände Funken schlagen. Raoul zog mich ganz eng an sich und küsste mich. Ich versank in einem Strudel aus köstlichen Empfindungen. Als wir uns nach einer ganzen Weile wieder voneinander lösten, war Gloria verschwunden.

»Lass uns zurück zu deiner Feier gehen, Yvonne«, sagte Raoul. »Deine Gäste werden dich schon vermissen.«

Er legte den Arm und mich, und gemeinsam betraten wir die Terrasse des Beach-Restaurants. Dort herrschte bereits ausgelassene Party-Stimmung und es wurde getanzt und gelacht. Ich erkannte Sophie, die mit Frank Rock'n'Roll tanzte. Ihr neonfarbenes Kleid sah bei den Drehungen wie ein kunterbunter Kreisel aus. Klara tanzte mit Matteo, was weitaus eleganter ausfiel. Und

Hendrik schwang das Tanzbein mit Rebecca und Martha zugleich. Gloria stand an der Bar und betrachtete die Gäste zufrieden.

Sophie wirbelte auf mich zu und umarmte mich stürmisch.

»Na endlich, hier ist das Geburtstagskind. Wir dachten schon, du hast die Flucht ergriffen, weil du so lange weg warst.«

Ihr Blick fiel auf Raoul, und ihre Augen wurden groß.

»Na so was wer ist denn der attraktive Mann an deiner Seite?«

Klara war neben uns getreten und betrachtete Raoul ebenfalls interessiert.

»Jetzt bin ich aber mal gespannt, wo du dieses Prachtexemplar her hast. Sag bloß, er ist dein Hauptgeschenk von Gloria? Ich habe auch bald Geburtstag.«

Sie sah meinen Liebsten begehrlich an.

»Das kann man in etwa so sehen«, schmunzelte ich. »Lieber Raoul, das sind meine besten Freundinnen.«

Raoul nickte den Mädels freundlich zu.

»Sophie, Klara, darf ich vorstellen: Das ist Raoul, Glorias Geschäftspartner. Er war ständig an meiner Seite, als ich die drei Aufgaben absolviert habe. Nur habe ich es nicht bemerkt. Ich habe mich aber trotzdem in ihn verliebt.«

Sophie sah mich irritiert an. Klaras Augen blitzten auf. Im Geist machte sie wohl bereits eine Aktennotiz.

»Was sagst du da, Yvonne? Wie konntest du ihn nicht bemerken, obwohl er immer da war?«

Ich warf Raoul einen verliebten Blick zu und gab eine kurze Schilderung unseres gemeinsamen Abenteuers zum Besten. Als ich fertig war, strich sich Klara nachdenklich ihr Cocktailkleid glatt und schüttelte den Kopf.

»Wahnsinn, ich glaub es einfach nicht. Die ganze Geschichte ist sowas von krass. Habt ihr einen Anwalt, der sich um die rechtliche Seite solcher Deals kümmert? Was ist, wenn bei diesen Abenteuern etwas schiefgeht?«

»Wow, das alles ist total schräg. Aber soo romantisch«, schwärmte Sophie. »Ich freu mich für euch beide.«

In diesem Moment erklang eine mir wohlbekannte Melodie. Be what you wanna be. Mein Bacardi-Song.

»Alle auf die Tanzfläche, das ist Yvonnes Song, brüllte Sophie und zerrte uns in die Mitte der Terrasse.

Dann holte sie Frank und Matteo dazu, zog Gloria von der Bar zu uns und winkte Hendrik und Martha.

»Kommt sofort her, jetzt wird getanzt.«

Sophie konnte tatsächlich alle mobilisieren, und jeder tanzte mit jedem. Raoul wiegte mich in seinen Armen, und wir konnten nicht anders, als einander immer wieder zu berühren und zu küssen.

Wie in Trance verbrachte ich die nächsten Stunden.

»Lass uns an den Strand gehen, Sugarpie«, flüsterte mir Raoul irgendwann ins Ohr.

Er nahm meine Hand und führte mich durch einen Hinterausgang zum Strand. Wir setzten uns neben einem Boot in den weichen, warmen Sand, und Raoul legte den Arm um mich. Eine Zeit lang schauten wir schweigend aufs Meer hinaus. Ich war erschöpft und gleichzeitig hellwach. Mir gingen so viele Gedanken durch den Kopf.

»Weißt du, wann ich mich in dich verliebt habe?«, fragte Raoul schließlich und zog mich ganz fest zu sich.

Ich sah ihn an und schüttelte den Kopf.

»Als du in diesem unmöglichen Aufzug um die Hütte gelaufen bist und ständig im Schlamm stecken geblieben bist. In den wahnsinnig hohen Stöckelschuhen und mit deinem superengen Rock. Du hast ständig geflucht. Durch einen Schlitz in der Wand konnte ich dich beobachten. Ich musste so lachen. Du warst wütend und gleichzeitig irgendwie so witzig und süß.«

Er schmunzelte.

»Und dann habe ich gemerkt, wie außergewöhnlich und kreativ du bist. Dieser Schirm, den du entworfen hast ... das war einfach so cool.«

Ich musste lachen.

»Dabei wollte ich die ganze Zeit nur in Richtung Flughafen flüchten.«

»Ich weiß. Das war eine kritische Phase. Unser Team und ich haben dich ständig beobachtet. Der Taxifahrer, der dich zurückgebracht hat, war einer von unseren Statisten. Aber am Ende hast du durchgehalten und dich fürs Weitermachen entschieden. Danach ist es eigentlich sehr gut gelaufen.«

Er verzog das Gesicht.

»Bis auf die Sache mit dem drogensüchtigen Punk, den du für deinen neuen Gastgeber gehalten hast. Da bist du ganz schön ins Fettnäpfchen getappt. Zum Glück hatten wir ein Team vor Ort, das schnell reagiert und dich von ihm weggeholt hat.«

Ich überlegte, was ich alles zu dem Punk gesagt hatte. Ganz schön peinlich.

»Wie es aussieht, ist auf dein Team immer Verlass. Das war offenbar mein Glück.«

Ich rückte ganz nah zu ihm und drückte mich an sich.

»Ja, man kann dich wirklich nicht alleine lassen, Sugarpie. Du bringst dich gerne in Schwierigkeiten.«

Dem konnte ich nicht widersprechen.

»Was ich nicht verstehe: Wie habt ihr die Geschichte mit dem Beinahe-Ertrinken von Corinne und Nicolas so glaubhaft hingekriegt? Und ist Corinne die echte Modedesignerin Corinne Hellmer, oder war das auch eine Schauspielerin?«

Raoul machte eine wegwerfende Handbewegung.

»Ach, diese Szenen haben wir schon so oft durchgespielt, in verschiedenen Konstellationen, mit und ohne Unwetter. Ein gut ausgebildetes, zuverlässiges Team ist dabei besonders wichtig. Dass zufällig ein besonders starker Sturm aufgezogen ist, hat das Ganze natürlich noch dramatischer gemacht. Deine Idee mit dem Schuss zur Orientierung war übrigens neu. Die hatte bisher noch niemand. Gloria und ich waren ganz entzückt über deine Kreativität.«

Er lachte.

»Corinne ist tatsächlich die bekannte Modedesignerin Corinne Hellmer, sie ist seit Langem mit Gloria befreundet. Sie hat zum ersten Mal mitgespielt, weil Gloria dein modisches Talent bereits im Survival Camp erkannt hat. Sie wollte euch beide zusammenbringen.«

Das freute mich sehr, war mir doch Corinne inzwischen als Freundin und Arbeitgeberin ans Herz gewachsen.

»Also war der Fischer, der Corinne angeblich gerettet hat, auch ein Mitglied eures Teams«, resümmierte ich.

Raoul nickte.

»Deine Auftritte als Rob from Jamaica waren ganz schön cool«, fuhr ich fort. »Ein ausgesprochen lästiger Zeitgenosse, aber auch sehr liebenswert. Ich nehme an, du hattest mehrere Zweitschlüssel für das Strandhaus?«

»Der Rasta war definitiv meine Lieblingsrolle«, sagte Raoul. »Irgendjemand musste dir doch endlich zeigen, wie begabt du bist. Die Kollektion ist laut Corinne und ihrem Mann, dem echten Nicolas Hellmer, grandios.«

Er strich mir sanft über den Rücken.

»Und zu den Schlüsseln für das Strandhaus: Natürlich gab es mehrere Möglichkeiten, ins Haus zu gelangen. Es gibt noch eine gut versteckte Tür an der Rückseite des Hauses. Durch die bin ich meistens hereingekommen.«

»Wow, was für eine grandiose Show«, murmelte ich.

»Bei uns war es Show. Aber wie ernst war es dir mit deinem feurigen Latino? Ich dachte schon, das wird was mit euch beiden.«

Ich sah Raoul tief in die Augen.

»Die Sache mit Miguel war nur ein Strohfeuer. Das weiß ich jetzt. Er kommt nicht an dich heran, Raoul.«

Er grinste und hauchte mir Küsse auf die Schläfen. Seine Hand spielte mit meinen Haaren.

»Es ist eigenartig«, fuhr ich fort. »Ich war auch schon die ganze Zeit in dich verliebt, obwohl ich dich gestern Abend zum ersten Mal als Raoul gesehen habe. Das ist mir jetzt klar geworden.«

Ich schlang die Arme um seinen Hals und küsste ihn. In dem Moment knallte und zischte es rund um uns herum. Wir blickten erschrocken auf. Ein Feuerwerk am Strand. Ich hatte gar nicht gemerkt, dass es schon finster geworden war. Kaskaden von bunten Lichtern rieselten durch die Luft und ich hörte Stimmen, die immer näherkamen. Wir duckten uns hinter dem Boot.

»Schau mal, das Feuerwerk ist fast so bunt wie dein Kleid, Sophie.«

Das war eindeutig Klara.

»Ja, wirklich schön. Hast du Yvonne gesehen?«, hörte ich Sophie sagen.

»Ach, die hat sicher gerade ein Schäferstündchen mit ihrem Raoul. Komm, wir gehen noch einmal zum Buffet. Ich hoffe, diese knusprigen Garnelen sind inzwischen wieder nachgekommen.«

Die Stimmen meiner beiden Freundinnen entfernten sich und wir lächelten einander an. Eng umschlungen betrachteten wir das Feuerwerk.

»Happy birthday, Sugarpie«, sagte Raoul zu mir.

Er küsste mich leidenschaftlich. »Ich will dich ganz für mich«, sagte sein Kuss. Ich wollte ihn genauso.

Wir lagen nebeneinander im Sand und schauten in den Nachthimmel. Die Luft war angenehm warm und salzig, und die Wellen rauschten sanft. Es gab nicht den geringsten Zweifel: Ich war in jeder Hinsicht im Paradies gelandet.

Epilog

»Prost, Miss Mojito!«

Sophie saß in einem knallorangen Badeanzog mit grün-gelben Glitzerfröschen am Rand des Pools und streckte mir ihren Mojito entgegen. Die roten Haare hatte sie zu zwei dicken Zöpfen geflochten. Es war Mittagszeit und der Pool gehörte uns allein. Ein Gast des Eden Rok Hotels ging vorbei und musterte sie mit hochgezogenen Augenbrauen. So etwas hatte er sicher noch nie in seinem Leben gesehen. Sophie beachtete ihn gar nicht.

»Auf dich und das Abenteuer deines Lebens, Yvy. Auf den positiven Ausgang. Ich freu mich ja so für dich. Auf einen schönen Urlaub mit deinem Raoul in Saint Barth. Und auf uns drei.«

Klara lag bäuchlings über der aufblasbaren Cocktailbar und kämpfte mit ihrem Cocktail und ihrem Bikinioberteil.

»Prost, ihr zwei Verrückten«, rief sie und ließ sich vorsichtig ins Wasser gleiten. »Ich glaube, ich bekomme einen Sonnenbrand trotz Sonnenschutzfaktor fünfzig.«

Ich saß auf meinem riesigen Pool-Flamingo und lächelte verträumt vor mich hin. Mein goldener Bikini glitzerte in der Mittagssonne, und meine Hochstimmung hätte Sophie sicher als manische Phase bezeichnet. Die vergangene Nacht mit Raoul hatte alle meine Erwartungen übertroffen. Der Sex mit ihm war über das rein Körperliche hinausgegangen. So nah hatte ich mich nie zuvor einem Mann gefühlt. Unsere Verbindung war außergewöhnlich. Mystisch. Schicksalshaft. Der Ausdruck Seelenpartner hatte für mich plötzlich eine Bedeutung bekommen. Wahrscheinlich würde ich das Grinsen nie wieder aus meinem Gesicht bekommen.

Ich hielt meinen Mojito hoch.

»Ja, auf uns drei. Ohne euch hätte ich das alles nicht geschafft. Prost, ihr Lieben.«

Sophie nahm einen kleinen Schluck und rührte mit dem Strohhalm in ihrem Drink.

»Ach was, du hattest doch sowieso deinen Top-Verwandlungskünstler. Uns hättest du gar nicht gebraucht.«

»Das stimmt nicht«, protestierte ich. »Ohne euch hätte mich wirklich der Mut verlassen. Ihr wart eine große Stütze für mich.«

Sophie wiegte den Kopf hin- und her und seufzte melodramatisch.

»Ein Wahnsinn, was Gloria da für dich veranstaltet hat. So eine romantische Geschichte möchte ich auch erleben. Mister Right im Yetifell, haha. Wirklich abgefahren, was dir da passiert ist.«

Klara stellte ihren Mojito in einer Vertiefung der aufblasbaren Pool-Bar ab.

»Na hoffentlich entpuppt sich dein Romeo nicht als Illusionist im wahren Sinn des Wortes«, sagte sie. »Ich sollte ihn überprüfen lassen. Ihr beide seid immer so leichtgläubig.«

»Oh nein, jetzt geht das schon wieder los. Sei doch nicht so unromantisch, Klara«, schimpfte Sophie. »Yvonne hat ihren Traumprinzen gefunden. Happyend. Punkt und aus.«

Klara warf Sophie einen genervten Blick zu.

»Verliebtheit ist das Ergebnis eines geschickt gemixten Hormoncocktails. Vergesst das nicht, ihr zwei Hardcore-Romantikerinnen. Die vorher ach so Verliebten landen dann als frustrierte Scheidungsfälle bei mir in der Kanzlei. Verliebt, verlobt, verheiratet, geschieden, pleite, Tränen, Kekse. Der Lauf der Welt.«

Ich lächelte Klara milde an und nahm einen Schluck von meinem Mojito. Köstlich.

»Ach Klara. Stell dir vor, du verliebst dich, und alles ist perfekt.«

»Ha, dass ich nicht lache. Wenn es für mich rote Rosen regnet, dann immer mit Vasen.«

Sie strich sich eine widerspenstige Haarsträhne aus dem Gesicht, schnitt eine Grimasse und tauchte unter.

»Diesmal ist es anders, das spüre ich. Meine Beziehung zu Raoul ist etwas Außergewöhnliches«, beteuerte ich, als sie wieder aufgetaucht war.

»Natürlich. Mister Perfect, zu hundertfünfzig Prozent, alles klar«, ätzte Klara. »Das perfekte Match. Der eine vollendet die Sätze des anderen, und ihr denkt das Gleiche. Und das wird immer so bleiben. Träum weiter, Yvy.«

Sophie spielte mit ihren Zöpfen herum und warf Klara einen verärgerten Blick zu. Ich ließ mich vom Flamingo ins Wasser gleiten und stellte meinen Mojito ebenfalls in einer Vertiefung der aufblasbaren Poolbar ab. Die trieb mit unseren Gläsern davon in die andere Ecke des Pools.

»Nein, Klara, du verstehst mich nicht. Ein wahrer Seelenpartner ist nicht jemand, der ein perfektes Match ist. Sondern er ist jemand, der dir einen Spiegel vorhält und dir alles aufzeigt, was dich zurückhält. Eine Person, die dich zu deiner eigenen Achtsamkeit erweckt, sodass du dein Leben verändern und bereichern kannst.«

Sophie nickte begeistert. Klara sah mich nur ausdruckslos an.

»Deshalb fühle ich mich so herrlich lebendig in seiner Gegenwart«, schwärmte ich. »Und in meiner Ganzheit gesehen. Geheilt und intakt. So als würde kein Teil des Puzzles mehr fehlen.«

»War in deinem Mojito irgendwas Spezielles drin? Irgendein Platitüden-Generator vielleicht«, ätzte Klara.

»Mach dir nichts draus, Klara. Dein Seelenpartner ist wahrscheinlich auf einer anderen Dating-Website angemeldet«, warf Sophie lachend ein.

Klara warf Sophie einen genervten Blick zu.

»Danke für den Hinweis, Miss Knallfrosch. Wahrscheinlich sind Scheidungsanwältinnen für solchen Soulmate-Quatsch nicht geeignet. Ich bleibe dabei. Das Geheimnis einer glücklichen Beziehung bleibt ein Geheimnis. Wenn das hier vorbei sein sollte: In meiner Kanzlei und in meiner Wohnung ist immer ein Platz für dich.«

»Vielen Dank, Klara. Ich weiß dein Angebot wirklich sehr zu schätzen.«

Sophie stellte ihren Mojito am Poolrand ab und ließ sich ins Wasser gleiten.

»Du, Yvy, eigentlich verdankst du das alles der Gant.«

Sie kicherte.

»Bist du jetzt völlig durchgeknallt, Sophie?«, knurrte Klara.

»Nein, es ist doch so: Die Gant hat dich praktisch gezwungen, ins Survival-Camp zu fahren. Sie wollte dich loswerden und dir eins auswischen. Aber aus böser Absicht ist etwas Großartiges entstanden. Du hast deine Talente und Fähigkeiten entdeckt und schließlich deinen Mister Right gefunden.

Sie öffnete einen ihrer Zöpfe und begann, ihn neu zu flechten.

»Die Gant ist wie Mephisto im Faust: Ich bin ein Teil von jener Kraft, die stets das Böse will und stets das Gute schafft. Ist doch schräg, oder?«

»Na toll«, stöhnte Klara. »Dann ruf doch die Hexe an und bedank dich bei ihr.«

Ich musste lachen, weil ich mir das pikierte Gesicht der Gant vorstellte. Ich konnte förmlich die Sauerkirschmarmelade auf ihrem Schreibtisch riechen.

»Du hast recht, Klara, das mache ich. Ich möchte mich bei der Gant bedanken.«

Ich schwamm zur Leiter und kletterte aus dem Pool.

»Und zwar jetzt gleich.«

»Spinnst du, Yvy? Das war doch sarkastisch gemeint«, rief Klara.

Ich fischte mein Handy aus der Strandtasche und schaltete den Lautsprecher ein, damit Sophie und Klara mithören konnten. Hotel Le Guanahani, hatte Miguel gesagt. Dort müsste sie heute noch den letzten oder vorletzten Tag wohnen. Ich wählte die Nummer des Hotels und fragte nach Elvira Gant.

»Attendez un moment, Madame«, bellte der Rezeptionist.

»Elvira Gant, hallo?«

Wie immer verursachte mir ihre Fistelstimme eine Gänsehaut.

»Frau Doktor Gant, hier ist Yvonne Reich.«

»Was wollen Sie denn schon wieder? Kann ich nicht einmal in Ruhe meine letzten Urlaubstage verbringen?«

Ich hörte sie leise vor sich hinschimpfen.

»Es ist mir ein Anliegen, mich von ganzem Herzen bei Ihnen zu bedanken.«

»Lassen Sie mich und Miguel gefälligst in Ruhe, sonst zeige ich Sie an.«

»Nein, warten Sie. Ich will nichts von Ihnen oder Miguel. Ich will Ihnen wirklich nur ein letztes Mal danken. Für mein wunderbares, neues Leben. Mein Glück. Meine Entwicklung. Wenn Sie mich nicht gemobbt und ins Survival-Camp verfrachtet hätten, wäre ich nie so weit gekommen. Nur durch Sie habe ich Gloria und Raoul kennengelernt. Konnte meine Talente und Fähigkeiten zum Vorschein bringen. Meine gesamte Kreativität entfalten. Ich möchte, dass Sie wissen, wie unendlich glücklich Sie mich gemacht haben.«

Eine Weile herrschte Stille in der Leitung. War die Gant etwa in Ohnmacht gefallen?

»Was reden Sie denn da … ich verstehe kein Wort«, stammelte sie dann.

»Es ist so: Ich habe einen neuen Job, der mich begeistert. Und ich habe meinen Traummann getroffen. Ich bin so glücklich wie nie zuvor. Glück, Liebe und Erfolg. Ich habe es geschafft. Und das alles verdanke ich nur Ihnen«, fasste ich zusammen. »Ich bin Ihnen unendlich dankbar. Das ist mein Ernst.«

Wieder Stille.

»Ich glaube Ihnen kein Wort«, kreischte die Gant so plötzlich los, so dass mir fast das Handy aus der Hand gefallen wäre. »So eine glänzende Karriere wie die meine werden Sie niemals hinbekommen. Für einen verantwortungsvollen Führungsjob sind Sie nicht geeignet. Sie eignen sich für gar nichts. Dafür lege ich meine Hand ins Feuer.«

Ihre Stimme wurde immer lauter und schriller.

»Im Gegensatz zu Ihnen werde ich gebraucht. Ich bin unersetzbar. Jawohl, das bin ich. Die beste Juristin, die es in der Silberstreif-Versicherung je gegeben hat. Das beste Pferd im Stall. Mit Abstand. Der Direktor ist mein Freund, und alle Mitarbeiter achten und respektieren mich. Bis auf Sie. Sie waren von Anfang an aufsässig und faul. Solche Leute brauchen wir nicht.«

Sie schnaubte.

»Kommen Sie mir ja nie wieder unter die Augen. Ich werde mir Ihre Frechheiten nicht mehr anhören.«

Es krachte in der Leitung. Wahrscheinlich hatte sie das Telefon an die Wand geworfen.

»Vielen, vielen Dank, Frau Doktor Gant«, sagte ich mit einem Lächeln auf den Lippen. »Ich wünsche Ihnen noch ein schönes Leben.«

Und das meinte ich auch genau so. Dann steckte ich das Handy in meine Strandtasche und drehte mich zu Klara und Sophie um, die mich mit offenem Mund anstarrten.

»Lasst uns etwas essen gehen, Mädels. Bösartige, narzisstische Menschen machen mich immer hungrig.«

Zwei Wochen später lag ich auf der Terrasse von Corinnes Strandhaus in der Sonne und träumte vor mich hin, als mein Handy läutete. Ich kramte in der Strandtasche und fand es erst, als es zu läuten aufhörte. Am Display erkannte ich Sophies Nummer. Sofort rief ich zurück.

»Verleihstelle für Illusionisten und Illusionen, welche Illusion möchten Sie ausleihen?«, meldete sich Sophie.

»Keine, die Realität ist besser als jede Illusion«, sagte ich.

»Hallo Yvonne«, hörte ich Klara im Hintergrund rufen. »Wir sind gerade bei Sophie und haben uns einen Sex on the Beach gemixt. Dabei haben wir natürlich sofort an dich gedacht und wollten hören, wie es dir geht.«

Es rauschte in der Leitung.

»Ich freue mich, von euch zu hören«, brüllte ich in den Hörer. »Es ist herrlich hier in Saint Barth und ich genieße jede Minute. Wie geht es euch?«

»Großartig«, sagte Sophie. »Du brauchst nicht so zu brüllen, ich habe auf laut geschaltet, und wir hören dich gut.«

»Wie ist die Lage in der Karibik, und hat sich dein Illusionist schon weggezaubert?«, wollte Klara wissen.

»Nein, der ist noch immer da. Momentan ist er allerdings gerade einkaufen gegangen, der Hausmeister-Rasta liefert keine Vorräte mehr.«

»Dein Freund scheint ein wirklicher Gentleman zu sein«, schwärmte Sophie. »Ich freu mich ja so ... «

»Du, Yvy, ich muss dir was Schräges erzählen«, fiel ihr Klara ins Wort.

»Jetzt bin ich aber gespannt.«

»Stell dir vor, gestern hab ich zufällig den Direktor von der Silberstreif-Versicherung getroffen. Ich habe ihn erfolgreich von seiner zweiten Frau geschieden. Wir haben geplaudert, und ich hab ihn so en passant gefragt, wie es ihm geht und wie die Lage in der Versicherung ist.«

Ich hörte, wie sie tief Luft holte.

»Stell dir vor, Yvonne, er hat die Gant gekündigt«, brüllte sie ins Telefon.

»Schrei nicht so, Klara«, fauchte Sophie. »Yvonne wird noch taub und ich bin es schon.«

Die Botschaft sickerte nur langsam in mein Hirn. Die Gant gefeuert? Das war ja nicht zu fassen.

»Wieso denn das? Die beste Juristin aller Zeiten. Sein bestes Pferd im Stall. Wer sonst sollte so eine wichtige Abteilung führen?«

Klara lachte verächtlich.

»Von wegen beste Juristin und bestes Pferd. Die Gant hat immer wieder grobe Fehler gemacht, die sie dann anderen untergeschoben hat. Und es hat immer wieder Beschwerden von diversen Mitarbeitern gegeben, vor allem über ihre Bösartigkeit. Als sich zuletzt auch noch die duckmäuserische Kunert beim Direktor weinend über die Beleidigungen der Gant beklagt hat, war das Maß voll. Er hat sie am selben Tag fristlos gekündigt, und die Kunert als interimsmäßige Leiterin eingesetzt.«

In meinem Kopf wirbelten die Gedanken durcheinander. Es hatte also nie an mir gelegen, wenn die Gant mich gemobbt und beleidigt hatte. Anderen war es offenbar ebenso ergangen. Ich konnte es kaum glauben.

»Ist das wirklich wahr? Ich fasse es nicht.«

»Ja, das beste Pferd im Stall grast jetzt in der Pampas. In ihrem Alter wird sie schwer was Neues finden.«

»In meine Selbsthilfegruppen für Narzissten und Psychopathen würde sie perfekt passen«, sagte Sophie. »Als negatives Beispiel.«

Sie kicherte über ihren eigenen Witz.

»Und ich verrate dir noch ein Geheimnis«, vernahm ich nun wieder Klaras Stimme. »Die Kunert wird auch nicht Chefin bleiben. Der Direktor meinte, er vermisst bei ihr die sozialen Fähigkeiten. Empathievermögen. Echte Freundlichkeit. Das Einstehen für andere. Teamfähigkeit. Sie wirkt auf ihn wie ein dienstbarer Roboter, und sie macht ihm Angst, hat er gesagt.«

Jetzt war ich wirklich sprachlos. Warum waren dem Direktor diese Dinge nicht schon früher aufgefallen?

»Du, Yvy, wir müssen aufhören, mein Handy ist gleich leer«, hörte ich Sophies Stimme von weit her. »Ich ruf dich nächste Woche wieder an. Mach's gut und lass deinen Raoul grüßen.«

Dann war die Verbindung abgerissen. Ich schüttelte den Kopf. Wie verrückt war das denn? Dann machte ich es mir bequem auf der Liege und schloss die Augen. Diese Nachricht musste ich erst einmal verdauen.

»Hi, Sugarpie, ich bin zurück. Der Kühlschrank ist wieder voll.«

Raoul war hinter mich getreten und küsste mich auf den Scheitel.

»Schau mal, wen ich mitgebracht habe.«

Ich drehte mich um und und starrte in Glorias samtbraune Augen, die mich freundlich musterten. Sie trug einen extravaganten, schwarz-goldenen

Jumpsuit und duftete nach Orangenblüten. Die langen Haare hatte sie zu einem lässigen Knoten geschlungen.

»Hallo Yvonne«, sagte sie. »Darf ich mich zu euch setzen?«

»Natürlich, Gloria. Ich freue mich, dass du vorbeischaust.«

Raoul rückte Gloria einen Stuhl am Tisch zurecht. Dann setzte er sich neben sie. Ich erhob mich von meiner Liege, band mir einen Pareo um und setzte mich zu den beiden.

»Ein Schluck Wasser?«, fragte Raoul.

Er schenkte uns allen ein Glas ein und lehnte sich dann zurück. Gloria musterte uns beide interessiert. Dann blieb ihr Blick an mir hängen.

»Meine Liebe, ich glaube, ich brauche nicht zu fragen, wie es dir geht. Wenn ich dich und Raoul so ansehe, wird mir ganz warm ums Herz.«

Ich lächelte sie zustimmend an.

»Ja, ich könnte nicht glücklicher sein.«

Gloria verschränkte ihre Hände ineinander und sah mir in die Augen.

»Es freut mich, dass du zu dem geworden bist, was ich in dir gesehen habe.«

»Das freut mich auch. Ich bin dir so unendlich dankbar für alles, Gloria. Euch beiden. Dir und Raoul. Ich bin über mich selbst hinausgewachsen, obwohl ich doch schon einen Meter achtzig groß bin.«

Sie schmunzelte.

»Das sehe ich auch so.«

Dann nahm sie einen Schluck Wasser und warf die Haare zurück.

»Yvonne, du bist eine ausgesprochen begabte Designerin. Du solltest mit deiner Modelinie unbedingt weitermachen. Wir beide möchten dich dabei unterstützen. Aber da ist noch etwas.«

Gloria warf Raoul einen verschwörerischen Blick zu. Er nickte ihr kurz zu und die beiden sahen mich feierlich an.

»Raoul und ich sind schon lange Geschäftspartner«, sagte sie. »Wir haben bisher immer zu zweit gearbeitet. Aber jetzt hat sich etwas geändert. Wir haben dich getroffen. Du bist etwas Besonderes.«

Ich sah Gloria und meinen Liebsten neugierig an. Ich hatte keine Ahnung, was sie mir mitteilen wollten. Raoul lehnte sich nach vorne und sprach weiter.

»Wir sind der Meinung, du kannst anderen Leuten ebenso helfen, wie wir dir geholfen haben.«

Er räusperte sich. Meine Anspannung stieg.

»Liebe Yvonne, möchtest du bei uns als Partnerin einsteigen?«

Danksagung

Auf meiner Autorinnen-Reise möchte ich mich bei all meinen Weggefährtinnen und Weggefährten für ihre tatkräftige Unterstützung, Inspiration und liebevolle Stärkung bedanken. Es war eine wunderbare geistige Abenteuerreise mit euch allen.

Ein riesengroßes Dankeschön an Andrea Fehringer und Thomas Köpf, die mich beim Schreiben des Buches geduldig und fachkundig unterstützt haben. Eure konstruktiven Rückmeldungen und euer unerschütterlicher Glaube an meine Fähigkeiten haben mich dazu ermutigt, weiterzumachen, auch wenn die Worte manchmal schwer zu finden waren. Es war ein Privileg, mit euch zusammenzuarbeiten.

Da ihr den Schreibprozess stets mit einer Busfahrt mit dem 13A verglichen habt, bei der man sich vor falschem Abbiegen und Sackgassen hüten muss: Großer Jubel, der 13A hat seine Endstation erreicht und jetzt auch noch den besten Platz im Busbahnhof ergattert!

An die beiden Chefs der Edition Platin, Alfred Schierer und Thomas Köpf: Danke für die einmalige Chance, mein Buchbaby an die Öffentlichkeit zu bringen. Ich freue mich so sehr, mit euch zusammenarbeiten zu dürfen.

Ganz besonders danke ich meinen treuen Verbündeten, die mit mir durch die Höhen und Tiefen dieses Schreibprozesses gegangen sind: Marie-Christine Tschofen, Ojuna Altangerel-Wodnar, Susanne Huber, Peter Theurer. Ihr seid die wahren Helden hinter den Kulissen, die mich durch so manche Dunkelheit geführt und das Licht am Ende des Tunnels strahlen lassen haben. Ihr habt mich immer wieder aufgebaut, vorangetrieben und inspiriert. Mit jedem aufmunternden Gespräch und jeder ermutigenden Geste habt ihr meinen Traum genährt und ihn zu neuen Horizonten geführt. Dank euch allen strahlt mein Buch heller, meine Träume sind größer und mein Weg ist klarer als je zuvor.

An alle, die mein Buch lesen – möge es euch schöne Stunden bereiten und euch der Lebensfreude näherbringen. Ich wünsche euch, dass ihr Glück, Liebe und Erfolg in eurem Leben findet!